首届青年文学家

文学奖获奖作品选集

周贵玉 王永纯 主编

哈尔滨出版社
HARBIN PUBLISHING HOUSE

图书在版编目（CIP）数据

首届青年文学家文学奖获奖作品选集 / 周贵玉, 王永纯主编. — 哈尔滨：哈尔滨出版社，2022.1
ISBN 978-7-5484-6319-1

Ⅰ.①首… Ⅱ.①周…②王… Ⅲ.①中国文学 – 当代文学 – 作品综合集 Ⅳ.①I217.1

中国版本图书馆CIP数据核字(2021)第221218号

| 书　　名：| 首届青年文学家文学奖获奖作品选集 |

SHOUJIE QINGNIAN WENXUEJIA WENXUEJIANG HUOJIANG ZUOPIN XUANJI

主　　编：周贵玉　王永纯
责任编辑：韩伟锋
责任审校：李　战
封面设计：周舒婷

出版发行：哈尔滨出版社（Harbin Publishing House）
社　　址：哈尔滨市香坊区泰山路82–9号　　邮编：150090
经　　销：全国新华书店
印　　刷：廊坊市伍福印刷有限公司
网　　址：www.hrbcbs.com
E-mail：hrbcbs@yeah.net
编辑版权热线：（0451）87900271　87900272
销售热线：（0451）87900201　87900203

开　　本：787mm×1092mm　1/16　印张：19.5　字数：318千字
版　　次：2022年1月第1版
印　　次：2022年1月第1次印刷
书　　号：ISBN 978-7-5484-6319-1
定　　价：80.00元

凡购本社图书发现印装错误，请与本社印制部联系调换。
服务热线：（0451）87900279

编委会

主　　编：周贵玉　王永纯

执行主编：王新火　孙振彦　李晓玲　张雅娜　唐文俊

副 主 编：任贵英　周守贵　胡采云　梁路峰　燕　薇

编　　委：刘春燕　刘运喜　龙　秀　刘奇叶　李支援　闫　岩
　　　　　吴宏举　赵亚南　张延年　张晓雷　陈寿才　陈　萍
　　　　　何春林　周　丹　逄　璞　胡　德　黄晓梦　黄延滔
　　　　　潘世远　赖永洪　蔡伟清　戴方毅

序 言

  《青年文学家》是我国较早的文学期刊，作为青年文学家杂志社的负责人，我和杂志社的同仁们，始终都在思考如何为作家、诗人以及广大文学爱好者服务，如何践行杂志社"繁荣文学事业，培养文学新人"的宗旨。

  一个时代有一个时代的文艺，一个时代有一个时代的精神。于是，2018年，青年文学家杂志社举办了以"新时代、新青年、新文学"为主题的"首届青年文学家文学奖"大赛，历时两年，完美落幕。经过专家评委会公平、公正、公开阅评，评选出了一批优秀获奖作品。

  文学，不仅是一种力量，更是一种行动。为了留住我们用青春和文学书写的属于我们的新时代，杂志社特把"首届青年文学家文学奖"获奖作品结集出版。

  这部获奖作品集，可以说是一部文学盛宴。它其中的每一篇文章，都凝聚了获奖者的思想和阅历；它是每一位获奖者的灵魂展现，彰显着他们的情怀与才气；它是每一位获奖者灵魂上开出的一朵绚烂的花，同时，也是心灵深处的呐喊。

  这部获奖作品集分为小说、散文、诗歌三个部分。所有作品或豪放，或温婉；或低沉，或昂扬；或叙事，或抒情；或谈古，或论今。于方寸之间盈含万物，于尺幅之间涵盖天地，于简洁之中蕴含深意，于宁静之中风起云涌，于瞬息之间变化万千，无不充满了社会担当、人道思想与悲悯情怀，无不折射着获奖者人品与文品的光辉！

  也许，有的获奖者作品文辞略显稚拙，认识还不够深刻，但他们无一不是以自己独特的视角书写自己的真情实感，表达对生活和社会的认识与思考。

  认真地阅读这部获奖作品集，我一次次地被作品中一个个鲜活的人物所感染，被一处处风景优美的地方所吸引，也被一篇篇或清丽，或凝重，或诗意，或唯美的文字所打动。我一遍遍地想，究竟是什么，让这些文字一遍遍敲打我的心灵，让我难以平静？我想，也许是每一位获奖作者敢于直面自己的内心，也许是这部获奖作品集所呈现出的一种敬畏、赤诚与真实吧。

  尼采说："没有任何一种艺术会容忍真实。"

  加缪说："没有任何一个艺术家会离得开真实。"

  让我们永远心怀敬畏，赤诚地生活；让我们永远心怀赤诚，真实地写作。"青年乎！其以中立不倚之精神，肩兹砥柱中流之责任。"青年，蕴藏着无限可能，新时代的文学创作，触碰着时代的前沿，感受着时代的脉搏，就让青春的创造力在这部获奖文学作品集中成为永恒吧！

青年文学家杂志社社长 周贵玉

目录 CONTENTS

散文·特等奖

3 云横秦岭写春秋 / 北雁

散文·二等奖

6 侗乡古镇 / 吴群芝
9 七十二巷的前生今世 / 张丽萍

散文·三等奖

11 风为什么在天空飘 / 刘锐
14 新·兴 / 宜宇欣
16 踏海 / 刘益含

散文·优秀奖

17 小城的暖 / 俞传美
19 春暖花开 / 封爱群
22 玛姬婶婶 / 苏星星
24 美丽的新疆之旅 / 杨剑横
26 七十年的找寻，梦里的海峡思恋 / 张威
29 夜，上海 / 余克勤
30 西行漫记 / 郭炳飞
33 冬日苍茫 / 李科技
34 面带微笑，从容自若地面对生活 / 王东岭
36 母亲的小菜园 / 张承斌
38 过年，回家看娘 / 张国强
40 壮哉，雁门关 / 吉荣华
42 煤油灯照亮我前行 / 乔加林

44 留住悠悠乡愁的老房子 / 孟宪春
47 烟雨陈炉 / 胡淑花
48 又是一年春草绿 / 刘鑫慧
49 生命的祈祷 / 杨汝海
50 紧握青春 / 丛春秀
52 九年一书屋 / 夏凡
54 菠菜面 / 杜斌强
56 故乡的雪 / 王兴武
58 夏 / 杜荷语

散文·特别奖

61 天井下的岁月 / 卢文芳
63 一瞬间的醒悟 / 邱巧珠
64 古道神韵 / 梁路峰
66 采风随想 / 宋海红
68 感恩 / 龙登玖
70 人生几个二十年 / 陈军
73 怀念照圆上师 / 释圣静
74 镶嵌在时空里的小河 / 刘昌栋
76 连云港地方特产及饮食文化 / 龙秀
78 岁月无声 / 燕薇
80 趁着海风去放鸢 / 康海群
82 我陪法国客人看棉花 / 吴宏举
84 大美神农架赋 / 陈孝国
88 梦中的母亲 / 杨秀琴
92 那一根教鞭 / 孙军
93 妈妈是一把雨伞 / 张叶华
94 门前有棵野石榴 / 刘峰
96 三月节里忆奶奶 / 胡采云
98 在人世间行吟的自白 / 杨云
101 南华寺的钟声 / 黄承智

— 1 —

102 说说吃白菜 / 朱祖领
104 天空不空 / 刘运喜
106 盛开的小红花 / 徐林申
108 故宫博物院前院长马衡的家风 / 林钊勤
111 故乡是走不出的记忆 / 金路
112 秋水文章不染尘 / 苗磊
114 面对青春谁能不醉 / 陈继军
116 诗经之美 / 马建华
118 回家过年的记忆 / 蒋建春
120 普陀灵光 / 张雅娜
122 冬游夜郎谷 / 何进
125 音乐与你（外一篇）/ 谢尚江
126 清纯的初恋 / 雪玲
128 家乡的路 / 赖永洪
130 美丽乡村大楼庄 / 潘世远
132 仙客来 / 葛明芳
134 教师梦 / 何利军

小说·一等奖

139 止杀 / 王萌

小说·二等奖

141 领粮 / 任素洁
145 失联 / 杨中宇

小说·三等奖

147 远方的母爱 / 申健
149 一只狗的自白 / 叶永义
154 离别 / 曹伟

小说·优秀奖

160 断了线的风筝 / 崔慧明
165 橘猫 小苍兰 / 陈丽
173 佛 / 章国庆

177 超然？怅然！/ 白金杰
179 除却巫山不是云 / 许文华
183 娘酒 / 冯燕花
186 村主任的傻媳妇 / 王舒君
189 晌午 / 牛忠华

小说·特别奖

191 第几次被炒鱿鱼 / 文玉冰
193 秘密村 / 郝慧娟
195 买烟的男孩儿 / 武奔腾
197 盯梢 / 周盛楠
199 悬 / 赵福海
203 亲爸爸 / 邹丽卿
206 一朵紫云英 / 方雷
209 贤内助 / 姚广西
211 背影 / 周丹
213 祖宅 / 张水明
215 雕塑 / 赵宏建
217 两瓶茅台酒 / 任贵英
219 邻居 / 杨玉凤
221 接力 / 刘春燕
223 老人与童心 / 陈传平
225 公交记 / 田文达

现代诗·特等奖

229 掌上流水能走多远的
　　路程（组诗）/ 白发科

现代诗·一等奖

231 永远的冲锋号（外一首）/ 皮皮鲁

现代诗·二等奖

233 四月的草木人间（组诗）/ 钟想想
235 在古寨的布衣霓裳里
　　游走（组诗）/ 梁学伟

现代诗·三等奖

238 镜子 / 青竹无语
239 盛世中国 / 马亭华
241 秋天的一些事物 / 王亚迪

现代诗·优秀奖

242 叫花鸡 / 康镇
243 阿尔没有雪 / 王超
244 枳实花盛开的乡村 / 柯芬莹
245 去北山 / 马健
246 想起故乡下起了雨 / 穆萨
　　 种一株月季花 / 王磊
247 麦子熟了 / 姚宗亮
248 谷雨 / 周黄
　　 朋友的樱桃树 / 侯超
249 记住乡愁 / 张颜
　　 最亮的星 / 马丙丽
250 作别故乡 / 任节
251 背着箩筐的姑娘 / 曲木合合
252 梳篦记 / 张诗青
253 十一月帖 / 肖东
254 门前有棵香樟树 / 雷海红
255 父亲节 / 赵会凯
256 母亲 我是你的故乡 / 辛红艳
257 倔强的树 / 贾延泽
258 追求 / 刘艳军
259 桃花开时 / 巨荣涛

现代诗·特别奖

260 在昌江 饮马草木民间 / 洪建科
261 唐诗里藏不住一个女人 / 于爱兰
262 直直的曲线（组诗）/ 胡德
263 远古遗落的一粒陶 / 蔡立敏
264 在路上 / 海霞
265 收集雨滴落的声音 / 李喻
266 命运 / 王兵
267 想去你的城 听雪 / 舒发坤
268 走进历史
　　 ——赏魏万清老师的画有感 / 曾令阳
269 乘着蜻蜓的翅膀 / 黄克先
270 向日葵 / 陈孝春
272 叶之情怀 / 王杨
273 风滚动在草上（外四首）/ 杨家利
276 落水镇初级中学樱花颂 / 赵光明
278 打沙包的父亲 / 朱晓晖
279 你好 2021 / 黄国智
280 端午（外二首）/ 吴海龙
282 相同的天空（外一首）/ 郭爱会
283 我喜欢共青城（外一首）/ 李咏东
284 雪 / 大卫
286 忽然之间 / 张林春
287 行走在有痛感的
　　 问候里（组诗）/ 李斌
290 雪花这样打湿着故乡的角落 / 李景中
291 元旦又至 / 王新火
292 在太行山
　　 我从一粒麦子里看到了祖国 / 西玛

古诗词·特别奖

295 七绝·霜花（外一首）/ 邵文斌
　　 如梦令三首·张垣纪行 / 周其林
296 岁寒三友与幽兰金菊 / 刘建华
297 西江月·富春听琴
　　 （新韵）（外一首）/ 刘志军
　　 西江月·红梅赞
　　 （柳永体）（外一首）/ 李明富
298 桃花盛开（外四首）/ 金林松
299 沁园春·岘山（外三首）/ 靖春霖
300 七律·春雨（外一首）/ 付辉

云横秦岭写春秋

◎北雁

我在横断华夏南北的秦岭山脉，在微蒙细雨中，在缥缈云雾里，感受秋意。

盛夏的热烈久久追逐着我，直到秦岭蜿蜒起伏的山脉、扑面而来的绿荫醉了我的眼。云雾缭绕的感觉，让我心生灵动。身不由己间，已忘情于秦岭深处。

秦岭是我心中的神圣，几次擦肩而过留下些许遥想。

在中国中部横亘着一条东西走向的山脉——秦岭。自古以来，因所处的特殊地理环境，及由此带来的南北气候变化，人文景观、生活习俗等方面的不同，被称为我国南北方的分界线。秦岭山脉全长1600公里，南北最宽达二三百公里，气势磅礴，蔚为壮观。一进入秦岭山区，沁人心脾的清爽让我一下子感觉到了世外桃源。

秦岭被尊为华夏文明的龙脉。华夏子孙称自己是"龙的传人"。关于龙脉一说，历史上多个王朝定都于秦岭附近，甚至修建规模宏大的陵寝，最著名的是坐落于骊山的秦始皇帝陵。众多名山之中，海拔3771.2米的太白山为秦岭之最。道教主流全真派圣地终南山，有"天下第一福地"的美称。华山古称"西岳"，雅称"太华山"，以奇险峻拔著称，为中华文明的发祥地。"中华"和"华夏"之"华"，就源于华山。

得天独厚的区位优势以及大自然的鬼斧神工，足以让秦岭威震八方。千载悠悠，秦岭说不完的趣事，道不尽的传奇。悠久的历史，丰厚的人文积淀，更是让其声名远播。

风趣幽默的商洛作协常务副主席王卫民，豁达开朗的大家文学网总编王永纯不离左右，来自天南地北的文朋诗友一路相随。秦岭秋色，让我不仅感受大自然的金秋美景，更让我在诗情画意与友爱温暖中享受文化的绚丽多姿。

古往今来，秦岭一直就是众多文人墨客书写的对象。唐代大诗人岑参写道："槛外低秦岭，窗中小渭川。"白居易作有："蓝桥春雪君归日，秦岭秋风我去时。"意境深远，美轮美奂。

我们此行的秦岭深处的商洛，在战国时属商鞅封地，和毗邻的於地，统称"商於"。在商州城西建有一座宏伟的商鞅广场，纪念这位影响中国历史2300多年的法制改革家。这是否可以称之为当代商州法制建设的一个地标？广场中央紫褐色的商鞅雕像，像一座记录历史的丰碑，在巍巍秦岭高高耸立。

孕育了中华文明的秦岭，八百里秦川风光旖旎，众多有趣的故事也在此发生、流传。据史书记载以及民间传说，"姜太公钓鱼"的垂钓之地，就是在秦岭北麓。道教天神教祖——太上老君李耳曾在终南山隐居修炼，著《道德经》。"商山四皓"周术、吴实、崔广、唐秉在此修炼黄老之术。秦岭还是古代军事要地，"明修栈道""暗度陈仓"等典故妇孺皆知。

秦岭的博大与厚重，带给我不尽的人生启迪。

斜靠在丰阳酒店的藤椅上，悠然品读山阳县《天竺山》杂志刊载的贾平凹的《秦岭和秦岭中的我》一文。夕阳斜照中，那份优雅与惬意，实在是极品享受。

作家深情写道：秦岭的庞大和丰富是没有形容词的，我们只能说"其深如海"。

"其深如海"的秦岭，实实在在给我以心灵的震撼，让久居大海边的人于脑洞大开之余，陷入沉思。

我曾经在长篇小说《山本》里写过，一条龙脉，横亘在那里，提携了黄河长江，统领了北方南方，这就是秦岭，中国最伟大的山，也是最中国的山。

读到这些文字，不仅是我，相信每一位读者都会顶礼膜拜于文坛巨匠的引领。

巍巍秦岭，人杰地灵，养育了多少令人仰慕的英豪。生于秦岭东南部商洛农村的贾平凹，无疑是其中优秀的代表。

贾平凹故居的大门敞开，来自全国各地的作家诗人驻足、仰望。被誉为中国文坛"独行侠"的贾平凹，著作丰富，独树一帜。其散文更是内容浩瀚，五彩缤纷。众人在房前合影时，沉醉于满室书香的我是最后一个踱出来的。门口已被人群堵得严严实实，不忍心惊动众人，我悄悄站在最后一排。然而，我的身高并不出众，不得已，脚踩着高高的门槛，头已经顶到了门框。一不小心"顶天立地"的一刻，心中窃喜——这也算拜访大家的一大收获吧。

中国诗歌学会秘书长大卫，避开喧嚣独自一页一页细细翻阅贾平凹老师的作品。明净的面颊，爱不释手的神情，令人动容。戏称"家中书已成灾"的他，竟然一下子买了数十套贾平凹老师签名的著作，打了好多箱子直接发往北京。

在贾平凹故居小河边，与文坛泰斗、著名诗评家燎原老师合影于二龙桥上。这石拱桥全长81米，两股龙泉圣水（庵泉和寺泉），过古道石板桥下，故名"二龙拱一桥"。

作为商於古道重要节点的棣花，历代的文人骚客、达官显贵、莘莘学子或进京赶考，或职务调迁，或去各地巡察，或赴京拜谒，或贬谪江南，无不出入此地。桥的两边，历代的文人墨客途经商於古道所题诗文，述说着不同凡响的过往，引人畅想古今。二龙桥横卧在荷塘碧波之上，气势恢宏，取"二龙献瑞，平步青云，一帆风顺"之意。

巧合的是，我与燎原老师都身着清纯的绿色时装，好似心有灵犀，与绿意葱茏的一脉青山和谐而默契。我边走边随手将合影发给并肩同行的燎原老师，并调侃："二龙桥边，绿意盎然，小龙浅绿，大龙深绿。"步履轻盈、心有青春的前辈立刻回复"谢谢"，并附上"胜利"的表情，令众人开心、开怀！

循着思想者的足迹，不论是在秦岭江山景区行走惊险玻璃吊桥、蟒岭绿道漫步，还是攀登天竺山顶峰，越来越深入秦岭，越来越爱上秦岭，让我真切感受到它的律动。

天竺山上大风超过8级，缆车一时无法运行。天竺苑里麦霸们尽情抒怀的时候，不知为什么，喉咙肿痛的我没有想起那首缠绵悱恻的"人生短短几个秋"，而是鬼使神差地选择了"那是一条神奇的天路，带我们走进人间天堂"。师友们的掌声与欢呼，心底深处的呐喊，借助高亢激越的混响，穿越我的头顶，穿越云雾笼罩的巨石和丛林，直达高高的山巅。

行走秦岭，与我不离不弃的是自由飘荡的云雾。它们或浮在山腰，或裹住山尖，或游荡在山坳里。更多的时候，它们追随我的脚步，不断向更高的目标攀登。

奋力前行的我，因为云牵雾绕的曼妙，身轻如燕，飘飘欲仙，不知天上人间。

秦岭于我，不仅仅是一座自然的高山，更是一座思想的宝库、精神的峰巅。

深深的思索伴着我的秦岭之行。秋是成熟的季节，更是收获的黄金时段。置身斑斓起伏的山峦，细细品味生活给予我的滋养，欣喜于收获的丰盈。蒙蒙细雨中一片飘落的树叶，让我感知秦岭的秋意。

我庆幸，在自己生命的秋天，与秦岭结缘，怡然自乐中回味冬的孕育、春的勃发与夏的热烈。

远山召唤，我无法停止奔走的脚步。

师友同行，心随引领，渐入佳境。

在人生的金秋，将一份恬淡怡然与山的崇高、天际的辽远一起注入理想的丝线，编织五彩斑斓的梦……

侗乡古镇

◎吴群芝

不管何时何地，一些事、一些景、一些物都会翻过记忆的栏栅把我引到我的故乡波州古镇。波州古镇历史悠久，是一个侗族乡镇，这里两面临山，一面涉水。连绵起伏的山峦，山托着山，岭连着岭，直抵贵州和四川。一条源头来自贵州的舞水河沿镇缓缓流淌，水流清澈见底。这里的姑娘、小伙儿一个个灵巧英俊，可谓一方水土养一方人。

童年的记忆是美好的，那时候没有铁路也没有电灯，每当黄昏拖着夜色进入长长的夜晚，就会看到对岸那些人家的吊脚木楼里有微弱的煤油灯光跳出木窗格子，这时的我也会在煤油灯下坐在妈妈的针线盒前听妈妈讲故事，妈妈的故事大多与古镇有关。

看过《湘西剿匪记》电影的都知道土匪头目姚大榜就是波州人，不过波州并不是外乡人想象中那样穷山恶水的地方。它虽然曾经是土匪窝，但这并不影响这里的大美风景。这里山清水秀土地肥沃，一座座连绵起伏的青山像水墨丹青，像娟秀柔美的绿色彩带，每当春天漫山遍野的鲜花与青山连为一体时，它们就像一个炫彩夺目的玫瑰园。这些山连同山下的木楼寨子，倒映在清澈见底的舞水河里，又别有一番说不尽道不完的风味。黄昏时分的舞水河是最美的，小时候我与伙伴们最喜欢在黄昏时，坐上乌篷船沿河流向上逆行，在节奏优美的欸乃船桨声中，时而静静地欣赏两岸婀娜多姿的杨柳依依，时而坐在船头一边手拨清波一边高唱山歌，这时候的河中水鸟早已习惯了我们这样的打扰，它们悠然自得地在河里游来游去，时而拍浪飞翔，时而随波戏水……

我们去镇上必须乘船。那时，渡口有青石岩板铺就的几十级台阶，沿岸不远处是一大片柳树林，柳树林有许多白鹤和棕鹤在此歇息，它们时而翩翩起舞，时而停留在柳树树梢上向渡口观望。渡口过渡的船是用桐油油漆过的乌篷木船，可以载几十个人，船上有用来摆渡的木质摇橹和竹篙。渡船有专人负责摆渡的艄公，凡是附近的居民过河皆不收费，遇到外地来的小孩儿不用付费，大人一次五分到一角不等。摆渡的艄公吃住皆在船上，不管是白天还是三更半夜，只要你站在对岸大声吆喝：撑船过来……船上就有了响动，不用多久你就会到达彼岸。

过了河就是集镇，那时候集镇上基本上是清一色的木房子，偶有一两栋窨子屋，那是医院、农村合作社或是百货公司。集镇大巷连小巷，巷巷相通，沿着主街走，沿途有榨油坊、糖厂、冰棒汽水厂、包子铺、馆子、裁缝铺、铁匠铺、茶楼等，应有尽有。镇子不大，一个小时可以把整个街镇逛一圈。赶集的时候，镇上甚是热闹，不管你有钱没钱都可以来镇上蹓蹓，有钱的买自己所需的喜欢的东西，没钱的可以在糖厂或榨油坊闻闻那沁人心脾的香味，也是一种享受。那时候镇上的食物价廉货真，你只要有几个小钱便可买到一些东西，我那时最爱的是糖厂出炉的饼干、云母糕和包子铺的馒头，这些东西只要花上几分钱就既能满足嘴馋又能解一时腹饥。带上买到的食品沿街慢慢溜达，把叮叮当当的铁匠铺的声音和暖阳一样的炉火背在身后，携带身后的温暖走进裁缝铺看看我的花衣服做好了没有，没做好也没关系，我可以去榨油坊看两块巨木合在一起，把植物精华淬成香喷喷的植物油，这样的香会令我自然而然地想到春天里绽放的油菜花、山茶花，也会想到街斜对面那个桐油榨油坊里，那些变成桐油的桐木花结的桐木果。有香的味道真好，有木质香味扑面的木楼小镇更好，小镇一切简单、古朴雅致，处处充满民族风情。集镇上和经过集镇的每个人都带着热情高涨的温软侗音，每一个人说出的每一句话犹如泉水潺潺，即使曾经有过误会和错解的人也都会在一碗油茶中冰释前嫌。

那时镇上瓦连瓦、屋接屋的木楼虽没有窨子屋那样防火防盗，但它整栋楼不仅通风透气，还都设有前门、后门、大门、小门，小窗、大窗、天窗，屋顶上盖的是会呼吸的青灰色瓦片。木楼冬暖夏凉，三九严寒不会得风湿，春潮天屋里的东西不用晒也不会长霉。读书时寄宿的学校，寝室在学校宿舍木房子的楼上，冬天关上门和窗，即使不生火，屋子里也是暖暖的，夏天总有凉爽的风自窗口吹进来。学校不远有一片比集镇高一点儿的油菜花地，是课余时间大家都喜欢去的地方。那里可以看到镇上的全貌，也可以看到舞水河的全貌。镇上是妈妈故事中的样子，木楼、炊烟、街道、小巷。舞水河里乌篷船来来往往，放排的纤夫一边拉着木排筏子一边喊着舞水号子。妈妈故事里沿岸的芦苇和杂树刺蓬还在，当然还有杨柳、垂杨、白杨。有时候我们也会窜到学校后门去转一圈，踏着青石岩板路走东巷串西巷，家家户户的大门，不论有人无人都一律大开，一些屋檐下有小孩子在踢毽子跳房子做游戏，也有三五一群的老人摇着蒲扇家长里短，他们好像认识我们每一个人。我们也好像认识镇上的所有人，哪个是某某婆婆、爷爷，哪个是某某叔叔、伯伯、婶婶、阿姨，这种称呼都在遇见时完成。我爱热气腾腾的包子铺，也爱包子铺的老板娘，她知道我爱吃她蒸的白糖馒头，看到我总喜欢用我们的家乡语言习惯喊我："妹妹，吃馒头没？"没带钱没关系，先挂着，回头再给。有时候挂着的钱，我可能给了，也有可能没给，每当我再次到包子铺去买馒头或付钱时，她总是说挂着的钱已经给了，说是我妈妈给的。我想我妈妈肯定没给，她又不知道我挂着包子钱。她看上去比妈妈小几岁，人长得好看精致、做事干练利落，说话时大嗓门里透着甜味。她的包子铺设在沿街的自己的木楼大门口，铺子进去是几间厢房，楼上她开了个私人旅店，不过那时来住宿的并不多，好像只有贵州和四川秀山那边赶场头天来住宿的人。虽然生意寡淡，但她依然开着，好像开着就会给她将来的生活带来希望。也确实如此，听说她丈夫死后，曾经在她那里住过宿的生意人，后来发达了，记着她对来往过客的好，所以娶了她。

糖厂和榨油坊也是我喜欢去的地方，糖厂对我有诱惑力，那种不放任何香精的糖食我最喜欢的是饼干和云母糕。我喜欢吃糖是遗传父亲的嗜好，糖厂离父亲上班的地方不远，父亲在供销合作社上班，我每次想吃糖就会经过糖厂去找父亲或是站在糖厂门口不动，让那丝丝淡雅的香味满足我的嗅觉。糖厂的制作坊在一个宽敞的厂门大开的木房子里，站在厂门口就能看到工人们制糖的全部过程，有的工人在长长宽宽的木板上揉搓麦粉，有的把成形的糖品放入锅炉……榨油房榨油也是和糖厂一样，过路人都能在厂门口看到榨油过程，那时候的油没有现在的转基因植物和掺了对身体有害的色素、香精。榨油坊榨出的油香味浓郁、颜色透明，炒出的菜泛着让人馋涎欲滴的金黄色。榨油的机器是一棵巨大的树从中劈开的两块厚重的木板，每块一尺有余，它们在另一个巨大圆木的撞击下把油菜籽或茶籽压榨成食用植物油。桐油的制作方法也是同食物油一样的厂房和制作过程，只是各在一个厂房而已……

时隔三十多年，记忆中的波州侗族古镇早已在岁月中消逝。清明节回到故乡，曾经的集镇已经不是当初的模样，水泥钢筋的建筑房取代了当年的吊脚木楼，糖厂、榨油坊、包子铺、铁匠铺、裁缝铺、供销合作社等已不复存在，到处都变成了几层楼砖瓦房。大街小巷的青石岩板路和鹅卵石路已经被没有弹性的水泥路所代替，以前的大巷连小巷、巷巷相通也没有了，只有一条正街和几条不是我记忆中的小巷在暗示着什么。在街上走一圈儿好像没有一个人是曾经认识的。过去一律敞开的木楼大门，如今已全部变成了混凝土建筑物钢化大门或卷闸门，就连我读书的母校也全部改建成水泥钢筋混凝土建筑。

失落的心情总会寻找失落的彼岸，我几经问路才找到了曾经过渡的渡口，这就是我们以前经常过渡的渡口吗？真不敢相信！过去那两岸的青石岩板台阶已经被水泥台阶所代替，能装十多个人的乌篷木船和摆渡人不知道去了哪里，渡口处长满杂草，如果有人躲在杂草堆里也很难被人发现。河岸边停靠了几艘涂了红色或绿色的小铁船，这是附近居民家自备过渡的小船。时值下午四点多，我坐在婶婶摆渡的铁船上，虽然两岸依然杨柳依依，河中仍有山峦、村庄倒影，但我全然没有了当年的闲情雅致。从前渡口不远处的柳树坪，那绿树成荫的柳树林和成群结队的白鹤、棕鹤已经在记忆中搁浅，如今只剩下寥寥几棵孤独终老的柳树，守候着躺在河岸边上的一圈圈年轮，步步干枯的树桩，看着这些树桩像一个个倒下去再也爬不起来的老人，那么无奈又那么苍凉！莫名的伤感油然而生。我留恋过去的木楼古镇，留恋过去的乌篷木船，留恋过去的一切韵味……

七十二巷的前生今世

◎张丽萍

不知道这是第几次游走于七十二巷之间了。只记得几年前听闻黄岩城有个挺适合拍照的巷子，名曰七十二巷。兴冲冲随着他人的指点寻觅七十二巷。

果不其然，这是一处有别于他地的小巷，安谧的巷子，每家每户朝向巷子的石头墙壁上挂着各种各样的绿植，为小巷增添了无数情趣。游走于小巷，但见每隔几米墙壁上都贴着照片。这些照片都是庆祝新中国成立七十周年的赤子之情的，有来自各个学校的孩子们用自己的方式庆祝国家生日的喜乐祥和图景。据说，这里的照片不定期更换主题，是一帮民俗摄影家的优秀作品的呈现。这真是一举两得啊，既丰富了巷子的文化，又让摄影家的佳作有地可展。

像这样的文化元素，在七十二巷中比比皆是。那个转角有个和合书亭，红色格子的书亭，小巧精致，里边的多层架子上放着不少书，供人们取阅。书亭边上的墙壁，贴着一些宣传画，有黄岩博物馆（内有陈书亮书画室）的常识，有黄岩名人馆的简单介绍，等等。再过去，就是一个深深的院子。门口刻有一副对联：自顾无长策，空知返旧林。横批：海天渔舍。

此对联出自王维的诗《酬张少府》。全诗是："晚年唯好静，万事不关心。自顾无长策，空知返旧林。松风吹解带，山月照弹琴。君问穷通理，渔歌入浦深。"意思是：自认没有高策可以报国，只好退隐到这幽静山林。非常洒脱的心境。字是江南名士喻长霖所书。喻长霖，字志韶，黄岩焦坑仙蒲喻人。清光绪二十一年（1895年）榜眼，授翰林院编修，国使馆协修，武英殿和功臣馆纂修。编撰《台州府志》，创办浙江两级师范学校（现台州中学）。

门厅的对联入内，是一个偌大的院子，院子深处才是几户人家。院中随意摆放着几辆自行车和电瓶车。一些花卉在其间自由繁茂地生长着。真是别有洞天啊。

水槽似乎是江南的地方特色。家家户户的门前均有一个石板制作的水槽。关键是，水槽边的沿街台阶，主人不忘利用有限的位置围砌一圈，栽种一些葱和韭菜之类的蔬菜，既可食用，又美化环境。此刻，正有一妇女就着水槽洗衣，对门有一个阿婆隔着一条巷子与妇女闲聊。清清的自然水汩汩流淌，给她们的对话配上悦耳的伴奏。谈话声，流水声，清雅有致，给静谧的午间小巷增添了几抹别样的风采。

从门厅折回往东走，迎面又是一门厅，将一个巷子与另一巷子连接起来。过门厅继续往里走，右拐，出现一个独特的小院。门口有一块牌，上边写着最美庭院，是浙江省妇女联合会、浙江省农业农村厅授予的牌。边上另一块牌上写着：王幼圻故居。王幼圻，字幼圻，自幼勤奋好学，毕业于黄岩清献中学。历任军校教育处少校普通学校教官、办公所中校组长、上校科长等职。幼圻长于诗文，著有《寄庐诗集》《寄庐联话》《香山诗集》等作品。院子的入门处也有一副对联：庭前细雨绕紫藤，池上清风茂碧莲。横批：小院风雅。光看对联和横批，足见小院的雅致了。低头进门，眼前是一口方方正正的池塘，里边正漂着睡莲和浮萍，几条红鲤鱼在绿色之间嬉戏，颇有意趣。池塘是用砖头砌成的青灰色格子，高过地面约五十厘米，防止不小心跌入池中，又可依栏观赏池中景，足见院主人考虑周到。小院四周蓊蓊郁郁的，沿墙有碧绿的紫藤，紫藤架下有一圆石桌，三张石凳子，供院主人和游客休憩静坐。想象着，手持闲书，就此落座，清风吹拂，绿意盎然，如此景致，怡然自得。

七十二巷的文化，古今穿梭，一如它的前生今世。

如今，七十二巷中入户的文化在继承前人的历史上，又不断开挖出当代的文化元素。除却影像画廊、摄影馆等，听说，元宵节也在此间登台亮相。2019年元宵节将至，黄岩区举行首届"七十二巷"元宵花灯游园会，许多小朋友提着自己做的五彩缤纷、形状各异的元宵花灯，在大人陪同下，邻里携伴，提灯游巷，提前庆祝元宵佳节。让居民在参与和欣赏本土特色文化活动，丰富精神文明生活的同时，唤起新老黄岩人的美好记忆，留住一股浓郁的"乡愁"，进而彰显出城市风貌"新旧共生，和而不同"。

而七十二巷中的砚池巷还有一个文化礼堂，供居民们在此欢度节日，丰富他们的精神文化生活。记得大前年，我和几个文艺爱好者参加区文化馆的公益非洲鼓学习，就在此文化馆进行汇报演出，得到群众的一致好评。

其实，七十二巷并不是真的七十二条巷子，它是黄岩一个影像艺术画廊的名称，更是一种属于黄岩的街巷艺术文化。

台州黄岩老城区依河傍水，街巷错落有致，文化气息浓厚，素有"三十六街七十二巷"的美誉。而今，这里有了别样的美丽风景。越来越多的人对它产生了兴趣，每天总有三三两两的人来到这里，静静地待上一会儿。

现在的七十二巷是以斗鸡巷（小巷看起来普普通通，但老黄岩人都知道它逗人的名字：斗鸡巷。或许是因为当年这里盛行斗鸡，或许这里有过斗鸡的传说……）为代表的诸多小巷的总称，当然，并不是真有七十二巷，是寓意巷子的多。

七十二巷前生今世的绵延告诉我们，小巷有它的文化历史传承。城市需要这样的历史文化的根，使得一座城市得以绵延，蓬勃发展。一个人，也要有自己的文化，使得整个人看起来有精气神儿，在这个社会站得住脚，抬首可望天，俯首可贴地。

风为什么在天空飘

◎刘锐

走一个人的路,做两个人的梦。两个灵魂,一个身躯,做着不同的梦。眼泪冲花面容,酒窝填满微笑。镜子外的人是谁?是我!镜子里面的人是谁?不是我!每个人都是另一个人的一面镜子,反映着另一个过路者,库利说的就是我,镜中的我,每一个我。

一个在母亲肚子里迟迟不出来的孩子会被人诟病,在一个封建的家庭,所有的不幸从娘胎里开始。医生断为没有胎心,从手术刀下被生生拽了出来。

繁华散尽独往一处的身影是我,我喜欢一个人生活。先习惯了一个人的生活,那样,我就会与灵魂对话,他会告诉我,那些不知道的秘密,他不会讲得那么透彻,也不会说得那么模糊,讲得太少是他的罪过,说得太多是我的罪恶。他是陪同我走下去的灵魂,即使是黑暗深处,连影子都逃跑的角落,他都陪着我。他会从我的身躯里张裂开来,跳出来,还我一方世界,那么都得不理睬,他是这么不在乎。而我渐渐与他同行,去黑暗角落,默无声息地呐喊。我会带他去一条僻静的小路,一条简朴的小巷,一圈圈地徘徊。想去荒无人烟的地方,那里可以只有沙漠,可以只有雪川,我什么都可以不在乎,可是这黑暗里战栗的风啊!让我前进,我发了疯似的奔跑,顺着花开的方向,去寻找太阳,想去问问太阳,为什么?为什么我有一个无处安放的灵魂,为什么只有你是被铭记在绿洲里的光亮,而我却是被遗忘在沙漠里的星星。

我找不到那个让我停息片刻的地方,所以,我才会一个人,一个人不停息地流浪,听着石墙上回荡着千年的话语,泪水模糊了长在青瓦台上的伤痕,我一个人到处走,去雄伟壮烈的古城,历史的沉重感唤醒那久久不能回忆的过往,到美丽的塞外湖泊,让生命之花开在沙漠之巅,每次我无论身处何处,都能遇见形形色色的人,可灵魂总是来了又去,去了又来,只有我知道那停息不下的痛。

我骨子里藏着一个人最冷漠、最孤独的寂寞,有人说我有一双会微笑的眼睛,那是因为,我只会微笑也只能微笑,我一个人把微笑挂在眼睛里,把哀怨咽在胃腔里，把爱恋藏在心里，把眼泪装进皮囊里。

可是，我心里还住着一个人。她住在镜子的另一面，她天天以酒续命，穿一双红色的鞋子，在天台跳舞，知道学校的墙怎么翻过去，她有很多朋友，只要她愿意，在疯狂的时候，总会有人和她做伴，做美杜莎，住在与黑夜之地相连的地方，满头蛇发，眼睛让人化为石像。不能睁眼也不能闭眼的痛苦。

我一直是一个善于制造伤痛的人，手心和心头都有伤，那些伤常年生长都来不及成疤。于是，我就坐在河流的尽头，等一个能把伤变成疤的人。

手心的伤是自己给的，一双什么也不想干的手，最适合伤口生长。她是一个善于疗伤的人，她看见我的伤，她是想让我去看些书的。所谓书，无一不是文人笔墨下的唾沫星子一把一把有韵律的文字。在枯树皮上，嗅不出墨香，且还有一股印刷厂的油漆味。书中的人任人宰割，任人施粉，从不允许他跳出来，大骂一声，到底是把我写错了，我不是一个很放肆的孩子，不是所有人的话都听，不是所有的规矩都要遵守。她是没有说什么的，但是还是积极，也很坚持让我读书，她让我看了许多文章，讲了许多故事。

原来我极爱用指甲在白墙上画画。画一个小人儿，一座房子，一棵树。

心头的伤是自己给的，也是别人给的，在那个难熬的夏天，我的心痛得很厉害，整夜整夜地数着星星，大把大把的眼泪往下掉，没人知道。那个时候那个男人，他让我辍学，女人哭。那时候，我实在没有什么地方可去了，寄人篱下的生活也比较难，所有人都不曾为我驻足。我有一张火车票，足以离开这个地方，可是，逃亡，不是解药，是毒酒。

我是一个一点儿也不懂得写作的人，也是一个一点儿也不爱读书的人。那个时候我什么都不会，她想让我写东西，她说，这不是写作也不是治疗，这仅仅是一种生活，一种抓得住的生活。我写的就不是文字，就不是在表达语言，我的浑浑噩噩和自甘堕落，对与不对不是由我去颠倒。我写像梦一样的文字，让人看了就痛到窒息的文字，用文字来制造幻觉，在幻觉中长眠。她说，这样的梦就应该被打破，这样的长眠就应该醒来。她从来不会跟我说一些鼓励的话，她不会和我说什么的，我告诉她，开始写一些东西，写作的时候，我的心痛病会好一点儿。这样的话，灵魂就不必整日流浪，无处安放的灵魂最让人心痛，我最懂那种心痛，所以才会每天晚上都数着星星，每天晚上都有双寂寞的眼睛，我天天写，天天写，到手心长了一个好大的趼，我常常想这趼里有什么，这趼里会不会涌出蝴蝶。

她还是想让我有所成就的，于是她让我写点儿东西，一点儿能够成文，能够像样的东西给她送过去，那个时候我实在是没有什么好写的，我也没有读几本书，她让我去读些东西，大概，也就是从那个时候开始，我把自己埋在书里。

那是好多好多天之后的事情，我不断收到稿费，有了钱，自己还是可以过得好一点，有时候，太阳常常太刺眼，我的眼睛总会瞎，瞎了的眼睛看不见黑暗，只能用心去寻找光明。

我说我想走，不回来了，我要走了，她笑了笑，什么话都没有说。后来，她的课我也不太听了,她还是挺惋惜我的,毕竟从全年级第一名掉到全年级一百多名,用了不少时间。骨子里的性格是不容易改变的,那个时候也不知道自己想要什么,她说我有两条路,辍学赚钱和安心学习。青春可以把人抓得生疼,为了防止我遍体鳞伤,我只能忍痛把黑色的青春割走,像割一块血淋淋的生肉。奥尼尔说,一个人在年轻的时候,没有什么能把他搞垮。她认为我在搞垮自己,彻彻底底地搞垮自己,后来,我几乎什么也不管了,住在哪里都无所谓,吃与不吃都无差别,不再割伤自己给别人看,就像把自己的错误归结在另一个人身上,归结到镜子里的那个人。

　　初中毕业,我考上了省重点高中。学费全免,年年都有奖学金,对我的家庭而言,这比重点高中更有吸引力。我父亲没有任何办法,他本该有的志向被现实击垮。他的崩塌拿我来宣泄,我开始不吃晚饭。不仅仅是为了确定饥饿能使人疼痛,而是确定我是否可以戒掉一顿饭钱。她不说话,抱了我好久,后来,我一直觉得,她是我的妈妈,她应该是我妈妈。

　　我的不少朋友,都是在这个时候进的招待所。他们和我一样,青春、叛逆、贫穷、不公。我记得,那时候,我去看他们,我才知道,我们从骨子里其实是不一样的,我依然渴望着爱,对生活、社会,而他们一边哭,一边唾弃自己。告诉我,不要再上学了,全都一个样,不值得,全他妈不值得。我想,这一定是我们最后一次见面,我给了他们几乎我所有的积蓄,还有一封不署名信。问他们,为什么风会在天空飘,有一个人告诉我,风本应该在天空飘。那个人18岁就有了自己的孩子,做了父亲,可是,他本身也是一个孩子。而那个19岁做了母亲的人,在医院告诉我,她这辈子已经看到自己的结局,连过程都能预见,说起来有些可笑,我无法安慰她,就像我无法证明我存在的意义。

　　我们有时无法选择自己,镜子里的人是我,镜子外的人也是我,不学无术,游走在社会的人是我,考上省重点高中的人也是我,我们或许无法回避生活,但可以左右人生。西塞罗曾说:人生的跑道是固定的。大自然只给人一条路线,而这条路线也只能够跑一次。人生的各个阶段,都各自分配了适当特质:童年的软弱,青春期的鲁莽,中年的严肃,老人的阅历,都各结出自然的果实。须在它当令的时候予以储存,每个阶段都有值得人们享受爱好的事物。我在经历青春,和镜子里的那个自己对话,在该疯狂的时候疯狂,该结果的时候结果,不能忍受堕落也绝不甘于弱小,在镜子里的我和镜子外的我都是一个我,只是长着两张面孔,在不同的现实下选择如何做一个自己,让自己结出果实。

　　等到花都失了颜色,风也不再路过,我就唱着黑色的歌,走在黎明的最前头。等到黎明都消散了时光,痛也不再漫长,我就举起红色的火把,穿着梦的衣裳。

　　我曾经放弃光明追求黑暗,到头来我一分为二。光明是我,黑暗是我。

新·兴

◎宜宇欣

空中起了微风,我顺着微风闻到的是江南小镇深秋里,牌坊的苦涩和麦芽糖的甘甜,陶醉于"寒烟小院转萧条,疏竹虚窗时滴沥"的世界里。忽而,不远处的大厦将我从古韵犹存的风景中拽至现代的世界里。它有着光洁的大理石板,华丽的镜面,现代化的设计,这是一幅大不同于以往的画面。发展的力量将这一座缄默于江南丘陵的传统小镇变了一副模样——传统与发展共进的模样,这也是中国新时代的模样。

我很庆幸自己生活于这样一个古韵与时尚共存的小城里,这里有古朴的黄梅戏,也有动感的流行音乐;这里有布满青苔的石阶长巷,也有五百米无缝的高铁轨道;这里有一针一线织成的布鞋,也有批量化生产的皮鞋。这里是旧与新交融的小城,此时是新与旧交汇的时代。

绵长的历史给了华夏民族最绵柔的回忆,在晚霞晕染的傍晚,我轻轻翻阅着时光给这个伟大的民族留下的印记:行云流水的书画笔墨,微言大义的儒家哲学,婉转美妙的五音之乐……时光在署名中国的这张白纸上作出了千姿百态而独一无二的最美画卷。总有人说,历史仅仅只是回忆,它存在于过去,但在我看来,中华民族的历史正在闪耀着,它是来自过去而又超越过去的最璀璨的星光。我们正生活在这样一片闪耀的星空之下,而文学正是这漫天闪耀星辰中的一颗。

当手机、电脑、平板等现代的科技充斥着我们的日常生活,时代便将我们九〇后这一代人与前辈们划出了一条长长的鸿沟,他们手中的纸和笔在我们这一代人手中变成了屏幕和键盘,他们的窗外是熙熙攘攘的巷子和沧桑的榕树,而我们的窗外是鳞次栉比的高楼大厦和呼啸而过的飞机、高铁,时代将我们强硬地区分开来,也给我们的文学烙上了不同的印记。有人说,新一代文学青年的网络小说没有深刻的反思只有肤浅的现实转述;盲目追求效率导致新一代文学作家的作品,只有庞大的数量,而无法保证质量。

在老一辈的观念里,我们在日益变化的世界里接收到的是物欲横流,丢失的是中国文人引以为豪的文学情怀和平淡如水的心灵。但是,时代在转变,九零后的我们无法再去感受胡同里、邻居之间亲密无间的友情,我们无法再去感受抗战时代群起而勃发的热血，我们无法再将广袤的天地融入小小的心灵。在手机、电脑和互联网的帮助下，我们可以将自己安于一角而知天下事，在太平盛世的环境和日益激烈的竞争中，我们青年一代需要通过完善自己才能为社会所需，在变化多端而又难以揣测的国际形势里，我们逐渐将视线收回至身边，观察身边的人，了解内心深处的自己，记录下每一天身边的故事和此时此刻自己的心情，这是我们九〇后文学青年所关注和书写的。

我认为，"情怀"这个词是具有时代性和独特性的，身在不同的时代，就会有不同的情怀寄托。举个例子，我的"学长"鲍鹏山先生，在给我们做演讲的时候，就提到他们那个时代是国家西部建设极度缺人才的时候，鲍老师放弃东部优良的生活条件和分配工作的机会，亲赴青海支边，在青海师范大学中文系任教17年。他们那个时候是不会考虑做一件事的利益的，满脑子想的都是如何能奉献自己而报效家国，这是那个时代文学家的情怀，是时代给予了他们挥洒热血的土壤，是时代给予了那一代的文学青年以最无私而又纯洁的情怀。国家在他们的笔下是永远泛着光芒的存在，奉献自己而成全国家。不得不说，老一辈文学家们情怀的高度，是我们九〇后新一代文学青年所无法企及的。放眼当下，更多的青年人选择支边，往往是为了自己的好奇心抑或是通过这样的途径换取利益。当然，除去利益的支配，在青年一代里我们依旧存在愿为社会而放弃名利，放弃自我的优秀青年。

但是我们，文坛上的新兴力量却再没有老一辈人那种坚定又无畏的奉献精神，我们更多的是关注自己，关注新的世界中正在发生的变化，我们并不是丧失了情怀，只是我们这一代人的情怀随着时代的变化而改变了，新一代文学青年的情怀更多的是体现个性，我们用独特的语言、行为和文字宣扬自己存在的价值和意义，我们的情怀是将独特的自己和广博的宇宙建立起独一无二的联络方式。所以我们有记录自己青春年少的校园小说，有幻想与外太空建立联系的科幻小说，有独树一帜的穿越小说……这些无不都是我们通过个性化的表达而试图展现独具个性的自己。就拿校园小说而言，青春是我们这刚刚度过的二十几年的生命时光中最值得回味的，这段青涩的岁月里有我们辛勤努力学习的印记，有我们爱情萌动的火花，有与身边人相处的点点滴滴。因为我们仅仅只拥有学校、家庭狭小的社交圈，所以我们更多地将关注点放归自身，用自己的视角去看待外面的世界。自我是一切故事的出发点和落脚点，对自己嘘寒问暖，观察自身，了解自己。由此也就造成了新老辈文学家之间的不同：老一辈文学家通过社会及他人将自己和世界建立起联系，而青年一辈的文学家则是将自己和世界建立起单线的联系。

新时代让我们新青年拥有了不同的视角和情怀，文学自然也就有了新的变化，我们逐渐从老一辈文学家们的家国情怀中抽离出来，建立我们这一代文学传承人的青春情怀，新时代给了我们新青年新机遇和新期待，未来在我们手里正闪耀着光芒！

踏 海

◎刘益舍

汹涌的海浪像一群顽劣的孩子，肆无忌惮地在岸边疯闹嬉戏，摇晃着手中的海风，拍打着海岸。刚才还在岸边嬉戏的孩子们，眨眼间哭了起来，颤抖着嘴唇，要妈妈带他们回家。笑脸不见了，露出了一脸的惊恐。

起风了，海水也忽然变得凉了起来。

涨潮了。

退潮了。

带着孩子们又重新回到了岸边，孩子们要放烟花，他们并不知晓，脚下的那份坚实，就在几个小时前，还被汹涌占据，现在竟成了他们自在摇晃烟花的乐园。浪儿完全退去了，似也疯够了，海，不觉进入了和平的梦乡。

游客还在惊扰着它。孩子们放完了烟花，我们朝海的远处走去。我和孩子们蹲下来，拾捡贝壳。

看看我身边的两个孩子，踏实又幸福。那晚，我梦见了天空、海浪和风声。孩子们，那晚你们可曾有梦。

伴着清晨游客的喧嚣和叫卖醒来，看到了世界的可爱，真好！我匆匆洗去一脸的梦呓，招呼着姐妹和孩子们来到岸边。晨曦娇媚、明亮极了，洒落在此刻温婉的世界。退去的潮水卷走了岸上的寂寞，我迫不及待地向退潮的海边走去。

对于海，总有不可言说的爱和向往。润亮的沙子踩在脚下，舒服极了，浅浅缓缓的潮水漫过脚背，亲吻着，我们嬉戏着拍照，想保留这一刻的惬意、安宁和幸福。

此刻，世界是海，心怀是海。我们是海的孩子。站在风景里，愿做一滴水，风干，湿润，再飘落你的怀，做你嬉笑乖巧的孩子。

小城的暖

◎俞传美

　　熟悉过一个城市的烟火，感触过一个地方的冷暖，总想为这里记下点什么——城市的脉搏、春天的花朵、城市的水韵、项城与我，便是如此。

　　项城这个中原之城，多年前我嫁给他，来到了这里。从此，我与这座城结下了不解之缘。

　　这是一座温暖的小城，又名水寨。城北一条护城河，叫沙河。初春，沙河穿着蓝色的裙裾，点缀些许颤动的芦苇花纹，清凌的流水柔成她的肌肤，银灰色桥横卧在水上，蓝莹莹的水波，好像一双双美丽的眼睛。桥眯着眼睛看我，盈盈的秋波妩媚，这是两千年前的夕阳吧！斜斜地照在我肩头，将半晦半明的桃花堤写意出来，项城已远不是躲在深闺的旧模样，项城这位古韵美女便名扬四海了。

　　沙河上的小船，让我想起了李清照，莲莲一水间，佳人乘舟前。她尽了兴，一杯接一杯。直至红霞满天，昏光不现。她朦胧的眸闪过一丝慌乱，素手划桨，不知不觉舟入荷花深处，她柳眉舒展，凤眸璀璨，红唇轻扬……

　　走进沙河的夜，我想乘一只小船，寻觅"野渡无人舟自横"的意境。此刻，项城睡了，让我桨轻轻划拨船儿，只听狗吠鸡鸣的声音。

　　"春来江水绿如蓝"，人工湖的水从哪里来？老师说："她从沙河里来。"我感觉项城睡在水上，水便是项城的床，床很柔软，被子是绿丝绸，更柔软，感觉好舒服，我恍惚在床上轻微地晃荡两下，项城变换了一下姿势，紧紧拥抱着我这个远嫁的女儿……

　　我从吉祥湖走进植物园，有些恍惚，仿佛走进一幅卷轴画，以万顷麦浪为底色的一畦一畦的彩色植物，其实是一幅一幅的彩画。我们坐着、躺着打几个滚儿、捉几回迷藏，我生怕踩疼这幅画，在一行一行文字中间，我无意间踩到一个"爱"字，我不知道有没有踩疼"爱"字。

　　柳絮在风中微微飞扬，顶端轻雾袅袅，这是它在思考的缘故。啊！我知道了：柳絮其实是春天的一支笔，中原遍地的植物——也就是文字——春天都是它写出来的。

小城人给予我暖暖的回忆，一位有文化情怀的老人，他常常给我讲述项城的变迁，像极了父亲对女儿的讲解，老街和新街的由来，海河路的由来，我都听得着迷……

我在小城当老师，办公室在四楼，从窗户往外看，视野很好。车流频繁的车站，绿油油的麦田环绕着村庄，苍茫的原野花儿笑意盈盈，油菜喷出金黄的花絮，那些工厂、脱贫的乡村、那些流水线在项城这幅卷轴画里徐徐展开……一幅幅画面触动着我的内心，一次次地驱使我拿起笔，诗歌、散文、随笔，从我的笔端汩汩流淌。时常，写着写着就到了深夜，往外一看，不是皓月当空、蛙声一片，就是大雪纷飞、万籁俱寂。

小城的人工湖，睁着晶亮的眼睛看世界，我常和友人放风筝。沙滩上，人越来越密，我站在湖顶，风景尽收眼底。孩子们打水漂，溅起一道道水花，日子是那般恬淡悠闲，犹如小三亚一般惬意。

我终于从游子变成了居民，融入项城的日常。每到周末去老街北头儿买菜。那里满溢着生活的气息和人情味儿。

项城在翻过的一页页日历中不断变化着。昔日种着蔬菜的地方现在热闹非凡，门面房装修一新，商贩变老板。臭水沟变为美丽的驸马沟，建起了生态观光园，游人如织。

项城的高速路向祖国的四面八方辐射，我的归乡路越来越近。

仿佛一夜之间，项城有了高楼，路宽了，车多了，灯亮了，多了不少新的去处，电影院、图书馆、体育场进入人们的生活，城南和城北，城东和城西，原来寂静的广场响起了广播和音乐，之前不愿出门的妇女走出家门跳起了广场舞。人们开始喝茶养生、旅游度假、观影读书，项城附近的村民，也在社区工厂有了新的工作，既顾家又挣钱。

我的日常，和学生一起早出晚归，书韵墨香，日子充满诗意。从城西的家，赶往城东的单位，沿途经过商场、穿过学校、桥，在抵达中心广场时，不经意间听到中心广场上的鼎沸声，此刻，我都会抬起头来，看着阳光从云端洒下，人们享受着小城新一天的平静与祥和。

日子里温润着小城的暖。

春暖花开

◎封爱群

又是毛毛细雨天！无心做事，郁闷的我不由得想起去年快过春节时发生的一件事。它就像一块沉甸甸的大石，压在我身上，令我喘不过气来。

那天下午，我望到市场外有一个七十岁左右的老奶奶，坐在一辆小得只能容下一个人屁股的三轮电动车旁，车尾座里摆着几种鱼干。我很好奇，走过去看看。她说，这些鱼干是远嫁海边的女儿自己晒的，没有任何添加剂，好吃着呢！我拿起这些鱼干看，大小不一，品种也不同。像我小指那么小的是"痴公仔鱼"（学名叫白饭鱼）。这种鱼我吃过的，不咸不淡。最大的是马友鱼干，切成一块块，每块有23厘米左右，肉有半指宽。白中带着点点淡黄的鱼肉中，那种新鲜鱼干固有的香味，若隐若现飘逸出来，诱惑着我的味蕾，我很喜欢这种香味。我问她鱼干能留（保存）的时间长不长？她说，鱼干可以不放进冰箱，好几天都没事。

我想起疼爱我的陈老师，她喜欢吃鱼。马友鱼干这么大块，应该拿得出手，不如买点这种鱼干送给老师尝尝，感谢老师平时对我的关爱。于是，我买下几斤"痴公仔"和马友鱼，刚装了两袋，恰好先生顺道回来，见我问买这么多干吗？没地方放，再说了我又特少吃鱼干……我回答他说可以分些给老师啊！他便没再说什么。回到家，我还是有点担心，从冰箱里抽出一些东西，把鱼干硬塞进冷藏室。心想，迟点亲友们若有正宗花生油送来过年的话（往年总是有油的），就一道给老师送过去吧。

等啊等，眼看除夕了，也没见到丁点油的影子。我心想，2020年该不是连油都没有吧？还是等等看。最后，除夕到了，全家回乡下了，油还是没有半滴。我心里挺纳闷儿的，这怎么办呢？别说给老师，自家都要买油吃了！以往每年我家都要吃好几瓶油的，而我极少买花生油，都是亲人送来的。要不就等过完年，看什么合适再买一点儿给老师送过去吧。

过年宅家的日子里，我有时拿鱼干出来瞧瞧，见没啥事。嘿嘿！这下彻底相信了老奶奶的话了。

— 19 —

一周前的一个中午，我找木耳干时，顺手把鱼干拿出来看看。这一瞧，顿时整个人惊呆了：每一块鱼干上，都看不见原来白花花的肉，也闻不到一点儿香味了！映入眼帘的，是满满的斑斑点点，灰的、暗白的霉点！我不甘心，难道没有一块可以幸免吗？我逐一将这七八块鱼干仔细翻过来翻过去看，嘴里还忍不住嘟囔："唉，可恶！难道这真的是发霉了吗？实在是浪费，太浪费，太不应该啊！"先生听了，远远朝鱼干看一眼，大吼："还不赶紧扔掉！全是毒！"可是我还是有点不死心：难道就这样全部扔掉了？自己都不舍得吃，一心想留给老师试试的美味、正宗的江洪鱼干，就这样眼睁睁扔掉了吗？就没有其他的挽救方法了？要不拿手机拍出来，发图问问姐姐，是不是发霉了？见我踌躇不定，先生再次大吼："还不快扔了？"高分贝吓得我手一动，鱼干滑溜掉，闷声掉进面前的垃圾桶了！我难受、憋屈和不舍，还有一种说不清的感觉一并涌上心头……

想起心里一直装着我的老师，我就心潮澎湃。老师对我的关爱，像电影一样一幕幕浮现在我的眼前；老师对我的谆谆教导，一直萦绕耳边；每当我工作遇到问题，老师就鼓励我记录下来，静心反思，总结，寻找方法。特别是老师说的这句话，我记得很清楚："不管什么时候，记得首先要将工作做好，再做其他事。"

记得前年，有一次学校交给我一个任务，代表学校写一篇文章，参加县里举办的"文明遂溪·美丽家乡"征文比赛。我思来想去，觉得自己确定的写作内容总是不如意，意义不大，不能反映出遂溪创建文明城市的有利一面。万分苦闷之下，我求教老师，尽管老师很忙，但还是放下手头工作，帮我分析。最后选定了题材，动笔写作时，我还是写得不尽如人意，不能写出真正的感受，老师叫我多去现场观看，用心揣摩……还不厌其烦地帮我指出不妥处，说好文章是修改出来的。古人不是为了找到最恰当的一个字，拈断胡须千万根嘛……最后我的文章写完后请老师斧正，老师又亲自帮我修改。这让我想起了叶圣陶先生帮助肖复兴修改文章的事。而我的陈老师，不也是如此吗？后来，该文在参赛中获奖了。我知道，这与老师的无私指导是分不开的，这就是我的好老师！不仅如此，平时老师一有觉得适合我的信息和好东西，就马上会分享给我；在我的学习生活中，或宽慰，或引导，或鼓励我坚持读书、写作，再三叮嘱我阅读和写作两者不可缺一。她待我既如师长般循循善诱，也如姐姐般亲切关爱……

而现在呢？我想表达对老师的一点点心意，竟然都做不好！剩下的小小"痴公仔"鱼，哪敢拿出手，至今还放在冰箱里。留出来，是我觉得这本来就是给老师的，怎么能吃它呢？真想把这事儿坦白告诉老师，告诉她，我的懒惰、我的幼稚和比纸还要薄的脸皮，造成本该好好的事情最后以糟糕收场，实在不应该啊！老师，您说是吗？倘若去年年底，我不那么要面子，不那么懒散，把时间一推再推，而是果断拿过去给老师您的话，又怎会如此呢？有句话说得好："浪费是可耻的！"我实实在在地"可耻"了一回！当初要是送过去了，过年宅家的老师不是正可以派上用场吗？我懊悔不已。

别人欠我的人情或对我的不好，我都可以不计较，一笑置之。唯独这件小事我耿耿于怀，没放过自己。有句话说得很好："放过他人，就是放过自己。"可是我都可以放过他人、他事，为什么就不能放过自己呢？除了生死，其他事都不算什么事！难道不是吗？本来无一物，何处惹尘埃？心若无，事便无！心态决定一切！我知道该怎么做了。

这段时间，陈老师对我的爱一如既往，她常常了解一下我读书写作的事情，不时把佳作、写作好方法分享给我，让我可以不费吹灰之力，唾手可得。最让我感动的是，老师尽管自己很忙，出版了不少著作，发表的诗歌文章也很多，但百忙中的她并没有忘记我，而是根据我的实际情况（她应该是知道我缺乏毅力），时时鼓励我，多读经典散文，多读名著，还发来季羡林先生的《谈写作16篇》，勉励我把语言功底练扎实……

陈老师对我越好，我越内疚。我想向她坦白，话到嘴边又没有勇气。反反复复如此。这件事成了我的心病。

春天来了，疫情也有所好转。在这个春风荡漾的早上，我有事在微信里请教陈老师，她耐心指点我，看到如此爱我的老师，我终于憋不住了，鼓起勇气来，对老师说，有一件事憋在心里很久了，不知该不该跟您讲？陈老师说，讲吧。我把事情的来龙去脉全跟她讲了。哪知道陈老师听完，哈哈大笑，说："我还以为是什么大事呢！你的心意我领了，就当那鱼干我吃了，你不必放在心里。生活还要继续，你要学会释然。"

是啊，不就是丁点儿小事吗，至于折磨自己那么多天吗？听了陈老师宽慰的话，我这块心头大石咚的一声掉下来了，我也笑了起来。再望望窗外，雨不知什么时候停了。远处，一朵花正悄然开放，我顿时感觉春意融融，就如这窗外的春天，生机勃发，充满希望。

玛姬婶婶

◎苏星星

因为工作上遇到很多不顺心的事儿，我感到很抑郁。我把自己关在家里，整整三个月都没有出门。

玛姬婶婶来到我家的那天，天气很好，我期待玛姬婶婶能给我带来一些惊喜，我甚至想安排一场仪式，欢迎玛姬婶婶的到来。

玛姬婶婶的名字真好听！朋友们说可以叫她"阿紫婶婶"，可我觉得，"玛姬婶婶"这个名字很适合她。玛姬婶婶优雅美丽、安静内敛，她的身材有点儿纤瘦，却隐隐透露着泼辣和强悍。玛姬婶婶那一身浅浅的粉紫色，显得很特别，她的身上散发着芳香，那种香味很好闻，很温柔。

玛姬婶婶还没进门，我就闻到了她身上的香味。我的屋子有点儿乱，我尴尬地冲着玛姬婶婶笑着，我把玛姬婶婶带到阳台，"不好意思，家里太乱了，就委屈你了，先将就一下哦。"我用手擦干小板凳，让玛姬婶婶休息。我急忙转身给玛姬婶婶倒水喝，这才发现，我忘了给她准备一个精致的水壶。

我想起很久以前，我去一个朋友家做客，朋友的家干净而整洁，客厅有一个很大很高档的茶桌，茶桌是木制的，做工精细，搭配有全套大大小小好几十样的茶具，每一样都刻着精致的花纹。朋友邀我坐下，她烧好水，把热水轻轻倒在茶盆里，用夹子夹起小茶杯，放进去轻轻涮洗，然后再夹起来放好，接着又拿出茶叶，放进茶壶里，用各种茶具冲水、过滤……忙了好一阵，两杯茶总算冲好了，我没想到，小小的一杯茶要这么讲究，我感到很不可思议。朋友告诉我，她痴迷茶艺，很想去学，虽然目前只是简单模仿别人喝茶的样子，但是她很享受这个过程。我能感受得到那种美妙，也看得出朋友的改变。

我责怪自己没有为玛姬婶婶准备充足的物资，我掏出一次性杯子，装了水，端到玛姬婶婶面前。

"玛姬婶婶，不好意思，喝杯水吧，我家里没有像样的水壶。"我的声音小得只有我自己听得到。

玛姬婶婶奔波了好几天才来到我家，却没有一丝疲惫，她喝着水，脸上绽开了笑容。因为玛姬婶婶，我的屋子充满了芳香，我闭上眼睛，闻着香味，我仿佛走进了梦境，梦里，繁花盛开，美不胜收，我置身于花海之中，忍不住翩翩起舞。玛姬婶婶一来就给我带来了惊喜，我感到很不可思议。

晚上，阳台上的风有点儿大，我把玛姬婶婶带进屋里来，想到玛姬婶婶刚来到我家一定很不习惯，我没敢打扰她。为了让玛姬婶婶住得更舒服，我收拾好脏乱的屋子，买了书架和书桌，我给自己扎起了辫子，穿上了飘逸的碎花裙，我还给玛姬婶婶买了精致的水壶，也给自己买了漂亮的水杯。

玛姬婶婶她是那么优雅和温柔！她特别勤快，她总是不断地展现自己，她的到来，给我的生活增添了很多温暖和乐趣。每天清晨，我都早早起来，跟玛姬婶婶问好，她太美了，我忍不住看了又看，我甚至想伸手摸一下她的脸。每天晚上睡觉之前，我都会坐在玛姬婶婶身边很久很久，有时候跟她说我的心事，有时候哼歌给她听，有时候跳舞给她看，我乐此不疲。

朋友说玛丽比玛姬婶婶好，就向我介绍了玛丽。玛丽很热情，很娇媚，充满着青春的朝气，相比之下，玛姬婶婶要低调很多。可是，我还是更喜欢玛姬婶婶。朋友来到我家，看到玛姬婶婶，感到很吃惊，但是，很快地，朋友也深深地喜欢着玛姬婶婶，玛姬婶婶似乎有一股无形的魔力，深深地吸引着我们。

我有一只养了两年多的猫，非常乖巧可爱，玛姬婶婶来的那天，猫咪很兴奋，围绕着玛姬婶婶转了好几圈，然后手舞足蹈，接着不停地往玛姬婶婶怀里蹭，我想，玛姬婶婶应该是不喜欢猫的，我不知道玛姬婶婶和猫咪能不能友好相处，我便一次次警告猫咪要善待玛姬婶婶。

一天，我下班回来，猫咪没有像往常一样跑过来迎接我，我感觉不太对劲，跑过去一看，糟糕！猫咪把玛姬婶婶抓伤了！被抓伤的玛姬婶婶，低头沉默着，猫咪趴在玛姬婶婶旁边，得意扬扬地看着我。我把猫咪揪起来，指着玛姬婶婶的伤口，严厉训斥猫咪："你看，你做的好事！"我生气极了。

"你看，这也是你抓的！"为了让猫咪知错，我翻起旧账，卷起袖子让猫咪看我的伤口，那是去年猫咪抓的，虽然伤口早就不见了，但我还是常常拿这件事来责备猫咪。

我轻轻抚摸玛姬婶婶的伤口，不停地跟她道歉，我很自责，也很愧疚。我不明白，平日里，猫咪总是黏着玛姬婶婶，怎么突然间就变脸了。

第二天，我以为玛姬婶婶会因为被猫抓而赌气，没想到，她依然精神抖擞，像什么事都没发生一样。

有一次，下班的时候下暴雨了，我急急忙忙跑回家，我很担心玛姬婶婶，我想，她肯定是被暴雨吓到了吧。回到家，我急急忙忙跑向玛姬婶婶，她的脸上挂着雨水，却依然笑容满面。

有玛姬婶婶陪伴的日子，快乐而又美妙，玛姬婶婶一直都那么乐观、顽强、镇定，不管刮风下雨，不管遇到什么困难，她一点儿都不害怕，依然神采奕奕，她永远是那么勤快、充满活力，我很喜欢她，也很佩服她，她总是不断地给我带来惊喜，为我的生活增添美丽的色彩，也给我带来了很多启迪。

太阳出来了，我坐在阳台上写诗，猫咪躺在我怀里撒娇，阳台上的花都开了，一片姹紫嫣红，玛姬婶婶站在花丛里，抬着头，向我微笑着。

"有你真好！"我忍不住夸赞。

玛姬婶婶，是一种月季花。

美丽的新疆之旅

◎杨剑横

新疆,是个让我魂牵梦萦的地方。去年六月,受朋友之邀,我终于如愿以偿。

这一天,我和夫人从杭州萧山国际机场直飞伊犁,中途在乌鲁木齐转机。到达伊犁机场时已是深夜,接机的朋友将我送至宾馆下榻。

旅途疲惫,一觉醒来已经是上午十点半了。这里与内地约两个小时的时差。内地上午一般都八点上班,十二点开始午休;这里上午十点上班,两点开始午休。下午依此顺推,晚上十点还能看见太阳。这对我们内地人来说,感到十分新鲜。

早餐后,我们驱车前往果子沟和赛里木湖去看看伊犁的美景。

这条通往赛里木湖的路,穿越霍尔果斯口岸,中国和哈萨克斯坦的边界近在眼前。沿着公路,爬行在高山河谷之中,成群牛羊,悠闲自在地啃食着青草。果子沟大桥横跨在大山之间,雄伟壮观。在大山深处能有如此宏伟的工程,实在令人震撼。更让人大饱眼福的是沿途的风景,碧水蓝天、白云缭绕,白雪皑皑的群山蔚为壮观。

不到两个小时车程,我们就到了赛里木湖。一眼望去,湖水清澈,浩瀚无垠。湖边漫步,从雪山上飘过来的淅淅沥沥的小雨和从高山上裹挟过来的冷风打在身上,加剧了寒冷,不禁瑟瑟发抖。同行的朋友赶紧把他们的外衣脱下来披在我们的身上,一股浓浓的暖流涌上心头。第一次看到高山之上的湖泊这么浩渺,忍不住惊叹起来。朋友介绍,赛里木湖是大西洋最后的眼泪,也是美丽的神话。湖的四周白雪皑皑,脚下绿草茵茵,远处烟波浩渺,令人陶醉其中。我们由衷地感叹大自然的鬼斧神工造就的人间仙境。

由于时间关系,第二天要返回乌鲁木齐。午餐后,伊犁的朋友开车把我们送到机场,依依惜别。下机后,表妹夫妇早就等候在那里,热情地开车带我们前往他们的米泉新家。晚上同亲朋好友一起吃烤羊,喝伊犁老窖,拉家常,不亦乐乎!

第二天,妹夫开车送我们去吐鲁番。途经的达坂城,是古丝绸之路的一颗璀璨的明珠。它位于天山北麓的喀拉塔格山脚下,北依天山主峰——博格达峰。此时,我想起了著名音乐家王洛宾先生和他的《达坂城的姑娘》,这首优美动人的新疆民歌,是1938年王先生在兰州整理维吾尔族民歌时,重新编曲、填词而成,也是中国现代第一首用汉语译配的维吾尔族民歌,唱遍了大江南北。

驻足葡萄沟,布依鲁河从山间流过,沟谷狭长平缓,沟谷两岸,悬崖对峙,崖壁陡峭,河水清澈,孕育了串串珍珠般饱满、圆润的葡萄,香甜可口。由于日照充分,昼夜温差大,这里有"早穿皮袄午披纱,围着火炉吃西瓜"的习惯。这里的各种水果、粮食和蔬菜都具有一种特殊的口感,诱人嘴馋。沿沟而上,河水潺潺,犹如迎宾曲,欢迎天下来客。

沿途上，所有脆弱娇美的植物都令人感慨万千。在干燥缺水的环境中，只有沙枣树能顽强抵抗恶劣的自然条件，顽强地活下来，还能长成树，能开花结果，实属奇迹。沙枣树的叶子与树干均能储存水分，它的叶片长满了细小的鳞片，而树干上长满了长短不一的刺，都是为了保存水分，不让火热的阳光烧干水分而长的。田林路渠边，沙枣成行，既能挡风防沙，又可以成为劳动者纳凉避暑之所。茶余饭后，这里的居民还能嗅着花香小憩，甜蜜的沙枣能给孩童带来快乐，并成为一生美好的记忆。

新疆这个地方，历来少雨，气候干燥，特别是南疆，室内四季都得加湿。但这里倒是一个绝佳的天然干燥加工厂，收割的粮食不用翻晒自然干。

到了火焰山，扑面而来的是热浪滚滚。这里地表温度达到七十摄氏度左右，这儿的人比孙猴子还耐高温，真的是八卦炉中炼就的，少女也同铁扇公主一样，手拿大扇却无法熄灭火焰。熊熊的火焰，把土与高山烧红，融为一体，变成红土岩。

虽然这个地方酷热难熬，但眼前偶尔一闪而过的几片红柳，令人眼前一亮。戈壁上，荒漠沟渠，红柳随处生长，它不怕风沙虫害，在缺少营养的环境中顽强生长。一团团一簇簇的红柳迎风摇曳，盛开着紫色的花朵，比江南的睡美莲更美丽动人。

一路上，更多更美的风景扑面而来，翠绿的胡杨、金色的胡杨、枯萎凋谢而不死还昂首向上的胡杨，都展示着独特魅力与气质。胡杨的美让我震撼和忧伤，尤其是它枯死之后而又展现出来的求生状态，彰显着对生的渴望和与恶劣环境抗争的顽强。茫茫大漠中的胡杨，是一种圣物的化身，是一种昂扬的力量，也是西域的图腾。几千年来，它们生生不息，传承着一种深邃的百折不挠的民族精神。

在这里，妹夫还向我们介绍最常见的覆盖着沙丘的地梭梭。它们有蓬松柔软的枝，灰色的叶子，从根到梢头，分辨不出哪是枝哪是叶，亦无花香亦无果，所以很少有人怜惜和赞美它。但是这极不起眼的植物，对新疆人来说，有着极大的价值与作用，它们防风防沙，守林护田，确保良田不被沙漠吞噬。尤其是田间劳动的人们在野外垒锅做饭时，可以就地取材，把它们作为柴火。地梭梭轻柔干脆，燃烧起来噼啪作响，犹如伴奏的旋律优美动听。这里除了在沙漠造防沙林，耕地周边也有防护林。市内也遍种花木。所以这里付出的代价比内地大得多。冬天，靠积雪以滋养，无雪期必须人工放水浇灌。盐碱地都有排灌渠，借水淹排碱保障收成。一旦水源问题得到解决，新疆就成了一座绝美的大粮仓。

虽然疲惫，但一路上的景色却让我们流连忘返。第二天一大早，我们又驱车去往新疆著名的天山天池。时值六月中旬，这里的美景又让我们惊叹不已。一进天山，雪松林立，山顶还能观赏到皑皑白雪真是令人称奇！如果是冬天造访这里，一定会看到从天而降的雪片如鹅毛，似梨花，宛若人间童话。如果能在高山雪野中徒步、滑雪、堆雪人、打雪仗、塑雪雕，该多好呀！可惜这雾凇、雾霭、冰桂、冰晶、冰雕的画面，只能在心里面幻想了。而眼前碧清的湖水，在蓝天白云的映衬下，显得更加迷人！真不知道，这个被称为"王母娘娘的洗脚盆"的地方还蕴藏着多少不为人知的秘密与传说呢？

三天的新疆之行，令人终生难忘。新疆的美虽不如江南温婉秀雅，但它的广博、豪放、粗犷、富饶，更具魅力。

七十年的找寻，梦里的海峡思恋

◎张威

七十年的寻找，妹妹你在哪儿

在祖国台湾西海岸的秋季，二十多岁的重孙子张海鹰，推着轮椅上96岁高龄的太爷爷张芸军，在海边的沙滩上缓慢地行走着。只见身穿中山装的太爷爷一双浑浊无光的眼珠迟缓地转动，头上一蓬稀疏的白发早已枯竭，失去了亮泽。近百年岁月的沧桑，骨肉离散的悲痛，已将这位活了近一个世纪的老人侵蚀得满目憔悴。老人苍老的手上握着一个用了很久的收音机，正在播放着对岸海峡之声广播播放的小提琴曲。伴着音乐，老人痴痴地凝望着海峡的那一头……

1945年，毕业于黄埔军校二期的张芸军返乡探亲期间突然接到命令，即刻随部队奔赴台湾，执行一项保卫工作。即将启程奔赴台湾的张芸军与他的妹妹，也是他唯一的亲人，在老家一旁的白马寺千年古银杏树下依依惜别。

张芸军用自己的左手食指轻轻勾着比自己小两岁的妹妹的下巴，微笑着道："芸薇啊，这次去台湾执行任务，哥哥很快就回，在家等着我……"

七十年过去了，再见妹妹一面是张芸军老人始终割舍不下的心愿。为了帮助老人寻找到亲人，台湾的志愿者们将相关信息通过"骨肉情·台湾化交流社"传到了大陆。两个多月过去了，始终没有消息。直到前几天，志愿者们得到了一个令人兴奋的消息，张芸薇老人找到了。

台湾的志愿者接到消息马上给张芸军老人打电话，听闻消息，张芸军老人特别激动，一夜都没有睡觉。

海峡两岸共努力　九旬兄妹终相见

张芸军老人的妹妹张芸薇之前一直住在江苏省邳州市四户镇白马寺旁，在没有了哥哥的消息后，她整日以泪洗面，彻夜不眠。后来不得已，张芸薇走出了四户镇白马寺村，辗转近百里，定居在了铁富镇的姚庄村。因为爱人在20世纪80年代不幸病逝，张芸薇老人也无儿无女，邳州市民政局的同志和志愿义工之家的志愿者，定人、定期、定点无微不至地关爱、照顾老人。

时间啊，可以染白青丝，却割不断思念。整整七十年过去了，得知即将通过视频与哥哥见面，郁积在张芸薇心中太深太久的情感终于像岩浆一样迸发了。她兴奋地早早换上了大红喜庆的衣服，焦急地等待着与离别了七十年的哥哥的首次见面。

晚上七点零三分，张芸军兄妹一家，离别七十年的跨越海峡的首次电脑视频连线接通了。

在台北八德路3段155巷4弄10号3楼的张芸军老人家里，志愿者林宛宜呼叫："您好，您是张芸薇老人吗？"张芸薇老人激动地答道："我就是啊。"志愿者林宛宜又说："您的哥哥要与您讲话。"志愿者林宛宜话一落，视频就转向了哥哥张芸军。哥哥的面部略带抽搐地道："喂，你是芸薇吗？我是哥哥啊。"芸薇看到了久未谋面的哥哥，听到哥哥深情的一问，泪珠夺眶而出，手也不住地抖动，呜咽着说不出话。

哥哥听不到亲妹子的回音，又急切而动情地喊道："小薇，我是军子哥啊，你还好吗？我好想你啊！"张芸薇听到哥哥这动情的一句，忍不住哭出声："哥，我想你想得要死啊，我想你眼睛想瞎了，头想痛了，耳朵想聋了呀！这么多年你去哪里了？我想你想得心好痛，我找你找得好辛苦……"

尽管劝慰妹妹不要哭，但七十年未见啊，试问人生又有几个七十年呢？亲情是一杯浓浓的酒，亲情是一杯酽酽的茶，兄妹之间没有疲倦，没有睡意，只有那聊不完的亲情和道不尽的思念……

从台北到邳州

在祖国台湾的西海岸，20多岁的重孙子张海鹰小心翼翼地看护着轮椅上的96岁高龄的太爷爷张芸军，老人手中的收音机，突然响起了《鲁冰花开》这首歌：

悠悠的白云／徜徉在海峡／青青的茶园／是否开满花／漂泊的游子／一切都好吗

儿行千里远／妈妈在牵挂／美丽的鲁冰花／花开如霞／海峡隔不断／两岸一家／孩子啊在哪儿……

伴着歌声，张芸军老人痴痴地凝望着海峡的那一头儿。张芸军的身体状况十分糟糕，已然不能回到他那魂牵梦绕的家乡——江苏省邳州市四户镇白马寺，不能再看看那株已有千年树龄、见证着世世代代传说的银杏树了。他颤颤巍巍地伸出手，指向对岸动情地说："海鹰，那里是你们的老家，那里有你们的祖根……"

"终于回到太爷爷的家乡了！"飞机降落徐州观音机场，张芸军老人的重孙子张海鹰激动地说。

根据张海鹰"我要回到太姑奶奶家"的愿望，汽车未在县城作片刻停留就直奔铁富镇姚庄村。路旁千年流淌的大运河，昂扬向上、坚韧挺拔的水杉树，连绵不断、金灿灿的银杏林在车窗外闪过，张海鹰目不暇接。看到祖国大陆的壮丽山川、丰饶物产，他几次掏出手帕按捺住激动的情绪，唯恐眼泪掉下，但结果还是掉下了。

张海鹰赶到太姑奶奶家——铁富镇姚庄村时，被眼前的深秋银杏美景惊艳了。铁富镇姚庄村有着最美的全长 3 公里的银杏路，阳光透过银杏的叶子，一束束散落在地面，星光点点。树上、田野里、道路旁大片金灿灿的银杏树叶，使得整条道路笼罩在一片金黄色的世界里，微风吹过，树叶如万千蝶儿飞舞……一幅金色田园图在眼前展现。

走过这条恍若时光隧道的银杏路，一座素雅整洁的四合院映入张海鹰的眼帘，太姑奶奶张芸薇就住在这里。见到了素未谋面的太姑奶奶，张海鹰抱着太姑奶奶嘤嘤痛哭。尽管劝重侄孙子不要哭，但张芸薇太奶奶仍不能控制自己的感情，她要把七十年想哥哥的苦楚和痛楚，向重侄孙子倾诉……

梦里的海峡思恋

在台北医院 ICU 病床上，重孙女张海燕拿着电话放到太爷爷的耳边。接到重孙子张海鹰在江苏省邳州市四户镇白马寺，那个七十年前与妹妹依依惜别的千年古银杏树下打来跨越海峡的电话，伴随着听筒里传的袅袅梵音，幸福地听着孙儿讲述家乡人淳朴好客、物阜民丰的见闻，一股强烈的思亲、思乡情感萦绕在张芸军的心头，挥不去，也抹不掉。只要一闭上眼，家乡的一草一木、一砖一瓦，亲人的身影、脸庞，便一幕幕地浮现在他的眼前。

七十年魂牵梦萦的白马寺，多少相思，多少离愁！"诀别芸薇七十载，午夜萦回梦寝中……"弥留之际，张芸军似乎又回到了家乡白马寺的千年古银杏树下，似乎看到了树下苦苦等着他回家的妹妹。两人紧紧地抱在了一起不愿松开，哥哥动情地对芸薇说："妹妹，我们再也——不分开！"

夜，上海

◎余克勤

夕阳悄然西下，不知不觉夜色降临，心却还沉浸在夕阳中、仰望蓝天的美妙回味中。时光流逝，上午学习，午后拜访新的朋友，天涯海角与清心相会于沪都卓创，壮志同心共话爱国情怀……

这个世界，有白天，也有黑夜；人生，有阳光灿烂的辉煌，也会有黑暗阴冷的失落。有天才有地，有阳就有阴，有开心快乐也有忧郁寡欢……这一切都是相对的！

我们需要学会、懂得去从两面感悟人生——快乐的时候，要留心注意到乐中之忧，才不至于乐极生悲；忧伤的时候，用心去品读忧中之乐，化悲为喜……风雨之后，总会有灿烂的阳光出现，有的时候更能看到七彩虹桥。

黑夜，以前总是让人想到一个黑暗的世界，不少人对于暗夜充满恐惧……而如今，智慧人类已经把黑夜点亮；黑夜中，人们不再是那样无知，无数的大小灯火，让东方明珠——上海成了不夜之都；无数的城市与农村村庄，都在用灯光点亮黑夜，让人们在黑暗之中不再迷离，找不到归家的方向与道路……

静立窗前，窗外无数路灯、车灯、室灯，组成了一条灯火长龙，展现出了不夜之都的另一番美丽……黑夜中，无数黑影静立，悄然注视、欣赏这份独特的美，隐身于都市的小小角落，守望着阳光下的蓝天和黑暗中的大地，给风雨兼程、辛勤劳作的人们以无声的守护……为大家、小家的平安默默地流血、流汗，付出青春年华，甚至是宝贵的生命……

繁华之都，高楼林立，世界各国友人都向往这东方之都，这是矗立在世界东方的一颗明珠……无论白天还是黑夜，它都是那么迷人！愿所有热爱和平的人们，都来这里享受这份美丽，在美丽的东方追寻自己的人生梦想，实现自己的人生价值，为世界和平共生、同建绿色家园贡献一份力量……

西行漫记

◎郭炳飞

一心向西，一路向西。

群山之巅，众河之源，狂野而丰饶，荒凉而生机，厚重而神秘的西部，一直令我魂牵梦萦。

大漠孤烟直的粗犷，一片孤城万仞山的雄伟，将军夜引弓的孤勇，不破楼兰终不回的气魄。张骞的驼队，穿越漫漫黄沙，带着丝绸和瓷器，打通西域，漫天的驼铃，是否还在回响？卫青、霍去病驱匈奴、平西域，设河西四镇，释酒置泉的河水还是否清香？青海湖的蔚蓝、茶卡盐湖的明镜、丹霞山的多彩，时时像线，牵引着我而来！

晚夏，始洛阳，经西安，出兰州，过西宁，抵酒泉。一路上时而淅沥小雨，时而暴雨如注，时而云生山巅，时而风疾草动。亦真，亦幻……

嘉峪关

它，南依祁连雪峰，北凭黑山险阻，处西域前沿，扼丝绸咽喉，被誉为"天下第一雄关"。

1372年，征西大将军冯胜，修建关防，建立此城，历时168年。而他率二十余万降众凯旋时，等待他的却是贬谪和死亡。

如今，人群熙攘，出入繁复。数百年前，出此便为出关，出关即为出国。浩浩驼队，穿越黄沙，抵达西域。数月、数年归来时，穿越此关，是否荣光依然，归心似箭？

手抚着这黄草平沙，残墙映祁连的土墩，金戈铁马，猎猎战旗，烽火狼烟，生死杀伐似在耳边。物是人非，沧海桑田，只此讨赖，河水依然滔滔，雪山依旧皑皑。

一道墙，挡住了侵略和掠夺，也挡住了欲望与希望；一道墙，围住了安宁和丰饶，也围住了岁月浩荡。绵延万里，烽火千年，前世沧桑，谁主沉浮？显赫墩台，残墙危壁，今世回望，思君若何？

敦煌

敦，大地；煌，盛也。每个人心中都有这样一个梦想，关于伟大与辉煌、光荣与梦想。而敦煌是这样一个地方。它不是死了一千年的标本，而是活了一千年的生命。历史给予它层层叠叠的厚重，成就了它的辉煌。

所以每个人都有一个关于敦煌的梦想：张骞通西域、武帝得天马、贰师将军伐大宛、霍去病驱匈奴、乐尊和尚开建莫高窟……成就了它的厚重。鸣沙山的五色神沙，月牙泉的神奇绝美，雅丹地貌的绚丽多彩，成就了它的美丽。

敦煌藏经总量大约有7万件，有经、史、子、集、佛、道、儒、文书、官牌等种类，有西夏文、蒙古文、国文、希伯来文、汉文……涉及天文、历法、医学、算学、社会、历史、宗教、音律、占卜等各个方面的资料，是迄今为止全世界发现收藏最丰富的古代珍本。而我国仅存1.9万册，其他大部分流失在英、美、法、日、俄罗斯等国。而海路开通，经济南移，游牧民族与中原王朝在这里激烈地碰撞，烽火连天、沙漠侵袭……种种原因使这里长期陷入了荒凉和凋敝。

抓一把黄沙，于指缝流逝，如同那些辉煌，记录它的可还是原来的那一粒黄沙？

张掖

古称甘州，为河西四郡之一。后汉改为张掖，意为：断匈奴之臂，张中国之掖（腋）的意思。

由红、黄、橙、绿、白、灰、黑组成的七彩丹霞由白垩纪地壳运动形成，经造山运动、地壳运动、氧化作用，形成了造型奇特、色彩斑斓的丘陵。其气势之磅礴，场面之壮观，造型之奇特，让你仿佛置身于彩色的童话世界。

建于1098年的大佛寺，是全国少见的西夏皇家殿堂，有着国内最大的室内卧佛，世界罕见的手书金经。据说元世祖忽必烈、元顺帝都在此出生，素称："塞上名刹，佛国胜境。"

塔尔寺

出西宁西北，至湟中县，便到塔尔寺。塔尔寺因为先有塔，后有寺，所以又叫塔儿寺。之所以成为圣寺，是因来一个人——宗喀巴。他创立了格鲁派，建立了班禅和达赖的活佛系统，至今仍是藏传佛教影响最大，控制人口最多的教派。

或许我一直与佛教有缘，到这高海拔之地，仍神清气爽，温度只有20摄氏度左右，不像夏天。虽已是午后，游客仍络绎不绝。因不能照相，所以没有留下太多图片，但富丽堂皇的建筑、琳琅满目的法器、千姿百态的佛像和浩瀚的文献藏书，使寺院成了艺术的宝库。特别是金身佛像，由各种宝石装饰，与禅宗佛教完全不同。壁画、酥油花、堆绣更是此寺三绝，驰名中外。

第一次见这些红衣喇嘛现场辩经，或手舞足蹈，或声嘶力竭，或跺脚击掌，或咄咄逼人，一副不见真理，誓不罢休的样子。每个殿周围都有一些五体俯地，朝拜佛祖的信徒，似乎三叩头便把愿想交给了佛祖。而这里的朝拜，每次都是先全身俯地，跪拜，再起身，连续要十万个，即便是身体硬朗的年轻人，全部做完也要一两个月。那些一路跪拜，叩向西藏的人，要花费更多的时间完成这项伟业。可见信仰的力量是多么强大。

或许，很多事情不去做，是不会知道其中的意义的。就如同我们虽然对这些信徒发自内心地佩服，但你不去磕这十万个长头，是根本不能理解其中的意义。

手拨转经筒，心中默念"唵嘛呢叭咪吽"六字真言，双手合十，此刻一心向佛……

青海湖

今日立秋，三伏未过，但过拉脊山，温度已近零度。之前还担心会有高反，但在这近四千米海拔，称鹰都飞不过的地方，却发现云雾升腾，烟雨朦胧的另一番世间美景。在这里似乎一切都已静止，只有翻滚的云雾，斑斓的经幡，诉说着信徒们坚定的祷告。

车过日月山，风萧萧、草瑟瑟，她静静伫立。想起1300多年前的正月，大唐的送亲队伍把文成公主送于此。她，立于此山，回望长安，心中多少泪，多少不舍，多少恐惧，已不得而知。镜是滑落，是摔破，已成传说，但她用如此稚幼的肩膀担起了两个民族的和平与繁荣，是何等英雄。据说松赞干布仿大唐宫殿修建了布达拉宫，以解公主思愁，又成了后世无数人心中的圣殿。

下山便是青海湖。此刻一直阴云密布的天被风拉开了口子，湛蓝如泻、天蓝如洗、湖蓝如碧，水天一色，风月无边。云时而如拂拂白练，时而如团团白棉，时而如天马行空，时而如脱兔疾跃，或如丝线拉扯，或如白烟卷卷，或如薄纱朦胧，或如墨团入水，云水一色，天水难解，真如幻境。远看水如倒倾，近观如置深蓝，银波泛泛，晚霞蒙蒙，真如化境。

我想这不应是公主的镜子，而应是她的眼泪，否则不会美得如此让人伤怀，美得让人忘返。

亲历西北，你才能明白为何春风不度玉门关；亲历西北，你才能知道什么叫西出阳关无故人。云横秦岭家何在，雪拥蓝山马不前的悲凉；大漠沙如雪，燕山月似钩的豪爽；天苍苍，野茫茫，风吹草低见牛羊的勃勃生机，让这片土地鲜活而丰饶。西部，如同这茫茫黄沙，可以掩埋一切辉煌与黑暗；如同这浩浩湖水，可以涤尽所有尘埃与浮躁；如同这巍巍雄山，可以阻挡一切阴霾和黯然……

冬日苍茫

◎李科技

沿着这条偏僻的街道行走，路的这一侧是被圈占的土地，里面杂草长得很高，像放大版的狗尾巴草。路的另一侧是残败的树林，光秃秃的，一眼望去灰色暗淡。

走过一条河，导航上显示为"黄河故道"。谁也不知道这"故"到底有多久。于人而言，大抵青山不老，河也不老。不过此时的河流行船较少，鱼群不跃，水鸟也不欢，果真具有了几分"老态"。它流淌过春秋，似乎有些累了，在这个冬季要停下来歇上一歇。大江大河不舍昼夜，能急流勇进，也能静如止水，配合着这冬季的苍茫空远。

慢慢走着，到了一个公园。天空偶有几只飞鸟，正像行色匆匆的路人一闪而过，如果在平时它们会在枝头停留，而他们也会驻足游玩。公园内也有一条河。河中长着形如芦苇一般的水生植物。只不过都是干枯凋零的状态，色调单一，但是也有几分迷人，颇有中国传统山水写意画的意境。远远地看到几只水鸟在河中央游动，慢慢走近，它们在芦苇的"掩护"之下早已不见了影踪。

地面的草也是干枯状态，一岁一枯荣，此刻正是"枯"的季节。尽管冬日太阳少见，望着满地的干草还是能从中感受到几丝温暖和柔软。我不由自主地坐了下来。蹲坐干草之上，望着眼前那条河以及河中那简约、唯美的芦苇。在某些时刻，人的心灵确实能尝试着与自然相融，从而忘却许多纷扰和杂乱。此时，一种潜意识涌上心头。顺着这一片自然行走，想停下来观察一些东西，想坐下来思考一些东西。特别是在这个冬日，四周的一切变得素简。红花少了，绿叶少了，外出活动的人也少了。这种意境如同《红楼梦》中描写的"白茫茫一片大地真干净"，整个世界在这一刻不再那么拥挤，大自然格外苍茫无际。

当生命个体离开密集的人群，融于自然的苍茫，念天地之悠悠，能够更轻易地体悟自身的渺小与有限，也能更容易地倾听到自然的声音，嗅察到自然的一呼一吸，捕捉到这种奥妙非凡的生命律动。

冬日，天黑得早，于是夜色渐渐吞噬了这无边的苍茫。路灯亮起，和裹得严严实实的陌生人擦肩而过，道路上的车辆开着远光灯无比刺眼，似乎想看清百里外的景象。不过，这一切都好像轻描淡写，欲吼无声，丝毫没有影响到这冬日苍茫。

面带微笑，从容自若地面对生活

◎王东岭

英国作家威廉·梅克比斯·萨克雷说过："生活是一面镜子，你对它笑，它就对你笑；你对它哭，它也对你哭。"我们用好的心情和态度去看世界，你会发现世界原来是如此美好。

人生数十载，有的事谁都无法避免，那么既然逃避不了，何不去坦然面对呢？也许换一个角度去看它，就会有意想不到的收获。正如我们都生活在一个不怎么如意的世界里，但阳光总有一天会到来，等阳光到来时，你好好地拥抱一下阳光，细闻着它独特的香味，自己的心情也就会变得阳光！

想起去年端午节前夕，我回老家的时候，父亲正在豆角地里拔草，父亲比以前显老了，岁月不饶人。想想从小到大，父母对我们无私的大爱从来就没有停止过！父母眼看我们一天天地长大，而他们自己逐渐一天天地老去！那根亲情的纽带一直紧紧系在我们手中，每一天每一刻，继续牵着我们走过生命的旅程。我们也许突然感悟，父亲母亲其实是一种岁月，从绿地流向一片森林的岁月，从小溪流向一池深湖的岁月，从明月流向一座冰山的岁月。暖暖的亲情在热闹的聚会里不断延续，在热气腾腾的菜肴里越积越深，在一连串的欢声笑语里愈加浓厚。

以前父亲从事厨师工作，人品、厨艺均是一流，为人处世都好。后来回家种地，帮我照看孩子，地里种的粮食、蔬菜喜获丰收。父亲一大早就起来忙农活儿，种地也是一把好手。对种地业余的父亲种出的庄稼比别人种的还要好！他是干一行爱一行，用心在种地。有的庄稼人的地里，草比庄稼还高，这就是没有种好地。父亲是好父亲，一个对黑土地负责任的好父亲。学习父亲，其实有些事我们也能干好。坚持做好认准的事，一定能成功！

想想小时候多好呀，那时候无忧无虑，叠纸船、叠飞机，警察抓小偷、老鹰抓小鸡、丢沙包、藏猫猫、下河捉小鱼，童年真快乐！我小时候，父亲在外面的食堂当大师傅，炒菜、面案全活计。父亲是个啥事情都装在心里的人，对我们兄妹付出了许多。我儿时体弱多病，多亏父母心肠好，没有撇下我不管，给我治病的医生说我就像"孙猴子"一样瘦弱，可以想象那时候父母的心有多焦急、多揪心。那时候山区交通闭塞，父亲为给我治病常常需要翻越几座山才能找来医生。后来在父母的精心照料下，我的身体逐渐好转。

父亲母亲总把好吃的留给我们兄妹。我们兄妹能成长得顺风顺水，是源于父母的付出。这就是树根对树叶的情意，亲情永远割不断。在我们遇到困难和挫折的时候，父母会对我们说："孩子，当你感觉生活中充满无尽的烦恼时，被身上的重担压得喘不过气的时候，一定要扛起来，不必惊慌失措，相信一切都会过去，一切都会好起来的。"父母绽放在庄稼地里的笑容，那美好欣喜的笑容，是我一直都望不够的美景。

这就是生活，没有人可以一直安逸着，也没有人会一直生活在痛苦中，生活就是这样痛并快乐着的。任何事都不是绝对的，不如意时也不要因此而感到害怕，因为此时的不如意只会让你更加努力生活，奔向不远的幸福。

闲看庭前花开花落，漫随天外云卷云舒。生活，就是从容地面对，就是用心灵描绘出明天的美好。无论何时，别忘了微笑。

母亲的小菜园

◎张承斌

近年来,母亲尤为喜欢侍弄她的小菜园,没昼没夜,不分寒暑。

菜园不大,都是些田间地头的边边角角,欠规则,不成形,谈不上用面积计算。倘若非要把它们合起来算算,虽有点儿小题大做,但着实也够惊人,约有一亩多地吧。

别小瞧这些"小不点儿",真正用心侍弄,搞得像模像样,能让它青葱馥郁、瓜果飘香,保障一家人平日的蔬菜供应,还真非一件易事。

不知是母亲天生擅长,还是后天勤奋努力的结果,小菜园一年四季都郁郁葱葱、生机盎然,充满着诱人的活力。菜园不成片,分布几处,但每一处都有春天,每一处都是一道亮丽的风景。经过之人,无不咋舌赞叹,纷纷投来钦羡的目光。

春天,万物复苏,百花争奇斗艳。小菜园也不示弱,一副巾帼不让须眉的架势。它舒展腰肢,绽放着青春的绚丽色彩,呈现出一派欣欣向荣的景象,仿佛为衬托春天的磅礴气势,蓄足了力量。你看,那绿油油的菠菜,修长柔软的韭菜,还有油光闪亮的青菜,粗壮的莴苣,你追我赶,争先恐后,互不相让,好像正进行着一场激烈的小型比赛,惹得路人驻足观看。

夏天,那些瓜果要么躲在草丛里不声不响地睡大觉,要么从密密匝匝的绿叶间探出小脑袋来,张望着外面,似乎对这个未知的世界充满了好奇。瓠子、丝瓜挂满藤架,在绿蔓间悬垂,伸手可得,不费心力。西红柿、辣椒也当仁不让,在青枝绿叶间随风摇曳。一阵风袭来,香气扑鼻,余味在天地间徐徐飘逸,半日不绝。

及至秋高气爽,更有一番热闹的景象。丝瓜、豇豆爬满了瓜架,一个个倒垂下来,很叫人替它们捏把汗。冬瓜、南瓜倒像是调皮的孩子,它们隐在草丛里玩起了藏猫猫,若不细心寻找,很难发现它们的踪迹。近在咫尺的扁豆露着肚皮，擎着一面面青紫色的小旗，笑话那些无趣的家伙。

别以为寒冬腊月，小菜园就繁华落尽，寂寞成哀。令你惊讶的是，它一如既往地生机勃勃。萝卜、青菜、卷心菜、茼蒿、大蒜……照样蓬勃旺盛、青翠欲滴，盖满了那么几块瘦小的黑土地。在这个寒风凛冽的日子里，给人一丝温暖和慰藉。任凭严寒肆虐，我们不用担心，就凭这些蔬菜储备，越冬不费吹灰之力。

这么几方土地上长出来的东西，完全满足了我们一家人餐桌上的需求。我们一边嚼着鲜嫩爽口的蔬菜，一边享受着生活的甜蜜与美好。我们吃得畅快、坦然，从不虑及其他。每每此时，立在一旁的母亲，眼里流露出的尽是满满的自足和喜悦，她，从不希求子女们的回报。

母亲老了。辛苦了大半辈子的她，晚年不得不放弃田间劳作，可是却始终无法放弃土地。因为我深知，我勤劳善良的母亲是为土地而生的！

过年，回家看娘

◎张国强

　　我的老家在山东省北部平原地区，这里把"母亲"一词亲切地称呼为"娘"。对孩子而言，娘是一个温暖的世界。当然，我也不例外。虽然我与娘相隔千里，但娘给予的温暖犹如一把温情的伞，陪着我经历一切风雨，渡过一个个难关。

　　意大利诗人但丁说过，世界上有一种最美丽的声音，就是母亲的呼唤。是的，小时候天性贪玩，每天放学以后，就和小伙伴们疯到天黑都不愿意回家。每次都是娘喊着我的小名，领着我回家吃饭。现在长大了，离开了家，娘不再喊着我的小名领我回家吃饭啦，只是眼巴巴地瞅着，盼望着，在心里呼唤着：今年，能回家过年吗？

　　过年，回家看娘！

　　这是我两年以来，特别是父亲去世之后，头脑里想得最多的事，也是极为期盼的事！现在虽然离过年还有一段时间，可我的心早已经飞回了家乡。那个我曾经住过十多年的房子、那个烧得热乎乎的炕，还有那温暖、慈祥，白发苍苍的亲娘已向我招手示意。想娘的时候，我有时也泪流满面。想她的白发又多了几缕；想她一个人佝偻着身子，孤独地坐在电视机旁发呆；想她一个人烧火做饭，简单地糊弄一口，嚼着没滋味的饭；想她一个人在家面对空空四壁，人影孤单……

　　父亲在世时，是典型的大男子主义，虽然腿脚不好，不能从事繁重的劳动，却掌管家里的"财政大权"，家里所有的花销都要从他手里出。虽然没有多少钱，但父亲也动不动就把娘数落一顿，说这不行，那也不行。娘倒也不生气，说你行你去做，不和父亲一般计较，也是典型的心宽体胖的人。对我们姐弟三人而言，娘就是这个家里的劳动力，所有的体力活儿都是娘来完成的。虽然她手里没有钱，从来没有给我们买过零食，但她和我们猜谜语，教我们唱儿歌，给我们洗衣做饭，陪我们度过了美好的童年。

　　少年不识愁滋味。姐姐和哥哥在父亲的安排下相继结婚，轮到我这儿却遇到了"障碍"。我不想让别人安排我的命运，我要参军入伍，自己的路自己去走。我的自私、冲动与父亲形成了对峙。相持之中，是娘第一个站出来力挺我，说："谁逼我孩子，我跟谁急！"当时，我第一次感受到母爱的伟大，那气场无人可撼！让我彻底读懂了高尔基的一句话："母亲是英勇无畏的，当事情涉及她所诞生的和她热爱的生命的时候。"最后，父亲妥协了。我也如愿以偿穿上军装，踏上北去的列车，开启了自己的梦想之行。

谁也没有想到，这一行就是 25 年了。虽然其间过年回过几次家，但那寥寥的几日不是走亲串友，就是接待来访客人，陪老人家的时间不是很多，忽略了父母关切的目光。他们欲言又止却又强颜欢笑的脸庞，在我的脑海里反复播放，内疚之情不言而喻。

娘的心思是甜的。她对自己的伟大之举到现在为止也津津乐道。她经常跟邻居说："我的儿子当大官啦。"是的，在娘的眼里，儿子成功就是她最大的骄傲。一提起儿子来就喜上眉梢。在娘的心里，儿子争气就是给她脸上添彩，说起来的时候脸上都笑开了花。可一想儿子不在身边的时候，却又唉声叹气。儿大不由娘啊，娘经常这么说。

父亲过世之后，我就想把母亲接到东北来住。可她就是不愿意离开那个家。她说，你父亲并没有走远，还会经常回来看看，我不在他会孤单的。她还说，你上班不在家，我一个人多不自在，出门没方向，迷路了咋办？现在我没事就找邻居唠唠嗑，挺好。姐姐和哥哥也想把她接到自己家里去住，可她谁家也不去，就守着四间陈旧的房子一个人生活。

其实我知道，娘是不想离开那个家。那个家里有父亲的影子，有他们俩太多的回忆，怕一旦走开，回忆没了。还有就是，娘也想给我留一扇门，那扇门始终为我留着，就像小时候一样，家就是方向，可以随时回去。

过年，回家看娘！

给娘洗洗头、搓搓脚、捶捶背，逗她开心。

过年，回家看娘！

让娘给我留一扇门，就像小时候那样。

壮哉，雁门关

◎吉荣华

雁门关，犹如一座风云多变的历史舞台，演绎着中华民族彪炳千秋的壮美史诗。

雁门关东西两翼分别延伸至繁峙、原平，设十八隘口，整体布防可概括为"两关四口十八隘"。《淮南子·地形训》载："天下九塞，勾注其一。"《舆图志》载："天下九塞，雁门为首。"《水经注》上也说："天下九塞，雁门为首。"从战国时期，这里就已经开始设关，曾是赵国的门户。

遥想当年，雁门关外，旌旗猎猎，鼓角声闻，狼烟弥漫，杀声震天，场面何等壮烈。赵国名将李牧，就在这里率兵抗击匈奴。西汉时期的善射名将李广，唐朝时期的东征名将薛仁贵，北宋时的守边将帅杨继业，明朝时的带兵将领陆亨等，都曾在这里留下了他们守关和作战的英雄故事。自然，这里是兵家必争之地，也是保卫中原国土的著名关隘。据史料记载，这里曾发生过大大小小的战争1700余次。

雁门关向来以关山雄固、北塞门户著名。一座雄关，在四季的轮回中坚守，在太阳的起落中高耸，给雁塞浇淬一缕刚毅，为三晋传入一片安稳，给太行注入一份信念。起伏的烽火台，讲述着霍去病痛击胡虏的美名；广阔的金沙滩，到处吟咏着杨家将满门忠烈的颂歌；残破的广武城，回响着薛仁贵西征祝捷的鼓乐。那个被誉为睁眼看天下的第一人——山西人徐继畲，奋力疾呼，以唤醒国人。至今，雁门关前仍然立着徐继畲的一通竖碑，可见对雁门的关注。

相传每年春来南雁北飞时，口衔芦叶的大雁会在雁门的上空盘旋半晌，直到叶落时方才过关。我不知道大雁的这种过关方式，是否能够感染今天的每一位到访者，但对我来说，雁门仍然是我心中高不可攀、让我为之感动的城门，毕竟在它的肩上，背负了太多太多沉重的话题。

这里，金戈铁马，忠骨遍地，野花烂漫。没有风雪，只有黄土和大好河山。

沧桑里，我站成一株逐渐褪去色泽的枯草，听到渗入血液的疼痛在身体里沙沙作响，由远及近。激扬的词语哽在凌空的怪石之上，它用悲壮捍卫尊严，用陡峭绘塑威仪。

雁门往事深几许？一个关隘，风云激荡。浩繁卷帙亦书不尽其历经的沧桑，日子在关上掀一帘的血脉偾张。雁门关上年年风萧萧兮依旧，拂不去雁落的痕。当往事失去的时候，雁门关坐落在了记忆的帘里。

红颜颦眉笑，关塞静且宁。昭君出塞，阳刚的雁门关从此洒落一路红颜泪背对长安。昔日的刀光剑影，硝烟烽火，早已在岁月的风吹雨打中褪去了所有的颜色。今日的古战场旁，放眼望去，已然满眼皆绿，枝繁叶茂，硕果累累。

放眼望，车若飞镞，迅疾地划过眼睛和关隘间狭长的空间，一头钻进了隧洞。在吞噬了数口黑暗后，又昂首挺胸地扑入了阳光灿烂中。

于是，古老的关隘，只在一闪念间，就从前方变成了身后。仅仅来得及看一眼敌楼上匾额中古拙的三个大字：雁门关。

记忆，是不会过于喧闹的。它只适合于在某个阴雨的午后，泡一杯清茶，持一卷史册，悄然凝坐于幽静之中。或许，只有在那样的氛围中，当浮雕叠影般的记忆里突然浮现出"雁门关"这三个文字时，一种潜藏已久的情愫，才会跑出尘封的往事，再来诉说一段悲壮的岁月。

煤油灯照亮我前行

◎乔加林

人过四十,开始怀旧,童年、少年时的那点儿事,经常自觉不自觉地找上门来,勾引你不由自主地去回忆、思索。

在20世纪70年代,最能反映人们生活质量的一大问题就是照明,从我能记事的时候,家家户户都是靠煤油灯照明。一根长长的棉线从一根用铁皮做的细长径里面通上来,火柴一点,灯就着了,亮或不亮,可以用挑长或挑短露出的细线加以调节。

煤油灯,也叫"洋油灯",毫无疑问,那煤油是从外国进口的。人们用"如豆的灯光"来形容油灯的亮度再恰当不过了。在我小的时候,农村还没有电。家家户户都备有一个或几个煤油灯。煤油灯的结构极其简单,我家的煤油灯是用一个白色玻璃瓶作为灯座,上端覆盖一个圆形的铁片,中间穿过由多股细线捻成的油捻子,一直拖到盛油的瓶肚子里。瓶肚子里的透明液体我们叫煤油(老人们通常叫洋油)。

我出生在20世纪70年代初期,比较闭塞的苏北乡下。在那里我曾经历了无数个靠煤油灯度过的日落后的时光。煤油灯昏黄的光环时常像一粒萤火虫般飞进我的记忆,点亮一个个深藏在心底的旧梦,让我又看到了父母摸黑劳作的身影,看到了一灯如豆的饭桌上,认真写作业的小伙伴……

在我记忆里,大部分人家,都在使用一种自制的简单"煤油灯"。自己动手制作一盏煤油灯,材料很简单,就地取材,选一个大小适宜的、带金属瓶盖的玻璃瓶,在瓶盖正中间穿一个大小适宜的洞,插入一个薄铁片卷成的小圆筒,用棉绳做灯芯,灯芯上端从小圆筒穿出,点燃即可照明。由于自制煤油灯缺少防风玻璃罩,从堂屋到厨房的移动往往要用一只手或身体遮挡才行。煤油管子越粗灯便越亮,但是基于节约用油的目的,父亲做的管子总是比黄豆还细,天黑后点起来,喷出比黄豆稍大些的小火苗,屋里虽然不是漆黑一片了,但亮起来的,也就只有巴掌大那一小片,其他地方亮光打不到,便朦朦胧胧的,墙上或顶棚上那些陈旧的报纸和水渍印,在半明半暗中仿佛变成了张牙舞爪的魔鬼欲向人猛扑一样,阴森恐怖。没有大人陪着,一个人时,多少会生出些害怕的感觉。

晚饭后收拾利索,一家人会或远或近围在煤油灯前坐一会儿,手里有活计的理所当然凑在最前面。往煤油灯跟前凑得最少的是父亲,他大部分时间不在家,即便偶尔回来,也早早躺下睡了;再早睡了的自然是疯玩一天玩累了的我和姐姐们,已经上了学的姐姐,少不得趴在灯下做会儿作业;到冬天,守在灯前最多的,是母亲,她要为我们制作过年穿的新鞋。

做鞋最费工夫的就是纳鞋底,看着母亲守在一闪一闪的小煤油灯下,扯过来拉过去地细细纳鞋底,也算童年最温馨的记忆之一。那时候很好奇,不知道母亲纳鞋底之前,为什么要将长长的老针在头发上蹭几下,而且纳的过程中,也总是拿针在头发里不停地蹭,直到长大后才明白那是在给大针过油,针在头发里蹭的时候,天然的发油就自然地沾到针上,等针往鞋底里扎时,能发挥润滑剂的作用,纳起来就又快又利索。

无忧无虑的童年时光总是过得很快,一不注意,就背上母亲缝制的花书包进了学堂,小学时还好说,摸黑赶夜的时候少。每当我趴在小桌上写作业,母亲总要叮嘱我离油灯远点儿,小心烧了头发或眉毛。写完了作业,是不可以浪费洋油的,当我们各自钻进被窝,缝完衣服的母亲直直酸痛的腰,喊了声:睡觉了!然后吹灭了油灯,随之一股刺鼻的煤油味袭来,屋里顿时一片黑暗。

等我上初中时,已是20世纪80年代了,生活条件已经在慢慢转好,农村也开始用上电了。到晚上,村里供电的时候也越来越多,偶尔会停电一两天,家家户户都还保留煤油灯,平时放在不起眼的地方备用。

如今,在我老家里还收藏了几盏形态各异的油灯,其中有两盏是带有玻璃灯罩的,一个像个小烟囱,另一个像一朵盛开的莲花。在当时它们对平民百姓来说绝对是奢侈品,不光是价格昂贵,更主要的是,煤油灯扣上灯罩后,洋油燃烧充分,灯虽然是亮了,但同时比较费油。难怪母亲一直不肯给我家的油灯扣上灯罩呢。

有关煤油灯的俗语也很多,比如:"灯不拨不亮,话不说不明""灯盏再小能照亮,油篓再大不搁舀""灯窝里没有油熬捻子,腰包里没有钱急汉子""灯苗虽小,能照亮间屋;羊蹄虽小,能走出条路"等,深奥的道理被说得通俗易懂。

时过境迁,煤油灯悄然退身,逐渐演变成老物件,消逝于漫漫时光长河中。如今,只能把煤油灯深藏在心底,化成一盏永不泯灭的心灯照我前行。

留住悠悠乡愁的老房子

◎孟宪春

　　有人说炊烟是一抹浓浓的乡愁，对故乡的记忆从这一抹炊烟开始。当袅袅炊烟从房顶升起，渐渐飘向远方，伴随着锅碗瓢盆的音符，我们就知道，家里的饭菜快熟了，回家的时间到了。炊烟在某种程度上，又是农村人回家的隐形时间表。只是，时光走得太快，从指缝间流逝，带走了青春岁月，也带走了故乡的那一抹炊烟。消失了的炊烟，就是从故乡那熟悉的渐渐消失的老房子开始的。乡下的老房子，曾经的青春，可如今留下的只有满满的回忆。

　　狗年年关临近的时候，思乡的心情就越浓，想起生我养我的地方——故乡的少华山，心中就充满了无尽的温暖。也许真的该好好去看看故乡的老房子。故乡老房子的记忆，就像陈年老酒一样越老越醇香，随着时间的流逝，越来越清晰地呈现在我的记忆深处。

　　站在老房子前，抚摸着那棵见证了老房子兴衰的老梧桐树，不由得让人感叹时光流逝，岁月无情。历经风雨沧桑，老房子已成残垣断壁，往日充满欢声笑语，如今已人去房空，冷冷清清，满院荒草萋萋。老房子太久没人住了，墙皮脱落，墙体裂开了口子，裸露出发黑的石头，房顶甚至都已经坍塌了，木头小门被岁月侵蚀了边角，还能看到过去贴过对联的痕迹。打开生锈的门锁，院落杂乱无章，落叶和尘土堆积厚厚一层，没有融化的残雪，沉沉地压在树枝上，或者是躲避在阴凉的角落里，在阳光照耀下闪闪发光，仿佛星星般闪动，映射出耀眼的光线，为眼前温暖的大地增添了不少浪漫的色彩。那棵老梧桐树在无声地传递着老房子的历史。

　　再次走进老房子，我用手机镜头记录下这些熟悉的画面。老房子的每一个角落，熟悉的一草一木，将会永远定格在我的脑海里，成为我永恒的记忆。也许没有人理解，老房子在我心中，已经是家乡的标志，是我寻找家乡的最好印记。我生于斯，长于斯，那里有我无忧无虑的童年和少年生活，有我朝夕相伴、淳朴天真的伙伴，无论我走到哪里，老房子都是我心中的牵系。小时候，我们一家人住在这个院子里，老房子里留下了我们一家人的身影，这里曾经洋溢着我们一家人欢乐的笑声。院子里空荡荡的，那几棵高大的梧桐树，现在已经没有了。小时候，春天，梧桐花开的时候，我喜欢在院子里拾一些梧桐树花当作小喇叭吹；夏天，下雨的时候，我喜欢听雨点打在桐树叶子上的声音；秋天，树叶纷纷落下的时候，我喜欢在大树下荡秋千、跳皮筋。

邻家二爸家的那颗枣树挂着的青青的果实，终于在秋天的某些日子里，粗硕的树身，虬形的枝丫，浓郁稠密的树叶映衬着鲜红欲滴的枣子，使人肃然起敬。"七月十五枣带红，八月十五打几杆"，这是我家乡少华山的谚语，每年到中秋节便要打枣了。这时二爸在树上打呀，晃呀，我们几个小伙伴便在树下叽叽喳喳地捡啊捡，小竹篮、大竹筐都被我们装得满满的。那鲜亮的枣儿有红的、有绿的，就像一颗颗玛瑙、翡翠一样漂亮可爱。看着这一筐筐收获的果实，大人们开心地笑着，我们也很是兴奋，雀跃地喊叫着。

冬天，下雪了，雪后的世界是晶莹剔透的童话，而童话中的小主人公们正在兴奋地喊：来呀，快来呀，下雪了，打雪仗啦！白雪皑皑的院中记下了我和小伙伴们多少欢快的脚印，红扑扑的脸蛋，红彤彤的手指，还有那俏皮的小雪人们又诉说了我们多少喜悦与天真的梦想……

而每一个玩累了的傍晚，厨房里，永远都会飘散出熟悉而诱人的香，哪怕只是一道简单的煮酸辣白菜、煮泡苞谷馍，在老式的砂锅里突突地冒出来的辣辣的香气，同样会勾起我和哥哥的食欲。那香味中所弥漫着的家的味道，还有父亲进进出出忙碌的身影，总是那样实实在在地饱满着我们年幼时那无可替代的暖意。

岁月变迁，我长大后离开了老房子。无论居住什么样的房子，都无法代替老房子在我心目中的地位。老房子里有我的童年，它是我生命的根系。这里装满了温馨与幸福，承载了我童年的一切。感谢老房子，是它让我有了精神的寄托和慰藉。在老房子里，送走了三位亲人——爷爷、奶奶和父亲。我经常梦见亲人，梦境中总是重复着过去发生在老房子里的故事。每当思念亲人的时候，我就会走进老房子，感受爱的温度，我会在老房子里捕捉亲人的音容笑貌，寻找记忆中的点点滴滴。故乡的老房子，永远珍藏在我的心里。日子如山泉清流，缓缓而过。光阴里的你也不再年少。你看着眼前这个还走不惯坎坷石子路的、碰到泥土都会哭的孩子，你多想还能有这样一座房子，还能有这样一个院子，给他一个和你一样难以忘怀的多彩童年。

家乡的老房子，那承载了我童年酸甜苦辣的老房子，记载着我简单而又快乐生活的老房子，将是我人生中永远不老的记忆。这么多年，我眼见了故土乡村的日渐落寞，却无能为力。中国的传统文化，多半是由乡村孕育出来的，乡村的失语必然会导致传统的静默。在我的故乡，人们就这样埋葬了一个人，又一个人，就这样在悄无声息中埋葬了过去所有的记忆，也埋葬了整整一个时代的印记……而那老屋，依旧空在荒草里，也空在时间的流水里。

故乡的路旁
有一间老房
当风起之时
我听到了你的呼唤
故乡的路旁
那样的一间老房
你有着父亲般刚强的身躯
你有着母亲般善良的心肠
故乡的那幢老房
你是我心灵最美好的憧憬
亦是我梦里游荡的老地方

别了，老房子！我要走了，我要带着你岁月的怀抱中所流淌的连绵不绝的脉脉亲情，带着你沧桑的眉宇间所镌刻的那些柔软而美好的记忆，与你挥手作别了。

如今，我离开了家乡，离开了老房子。尽管我远离了老房子，但无论我身在何方，老房子总会在我熟睡时潜入我的梦中，伴着我的呼吸，随我入眠。

烟雨陈炉

◎胡淑花

烟雨中，我走近你，似与心中的女神初次相遇，悸动与欣喜，让我情不自禁地张开双臂。你婀娜的身姿宛如湖中的涟漪，柔软得让人心醉。行走在青瓷的故乡，世界沉静得那么纯粹，只听到土与火匀称的呼吸。

烟雨中，瓷片在脚下延伸，真不忍心踩上漂亮的牡丹富贵、鱼戏莲、石榴花开……这里，有"炉山不夜"的传奇胜景，有陶人薪火相传的钟情专一。每一枚瓷片，都记录着一段浪漫的瓷缘。即使陨落，也要把最美的容颜还给大地。每一份图案，都是陶人最虔诚的皈依，刻下的是心情，托举的是希冀。

烟雨中，陶泥在泥池中苏醒，在陶工的手心里欢跳，被揉捏、被整形，勇敢地从陶坯中站立，然后从容地蹚入窑炉，经历炼狱般的煅烧。从陶土到泥坯，从模具到瓷器，有沉默不语的发酵，有千锤百炼的雕琢，更有凤凰涅槃的惊喜。

烟雨中，我似乎听到了陶人欢呼的欣喜，我似乎看到了他们喜极而泣的拥抱。每一件瓷器，都是一件用心雕琢的宝贝。他们的身体里，流淌着陶人的热血与青春；他们的光泽里，映照着陶人豁达与智慧。仔细端详，那晶莹的眼眸何尝不是一个女神的灵魂。

站在窑炉前，内心只有膜拜与敬意。真不敢想象，你来自泥土，却出落得如此标致精美。你在窑火中重生，肉体与灵魂幻化成圣洁的仙女。手捧一件青花瓷，我似乎嗅到了公道杯里，世人虔诚的香茗，杯盏中缓缓流出公平与正义，多少爱恨情仇在这里把手言欢，越过千年、万年，生生不息。我似乎看到了倒流壶里，世人善良的芬芳，让人心的刻度拿捏得如此精妙绝伦，水满自溢让人的胸怀如大山般挺立。

你看，站立的罐罐墙，穿越时空的隧道，把岁月雕刻得古朴典雅，一双温情的眼眸凝望着炉山的过去与未来，让陶人的智慧盛开在"一带一路"的春天里。千年的高岭土，跨越希望的河流，用四季的芬芳记录窑山辉煌的过往。精致的青花瓷，牵手千年的窑火，把儒雅嵌入时代的眼眉。

烟雨中，多想亲吻你，与你邂逅一场浪漫之旅。多想与你一起，燃烧在窑炉旁，唱一首不老的歌。多想陪同罐罐墙，一同站立，彼此凝望，芳菲一个世纪。

又是一年春草绿

◎刘鑫慧

浓稠的笔墨被蘸了清水的毛刷渐渐涂抹开来,轻盈的绿色跃然于纸上。绿色的颜料像刀锋般锋利地剐蹭着雪白的纸,却不那么神似。我越过面前的画板看向远处被风吹得有些倾斜的绿草,手中的画笔却不知该从何处下手。这里的草,沐着夕阳,迎着风,追着小孩子的脚印,四处摇曳着。又是一年春草绿,又是一年新光景。

温暖的春风吹过脸颊,如果时光也如同这春日的风一样温柔待人,那绿草也可以不再那么孤独。我轻轻将眼睛眯起来,感受着被这春风拥抱的温暖,听着远处火车的鸣笛声,指尖慢慢抚摸着画板上的草。我想把自己跌进这春草绿中,感受这春草积攒一年的情感。不是这样的,画板上的草生硬得竟有些硌手。不是这样的,它们已经不再是曾经的它们了。我将画从画板上撕下来,却懊恼于又是一张白纸。太阳已经西下,蓝天白云早已和我干脆地告别,晚霞也悄悄地收起她的美丽,躲了起来。我却依旧一张白纸。

晚风再次吹过眼前的草地,我不由得想,这草地要经历过夏日的热,秋日的燥,以及冬日的寒却依旧如春草一般盈盈的绿。那他们为什么不选择老去呢?像其他的植物一样,在不适合自己的季节里选择老去,傲慢地等待来年重开日。世人也会因你的傲慢而格外对你有着期许,从远处而来只为一饱眼福。难道是静默惯了,所以不争不抢。夜色迅速地降临,远处微弱的路灯却帮不上什么忙,以我为中心,世界就这样陷入了一片黑暗中。又是一阵小风吹过,我看不到眼前的草是否被吹得倾斜,却可以听到它们和风的较量。原来,它们的性子也傲慢得很啊。我原以为和风的较量下,它们总会输得极惨。但是听这声音,谁也没有占了上风啊。

我打开手电,只是照亮脚下的这一片草地。突然很想知道时光对它们的独白是怎样的。风来了,它们在甜蜜地忍耐;风停了,它们却在等待风的到来。如果它们有花期,我想,它们也会渴望离开。只是,它们无处抵达,无处停摆。

静默本不是原意，但无谓的争抢却毫无意义。它们就这样存在着、抵抗着、歌唱着。

我提起手中的画笔，将那盈盈的绿换成了深奥的蓝。或许，晚上的蓝才是这片草地的内心。趁着夜色，乘着晚风，追着微弱的灯光，四处摇曳着。远处的火车依旧鸣笛，慢慢地驶向远方，不知道归途是哪里但却带起一阵阵风。风辗转来到我的身边，我却成了它们的路牌，指向它们下一站的方向。墨蓝色的浓稠，我没有将清水再次晕染，只是这样，就是这样。多想它们就这样老去，待来年三月春盛时再相会于此，不带着那么倔强的孤独，不带着满身的伤痛。就这样，以再次盛开的姿色与我们相会。

可我知道，等待不是你的态度，日夜地跑才是你对这个世界的态度。又是一年春草绿，又是一年成长的祈祷。

生命的祈祷

◎杨汝海

晨曦来临，我睁开睡眼，审视着新一天的开始。

生命是美丽的！

虽然有蛇蝎般的痛苦撕咬着我们的心，虽然有毒液般的病痛不时侵入我们的肉体。生命之中有阴有暗，有雨有雪，有欢有悲，但我仍然怀着感恩的心祈祷生命的美丽。

譬如黑夜的列车、雨后的晴空、冬日的艳阳、孩童的幼稚、少女的笑语、小伙的欢快、夕阳下老人的牵手……世界无不因你我而精彩。我们在坚实的大地上坚韧耕耘，有自己的天地就有自己的蓝天，有自己的希望就有自己的憧憬，有自己的梦想就有自己的未来。我是一粒微尘，平淡中度过一生。哭过、笑过、爱过、恨过，才是完整的一生。"一沙一世界，一花一天堂。"谁能说，朴实的人生造就不出美丽的生命？谁能说，相逢的境遇，不是以坚韧的跋涉，一个足印定会绽放一朵幸福的花朵？

祈祷生命的荒原都会充盈美丽的阳光。

祈祷生命中的爱与被爱都是幸福的。

缺少了爱的生命如沙漠之舟，贫瘠而衰败。

把握艰辛的岁月，酿成一坛美酒，点燃信念之火，准备历练沧桑。

生命一如悬崖边上的松，受尽寒冰与火的焚烧，仍坚强挺拔，仍苍翠繁茂……

紧握青春

◎丛春秀

父亲有五个舅舅，每个都有至少两个儿子。所以我的表叔有十几个。

十几个表叔中，我与之感情最深厚的，是二舅爷的儿子，名叫长喜。我称呼他"老叔"，因他是二舅爷三个儿子中最小的，东北乡间叫法，对最小的都称"老……"，如老姑、老姨……

之所以对长喜老叔感情最深，不仅因为他是表叔中长得最文秀英俊的，更因他对我的成长影响很大。

我三到五岁那几年，表叔不到二十岁，还在读书。家里环境不适合学习，他就时常拿了书到奶奶家来看。学习久了，需要缓解一下脑力时，表叔会把在一旁独自玩耍的我叫过去，让我唱歌或背诗给他听。据表叔说，我很乖巧，让立正站好就立正站好，让唱就唱，让背诵就背诵。我那时幼小，有些记忆都很模糊。只记得表叔声音轻柔，笑容温和地给我讲书里的故事，让我早早地知道了一些人物。这使得我在后来上学时，对于老师课堂上讲授的一些历史事件能迅速记住，对历史人物如遇旧相识。因此获得的那份让同学羡慕不已又给我换来许多小骄傲的学习能力离不开表叔的功劳。

小小的我，只知道自己愿意听他说话，听他吩咐。并不知道他温和的浅浅微笑下承受着的人生苦痛，更不懂他内心对自己未来命运的迷惘和执着追求的决心。

那时的表叔是青春的。那几年是他人生中最充满希望的宝贵时期，却也是他最难熬的光阴。因为就是在那三五年间，他失去家里三个亲人。他的母亲（我的舅奶）和两个哥哥都先后因患肺结核去世。他的两个哥哥，我的大表叔和二表叔，都在风华正茂时停止了生命，没有开始青春的追求和奋斗，人生的脚步永远停留在了二十刚出头儿这最朝气蓬勃的年纪。可以想见，那时的长喜表叔精神上要承受多么大的压力和痛苦。他强迫自己专心读书，他要让故去母亲的灵魂得以安慰，他要替两个哥哥走他们没来得及走的路。在家里睹物思人，触景生愁，他就拿了书到奶奶家，一坐一天。也许正是因为这些生活现实，才使得他留在我幼小记忆中的笑容一直那样浅淡。

之后因为我家搬了家，不跟表叔同村，中间应该有几年没见过表叔。

他没有辜负自己的努力，如愿考上了一所中专学校，这在当年的农村已经是很大的求学成就，仅次于考上大学本科。

再见表叔已是他中专毕业，参加工作之后。

表叔毕业之初的工作单位正分配在与我家相邻的镇子。远离老家，我家就成了表叔身边最亲近的地方。清晰记得他第一次到我家，清爽的面容，挺拔的身材，一身干净利落的中山装。这样的人物进了我家院子，出现在眼睛看惯村中粗笨、邋遢的大爷大伯形象的娃娃们的面前时，我自然是欣喜又骄傲的。

小时候的记忆总是一些片段。记得那次表叔问我："老叔好不，喜欢老叔不？"我说："老叔好，就是没给买糖啊！"老叔大笑，继而有几分不好意思。

下次来的表叔拎着好大一个口袋，里面装的全是糖块。对平日有几块儿糖要珍藏好久慢慢吃的小孩子来说，简直是发了大财，那份惊喜无以言表，让我足足向小伙伴们炫耀了好几天。

后来我上学了。表叔告诉我要保护好眼睛，告诉我眼睛近视会有诸多不便，冬天戴眼镜进屋镜片就附上一层水汽等戴眼镜的苦恼。这个预告对我非常有意义。我严格要求自己读书、写字的姿势，眼睛保护得极好，直到读完研究生，一双眼睛仍没有近视。

表叔为了测试、开发我的智力，给我出田忌赛马的题。我没有如田忌一样的智力，把上中下三等马智慧地调整出战而获胜，我努力想也没想出取胜的诀窍。不知我的头脑不够灵光有没有让表叔失望，他依旧叮嘱我要好好读书，要在青春年少时珍惜光阴，为自己的人生奋斗，脱离父辈面朝黄土背朝天的生存方式，争取一个更加美好的未来，才能让人生无悔。

我听进去了表叔的忠告，上学读书很用心。我克服了高中住校饭都吃不饱的艰苦，克服了同学在班级里打闹、骑自行车的嘈杂学习环境，在青春蓬勃的年龄考上了重点大学。但我仍不肯罢休，又考上研究生。这份对人生不断努力追求的劲儿，离不开表叔的引导。是的，人生需要导师。表叔虽没成为我后来学习和生活中的导师，但正是他，早早在我心里灌注下了人一定要积极奋进的思想，在我的心智启蒙期起到了关键性作用，按下了我学习程序的启动键，乃至影响了我一生的色彩。

我亲爱的表叔后来怎样呢？他自然是很棒的。工作后很快就以他的聪明才干当了镇上的领导，后来又提升了县级领导。有一次，我看到他在电视里讲话，又把我圈粉一回，激励一回。那时，我正值青春。

现在的表叔六十岁了，青春不再，但心态依旧阳光。他会在工作之余，像个小伙子一样在全民K歌里纵情高歌，唱得很积极，不断有新录制的歌曲发出来。声音还是那样好听，那样年轻。小时候我听他的话，如今，我听他的歌。

我边听边想：来到世间的每一个健康的人，都同等地拥有青春。不辜负青春，把握青春，让青春无悔，人生无憾，是每个人应该认真面对的课题。

这一点，表叔做到了。我也会做到。

九年一书屋

◎夏凡

从小我就喜欢阅读，与读书有关的故事也发生很多，其中，我记忆最深刻的是九年前的一件事情。

九年，对很多人来说时间不短，但对我来说，仅仅是个开始。

九年前的今天，我去了云南大理与它结缘；九年后的今天，我坚信依然会与它结伴而行。

"小夏，你好！以你的名字命名的书屋运行近两个月了。"2018年3月1日，云南省大理州弥渡县邑郎完全小学校长禹映海给我打来电话，"从你起初捐赠的几本书开始，到现在已拥有800多本课外书籍，我们特意建成了一个书屋，效果非常好！"

接完电话后，我内心激动万分，思绪不禁被带到了九年前。

2009年的夏天，我正在读大四。我从同学那里得知，云南大理州弥渡县小学全校有204个小学生，由于干旱缺水，无法正常上课和生活。最根本的解决办法是打水窖，打一个大约要6000元，这对他们来说极其困难。我想帮助他们，但一直苦于没有好的办法。

一天，刚打完篮球的我喝着矿泉水，突然，脑子里蹦出一个念头：如果能够募集到10万个废弃塑料水瓶，卖得的款项寄往灾区，不就能建一个水窖了吗？随后，我便发出了一则"为了让干旱灾区儿童喝上干净的水，请你捐出10个矿泉水瓶"的募捐倡议。

活动的规模越来越大，爱心人士也越来越多。短短几个星期，我们联手搜集了近7万个水瓶，筹到了3400元钱。这件事情得到湖北《楚天都市报》等媒体的关注，记者对此事进行了跟踪报道。在大家的齐心协力下，钱很快就凑齐了。

经过沟通，我决定去一趟云南，把善款给他们，顺便看看那边的环境条件。

经过长途跋涉，我来到2000多公里外，位于海拔2000米哀牢山区的云南邑郎完全小学，将筹集到的6000元钱交给了禹校长，并和孩子们相处了一天。

临走时，一个细节引起了我的注意。有个黑黑的小男孩儿在聚精会神地看着一本旧书，周围的喧闹声丝毫没打扰到他。

平时热爱读书的我，出于好奇，走出教室，详细打听了这个孩子的情况。

得知小男孩叫禹勤，家有五口人，2005年，妈妈不幸去世，现在和爷爷、奶奶、爸爸和姐姐生活，爷爷、奶奶因体弱多病丧失劳动力，姐姐在读高中，家庭生计全靠父亲微薄的收入维持。

然而，生活的艰辛并未压垮11岁的禹勤，他学习刻苦、勤奋，一个最大的特点就是喜欢读书，成绩一直名列前茅。

一次，他爸爸在外打工带回来一本《恐龙王国大发现》，他甚为珍惜。一个偶然的机会，同学来禹勤家玩发现了这本书，没过多久，那本书吸引了班上所有的同学。于是，他把书借给班上的同学传阅，等到自己看时书已破旧。

为什么一本书会让孩子们争相传阅？原来这里课外书籍很匮乏，孩子们的读书热情很高，没法满足孩子们的阅读需求，当谁有新书时，大家都会轮流翻看。

知道原因后，我没犹豫，立刻前往80公里以外的县城，买了10多本书交给禹校长，并答应校长以后每学期会给孩子们寄书过来，这便是"书屋"的雏形。

从那时起，我时常会想起云南的孩子们，周围有同事、朋友、小孩儿看完的旧书我都会小心收集起来，每逢节假日，我会在网上订购一些好书给孩子们。闲暇，我会给禹勤、鲁明慧等小朋友写信，鼓励他们多读书、读好书，养成阅读的好习惯。

令人高兴的是，2016年，我的一位朋友，某装修公司员工胡荆平通过我的朋友圈看到禹勤的情况。了解情况后，他决定一对一资助禹勤一直到上大学，解决了孩子的后顾之忧，圆了孩子的读书梦。

从禹校长那里得知，书屋成立以后，孩子们会利用放学、休息时间来书屋选自己喜爱的书，特别是家离学校近的孩子们，会在放学后看书一个小时再回家。书屋渐渐成了他们的"第二个家"。

九年的沉淀终于结成了果实！

我想，我们因读书而结缘，也会因读书而紧紧相连！我们之间还会有第二个九年、第三年个九年、第四个九年……

我相信，阅读会一直伴随着我们一起成长！

菠菜面

◎杜斌强

二三月间，北方的大地春暖花开，万物生长。

每年的这个时候，母亲就开始在老家小菜园子忙活开了。经过一冬，菜地歇足了劲。一场春雨过后，在阳光的恩泽下，菜地开始抖擞精神，焕发出勃勃生机。

母亲是一个天才的种菜专家，家里的一方菜地，被她整理得井井有条。什么季节种什么菜，母亲心中自有时间。二三月间，菜地里空白了许多，只有蛰伏了一冬的菠菜，在菜地的一角疯长起来。一有空闲时间，母亲就到菜地忙一阵，不是松土，就是施农家肥，开始为种菜准备了。每次忙完回去时，总会收拾整理一竹篮个大叶肥的菠菜。

二三月里，正是农家人青黄不接的时候。歇了许久的菜园子，只有这葱绿的菠菜才能增添碗里的颜色。母亲勤俭了一辈子，舍不得花钱到超市买更多的菜品。于是，冬季储藏没吃完的马铃薯、红萝卜，以及菜地里的菠菜，就成了这个时期家里一日三餐菜品的主要内容了。

母亲善于种菜，也善于做菜，她总能变着法儿，让简单的菜变得丰富有味起来。早饭做菜时，母亲常常把土豆、红萝卜切成条，放进开水锅里开始煮，煮得不能太烂，七八分熟就行。然后，母亲把淘洗干净的菠菜，揪成一两节，扔进锅里稍稍一煮就行。二三月间的菠菜太嫩，经不起开水长时间煎煮。待把煎煮好的菜里的水控尽，放好调料，用滚烫的菜油一浇，搅拌均匀，就可以食用了。农村人吃菜不是很讲究，但看着菜盆里白花花的土豆条、红彤彤的萝卜条，还有那绿油油的菠菜，这三种色泽就这样自然地一搭配，立马就耀你的眼、馋你的嘴，让你顿时情不自禁、胃口大开。

农村人要在地里忙活，为了节省时间，大多吃两顿饭。而午饭大多数时候是要吃面食的。北方的农村人，对面食有着与生俱来的喜爱。午饭这顿面食，农村人再忙，也绝对不可以马虎。

一到二三月间，母亲每每在中午做这顿面食的时候，像魔法师一样，把菠菜的功能发挥到了极致。我们农村人把菠菜掺入面食的面条，亲切地称作菠菜面！

菠菜面是农村人对食物智慧的一种体现，也是对平凡生活涂画的一抹最亮丽的色彩！

菠菜面是面粉和菠菜融合后的杰作。劳动中的人们，似乎总有无穷的智慧。我想，第一个做成菠菜面的人，一定是一个像母亲那样的喜爱种菜、善于做饭的天才。

往往吃完早饭，母亲就开始准备做菠菜面了。在她的眼里，做菠菜面是那么容易，容易得就像她做地里的农活儿一样。她先把收拾好的菠菜淘洗干净（一般会把菠菜叶留下，菠菜茎去掉），在开水锅里滚煎彻底，捞出后稍微晾一晾。接着，把面粉倒进面盆，把煮烂的菠菜倒进去。两种没有任何关系的食物，在母亲有力地揉搓下，发生了神奇的变化。白白的面粉、绿绿的菠菜，两种鲜明的颜色彼此吸引，互相融入。随着母亲不停地揉动，面团呈现出不一样的颜色。没有了菠菜先前的深绿色，也看不到面粉的白色。此时的面团的颜色，像晶莹剔透的蓝玉一般，浑身发亮，着实好看。

如蓝玉般的面团揉好后，在面盆上盖上盖子，放段时间醒一醒。到了晌午的时候，做出的绿面条筋道，有嚼头。

吃午饭了，剩下的事情就简单多了。母亲做饭和她干农活儿一样麻利，烧水、炒菜、擀面，有序不慌。母亲会根据家人不同的需要，把擀好的绿面切成不同形状。切得细的绿面条，像春柳的枝条；切得宽一点儿的绿面条，像芦苇上长叶片；而切成的绿驴耳朵，像极了核桃长出的嫩嫩的絮儿。

铁锅里的水烧开了，绿面条上下翻滚。煮熟后，赶紧捞上一大碗。在滚开的水的洗礼下，绿面条更显得绿了，绿得让人口里生涎水。农村人吃绿面时，最喜欢在面里放足红红的油泼辣子。这样，足量的红油泼辣子，和浑身透亮的绿面条相互映衬，好看，当然，更好吃！

不知啥缘故，吃绿面的时候，总能比平时多吃上那么一碗。美美地吃上两碗绿热干面，再喝上泛着绿意的面汤，这才觉得过瘾。农村人对生活总是那么容易知足，总觉得人间美味，不过就是吃上一碗这样的绿面条而已！

就这样，年复一年里的二三月间，母亲菜地里的菠菜，成了一家人期盼的美食。一到了四月，雨水充足，气温上升，母亲菜园子的菜品，将会越来越丰富，到时候，家里好吃的菜品也将会越来越多。

可不管怎样，一到每年这二三月间，我这个常住在小城里的人，总能被母亲菜地里的菠菜吸引，总能吃到那绿得可爱的菠菜面！

故乡的雪

◎王兴武

每个人的一生中都落满了故乡的雪。

——题记

很多年冬天没有回故乡,没有看到故乡的雪了。

记忆中的雪总是在黄昏开始落下来。

雪刚落下时,有时是一颗颗的粒子,有时是一片片的羽毛。粒的雪落下来,急促而掷地有声,在呼啸的北风中,放肆地拍打村庄中的一切,此时的雪如谢安的侄子谢朗所拟:"撒盐空中差可拟。"落了一阵,雪花开始成片状了,北风也没之前吹得紧了,慢慢地放松下来,开始让雪花柔情地飘落,而此时的雪又如谢道韫所拟:"未若柳絮因风起。"慢慢地,雪花像一只只翩翩起舞的蝴蝶,舞姿轻盈,婀娜多姿,羞涩得像一位女子,飘落在红尘的阡陌上,在这祥和而安静的村庄,它自由地舒展着灵魂。

雪落时,世界是嘈杂的。

人们奔走、欢呼,用各种仪式欢迎雪的到来,在苍茫的尘世中,雪花是精灵,是新年吉祥如意的气息,是来年丰收的好兆头,是母亲呼唤游子归乡的期盼。

靠近年关的雪落得密集而硕大。整个村子苍茫一片,村子陷落在灰白之中,看不到其他的颜色。孩子们欢腾地奔跑追逐,开心爽朗、天真无邪的笑声溢满了村庄,他们期盼着过新年,穿新衣,放鞭炮,期盼着新年里所有的美好。而屋里也是一番热闹景象,每家都忙着准备年货、制作各种美食,蒸煮烹炸,将中国传统的美食制作发挥得淋漓尽致,用最隆重的仪式迎接农历新年。

雪落时,世界也是安静的。

村庄里的一切都是安静的,连炊烟都是安静的。炊烟缓缓地从屋顶的烟囱升起,雪花朦胧了炊烟。轻盈的雪花在空中飘洒,它是天空默念的一首诗,无字却深情。

雪并不是全都落在地面的。还落在了树梢上、房檐、垛里、田野、鸟儿的翅膀上，也落在了我那一段段的岁月里。

人总是凭着记忆去回忆那一段段深刻在脑海，深刻在人生路途上的经历，这经历中藏着美好、苦涩、遗憾以及深深的眷恋。在我记忆中，故乡的雪，它从未停止过，在四季分明的故乡，雪是落得最长的一季。

入夜时，雪片越来越大，越下越密，密集得已经睁不开眼睛。天地间灰蒙一片，天地一色。雪花将夜色包围了，就让这热情似火的雪伴我入眠吧，落入我的梦中。

清晨，雪停了，四周静谧无声，只有几只乌鸦的啼叫。太阳从雪层里慢慢地爬出来，照在白皑皑的雪上，新霁的积雪银光闪闪，天空蓝得无可挑剔，雪花覆盖了每一个屋顶，树枝上也堆满了雪。一夜之间，地上全白了，屋顶全白了，树梢全白了，那只鸟的羽毛也白了，雪花塞满了所有的裂缝和水沟。唯有那口老井是黑色的。唐朝打油诗人张打油写的"江山一笼统，井上黑窟窿"，此时的情景正是如此。院子里的那口老井静静地卧在那里，让雪花埋进它深深的身体里，它睁着那只黑色的眼睛望着天空，一言不发——不论从天空落下什么，它都全部接纳，包容着。而它用取之不尽的生命之水给予我们鲜活的生命。就如这村里的人们，他们用一生耕耘着脚下这片土地。

人们推开屋门，走出屋子，拿了扫帚、雪具，开始扫雪。这里的每户都有一套完整的扫雪工具，扫帚是秋天从盐碱滩及沙土坡上割回来的长熟的芨芨草扎成的。芨芨草秆坚硬、坚韧，长而光滑，有韧性，耐磨，是做扫雪工具和扬场（新疆在农作物没有机械收割时，都是人工收割下来，再打场，完了需要扬场）工具的好材料。从院子开始，用推雪的工具先把厚厚的积雪推到一堆，再用芨芨草扫帚把地面扫一遍。然后是屋顶，直接用推雪工具把屋顶厚厚的积雪推到房屋的后院（之前农村都是土坯房，如果屋顶的雪不推，屋顶很容易塌陷。现在都是砖房，混凝土屋顶，不用再扫屋顶的雪了，可我还是怀念土坯房扫雪的年代）。马路上也开始热闹起来，孩子们追逐嬉戏着，打着雪仗，堆着雪人，欢快的笑声银铃般地弥漫在村庄里。

雪是冬天的灵魂。

少了雪的故乡的冬天，是寂寞的，是惆怅的。

雪用内心的柔慈将大地银装素裹着，树枝上绽放着一朵朵娴静的雪花，那是岁月的凝结与恩赐。

一片片的雪花映白了多少夜阑的回眸，掩盖了多少浓烈如酒的思念，把多少乡愁染成了白色。

故乡的雪，是落在我生命里的歌，故乡有多少飘落的雪，就有多少难以忘怀的记忆沉淀，如一个个温情的目光，让我难忘，让我刻骨铭心。

夏

◎杜荷语

清安的夏来得早。

当六月初的微醺接替了五月的末梢姗姗而来的时候，当清安湖的一汪荡漾落了又涨的时候，当枝丫上的梨花轮了一季，该着初生的荷粉欲说还休的时候，清安的夏就来了。

这里的夏，唤作清安，自是与别处不同。

时序更迭，季节更替。物换星移时连同人儿的面庞都往光鲜了去，接踵蹿冒的新生事物一茬茬在人们的艳羡里，抑或鄙薄中流转。清安的夏却是依旧，赶着时踏着点儿、一丝不苟地出现。如约而至，如同血液一般嵌入清安人的每寸肌理。

你说，孩子，清安的夏是有味道的。真是半分不错。

每每晨光熹微，城还沉沉地睡在梦的温柔乡，城东头的张嬷已然凭一腔爽朗洪亮的笑轰轰烈烈地开了张。招徕生意，张嬷向来是不作愁的。几方雕木漆红的矮桌，大力一抹，而那橙红的海碗，只消这么轻轻一搁，便惹得四下里一派静谧，似乎铺天盖地的香将人的呼吸都屏住了。

人说，张嬷是顶会过日子的人。

跳跃，爆裂，翻腾。油泼辣子酣畅淋漓着，不知疲倦着，喧哗。"刺啦——"滚着气浪的夏揭锅了。热喷喷、亮晶晶的，像极张嬷的眸子，灌满殷切的盼。没人晓得张嬷何以制得一手如此娴熟的辣子，正如没人懂得张嬷的馆子只在夏天迎客的缘由。但并无妨碍，人们只是狠狠地迷恋着夏的味道。

胡椒、红油、桂皮，燃将起来，烧将起来了。配着姜片、八角、肉蔻，一副毫不将就、概不妥协的架势，浓油赤酱的，颇合出气力干活儿人们的脾胃，实打实的，没有半点子虚头。红火的不仅是辣子，焐暖的更是人心。明媚而不耀眼，麻利但不粗糙，蓬勃却不张扬。从来妥妥帖帖，坦坦荡荡，一股脑儿直戳进心窝子底。

是洗尽铅华，脚踏实地过日子的实惠。

常常午后日仄，城还浸在惬意的慵懒中不愿自拔，温润叮咚的琴音就慢慢悠悠地穿过青瓦粉墙的巷弄，绕过高低起伏的老屋，钻入每个人半睡半醒的鼓膜。用不着猜，这一准儿是城西郊的林姑娘。

瞧，她一袭月牙白锦缎长裙，如瀑乌发任两支羊脂簪子散散地绾着，清香有意无意间晃出来，洒出来，顺着光滑细腻的玉颈淌开去。青葱玉指轻柔地撩拨着琵琶，一下一下，翩翩如振翅欲飞的蝶。茶香氤氲，扑上了这朵朦胧的剪影。

人说，这林姑娘啊，也是个会过日子的人。

林姑娘爱茶，却唯有夏天吃茶。须得盛开的白荷花蕊三两研末，小暑节令取的山泉三两与清安出产的夏槐蜜酿混合均匀，方可入茶。而泡茶则又劳一番神思。紫砂壶是最要紧的，烫壶、置茶、温杯、高冲等步骤自不消说，单是闻香，便要紫砂与青瓷杯分别细闻。待到品茗时，飘着橄榄香的红褐色普洱茶汤早在茶盏里候了半日。

林姑娘惯爱蹙眉，清安城的老少爷们儿就爱逗她笑。林姑娘养姹紫嫣红的花，小院外的水缸便经年累月总是满的。一个林姑娘，是叫全清安的老少爷们儿都做着梦的，然而他们对于她仿佛是有些既爱且怕的意思。

爱她——自然是爱的，刻骨铭心的。爱那琴声，爱那脸容，爱那吴侬软语微微上挑的婉转调子挠得人痒痒酥酥，快要融掉的触感。怕她——却是荒谬而毫无根据的，说不清也道不明。

这也是夏。滋味安静，却更蛊惑人心。

你笑，孩子，清安的夏是有温度的。

果真吗？果真。

清安不热，反而有点儿冷。一年四季都是微凉，夏也不例外。

可夏又显而易见是例外的。

似乎接到了统一的号令似的，田间地头渐渐地忙活起来了，清安城的大街小巷渐渐地熙攘起来了。人们脸上洋溢的澎湃昭示着上季瓜果小麦的丰收，而往昔内敛沉稳的面庞底下藏着的希冀也悄悄地激扬起来，那是对下季喜悦的渴望。

夏，大抵是独有的，希望与希望重叠，严谨同热情共生。

清安的夏沸腾了，于是夏的清安沸腾了。

清安人一向最懂得美味的秘诀。开春儿上五丝春卷，金黄酥软的薄饼卷青笋丝、肉丝、木耳丝、蛋丝以及萝卜丝，渔季紧承，后庭的花椒与紫苏随手掐来烹武昌鳜鱼；坊间玫瑰花糕、豌豆黄应景儿，入夏便是绿豆莲子粥。嫩黄瓜、板栗子、黏玉米忙不迭地跟上，西瓜丁与芝麻酱凉面你方唱罢我登场。如此，周而复始，生生不息。

至夏，清安母亲们的灶上更藏了朗朗乾坤。三指宽的一刀五花肉，活蹦乱跳的青虾，红艳艳的苋菜，白嫩嫩的水豆腐，及至她们手里，好似变戏法一样，亨葵及菽，或焙或炙烤，登时色香俱全，引人垂涎。

做食物的亲人朴素得极致。他们不事雕琢，更不懂得所谓工艺菜的讲究，不知道铺红玉为樱桃，切翠石若芭蕉的奥妙。他们不会用珍贵的矿石在食物中调和星辰与河流的颜色，成品的菜肴中亦不会有傲视群雄的金凤凰。

可他们没有丝毫轻佻怠慢，眉里眼间充盈了安逸的笑，盘中清淡烟火的温度，不经意间就征服了时光与风霜。多年以后，即使高官厚禄，香车宝马，席上万千珍馐玉盘，怕也难比过孩提时自家羊杂鲜汤洒满翠绿香菜那一瞬的满足啊！

是啊，这是风的温度，盐的温度，山的温度，云的温度。这也是时间的温度，人情的温度。

是清安与众不同的温度。

夏，落在别处，就成了无关痛痒的诗。而淌在清安，夏就流成了日子。活生生的日子。

孩子，我老了。我看见的日子，也老了。清安。清安它还能存在多久呢？

我站在阳光下，看见坐在木桶上的瞎眼的二婆婆。她一下一下地往黑洞般的嘴里丢干豆豉，嘎嘣嘎嘣，响过之后，便又从嘴里源源不断地翻吐，一坨坨的都是嚼过的日子。

二婆婆果真走了。她走在一个金色的夏日。空气中烟痕淡抹，却异常明净。而我知道，明净的空气其实并不是透明，它有它的颜色。

清安的夏消逝得迟。在震耳欲聋的轰鸣声到来之前。

天井下的岁月

◎卢文芳

一缕阳光从天井斜射下来，倾泻在厢房边的小桌子上，作业簿、铅笔、橡皮、小文具盒在青草与苔花香里沐浴。

我端坐在小桌旁，父亲半蹲在我身后，俯下身子握着我的小手，他的手很大很厚实，我紧紧地握着铅笔，似乎怕一不留神笔逃了似的。

"坐直，手放松一点儿，再放松一点儿，看看这是一撇，这是一捺……"我的手跟着父亲的大手在作业本上信马由缰。

这是父亲第一次在卢家大宅院里教我握笔写字。我低头认真地书写着，父亲坐在一旁看着我的运笔，时而蹙眉，时而点头微笑。时光在笔端下溜走，那年我才五岁。

年轻的父亲三七分的短发，梳得很平整，浓眉大眼，阳光帅气，充满朝气。

午后的阳光洒在天井四周，我挨着父亲坐在天井旁的小板凳上，一只小猫躺在空地上晒太阳，懒洋洋地翻滚着，伸着懒腰。我喜欢眯着眼睛仰望天井上的天空，这时，父亲便会拿着《西游记》，给我讲述孙悟空三打白骨精、大战红孩儿的故事。他一会儿高声，一会儿低语；一会儿站起，一会儿拍腿。我仿佛看到了百变的孙猴子腾云驾雾的神情，也仿佛看到了红孩儿那得意的神情。我瞪大眼睛望着父亲，认真地听着，父亲的肚子里仿佛装满了故事，永远讲不完。

父亲是一个老牌大学生，他是赣州人，却落户在遂川；他喜欢工科，却迫不得已放弃了一年的学业，放弃了当工程师的机会，选择了当一名山村教师。

父亲是一个大孝子。参加工作没多久，爷爷就去世了，只剩下一个单薄、多病又善良的奶奶。身在遂川的他却割舍不下他赣州的老母亲。每到周末或者节假日，父亲总要先从乡下赶回县城，然后骑着他那辆女式自行车回赣州。自行车在沙子路上一会儿大上坡，一会儿大下坡，一会儿急转弯，一边是悬崖，一边是深谷，稍不小心就会出大危险。碰到刮风下雨路就更加难走，父亲每次都要骑行八个小时左右才可以到赣州。一回到赣州，父亲就会耐心周到地照顾奶奶，嘘寒问暖，忙里忙外。有一年深冬，为了奶奶喜欢吃的笼藏米果，硬是冒着严寒骑行四五个小时去乡下买来给奶奶吃。

奶奶在世时，父亲的乡愁是奶奶，奶奶去世后，父亲的乡愁是已故的亲人们那低矮的坟头。每年的清明、冬至、七月十五中元节，不管父亲的身体好坏，不管刮风下雨，不管父亲的年岁多高了，父亲都要亲自回老家祭拜已故的亲人。

父亲今年八十一岁，身体还是倍儿棒，吃嘛嘛香。他酷爱晨跑，不管春夏秋冬，一个着装：一条旧短裤，一件白背心。跑得热了，就是赤膊上阵，外加一条旧短裤。每天早上，老爸昂着头，喘着粗气，迈着宽大的步子，时不时几根银发甩到额前，甩走了沿江小路的很多岁月，宽大的灰色旧短裤随着老爸的跑动在风中飞扬，显得格外注目。旧短裤除了旧还是旧，旧得跟父亲的身份有点儿不相称，但是父亲照样洋溢着笑脸在人群中穿梭。丝毫没有羞涩感。去年，我特意给父亲买了两条新的运动短裤，无奈，他不穿，偏偏依旧热爱那几条旧短裤，一开始我们强烈反对，后来劝说无果，也就作罢。后来我们就慢慢习惯了父亲晨跑的着装，再后来一切都显得那样顺其自然。

父亲患灰指甲病，在医生的指导下买了一瓶灰指甲药水，药水瓶是白色的，老爸为了方便使用，搁在床头柜上，每天早晚使用。一日，父亲眼疾发作，父亲去找医生买一瓶眼药水，眼药水也是白色的，很小，说明书上的字小得如蚁。为便于使用，也搁在床头柜，两种药水并列摆放。父亲知道眼药水在左，灰指甲药水在右。不料有一天，老爸鬼使神差错把灰指甲药水当成了眼药水，往两只眼睛滴上了几滴，随后，老爸躺下的一瞬间，一股疼痛钻心而来，痛！眼睛钻心地痛。老爸预感不对，马上起床照镜子，只见两只眼睛红丝充血。老爸一查看，原来是搞混了药水。无奈，老爸赶紧骑电动车去了中医院。经医生简单清洗，才没有酿成大祸。我闻讯赶回家："老爸，你怎么如此糊涂了啊，两种药显然用途不同，你怎么能混在一起——这样会把眼睛搞瞎的……"老爸却淡淡地说："没事、没事，别耽误工作，快回去上班，过几天就好了。"

友人从东北带回一根上好的人参，我给父母捎去，母亲刚刚手术不能吃，于是母亲就炖给父亲吃了几次，哪知不补也罢，一补却补出了父亲的高血压，真是罪过。那天晚上，他吃了人参汤后，顿感全身发热，头昏脑涨，父亲赶紧测量血压，结果高得吓人，200呀，这下父亲紧张了，赶紧打电话给我们几个姐妹，立刻把父亲送往医院治疗。经医生细心诊断观察，父亲的高血压很严重，需要住下来治疗。我们都围在父亲床前，可父亲不让我们陪护："你们都回去，都回去！我打点滴之后就没事了。你们明天还要上班，不要耽误夜睡。"我们都不同意，执意要留下来。可是父亲坚决催我们回家。输液一个小时后，父亲情况好转，全身灼热感基本没有了，头昏脑涨的症状也减轻了很多。那晚，我们姐妹都商量由小妹夫陪护，可小妹夫说，他晚上陪老爸十二点左右打完点滴后，老爸又催他回家休息。小妹夫千叮咛万嘱咐，让他晚上不要随意走动，在医院好好休息，老爸答应得好好的，哪知小妹夫前脚一走，老爸后脚就骑电动车回家了。

第二天一早，父亲一个人又骑着电动车去了医院，血压依旧高到180。当我们赶到医院的时候，老爸还乐呵呵地对我们说："你们都上班，我没事，都不要来。"医生说老爸的血压依旧高，很危险，看着父亲从容淡定顾及我们的样子，我们又气又伤心。一个个轮番轰炸："老爸，下次你不可以一个人骑电动车来医院呀，你以为你十八岁呀，你今年八十一岁了。"老爸听了笑着频频点头："听你们的，记住了，我不是十八岁了。"

这就是我的父亲，一位年轻充满朝气的父亲，一位慢慢变老的父亲，在岁月里写满故事。

马上跨年了，那日回娘家，父亲对我说，他想回赣州看看。我说："行啊，什么时候我陪你去。"父亲欠身起来，双手捶捶后腰，又慢慢站直，银发在灯光下闪烁，但父亲依旧精神抖擞微笑着说："不用你陪着去，我还走得动……"

父亲一生都挂念着他老家赣州大宅院里的那口天井，天井里写满了他的乡愁。

一瞬间的醒悟

◎邱巧珠

故事是从一个联谊聚餐活动开始的。从只有几个朋友，到一次偶然的聚餐，遇到那么多笑脸盈盈的朋友，高兴得忘记了"防人之心不可无"。于是，互加好友，亲得像自己家人似的。

你来我往了好几年，她对任何人不但没有戒备心，而且还死心塌地地对每个人好。人常说：人心换人心，你真我就真。其实，在现实的社会中，这个道理伤害了多少人呢？

当那些爱嚼舌根的人咬了她一口，真的叫她痛到无法叫出声来！在痛的过程中，她缓缓地呻吟，下定决心远离那些心口不一的人。

所以，这就是一瞬间的醒悟。

古道神韵

◎梁路峰

"布谷、布谷……"当布谷鸟的叫声响彻山谷时,井冈山上的杜鹃花开了,漫山遍野的杜鹃花争相怒放,灿似彩霞,绚丽动人。

红艳艳的杜鹃花开得美丽鲜亮,争奇斗艳。山林里一簇簇杜鹃花或红色,或黄色,或粉红色,或淡紫色,或洋红色,随风飘摇,翠者欲滴,红者欲燃,白者如玉,粉者如霞。它们三个一团、五朵一簇,像一团团红色的火苗,闪耀在大山的脊梁,荒山野岭,陡峭山崖,尽情燃烧,美不胜收。

四月花香,杜鹃花开得最美最盛的山,当数井冈山的江西坳了,万亩野生云锦杜鹃、猴头杜鹃竞相开放,花团锦簇,景色壮丽。

江西坳是"五百里井冈"第一峰,海拔1833米,与湖南省桂东县交界,属湘赣边陲的罗霄山脉中段,万洋山支脉山峰。这里山高林密,竹海翻腾,山顶峰线起伏,密林环绕,山峦叠翠。山下,一条逶迤蜿蜒的山路,崎岖坎坷,直达山顶,这条道,便是湘赣边界饱经风霜的茶盐古道。湘赣粤的驴友和游客络绎不绝,争相来此登山赏花。

何谓茶盐古道?该道修建于清代康熙二年(1663年),是专为朝廷运输茶叶贡品而修建的一条简易官道。清代光绪九年(1883年),由湖南省酃县(今炎陵县)一户大富商人捐款重修青石板道铺就而成。这是一条湘赣边陲保存完好的茶盐古道,这里崇山峻岭,绕峰盘旋,贯穿南北。南从江西省遂川县大汾镇出发,经过三山五岳,通往江西坳半山腰。北从井冈山市长坪乡出发,盘山险峰20余公里,步步登高,直达江西坳。古道全程有150公里,湘、赣两省的主要交通要道,也是古时贩运茶叶、食盐、布匹、药材等商品的唯一通道。茶盐古道穿越海拔1800多米的井冈江西坳,沿途有原始森林、高山杜鹃、竹海、草甸,风光旖旎。

岁月沧桑,山河永恒。这是一条神奇的古道。古道承载了300多年历史的风流韵事,演绎了许多英雄豪气的故事。

古道宽约一米，深深地嵌入脚下的泥土，犹如镶嵌在大山身上的一根筋骨，见证着岁月的沉重，诉说着历史的沧桑。古道跨沟壑、过山涧、越山脊、穿林海，像一条弯弯曲曲的绳索，隐隐约约，若隐若现，在莽莽大山中绕来绕去。时而陡峭、时而舒缓、时而放浪形骸、时而缠缠绵绵，波涛起伏，在群山峻岭间蜿蜒蛇行。

"高高江西坳，古道通云霄。商贾贩茶盐，朝廷设驿道。"江西坳雄踞罗霄山脉东南之巅，一山两地，鸡鸣两省。这里奇峰险壑、山花古树、飞鸟走兽、流泉潺潺，让人目不暇接；壮美的日出、奇幻的云海，晶莹的白雪，古朴的关隘，更让人心醉神迷。

此时，我似乎看到了茶盐古道上南来北往的商人、绿林好汉，他们穿梭在这条透迤绵长、蜿蜒曲折的古道上。他们或用骡马，或雇挑夫，把一担担食盐、茶叶、布匹、日用百货等商品，运送到湘赣两省，或者转运到全国各地的集贸市场。

悠悠古道，星移斗转。他们沉重的脚步把青石板磨得光滑晶亮，平坦方正。他们日积月累的汗水，把古道两边的树苗浇灌成参天大树。随着岁月的流逝，他们的生命却化作了尘土和云烟，化作了长长古道中无声的喟叹。

江西坳的水清凉洁白，茶盐古道旁有一眼汩汩而流的泉水，清晰如镜的泉水穿透草丛，流成一条小溪，就像一面镶嵌在古道中的镜子，晶亮透明，在阳光的照耀下折射出耀眼的银光。双手伸进小溪，感觉到了流入心骨的冰凉，捧一口溪水，甘甜爽口，心旷神怡，回味无穷。

江西坳茶盐古道无论春夏秋冬，风霜雨雪、烈日寒冷，游客络绎不绝，大山里的山民热情好客，总是拿出山里人最好的山货款待走累了的游客，一杯清澈的绿茶，一碗纯酿的美酒，饱含着浓浓的乡情野趣。游客露宿山坳，山民们总是迎来送往，乐此不疲。如遇大风暴雨，为游客们避险化难，引路导航。大山人家房屋，石门水泥墙，庭院宽敞，为游客提供了凉爽的露宿营房。山里人家，热情好客，每年都要宰杀三四头肥猪，招待过往的游客。

江西坳是大自然钟爱的山。春天，云封雾绕，鸟兽潜踪；夏天，山雨骤来，千峰随暗；秋天，霜风似剑，蓬断草枯；冬天，大雪满山，野径俱灭。每一种自然力都在它身上刻下深深的印记，磨砺着、雕塑着它独特的性格和品德。

江西坳就在这大自然粗犷的抚爱中怡然自乐。或许正是江西坳这种独特的性格，使它得以抗衡第四纪冰川的袭击，战胜了人寰更加严酷的洗劫。江西坳以其强大的身躯，保护着大量珍稀物种，使这一带生物群落，保持数百年未受侵扰的原始生态，成为历史罕见的"生物之窗"。

采风随想

◎宋海红

王军先老师在我们作家班群里倡导文友们可以相聚盐城大洋湾采风，知道这个振奋人心的消息，我头脑中无数次想象和文友们欢聚的情景。盐城大洋湾不但有我想看的风景，还有我想见的老师。

缘分，使我认识了市作协秘书长——王军先老师，并且有幸成为作家班的一员。

自从进入了作家班，我的生活变得丰富多彩起来，经常在群里看到各位老师分享的佳作，但从未谋面。为了相互认识，增进友谊和学习，王老师此举得到了大伙的积极响应。

9月13日，由苏北文学平台和喜洋洋国际旅行社发起的"大洋湾采风活动"如期进行。

在王老师及万老师的带领下，大巴车从新浦出发，为了活跃车内气氛，作家们在万老师的带领下，一个接一个地尽情演唱，万老师、宋主席、蒋老师等歌唱音调从低到高起伏很大，唱得荡气回肠，气势磅礴。班长龙秀那清脆的歌声，好似山谷中黄鹂的鸣叫，婉转动听，赢得了众人喝彩，接着灌南的贺龙国律师又赠给我们一本书。在欢歌笑语中不知不觉来到了盐城，到达景色迷人的大洋湾风景区。

下车后我们不顾舟车劳顿，和灌南的一些文学大咖，如宋主席、陈老师、苗老师和王老师等聊得不亦乐乎。特别令我感动的是山东的孙老师为了和我们见面，不远千里而来。大家集体拍照留影纪念，拍照后，有的老师结伴而行，而我懒于走路，和众多老师坐上观光车，一路风景尽收眼底。深秋后的大洋湾亭台，楼榭处处显示出一种迷人的美，宛如一位佳人透着一股灵动和秀气，它既有北方的浑朴又有江南水色的隽永。

吃过午饭，我们又观看了登瀛阁和飞流直下的人工瀑布，那种气势和神韵足以震撼人的心灵。我们在千人广场参加了几百人的掼蛋比赛，我在第一轮就被淘汰了，但很开心，因为在打牌过程中我们享受了乐趣、增进了友谊。

时间过得好快，一天在不知不觉中结束了。此时的我无心再去欣赏沿途的风景，只想把疲惫的身心沉静下来，把一天采风的感受和对文学的感悟用手中的笔记录下来，抚慰我的心灵。

我是个初学者，接触文学才五个月，有幸结识了众多作家前辈和文友，是他们给予我无私的帮助和关怀，使我堂而皇之地走向了诗与远方。一颗被生活剥离得伤痕累累的心，开始徜徉于文学的海洋。我仿佛一位焦渴而饥饿的孩子，拼命地吸吮着"母乳"，滋润着我的灵魂。

人的一生何其短暂，我无畏生死，亦无畏艰辛。本来父母生下你的那一刹那，就注定要回去的，这中间的曲折磨难、顺畅欢乐便是你的命运。命运总是与你一同存在，时时刻刻。

我不敬畏它的神秘，虽然有时它爱捉弄人，深不可测；我也不惧怕它的无常，虽然有时它来去无踪。不要因命运的怪诞而俯首听命，任它摆布。

等我年老时再回首往事，我会突然发觉命运有一半在自己手里，而另一半才在上帝手里。我要学会运用自己手里所拥有的去获取上帝所掌握的。我的努力越超常，自己掌握的那一半就越多，获得的成果就越丰硕。

在你彻底绝望的时候，别忘了自己拥有一半的命运，在你得意忘形的时候，更别忘了上帝手里还握着你的一半命运。我们要学会用自己的一半去获取上帝手中的另一半，这才是命运的一生，一生的命运。我感谢人到中年拥有的诗与远方，感谢文学路上陪我成长的众多师友。

感 恩

◎龙登玖

可能是这两年钱包有些鼓了吧，国庆期间忽然按捺不住想去北京潇洒一趟。

说去就真的去呢，飞机票一买，虽然价格很贵，但坐飞机对自己来说是大姑娘坐轿，更是一生的梦想，也就非常舍得。第一次坐飞机，特别是从万米高空上俯瞰祖国的大好河山，心里那个美，简直无法形容。只见我频频举起相机，时而对着那山川，时而对着那彩云，一路上咔嚓咔嚓，越拍越来劲，越拍越开心，惹得身旁的人都有点儿诧异。

飞机真的很快，从贵阳到北京，三个小时就搞定了。看着飞机慢慢着陆，想到自己就要见到天安门了，激动的心情难以言表。

确实，在北京旅行期间，我度过了平生最美好的时光，虽然只有短短几天，却胜似活了几辈子。那些天，我到过全国最知名学府清华、北大，逛了著名的王府井大街，游览了国人的伤心之地圆明园遗址，涉足了历代帝王的金碧皇宫，亲自登上天安门城楼感受开国大典的庄严气氛。

北京，是祖国的首都，谁人不憧憬，哪个不向往啊！而我，终于实现了平生的愿望，这份喜悦，这份满足，如果不让自己的亲人也来分享分享，那岂不是太遗憾了吗？所以，我从北京回来的第一件事，便是把这一切告诉我那身在农村、与我最贴心的姐姐。我想姐姐一定是听得泪流满面，虽然电话里看不见她，但从她不断哽咽的话音中感觉得到，她已为我流下了高兴的泪水，并一定是想到了什么别的事。因为，她最后说的那几句话，把我从眼前忽然带到了对过去岁月的追忆之中。

姐姐到底说什么了？究竟是什么话对我那样触动？哦，她说："你命好啊，现在又有工作又有钱了。要是换成那些年，莫说坐飞机上北京，就是去趟县城也要借路费。"我知道，姐姐说的"那些年"，指的就是我与单位协议解除劳动合同，回家受苦的那些日子。

那是十多年前，受风行一时的"买断工龄"的诱导，不顾领导的多次劝告，仗着看了几本养殖的书，我头脑发热，毅然决定脱离单位。我领了两万块钱的一次性补偿，离开老婆孩子，独自一人回到老家，准备开展养猪事业。虽然老家一再反对，纷纷提醒此路不通，养猪不赚钱，但我根本不听，反笑他们猪养不大是不懂科学。

好说歹说征得哥哥的同意，我开始在他的一丘荒田里左瞄右瞄，按早已画好的图纸落实放样。桩打好后，又把他家的树通通砍来，准备进行我那事业的第一步：搭建圈棚。可木料还是不够，白天又不敢上山去砍，只有打定主意晚上出发。尽管途中坟冢遍地，阴森的山林不时发出恐怖的声响，但为了那个心中的梦，也只得壮胆前行。自己虽是农村长大，但已几十年没有扛过木头，身子骨又那么羸弱，加上夜间光线不好，因而每趟都是跌跌撞撞、狼狈不堪。经过半个多月，搞得腰酸背痛，总算把圈棚搭成。

因为本钱不多，想节约经费，我又来个创造发明：挖坑当圈。为了实现这一前无古人、后无来者的伟大工程，我拿出愚公移山的精神，白天光着膀子，挥汗如雨；晚上点起蜡烛，一直挖到深更半夜。就这样，一锄锄、一筐筐，手掌磨起了泡，肩膀压出了瘀血，挑出的泥土堆成了一座小丘。

圈挖好后，我开始种菜，为未来的猪崽准备绿色食品。我又对照书本，找来一种地质学上叫灰岩的石头加工成粉，并贴出广告收购松针，弄得四邻八村莫名其妙。等菜长得差不多高，各种料子准备齐全，我便买来猪崽，开始我那伟大的试验。寨上的人从没听过用松针喂猪，更没听过用石头做料，一时间看稀奇的人络绎不绝，以为我真有什么秘诀，于是争相请我吃饭，以求背地里传授一二。

然而，几个月过去，并不见有奇迹发生，我那些猪甚至比寻常老百姓家的长得还慢。这时，没有人再请我吃饭，我自己不但要承受失败的苦恼，还要忍受人们的嘲笑。猪迟迟出不了栏，饲料却一顿也不能免，而兜里的钱越来越少，维持生计都很困难。面对此情此景，我不禁忧心忡忡。感到无法供给上头，只好缩减饲料，猪们饱一餐、饿一餐，结果不但不长，反而越养越小。眼看这样下去肯定不行，不得不厚着脸皮东借西借，先借亲戚，后借乡里，弄得债台高筑、声名狼藉。硬着头皮熬到最后，那猪死的死，瘟的瘟，剩下的几头虽陆续卖出，但得不偿失，几万块钱血本无归……

往事不堪回首。是啊，姐姐说得一点儿没错，在那段辛酸的岁月里，想起自己很晚很晚还点着蜡烛一个人在荒郊野外挖坑当圈，半夜三更还打起电筒到阴森恐怖的深山老林盗砍树木搭建圈棚，受苦、受累、受怕不说，到头来养猪猪不大，身上的本钱一花而光，连基本生活都难以为继，这是何等的惨象！哪像现在，不但饮食无忧，还有闲钱到首都北京观光旅游，实现了瞻仰毛主席遗容的夙愿，实现了坐飞机的梦想，这与过去简直是天壤之别！而我之所以能有今天，到底为什么？难道幸福是从天上掉下来的吗？

姐姐的话一遍又一遍在我耳边回响，昔日那段抹不掉的悲惨记忆也一直萦绕在我心头，它们令我心潮澎湃，思绪万千。我在想，虽然姐姐说是我命好，但若没有上级部门体恤民情，在我濒临崩溃时向我伸出温暖的手，又把我们这些"协解"人员从困难当中解救回来安排工作，我怎么能够有今天啊！说不定，这会儿我还在那穷乡僻壤里经受煎熬，我还在那穷困潦倒的死亡线上苦苦挣扎！

姐姐的话对我触动很大，使我深深感悟：我们这些"协解"人员今天能有这样的幸福生活，真的感谢党，感谢社会主义制度！

人生几个二十年

◎陈军

每个人都是由时间写就的一本书,封面是父母给的,我们不能改变,我们所要做的就是尽力写好里面的内容,走好自己的路。或许,开始写得令自己或别人不太满意,但这没关系,在人生的几个二十年里,只要我们尽力了,就无怨无悔了。

人生的第一个二十年

小学毕业如挽一缕清风的洒脱,比较轻松地考上了县重点初中。入学后第一次统一考试,班级里好多好多同学都哭鼻子了,曾经在各自小学的尖子生,现在的名次都靠后了。班主任安老师安慰我们:"不要沮丧,咱班的最后一名,在学年是中等哩。"我在班级只是中上等生,及早醒悟都是源于玩伴的作息时间——晚11:30休息,早4:00跑步。天哪,每天才睡几个小时啊,够拼的。于是,我也调整了自己的作息,奋起直追。一年后,我带着如同在一场细雨中漫步的浪漫考上了重点高中。

高中生活是单调平淡的,同学们一如既往地用功,只有上厕所才肯离开自己的座位。苦读三年后各自如愿地走进了象牙塔,而我因心理素质差,高考前几天就睡不着觉,以几分之差落榜了,从此沉没于大山深处,做起了名副其实的山村女教师。

人生的第二个二十年

　　人生无常，带着无比的遗憾和无奈，我走上了自学之路，一路跌跌撞撞，虽遍体鳞伤，但仍然坚持着，也坚信总有一天，我会站在最亮的地方，活成自己曾经渴望的模样。

　　终于考上齐齐哈尔师范，坚定的心染上了花香，芬芳了求学之路的火车，芬芳了师范校园生活的流年。

　　心安便是归处。那年在心底种下一份美好，相惜的暖意，在风和日丽中滋长。课上，我是听得最认真的那个；课间，我不断地穿梭在各层教学楼那琳琅满目的走廊，去看每天都会更换的书画作品。作品中的楷、行、隶、草、篆体字让我大饱眼福；粉笔画作品精彩纷呈，特别是画作中的小动物们个个栩栩如生。校友们的多才多艺让我眼界大开，第一次这样强烈地感受到人外人天外天，感叹自己该学的实在太多了！

　　师范第二年，学校食堂伙食涨价了，原本省吃俭用的我不敢向家里提及，好几个月我都能收到来自哈尔滨读书的弟弟的一百元汇款。放假回家，听其同学说，弟弟每天早上都不吃饭。原来弟弟省下他的早餐钱寄给我了！那天，我再也控制不住自己的眼泪，整整哭了一天：成家立业的我仍在揩父母的油、在争弟弟的嘴。要开学了，妈妈煮了二十几个鸡蛋，让出差的爸爸带着，送我到车站，我趁爸爸不注意时，将鸡蛋放到爸爸的包中，后来妈妈为这事埋怨了爸爸好多年。毕业前夕，丈夫拼足了力气，将采摘了两年的木耳卖掉，替我交上了学费，为我的师范生涯画上了圆满的句号。

　　我得感谢他们，我得争气！无论在哪儿，我必须拼搏！所教班级乡镇中考排第一，并同期完成了黑龙江省党校研究生班的在职学习，之后先后荣获县级骨干教师、县级学科带头人、县级优秀教师、县级优秀班主任和市级骨干教师的光荣称号；再后来，通过了中学高级教师的职称评定，实现了我教师生涯最想达到的目标！这一路走来，我唯能以优异的成绩回报所有爱我的和我爱着的人！

人生的第三个二十年

　　2008年，县域资源整合，我选择了管理教师的岗位。利用休息时间先后尝试了校外培训机构的管理工作、餐饮服务和保险行业，这是我充实而焕发活力的一段时光，也是我人生中宝贵而奇特的一段经历。我还要弥补自己对家人的亏欠，把更多的爱和精力投放给他们，特别是身体不好而无比坚强的母亲。

2013年，母亲因脑梗第三次住院治疗无果后最终瘫痪在床，最折磨妈妈的不是病痛本身，而是来自母亲精神的绝望。怎样让亲爱的妈妈乐观快乐起来，是我面临的必须解决的问题。我辞掉了校外的所有兼职，全身心地投入照顾妈妈的生活上来。那段日子，我从未如此亲近自己的母亲，从未如此深入地走进妈妈的内心，妈妈对女儿的依赖一刻也离不了，她常常久久地搂住女儿的脖子不肯松开，于是我和妈妈约定，下辈子她做女儿我当妈。可那个酷热的夏天，再也挽留不住妈妈，她还是永远地离开了我们。唯有忙碌才能忘却内心的忧伤与痛楚吧，我又踏上三尺讲台，重新接了班主任和两个班级的语文教学，这里是心灵的避难所、疏解地。

我强迫自己不再去想妈妈，因为每一次想念都痛彻心扉，每一次哭泣都身心疲惫，每一次感伤都久久不能自拔。课堂上，《秋天的怀念》几度让我和孩子们泣不成声；大课间，我随孩子们一起做操、跑步、跳大绳；晚自习，同孩子们一起解题、出板报、背古诗文；课外时，还和孩子们一起绘画、做风筝、吃美食。争气的学生们在学校的每次活动中都发挥着自己巨大的潜能，并快乐地放飞着自我：歌咏比赛第一名、跳大绳比赛第一名、全校运动会第一名……全县风筝联赛中，学生"绘画、制作、放飞"顺利拿下第一名，还有中考语文全县第一名……我也因此荣获县优秀教师、优秀班主任奖。

捧着证书和奖章，我又想到了妈妈。以前，我取得好成绩的时候是她最高兴、最自豪的时候。现在，虽然隔着永远，可她依旧笑吟吟地跳入我的脑海：好女儿，继续加油上进！命运眷顾我，步入知天命之年的我，有机会向人生的新目标迈进——教高中了。都说累，我说累并快乐着。这方新奇、瑰丽的圣地，太多的珍奇令人流连忘返：中华经典诗文令我陶醉，巴里洞奏响艺术的号音令我沉迷，赏心悦目的民族服饰令我目不暇接，丰盛的美食令我垂涎不已……

我常想：在岁月匆匆中，在乐此不疲的有限的教学生涯中，霜花已爬上两鬓的我，能否圆满自己的第三个丰盈的二十年，或者说当自己再翻开人生这本书时，会无怨无悔吗？

怀念照圆上师

◎释圣静

恩师圆寂已三年半了。

弟子有幸在 1995 年至 1996 年，于重庆市长寿区东林寺皈依三宝后，以身似沙弥位，任老上师侍者两年。后来，无奈弟子因自己尘缘未了，还俗了……直至 2013 年国庆前，接到上师电话，让我到山西省长治市三圣庙。上师说：不愿出家，可以来寺庙工作，他自己私人出钱，给我发工资……

我记得自己和上师讨价还价的……一是不断文学创作，二是寺庙给我一定的单资（工资），让我缴纳当年每月二百八十元的个人社会养老保险。

上师告诉我，可以写作，并希望我用文学创作和文化传播途径来弘扬佛法！

"光大我佛！"这是师父的原话，我以身似沙弥的身份，再次任老上师的沙弥侍者……

老上师慈悲，每月从自己的钱中，付我六百单资。在第一个月，我不经意间发现，上师从不领单资，别人供养的钱，也往功德箱里放了！我忏悔了！后来领的单资，我也供养给师父，恩师让我放到功德箱里。一直到离开三圣寺，我也再没领过单资。

受戒的费用是一个老法师赞助的一千，我师兄宗果师父赞助了七千。平时的花费，是大德居士王玉芬赞助的，我的三位师兄法师和王玉芬众居士等，见证以上的事实，包括我在上师面前，长跪流泪忏悔！

去年夏天，上师在众弟子和信众的见证下，已化为肉身菩萨了……

上师曾任月印无心佛教文化顾问，现在也是！会一直是！永远是！

学习上师，不忘初心！

镶嵌在时空里的小河

◎刘昌栋

午后的阳光照耀着小村庄,散发着清新自然的馨香,村庄一片安静,就连门前的狗儿也在暖阳中睡去。

路边的野花,倒垂的杨柳和傲然挺立的杨树在微风习习中遥遥相望。绿油油的稻田旁走来一个小女孩儿,她光着小脚丫,两手拎着小红鞋,蹦蹦跶跶地走上了稻田田埂。稻田尽头的小山也青翠欲滴般散发着浓郁的油画气息,小女孩身着粉色的花裙子,在油绿的稻田背景中越发显得灵动,远远望去犹如一个仙子在田埂上散步。那小女孩儿张开双臂像飞机一样沿着田埂一直向前,左歪一下、右倒一下地滑翔到了一条小河旁,像仙子一样飘然跑到小河边洗衣石板上坐了下来。

这是我儿时在家乡田埂路上的情景,如幻如梦的画面永远那么灵动、唯美。

家乡的小河即是我的童年乐园,也是家乡一幅炫彩的油画。小时候,我喜欢蹚进浅浅的小河,可爱的小河才没我的脚脖儿,河水环绕着我脚脖儿像一个顽皮的伙伴,抚摸一下我的肌肤就欢畅地溜走了。小河的水清澈见底,阳光照射到水面上,发出耀眼的七彩光芒,刺着我的眼。

我时常坐在小河旁,安静地看着水底,水底的小石头被阳光照得发亮,偶尔一条不知名的小鱼游过来,我也不忍心去抓它,怕破坏了水中宁静。我在岸边石板上蹲坐着,手托着下巴,在那儿冥想,水底能不能住着一位神仙或是鱼精,天马行空般呆望着水面,惬意享受身边的水草、水芹菜、麦田、野花、杨柳缭绕氤氲之息的空气。

那时,我一直好奇小河家在哪里。我从大人那里知道小河一直向东流淌,它的归宿在东方,那是太阳最早升起的地方,那个阳光殿堂是小河的家。那日猎奇的心让我沿着小河向东寻觅,走了好久也没有发现小河尽头,后来由于害怕又沿途找了回来。小河以桥为分界线,桥以西都是稻田地,以东是麦田、玉米地、黄豆地。虽然没有找到小河的家,可我却发现了小河前方的小桥,桥的两边风景真的是迥然不同，一边热闹非凡，一边寂静冷清，小桥的北侧是通往后面小山的路，这次寻觅旅行让我寻到了一个玩耍的好地方。

夏天的小河很温柔，是我和伙伴们最好的游乐场所，我们经常在小河里洗澡嬉戏。有时，我们拿着鱼篓，在河面上用石头堆砌起来，只留一个出口，然后就跑到上游一路欢声笑语地下来，几个来回的时光就累了。我们躺在松软的草地上，眼望着蓝天，看着飘浮不定的白云，心想我要是孙悟空，我就翻上云端，看看脚下的大地，闭上眼睛眼前微红一片，瞬间自己就飘到了空中。小伙伴们还比看谁睁大眼睛看太阳时间长，个个都流着眼泪败下阵来。那时就想太阳真强大永远打不败，太阳一来寒冷就退缩了，太阳一照花儿、小草都张开了笑脸，鱼儿就跃出水面。

我那时就想自己一定要做个太阳，走到哪里都温暖，像太阳一样做个有温度的人。

待大家玩够了就收取鱼篓，好多的小鱼在鱼篓里翻滚着，挑取喜欢的养在家中的瓶罐里，剩下的就烹饪成鱼酱让家人美餐一顿。

有一年，河水上涨快没过小桥，安静的小河发出了怒吼，急流的河水让我们看着有些胆怯，那洗衣石板也不知被河水淹没还是被急流冲走了！那天发生了最可怕的事情，当时弟弟不小心滑入河中，吓得我哭着大叫："我弟弟掉河里了，快来救人哪！他要被河水冲走啦！"听见我的叫喊，老姨夫一个箭步冲进河里一把抓住弟弟。当时的情景记忆犹新：弟弟滑入小河后就呛一口水，小手使劲地向上抓然后就向下倒，我倒吸口凉气的时候他已经被拉上岸，那年他才6岁。在我惊魂未定的时刻我们已经被带回家中，自此以后，雨后的小河我们再也没有去玩过。

虽然有惊险，可我还是爱家乡的小河，爱它温柔，爱它旖旎风光，爱它天空里的笑声，爱它时光未老的记忆。

去年，我回家乡重温家乡的小河。小河已失去几十年前的欢乐，显得那么静谧、幽深，小河两旁杂草丛生，那个洗衣石板不知是何年何月溜走了。小河旁已经没有孩子的足迹，年轻人都进城，更不必说孩子，小村庄已经人迹罕至。

家乡的小河，我梦中的小河。时光不老，岁月静好，愿小河这幅油画永远镶嵌在时空里。

连云港地方特产及饮食文化

◎龙秀

连云港市是依山傍水、山海连云的海滨旅游城市。这里东濒黄海,与朝鲜、韩国、日本隔海相望。西靠徐州,南临盐城、淮安,北和山东日照相接壤。中国四大名著之一,吴承恩笔下的《西游记》里的花果山,就屹立在连云港市的南云台山中,是国家5A级旅游胜地。连云港不仅有四季美景,港口规模宏大的吞吐量也闻名于世,是连接亚欧大陆桥东的桥头堡,新丝绸之路的起始。

在这块肥沃的土地上,人们的精神生活和物质生活都很丰盈,生活惬意而又有情调。这里有丰富的物产资源,特产品种不胜枚举,海产品资源,更是源源不断。

当春天向我们走近,漫山遍野盛开着洁白的樱桃花,把一片青绿的山间点缀出多层次的美感。成熟的季节,樱桃沟的樱桃酸甜诱人,吸引大批采摘者到樱桃沟。

在《西游记》里,天宫举办的蟠桃会中的蟠桃,属稀缺的珍贵贡品,而在我们连云港,烂漫的桃花却成了装点春天的一道亮丽的风景线,不管你走到哪里,即便是沟沟坎坎,也绽放着桃花笑靥。

桃子的品种多,主要有油光桃、水蜜桃、黄桃、蟠桃、冬桃等。很多食品厂把它制作成罐头销向全国各地,本地人也会用土方法,自己制作罐头,储藏起来。

在江苏,只有连云港的山比较多,漫山遍野可见自然生长的栗子树、枣树、银杏树、柿子树等可供食用的各类野生植物,各种各样的野菜也随处可见。到了收获的季节,成熟的果实不时地随风飘落,周末假日,山谷就成了群友的最好去处,他们一起到山上去拾板栗、捡银杏、挖野菜……

草莓和西瓜更是远近闻名,东海大规模的奶油草莓水嫩蜜甜。新坝的西瓜品种繁多,无籽瓜更是皮薄瓜甜。花果山的云雾茶,是茶文化中不可多得的上品。花果山凤鹅也是首屈一指的、供走亲访友的最佳礼品。

连云港人聪明好学,什么食物下市,就制作什么食品,腌制萝卜干,做辣椒酱、螃蟹酱,晒鱼干、虾干,酿制葡萄酒、水果酒,做各类罐头……

您来连云港旅游,如果不去品尝一下豆丹,算是白来连云港一趟。豆丹,是生长在黄豆枝叶上的豆虫,以吃黄豆叶生存,是一种无毒、无菌的原生态的食材,蛋白质含量非常高,是由灌云人开始食用而兴起的。这么一说,也许您会觉得毛骨悚然，可加工出来，就是一道上等的美味佳肴。

夏季，豆丹幼虫是青绿色，烹饪前加工：把豆丹放在清水里浸泡，用擀饺轴像擀面皮一样，从头往尾部挤压，让肉和皮脱离，挤压出白嫩的肉果子上带有被豆虫吃进肚子的豆叶残渣的屎水，放清水里一摆，渣汁自动脱离。把豆丹肉揪下来洗干净放到碗里，可以配上小青菜、丝瓜，或者占瓜烧出带汤汁的美味佳肴。夏季的青豆丹鲜嫩爽滑，有一种独特的鲜美，吃过豆丹再品其他菜肴顿感无味。

冬季，豆丹到了入蛰时，身体入到土里就变成了土黄色。烹饪前先把洗净的豆丹放在沸水锅里氽一下，使豆丹呈金黄色，捞起后，揪掉豆丹头，用擀饺轴再从尾部往头部挤压，一条乳白而肥大的长圆形豆丹肉就被挤了出来，入蛰豆丹早已不再觅食，肚里全部是肉，无须清理内脏垃圾，可直接下锅。

入蛰豆丹肥壮有肉感，肉越嚼越香，那股鲜香味在嘴里蔓延、升腾，让人齿颊生津，回肠荡气。豆丹的价格比普通菜肴要贵出许多，夏天刚出来的豆丹，在饭店里有时要卖到五六百元一份。旺季时略便宜些。冬季是豆丹最贵的时候，正常一份价格要一千多元。豆丹旺季便宜的时候，家家户户大量购买，回家加工，用罐头瓶包装好，放冰箱冷冻储存，可以吃到来年的豆丹季。

如今，因电视和网络的传播率快，豆丹已不再是灌云独家所有，而是家喻户晓，风行到淮海地区的各大高档餐厅宾馆。但做法与风味，依然是以灌云的方法为准。

豆丹作为天然的有机食品，被誉为"国内少有、苏北仅有、灌云特有"的美食，成为灌云县最具代表性的特色佳肴。是灌云一张响亮的名片。灌云县年年都搞"豆丹节"活动，吸引国内外美食家光临品尝。

俗话说：靠山吃山，靠海吃海。连云港这个黄海之滨，靠着海鲜养活了一大批的人。本地人对吃海鲜也情有独钟，农贸市场四季都有鲜活的海鲜：大虾、螃蟹、虾婆婆、八带鱼、乌贼、鱼等各种知名或不知名的海鲜。海水、淡水养殖的产品也应有尽有。鲜活的沙光鱼，更是地方的一大特色。

自古以来连云港人，就有爱吃沙光鱼的习惯。每到夏季来临，滩涂上到处是潜伏的刚出生两三个月的沙光鱼，钓鱼爱好者们经常乐此不疲地到滩涂去钩钓捕捉。那些躲藏在浅滩上的沙光鱼，就成了他们的囊中之物。

沙光鱼是矛尾刺虾虎鱼种，属于虾虎鱼科，是海水和咸淡水之间产出的大型虾虎鱼。沙光鱼的嘴特别大，也很贪食，小鱼、小虾之类的，凡能吞下的东西它都吃。

沙光鱼的肉质细腻、鲜嫩，不但可以红烧，还是做汤的最好食材，沙光鱼汤像牛奶一样白，鱼肉鲜美没有小碎刺，夹一段放嘴里，骨肉很轻易脱离，入口即化。

沙光鱼汤已被列入了《中国名菜谱》，据《食物本草》记载：沙光鱼"暖中益气，食之主壮阳道，健筋骨，利血脉……"非常有滋补营养价值。

民间还有"十月沙光赛羊汤"的谚语。曾经，还留下一个沙光鱼的传说，一直流传至今。连云港人对沙光鱼的喜爱不仅是在吃上，地方报刊每年举办大型的沙光鱼征文活动。

如果您来连云港做客，一定不会后悔，我们连云港人热情好客，人们的待客之道就是：吃好、喝好、玩好。

岁月无声

◎燕薇

从岁月中偶尔回头张望,我发现自己很早就与金融业有过数次亲密接触。

小时候有时会随父母去镇上赶集闲逛,镇上有个小储蓄所,大人们办理业务时我多会踮起脚来扒着柜台向里面看。有时因为个子小还会让家人抱着,好看看高高的柜台里面都有些什么东西。

这样的经历并不多,因为当时贫困的家庭几乎没有什么钱来存,也几乎没有什么钱可用来经常性取用。

我一直不太清楚高考时父亲为什么要给我填报金融行业的农村信贷专业,他怎么会想起来要给我报金融专业的。如今几十年过去了,我觉得无论如何都应该为此感激他,这一选择的确给了我半生安稳和平静的生活,尽管我最终没能做成信贷员。对这一志愿,我脑子里也一直没有什么概念,就只是一次次闪过小县城里银行封闭的柜台窗口和洁净、训练有素的男女员工的形象……

毕业后,我去之前那家储蓄所里实习,我的一位本家哥哥彼时正在里面做所长,对我很是照顾,员工们发的福利有时也会给我一份,让我很是感激,也觉得过意不去。我很喜欢那儿的工作环境,羡慕里面员工们相对较高的工资收入,也从那群友善可亲的姐姐哥哥身上学习到许多东西:比如,如何办理业务、如何为人处世等。一晃几十年过去了,我的本家哥哥不知还健在吗?那个储蓄所里的哥哥姐姐们不知都还好吗?他们的音容笑貌仍停留在曾经的那个年代,清晰如昨。他们在我的记忆深处永远都是曾经的那个样子,未经半点岁月的风霜。

当年实习时我曾有个小小的愿望,就是希望能留在小储蓄所里上班,结婚生子,安安稳稳一辈子,一段朦胧的恋情也呼唤着我留在那儿。可是,毕业后我却被分配到了徐州市区,从此与曾经的容颜山高水远,再也没有机会见面。一切无疾而终。

参加工作后,有很长一段时间我一直住在单位阔大的集体宿舍里,床铺、桌椅、灶台灶具等一应俱全,包括水、电等所有的费用全部由我的单位来负担,无须支付分文。像偶尔换换液化气这样的活儿,更是由单位里指定了专人给换了送上楼来。这样的生活我一过就是好些年。

我稳定而相对稍高的收入，适时地分担了我们家因几姊妹同时都上大学，给父母带来的巨大经济压力，缓解了家庭极度贫困的状况，让一家人顺利渡过了一个个难关，经济上逐渐向好的方向发展。

结婚前，我用多年积攒下来的工资、奖金的结余，又贷了一些款买下了属于自己的第一套两室两厅的房子。房子是多层、期房，是我千挑万选来的，位置不错，外观色彩也好，光线很强，非常明亮。小区整个的大环境也干净清爽，里面有大片的花草树木及齐全的生活配套设施，出行十分方便。当我步入装修一新、宽敞明亮的房间时，心里感到无比踏实，心也随之安静下来。我想，此后我的父母、亲人每次来也都有地方去了，就算是停留上一些日子也都完全没有问题。

就这样一晃又是许多年。十多年后，为方便孩子上学、放学我又买了一套稍大一些的三室两厅的房子，家里明显空间更大了。新房子是我一次次跑装饰材料城，一点点设计装修的，很符合我的审美趣味。房子是个小高层，站在窗前向远处望去，一切尽收眼底，视线很是开阔。装修完成后，我很喜欢，也很有成就感，生活在其中感到非常舒适。平常一家三口各居一室，各忙各的，互不影响，清净无打扰，做事效率更高。我父母的生活也一天天安定下来，弟弟妹妹们也各自学业有成，买房置业，结婚生子，生活无忧，当初那个一直在贫困中挣扎的大家庭似乎早已步入了小康，甚至可以说是走向富裕了。而这一切，莫不得益于国家的稳定与长治久安，得益于各行各业健康稳步的发展，得益于一种积极进取、奋力圆梦的精神追求，得益于我们行进在一条康庄大道上。

"岁月无声，岁月无情，改变不了我们难忘的初衷。"这句熟悉的歌词，此刻可否用在这里，来表达一份对时光流逝、岁月更迭的深情回望。当我们从平静的生活中回顾过去，面前瞬间浮现出一条坦途，它跨越数十年的时光，从过去铺展向未来。

趁着海风去放鸢

◎康海群

地处南黄海之滨、长江三角洲北翼的江苏如东，万顷滩涂、千池鱼跃、物阜民丰，加之四季分明、气候温和的独特自然条件，使之成为闻名遐迩的"中国风筝之乡"。

风筝，古称"鹞"，北方谓"鸢"，是一种传统的民间工艺品。春秋战国时期，墨翟"斫木为鹞，三年而成，飞一日而败"。他制造的这只"木鹞"（木鸢）就是中国乃至世界上最早的风筝，距今已有两千四百多年的历史。如东风筝文化同样历史悠久、底蕴深厚。如东是南通市辖县，南通是我国四大风筝产地之一，其中"板鹞"冠绝全国，被列入首批国家级非遗保护项目，而如东"板鹞"乃南通风筝中的翘楚。

早在五代时，如东就有人系竹哨于纸鸢，故称"哨口风筝"，亦俗称"板鹞"。"哨"之声尖细、清脆；"口"之声浑厚，凝重悠远。每当春秋之际，"板鹞"扶摇直上，连缀着的大中小哨口发出低、中、高音，五音和谐，声如筝鸣，仿若天籁之音。如东风筝花样之多，风气之盛，全国罕见。《如东县志》记载："自草虫、鱼鸟、舟船至于仙佛，无巧不备，大者数丈，软翅者一排九雁、十三雁。春天竞放，他邑所无。"

从前，如东人放风筝是件非常隆重的大事。风筝放之前须供于堂屋，香烛纸马，恭敬如仪。放飞时，几人乃至十几人分成"背"和"丢"两组，彼此配合默契。风筝一旦直冲云霄，人们则欢声雷动。"鹞子满天飞，家家有的收。"预示着年景好，五谷丰登，万事如意。

小时候，听爷爷说，以前如东人一到春天就有放风筝的习俗。傍晚时分，天清气朗，闲来无事的市民纷纷跑到郊外放风筝。他们的风筝都是自己亲手用纸或绢加上篾扎的，扎成蝴蝶、凤凰、仙鹤、双燕、群雁、美人打伞、美人走索、灯笼、月亮、蜈蚣等式样，千姿百态，各有千秋。他们用线拽着风筝放上天空，望着蓝天下飞舞的风筝，互相评头论足：谁的式样新颖，谁放得高……大概是因为工艺精湛、形象生动，"群雁""双燕"从中脱颖而出，赢得了大家的交口称赞。但这些风筝只能在微风时牵放，如遇大风天，人们则会放"鹞子"。用竹子扎个长方形，两侧各伸出一角，上面用薄纱布加纸糊牢，再粘贴一个圆心红角，由此又叫"六角"，也称"板鹞"。还有把七个角鹞并扎成一个的，叫"七串联"。倘若十九个并扎的，就叫"十九串联"。它们的高度大的近丈，小的也有三四尺。上角用胶水粘上哨子或葫芦，用小麻绳牵引。"葫芦"是用葫芦削去末端，加上凿着一个横口的盖，大都装在板鹞上。"哨子"是在长约寸余的竹筒上面加上一个凿着横口的薄竹片做的盖儿，再把三只竹筒从小到大连在一起，叫"一联"。把许多联按由小到大排列，用胶水粘或用线绑扎在鹞面上，多者有数百联。

放大鹞子时要三五个人，一个人扶着向上送，其他人隔一段站一个，一个接一个地拉。"鹞子"升到天空，葫芦发出"咚——咚——咚——"的声响，有如擂鼓，哨声铿锵有如鸣锣，响及数里。那时，人们不但白天放，而且晚上也放，晚上放就叫"放晚鹞子"。这在精神生活极度匮乏的当年，恐怕是乡民聊以消闲的一大快事。

近三十年来，如东先后在"江苏省风筝放飞基地"小洋口旅游度假区举办了二十一届国际和省级大赛。2009年举办的全国风筝锦标赛，慕名而来的参赛者和观赏者达十万之众，创全国风筝放飞史之最。2010年举办的夜光风筝比赛，开国内夜光风筝比赛先河。

大赛与时俱进，吸引了众多风筝放飞高手。一年一度的"风筝大比武"牵动着成千上万人的心，不少爱好者自带风筝自娱自乐，"乡土风筝与大赛精英联袂放飞"蔚成南黄海之滨一道壮丽风景线。

"草长莺飞二月天，拂堤杨柳醉春烟。儿童散学归来早，忙趁东风放纸鸢。"平日里，在学校操场，在公园、市民广场等风筝放飞的专门场所，仍可见到儿童手拽线轴，欢快地嬉戏奔跑，尽情享受"纸鸢跋扈挟风鸣"的魅力，一展"回看高举绝红尘"的风采。

放风筝是人们感受南黄海风情的一项体育休闲活动，已经深深融入了如东人的文化血脉，成为生活中不可或缺的一部分。

沐浴海风去放鸢，热情好客的如东人民真诚欢迎您的到来。

我陪法国客人看棉花

◎吴宏举

生活在欧洲的法国人迷恋上了荆州这块神奇而美丽的土地，每年都有大批的客人沿着长江三峡这条世界文明的黄金水道到荆州来观光旅游。他们除了要了解荆州悠久的历史和文化外，还有一个目的，就是要亲眼看一看江汉平原上生长的一种农作物——棉花。

记得还是去年初秋的一天，我送一批法国客人到武汉去，这批客人在荆州出发时就跟我提了一个要求，希望在去武汉的路途上让他们参观一下棉花。有一位法国老太太还紧紧地拽住我的手，对我说，她穿了一辈子棉制品服装，就是没有见过棉花是啥样的，这次到中国旅游，就是想亲眼看一看棉花，希望我能满足她的这个心愿。客人的恳切和执着，深深地打动了我。我没有拒绝，与司机商量后，答应了客人的这一要求。

我们的车穿行在广袤而秀美的江汉平原上，路的两边是生长旺盛的庄稼，在几何形的图案底下，这些庄稼或高或矮，或黄或绿，简直是一幅巨大的田园风光画卷，美丽极了！

我不停地给客人讲解江汉平原上的农业发展史和今天的农业生产情况，如数家珍地介绍江汉平原上生长的各种农作物。这时，有位客人问我："Vous-etes paysan?"（你是农民吗？）我回答说："我曾经从事过农业生产，不是专职农民，但可称得上是半个农业专家。"一番话博得了客人的首肯，接下来的讲解更增加了客人的信任，客人们听得非常认真，像一堂流动教室的农学课。

车来到了潜江境内。我们选择了一块离农户很近的棉田把车停下，让客人下车到地里去看棉花。我与农户商量之后把客人带到棉花地头。很神气地对着法国客人说："这就是棉花！"法国客人不约而同地叫了起来："Coton! C'est du coton!"（棉花！这就是棉花啊！）犹如上帝突然赐物一样，客人们很激动，一个个盯着棉花，看了好久，好久。这时的棉花已开始挂桃，顶上还开着黄色、红色、粉红色等许多花蕾。我给客人交代一番之后，他们才开始分头参观。有的蹲下从棉株底部看棉根，像专家一样研究着；有的进入棉田中照相，生怕碰坏了棉花，小心翼翼地。当碰掉一朵将要枯萎的花蕾，还马上从地上摘起来安上。口中连说："对不起，对不起。"一位老太太不知从哪里摘来一朵早熟的棉花与同伴一起把玩，时而放在手上搓揉，时而放在脸上亲昵，那种对棉花的爱意流露在她的脸上。半个时辰后，我集合客人，简要地给他们讲解棉花的种植过程。并介绍说："我们中国人是勤劳、勇敢、善良的，很早就开始引种棉花，但人们的穿着不是单一的，很讲究时令和时尚，还种桑植麻，缫丝养蚕。"这时，有位法国客人说："Les chinois sont vraiment merveilleux, quand nos ancêtres ne savaient pas ce qu'ils devaient porter, ils commençaient à s'habiller à la mode, en coton, en lin et en soie riche et luxueuse!"（中国人真是了不起啊，在我们的祖先还不知道穿什么的时候，中国人在服饰上就开始讲究时尚，穿棉、穿麻、还穿富贵华丽的丝绸！）

最后在征得棉田主人的同意，法国客人带上了一些心爱之物（棉花、棉桃、棉叶、花蕾等）之后，我们上路继续前行……

这一天，法国人非常高兴。

作者后记：

法国是一个受地中海式气候和大西洋海洋性气候影响的欧洲国家，本国不种植棉花。因此，绝大多数人没有见过棉花，他们知道中国是产棉大国，通过到中国观光旅游，来了解棉花。

荆州是全国重要的棉产区，每年都有大批的法国客人到荆州观光旅游，并参观棉花田。

文中的"我"并非作者本人，是用第一人称指代多年来接待外国客人的旅游工作者。

大美神农架赋

◎陈孝国

一

鄂西神农,中原屋脊。宿分星张[1],地接荆武[2]。控十堰而引巴渝[3],穿两河而带三州[4]。险巇[5]高峻,拔地冲天万丈,覆盖延伸,方圆三千余里。东接襄阳保康,西临巫山峻岭。南压峡州万朝,北镇泰斗武当。垂范千古兮,炎帝安在?气吞河岳兮,万民捧颂!

《山海经》云:"……又东一百五十里,曰熊山。有穴焉,熊之穴,恒出神人,夏启而冬闭……熊山,帝也。"远古之时,天地大变,《淮南子·天文训》曰:"昔者共工与颛顼争为帝,怒而触不周之山[6]。天柱折,地维绝[7]。天倾西北,故日月星辰移焉;地不满东南,故水潦尘埃归焉[8]。"相传,不周山倒,熊山连灾,水旱灾祸,交互袭来,瘴气弥漫,毒虫遍野。嗟乎,老君炎帝,善莫大焉,临凡星张之分野[9],鄂西川东交界之均州崇山[10],冶金建炉,打制农具。教民稼穑喂蚕;育猫养豕。盖因山深林密,淫雨霏霏,致使百姓受灾,顽疾缠身。炎帝神农,心向庶民:攀岩爬壁,尝百草于峻岭;熬药煮汤,驱寒民之凶疾;架木为巢,遗寒民之阳暖[11];编写岐黄,传杏林之圣方[12]。他斗凶兽、惩歹人;教民纺织、种树、采茶、制陶、制耒耜。惩恶扬善,弘扬人间正气;踏遍神山,谱写万世传奇!他创歌舞,与民同乐,出现太平盛世。日复一日,年复一年,《神农本草》,功成愿遂。神农炎帝,"架木为坛,跨鹤飞天"而去。缅怀始祖恩德,此山遂名神农架。

神农气候,上下分层。山脚毒辣似火,山腰温暖如春,山麓红艳胜秋,山顶冰天雪地。有诗云:"山脚盛夏山岭春,山麓艳秋山顶冰;赤橙黄绿四时有,春夏秋冬最难分。"

炎帝伟大,德布千秋;神农山奇,景传华夏。神农顶高峰亮丽,风景垭胜景奇绝,燕天飞渡考尔胆量,红坪石谷叩吾灵魂。板壁岩巨壁对垒,瞭望塔神飞四野。大小龙潭,龙腾巨浪,金丝猴岭,猴歌高吟。太子垭穿越前朝,天门垭神农飞天；燕子洞百鸟朝凤，冷热洞冷嘲热讽；大九湖薛刚怒吼，天生桥天地生成。四周群峰争奇，纳群山之灵气；八方神兽显怪，容百川之大度。红坪景区，神奇山谷为背景，古人类遗址为特色。远古犀牛戏水欢叫，早期人类磨枪临战；遗址距今十万余年矣！古动物化石千件，旧石器实物万余；考古学家曰：此洞乃"华中屋脊神农架古人类旧石器遗址"矣！真可谓：群山万壑，峡谷天雕；峰峦叠翠，奇洞天成；锦石溪流，险崖瀑飞；石壁栈道，险峻扼要；天然石桥，鬼斧神工；兰花遍山，香飘万里；深山老林，云流雾绕；高山平原，碧海长天；云霞佛光，日出雪景，一幅幅山水画卷，绚丽多彩；一个个诗画长廊，海客留恋。

若夫神农植物，专家有言："植物百科全书"。珙桐水杉他处无，香果银杏满山有；且不言：梭罗红豆杉，神秘铺地柏；也不语：凶猛断肠草，良药紫金钗；单是那"头顶一颗珠""江边一碗水""七叶一枝花""文王一支笔"更是天下一绝。而或天麻党参，当归细辛，杜鹃白芷，遍地均是。

至若神农动物，或曰"科学迷宫"。世间怪兽，无奇不有：怪兽人熊貌似人[13]，九头怪鸟绝顶聪明；故有"天上九头鸟，地上湖北佬"之嬉语。野人之谜难寻，棺材之兽[14]神奇。狼身驴头怪兽，性情凶残；似虎若豹山黄[15]，体形庞大。金丝猴跳遍群峰，棺材兽怪异恐怖；至于白熊白蛇白乌鸦，能托小孩白公鸡，白雕白獐白松鼠，白猴白鹿白熊猫。白色动物如此盛，世间珍宝天下绝。

二

余之桑梓，鄂西荆州之北，三峡北岸万朝山脚。昔年听浪人之语，神农景色，九州无二；天下之大，无出其右者。越明年，政通人和，重开科举，余即是年参考，成为大公庠序一员[16]。

庚午桂月[17]，暑期来临，庠序弱冠及而立，组建野生自然资源考察队，余欣然有幸参与。时维新秋，炎天流火。余等十男又三，初登神农。山下烈焰腾腾，草木枯萎。潦水尽而香溪清，烟光凝而青峰萃。初自高阳，北向进发，背昭君，越湘坪，经木鱼镇，陵鸭子口[18]。俨奔驰于兴神[19]，观风景于崇岭；临炎帝之巢穴，得老君之旧馆[20]。

初临鸭子口，山人言危险：只有鸟道飞神山，凡间众人不可攀；下有林莽荆棘之阻道，中有冲波逆折之龙潭，上有冰雪封顶夜气寒。吾侪胆气豪，飞升冲破关。瞭望塔上过一夜，险些冻成腊肉干。

山高气寒，屋内似冰。夜不能寐，坐起雅谈。有弟子曰："陈师雅兴，必有高论。"请将不如激将，实难推托。余思片刻，高声吟道：神农莽莽，峦嶂横绝，参天巨松，荫岭辉峰；遮阳翠柏，大气磅礴。更琼花散射，岭清溪秀；是如恒河沙数，星落九天？峰兮插云，水兮碧翠，高峰涧水眼中皆坦途；且不说千仞岩峣[21]，万道险巇，登程奇峰罗列，凝练豪胆坚志，旅途怪石嶙峋，梳裹坦然心胸；更有那百里蕊浪，四围松韵，眼里繁花似锦，怒放火树银花，胸中宠辱不惊，孕育通天大道。吾侪明朝登绝顶，定踩脚下万仞峰。

众哗然，击掌鼓励。忽人影一晃，扉[22]站佳丽。曰："高地夜间寒冷，送白炭十斤，发火取暖。"众悦然道："美人芳名？"对曰："奴家金花，尔等同乡，夫君在此谋职，故年前调来此地。"众欣然相谢，金花回眸一笑，飘然而去。有登徒子[23]赋诗曰："日月送精华，白露横峰顶，有美飘然送温馨。金花出落在高阳城，佛天仙散帖，疑是织女花喷；原来是神农仙气附精灵。因此上阃[24]内举案侍夫君，阃外真诚人人敬。撩逗得一班书生苦吟诗，白日梦里自多情。"

有火取暖，睡意大增。酣然沉入梦境。天刚黎明，有早醒者曰："观日出去。"众跃然而起，立塔顶看红日。未及，用罢快餐，奋勇登绝顶。

登顶何其艰难，进三退两，钩藤攀缠。手扒箭竹足似弓，眼前云雾遮峰峦。金丝雀儿尚不能过，野人欲度愁攀缘。坐望天长叹息，忽听前峰高声唤。一片花海翻红浪，疑是瑶池仙园落了凡。神山顶上笑语浪，巴蜀栈道也能穿。花海浪，笑语翻，一片巨木挡山前：赤身露体，似百岁耄耋老人；皮开肉绽，若鞭打刨挂而至。此雷电之杰作，驴友取名森林公墓也。又见悲鸟，号若念禅，我抚心胸，默默暗叹：如此参天巨木，仿若世间大才；无人问鼎，空老林泉，岂不悲哉？

午时一刻，余等终于登顶——无名峰顶。放眼四周，眼底群山万岭；云遮雾绕，诸峰只露山尖。山风怒吼，峰峦如海中洗礼，白云翻卷，展开若巨大荷花；吾等立于花蕊之尖，顿生"地到无边天作界，山登绝顶我为峰"之感。白云贴地滚滚来，吾侪上吻红日蓝天，下驾云头翻腾。飘飘若仙。其欣然之情，不言而喻。

峰顶石缝，立一高木，近地瓷瓶，倒插其间。拔出瓷瓶观阅，内有一纸，记载登顶所至。前有二批，吾侪居三[25]。

忽地电闪雷轰，雷雨倾盆而至。猝不及防，狼狈逃窜。未及，东边日出，烈阳炙烤大地；西边暴雨，乌云狼奔豕突。双轮彩虹，高挂天际。毫光闪闪，瑞气千条。山峦云烟之中，涌出红色宝灯，似江牙海水，红日华虫。片刻，宝灯收敛光芒，凝变空灵水晶，又像菱花宝镜。白气如练，穿过镜中。神农佛光临凡，吾辈三生有幸。

逃出林间，拾来细枝干草；钻木取火，烘烤雨染衣衫。诗曰：雨洗浊气扫阴霾，心胸开阔两眼明。唯有吃得险中苦，方能做得人上宾。吾辈此行做了一回真野人，探索自然征服自然壮志油然生。

三

古人云：五岳归来不看山，窃以为：神农归来不看岳。徐公霞客弘祖，游遍华夏千山万水，足迹遍及今二十一省，达人所之未达，探人所之未探。然则长江天堑，群峰茫茫，交通阻塞，信息不通，徐公宝足终未到达神农，美篇记录终未涉及仙山。此乃霞客公最大之遗憾也。命运使然，余游神农，再次又三。皆因学友亲朋所故。

三十年后游仙地，车水马龙人如蚁。心思沉重发幽情，会议吵闹小贩欺。柏油路飞法拉利，林中闪出比基尼。原汁原味已失尽，想吃原味梦中觅。华夏山川原始风景已不多，但愿拙作为此尽点力！

　　注释：

　　1. 宿分星张：宿，指星宿。古人习惯天上的星宿与地上的区域对应。据《晋书·天文志》记载：今天的湖北属于古荆州，神农架在鄂西北，靠近陕西，按照古人的天文志记载，与天上的二十八宿的星宿、张宿靠近。

　　2. 荆武：荆，指荆州；武，指武当山。

　　3. 控十堰而引巴渝：控，控制，连接。引，连接。巴渝，今重庆市区所辖范围。

　　4. 穿两河而带三州：两河，指香溪河、长江。三州，指荆州、鄂西恩施州、均州（郧西地区）。

　　5. 险巇 [xī]：险，危险。巇：形容山路，泛指道路艰难。

　　6. 不周之山：不周山，古人传说撑天的柱子。

　　7. 天柱折，地维绝：撑天的柱子折倒，维系大地的绳子断了。

　　8. "故水潦尘埃归焉"前四句：高天倾向西北，所以我们看到西北天上的星星比较多，大地歪斜了，所以东南低，西北高，江河水多从西北流向东南。

　　9. 分野：古人把天上的星宿与地上的区域对应叫分野。

　　10. 均州崇山：即今郧西地区，神农架按照古人的划分，属于今天郧阳地区。

　　11. 遗寒民之阳暖：遗，(wèi) 赠送；阳暖即温暖。

　　12. 传杏林之圣方：岐黄、杏林，指医学专用名词。

　　13. 怪兽人熊貌似人：人熊是熊科动物，学名称作"黑"，姿态五官似人，性猛力强，可以掠取牛马而食，所以叫作"人熊"。

　　14. 棺材之兽：指棺材兽。

　　15. 山黄：山黄又叫"过山黄"，是湖北省神农架地区的一种不明生物，有观点认为是一种体形巨大的虎。在神农架及鄂西、渝东，人们之所以敬称过山黄为山王菩萨、老巴子，奉若神明，还在于这种野兽比老虎大得多，又不伤人，所以深得群众的喜爱。

　　16. 大公庠序：大公，指今天的湖北省兴山县一中，抗战时期是武汉的大公中学，因抗战迁居湖北兴山，后成为兴山县的第一中学。庠序，古人指学校。

　　17. 庚午桂月：指 1990 年 7 月。

　　18. 陵鸭子口：陵，登上。鸭子口，登神农架的第一关口，今售票处。

　　19. 俨奔驰于兴神：俨，整齐的样子。奔驰，今奔驰牌轿车。兴神，指兴山县城到达神农架的这条公路，叫兴神公路。

　　20. 临炎帝之巢穴，得老君之旧馆：临、得，到达。

　　21. 岧峣：[tiáoyáo] 山高峻貌。

　　22. 扉：指门口。

　　23. 有登徒子：这里指爱好文学的青年。

　　24. 闱：内室，借指妇女闱闱、闺闱。

　　25. 前有二批，吾侪居三：倒立的瓶子里记载着登上山顶的人员名单，第一批有中国科学院等单位联合组织的六十一名科学家考察队，到达山顶的只有二十八人。第二批有十堰二汽的二十名青年工人等。我们是第三批，十三人。我们依样在瓶子里留下纪念。

梦中的母亲

◎杨秀琴

又过年了。每晚，母亲总会走进我的梦里。

今年是母亲去世的第十六个年头了。十六年里，我无时无刻不在思念着这个世界上最爱我的妈妈。

妈妈的童年很幸福、很快乐。姥爷识文断字，是方圆几十里的文化人。妈妈他们姐弟五个，她是老大，从小就是姥爷重点培养的对象，从王家寨到郭家，再到义井，就这样一步步从高小、完小一直到初中肄业。这在过去已经是读书很多、很有文化的人了。许多跟她一起读书的男同学，后来都有工作、有岗位分配，但是妈妈不喜欢当"孩子王"，由于一个男娃调皮从窗台爬上去摔下来后，碰破头皮流了好多血，她就再也不愿回学校教书了。后来她还多次说起过，我们兄妹都非常惋惜，但是她总是苦笑着说："五月天薅谷子，我从来没觉天长，但是学校里教书我就等不上放学。就喜欢种地，也许这就是各人有各命吧！"

小时候在我的记忆里，爸妈总是田间地头劳作，永远有干不完的活儿，春天翻地撒化肥、下种，夏天锄田锄了头茬、锄二茬，秋收割倒胡麻、掏山药，唯独冬天有几天农闲时间，又是一家人的衣裤鞋袜需要缝补翻新。农忙时节，永远都是早出晚归，从来就没见过爸妈有一天是专门休息可以不下地。我早上起床，饭食在锅里温着，晚上日落西山后，才能盼得爸妈归家的身影。可是回来后，还总有那么多的杂活儿琐事，割草切草，侍弄牲口直到深夜。两个哥哥比我懂事早，总能帮衬着干点零碎活儿，房前屋后的空地里，大哥栽种黄瓜、玉米、向日葵，喂着一窝兔子和一只羊，贴补我们的学杂费，每天放学后我跟二哥就是浇水、拔草，家里做饭等爸妈。

谁的青春不迷茫，谁的童年不顽劣？童年发生的事情永远清晰难忘，恍然如昨。现在耳畔还响着我和小伙伴们烈日下玩耍，在附近的农机站院里用自来水龙头打水仗、洗脚、洗凉鞋，一中午嘻嘻哈哈地吵着闹着，曾被妈妈拉回家后厉声斥责，批评我不仅浪费水，还影响工人叔叔休息。

那个时候，爸爸的爱总是显得卑微、单调，记忆里似乎他永远寡言沉默，更多的印象是举着一杆旱烟锅在后炕角落里无声地抽吸着，唯有在午间休息鼾声大作时才显示出他的存在。一家五口再加上爷爷挤在不到20平方米的小石窑洞里，我记得大部分时候，妈妈中午是靠着铺盖垛子坐着休息的，顶多就是打个盹儿，孩子多、老人在，妈妈伺候一家老小吃饱喝足都躺下了，唯独她洗锅、刷碗、喂猪后就没了她的地方。逼仄的小炕上睡不开那么多人，爷爷年岁大了，吃完午饭后总是懒得走回自己的屋子，顺手放开碗筷就躺倒休息了。但是妈妈从来没有对老人说过什么不满意的话，总是卑微到尘埃里一样地活着，以一个女子单薄的双臂，用大写的"人"字，高擎起我们这一家子老少爷们儿，诠释出一个女本柔弱，为母则刚的神话。

印象最深的一次，五年级时，上数学课不注意听讲，做题错被王老师狠狠批评了一顿。中午回去吃饭时瞥见妈妈那破旧不堪的背心，和晒得浑身起皮的胳膊和黝黑的脸庞，还在刷锅、洗碗、给猪弄吃食，竟偷偷地哭了半天，那次对我的触动极大，突然间觉得妈妈怎么活得这么可怜，而我还不好好学习，不觉潸然泪下。几乎从青丝到白发，妈妈一直淹没在那些没日没夜的操劳中。直至我成年后，那一幕揪心的影像时时会出现在我的脑海，妈妈活在最下层的劳动人民中间，勤劳、朴实、善良，从不抱怨，从不退缩，无怨无悔地选择了自己辛劳苦难的一生，她人性的光辉鞭策着我一次次地从挫折与失败中站稳脚跟。

生活中妈妈点点滴滴中奉献大爱的事例不胜枚举。像我们这种务农的人家，平时是没有多少白面、油、肉之类的好吃食的。记得有一次，爸爸从供销社的食品店买回二斤骨头，吃饭的时候，爸爸和妈妈谁也不要那些骨头，非说他们不爱吃，最后那些骨头都堆到了我和爷爷的碗里。我当时还漫不经心地对妈妈说："你们不喜欢吃买这干啥？"待我狼吞虎咽地啃咬几口过后，妈妈又一个一个地收回到自己的碗里……还记得一毛钱就能买十颗水果糖的时候，正月里我和伙伴们围成一圈儿说笑、打扑克，妈妈给每人手里都放上几颗糖，唯独到她自己，就搁置得远远的，从来不见她吃一个。她总是说她舌头疼，不喜欢吃甜食，可是我有时却看见她喝水喜欢放几颗糖精，这令我大惑不解。四十年前的农村，哪有什么糖精有毒的说法，又哪来什么血糖高的人群？就在这样的岁月里，母亲作为一代家魂，乐观的生活态度引领着我们兄妹开心地过活着每一天。

当我们兄妹成家的成家，工作的工作后，妈妈依旧是家里的脊梁，总会在各种各样的生活际遇里引领我们如何活得坦坦荡荡，如何适应当下的生活。

妈妈是周围出了名的巧手，我们小时候所有大人、孩子的衣服、鞋帽都是她一针一线缝制而成。后来爸爸从偏关买回缝纫机，妈妈的活儿就更多了——姨姨、舅舅们家里大人、孩子的，还有周围邻居家的。我们在每一个夜晚入梦时，妈妈趴在缝纫机上挑灯夜战；我们在每一个早晨醒来时，妈妈已经做好了早饭，并且又在机器上赶制着衣服。就是这样长年累月的辛苦劳作、长期又营养不良让她后来积劳成疾！直到后来我结婚，两个孩子幼年的衣裤鞋帽还有许多都是妈妈亲手缝制而成的，绝大多数还是改制来的，这曾经让多少邻居羡慕过！我租房子居住在神池四道街时，妈妈曾让八角的大巴车给我捎来引火柴，那时候没电话，她就等人家到站后，再自己背到我家；捎来山药蛋时，也是用她羸弱的背脊一回回给我背到家中。院里田间辛苦所收的时令小吃——黄瓜、玉米、西红柿等更是成了每次来探望我时，两个孩子的最爱。尽管身体每况愈下，也不忘给可爱的小外孙带这带那。妈妈就是在这样的鸡零狗碎的家务、田间劳作中积劳成疾，奉献了一生。她对每一个人都疼爱有加，可是我们回报妈妈的只是一头稀疏的华发和瘦削驼背的身板，以及后来越来越虚弱的身体。直到2005年，61岁的妈妈由于肺癌走到了生命的终点。至此，我们兄妹三人失去了温暖了三十多年的怀抱……

　　妈妈离开于我最忙碌的八月中秋。我是一个月饼生产商，中秋节是我每年最忙的季节。因为季节性生产，我无法抽身回家；因为抓紧时间销售，我无法回八十里外的村庄看望病重的妈妈。就因为追逐这一点点的蝇头小利，我在母亲最后的日子里竟然是不闻不问，不管不顾。妈妈从来都是怕给儿女们添麻烦，一次次隐瞒着自己的病情，让年轻的我们都以为妈妈还是我们小时候的那个坚强而勇敢的妈妈。她后来不好好吃饭时，我们真的以为就是她自己说的那样"人老了，不好消化了"……我们只是轻描淡写地劝她多喝热水、多吃点消化药。岂料到，八月归家后的相见，竟成了我们母女最后的诀别！多少年里，这都是我心底深处最悲伤的痛楚。一想到此，眼泪便会夺眶而出；一想到此，我就愧疚、悔恨不已！这些年里我的闺女、她的外孙女，嫁到她年轻时曾向往过的大都市——天津；大哥的三个孩子，我的侄儿侄女们分别在浙江温州和义乌还有河北廊坊买房置家；二哥的独子也在邻县五寨安排工作、安家落户；我的儿子也考入了浙江的一所大学。所有这些激动与快乐，妈妈都无法知晓了。只有在我跟哥哥们上坟探望妈妈时，才能一件件、一桩桩地细细诉说与爸妈听。天地有知，一切都是爸妈冥冥之中护佑着我们脚踏实地、平安顺遂地一路前行。

　　妈妈去世后，我们一家人悲伤不已，每每兄妹们跟爸爸见面都会泪水模糊，打湿衣衫。我每夜几乎都在哭泣中度过，白天有时候正在厨房做饭，突然听到院子大门响了一声，是不是妈妈像往常一样为了给我惊喜，从八角村里下来了？当我急匆匆跑出去看院门时，一片安静。就这样眼泪一遍遍地模糊了双眼，我一遍遍地告诉自己：妈妈走了，去了再也回不来的远方！

　　2006年4月29日，不到一年的时间，爸爸因为肺心病救治不及时，也离开了我们兄妹三人。爸爸的身体一直不好，因为打呼噜和两眼白内障，二哥曾经带上他到太原做过三次手术，因为肺心病更是急救过三次，每一次都是二哥精心护理，然后再跟我在县城住几天，输液观察无异样后再送回村里。而村里的所有农活儿都是大哥和妈妈在家里操持着。爸爸每次生病，几乎都是在和死神做斗争。最后一次，因为妈妈已经离开了，终于，老爸向死神投降了，就这样孤独离世。这让我们痛苦不已、抱憾终生！

　　遭遇过生离死别后，我们痛失了两位至亲至爱。人世间的爱总是会锱铢必较，都求回报。唯独父母给我们的爱是不计回报、不计成本的。我的爸妈都离去得太匆忙，父母之爱不再有，留我们在这滚滚红尘中，再也享受不到这世间最纯粹、最无私的大爱。想念妈妈，是我余生中每天做的事情，即使在妈妈离开的十几年后，我也会在闲暇，回忆起与她相处的细枝末节。那些琐碎的过往一遍遍地在心中回放，通过那一幕幕，我看到了一个伟大的母亲在平凡人生中闪耀着的母性的光辉，那丝丝缕缕，都成了一道道最美的风景。

十六年了，妈妈的爱像一轮春日中的暖阳，照进我的心田。那些点滴的思念汇成感恩的河流碧波万顷，一泻千里。爸妈的离去，带不走的是他们参与我们兄妹三人的成长记忆，带不走的是我们对他们永远的感恩与怀念。那些和爸妈共同度过的日日夜夜、点点滴滴都在心间深深镌刻，任岁月无情逝去，都依然清晰刻骨。

"天之大，唯有你的爱是完美无瑕。"耳边又响起这首歌唱母亲的歌曲。"父母在，人生尚有来处；父母去，人生只剩归途。"有春已至，有风如诗，凭窗远眺八十里以外的故土，爸妈的背影依稀，蚀骨的思念再次泛滥成灾……

那一根教鞭

◎孙军

　　一提起她，我的心如大海般波澜起伏、波涛汹涌。特别是她的教鞭，仿佛有种神奇的魔力，越是怕越是想。

　　儿时因为家里的缘故，我上学很早，入学时，在学校门口站岗的是一位女老师，短发，小眼，左脸上有一块梅花大小的暗褐色的胎记，目光炯炯有神，身材微胖，嘴角上扬，穿"的确良"灰色衣服。我挎着书包径直地冲进校门，被她硬生生从里面拖了出来，严厉地训斥我必须对她打招呼才能入内，这算是入学考试吗？我万分不情愿地挠着头皮低语道："老师好。"这是我人生第一次学会尊重他人。

　　没有想到班主任竟然就是不讲情面的她。第一节课，我自始至终把头埋在桌底，她讲的每句话都没有听清，耳边只飘荡一句，"完不成学习任务，敲竹板"。后来，我成为被敲竹板的常客，背课文不会，敲；写错别字，敲；书写不认真，敲。总之我的手心、手背、手臂每天都是红彤彤，紫青色得像是熟透的茄子。在学校操场上见到她的背影，我都会惊骇地躲到人群里，连晚上做梦都是她手持竹板满教室追着抽打我的情景，简直就是恶魔。

　　开始学写作文了，为了表达强烈的愤懑，我把她比作了森林上空展翅翱翔的雄鹰，把自己比作山谷里无处可逃的小雏鸡，她捋起袖子，大喝一声，把我叫到讲台前，从抽屉里抽出细长的竹板，我习惯性地伸出右手放在桌面上，闭眼，然后想象出自己惨叫、同学们唏嘘、老师满脸狰狞的场景。一分钟过去了，什么动静也没有。我透过眼缝缓缓地瞟向她，只见她抿着嘴笑，笑容里不再凶狠，而是前所未有地温柔，眼神里好像有说不完的话，我吓得又闭上双眼，又换成左手掌。她笑出声来，声音如风铃清脆动听萦绕在教室里，像沐浴着春风，我被这种声音感染了，判断她一定不会抽我了。"你把我比作雄鹰好像不太妥当，应该是母鸡。"我分辨不清她的话是挖苦还是赞许，反正，我知道，她说的话把我的生命彻底地切成前后两段了，这两段生命注定了与她联系在一起了。从此，我的作文里每句话，每个字都是精心挑选，"天上的太阳把她的眼睛照亮了""春天的森林像兄弟一样团结一起""我要把你的眼神用大白兔奶糖纸包裹含在嘴里"。

我每句精彩的句子,她都会在班上放声朗读,毫不吝惜溢美之词,在充满阳光的日子里,我发现她不再凶悍。

后来,我上了中学,再也没有了她的消息。

多年后,我也成了她。有一回,批改学生的作文,我心中抱怨:这个学生,把我比作吃人的恶魔。我的妻子在旁边接过话,说不定,这个孩子将来就是一个大作家呢?这让我又想起了她,我的小学班主任张老师,还有她手里的那根没有落下的教鞭。

在我生命的漫长岁月里,注定与她有着不解之缘了。

妈妈是一把雨伞

◎张叶华

昨夜大美江南迎来了 20 年来的第一场瑞雪,晨起不经意间便想起了不知道放在哪个角落里的雨伞。打开窗,风中夹着入骨寒意扑面而来,猛然间又再次忆起了两位妈妈长眠的荒山。

生母至我出生后从未谋面,不知道她老人家身高几许,长何容颜?纵有万般苦,一时也难以成笺,而养母却又是未育身残。常听村里老人们讲,20 世纪 60 年代的乡下,各方面条件都不好,养母白天抱着我乞遍千家之食,饮过百母之白血。夜间为了能使我安然入睡,竟将一双无乳的乳房放至我口中直至溃烂。为了养我,母亲满头青丝在三年内落尽,可想而知母爱的伟大和辛酸。

妈妈呀妈妈!

不承想,你们都早早地抛下了我含恨九泉。纵使我倾尽钱囊,也无法尽一分钟的孝道,享一刻人世间的团圆。

妈妈呀妈妈!

儿多想重温一次懵懂时的学步蹒跚,再次感受一下那无忧无虑时的绕膝寻欢。

妈妈呀妈妈!

你们就是我酣畅入梦的温暖港湾,你们就是为儿那挡风遮雨的一把雨伞。

门前有棵野石榴

◎刘峰

我办公室前面的花圃中，居然有棵野石榴，去年还比较矮小，尽管也结上了红中有绿、绿中有红的不大不小的石榴，却并没有引起我的特别注意。今年，这棵野石榴却引起了我的极大关注。

单位的绿化工作我是很在意的，无论是郁郁葱葱的冬青，还是绿茵成片、花朵怒放的广玉兰，我都安排花匠用心打理。浇水、剪枝、修型每月两次，老花匠很认真，从不懈怠。花圃中的花树种类很多，大部分很常见，却叫不出芳名，觉得很是遗憾。我不明白的是，整个花圃，齐刷刷，高度、宽度基本一致，在老花匠那么认真的修剪中，这棵野石榴怎么能幸免于难、死里逃生，竟然长成了一棵树，长成了一种风景？居然正好在我办公室的门前，我觉得我和这棵树冥冥之中应该有一种缘分，这个缘分的前世今生大致是无解了。

关于石榴的历史溯源，我详细查询了有关资料。石榴原产波斯（今伊朗）一带，公元前二世纪传入中国。"何年安石国，万里贡榴花。迢递河源道，因依汉使槎。"据晋张华《博物志》载："汉张骞出使西域，得涂林安石国榴种以归，故名安石榴。"

原来中国正宗的石榴在临潼，临潼是中国石榴文化的发源地。关于临潼石榴的来历，还有一段神奇的传说。相传女娲炼石补天时，将一块红色的宝石失落在骊山脚下。有一年，安石国（安国指今日的布哈拉，石国指塔什干）王子打猎，在山林里看到一只快要冻死的金翅鸟，急忙把它抱回宫中，又是喂食，又是治病。金翅鸟得救后，为了报答王子的救命之恩，不远万里，将骊山脚下的那块红宝石衔到安石国的御花园，不久就长出一棵花红叶茂的奇树，安石国王便给它赐名"安石榴"。

不管是美丽的传说还是汉武帝时期的张骞出使西域，在伊拉克出土距今4000多年的皇冠上，竟有精美的石榴图案，足见其栽培史源远流长。总之，在汉代，石榴经丝绸之路引入中国。西晋时，石榴赋大兴，潘岳《安石榴赋》："榴者，天下之奇树，九州之名果。"南北朝时，出现石榴诗、石榴裙。自古石榴为吉祥物，它象征"多子多福"。唐代，流行结婚赠石榴的礼仪，并开始有"石榴仙子"的神话传说。宋代，流行"石榴生殖崇拜"，开始盛行石榴对联、谜语。金元时期，流行"石榴曲"。宋代人还用石榴果裂开时内部的种子数量，来占卜预知科考上榜的人数，久而久之，"榴实登科"一词流传开来，寓意金榜题名。明清时，因中秋正是石榴上市季节，于是又有了"八月十五月儿圆，石榴月饼拜神仙"的民俗。2000多年来，石榴不断南下东进，在各地扎根、开花、结果。

我办公室门前的石榴树，应该也是在植物的不断南下东进中阴差阳错与身处豫东南的我结缘，要么是绿化工种植花树的时候，顺便把石榴树的树苗放进了冬青树苗里边，要么是小鸟啄食留下的千里传奇。我每天围着这棵石榴树转悠一圈，它的枝，它的蔓，它的叶，它的干，硕大的树冠怒放着中国红，尤其在特殊的五月，满目火红一片，即使手机、专业相机，也拍不出它奔放的艳。我久久地凝视，引来了爱人的好奇心，她像我一样，围着这棵野石榴不停地转，不停地看，不停地自言自语："美，真美。"她被怒放的石榴花惊呆了，石榴花仿佛也被这位爱美的女士吸引着，彼此对视，彼此倾诉。

其实，石榴有许多美丽的名字：沃丹、安石榴、若榴、丹若、金罂、金庞、涂林、天浆等。丹是红色的意思，石榴花有大红、桃红、橙黄、粉红、白色等颜色，火红色的最多，所以留给人们的颜色是火红的。农历的五月，是石榴花开最艳的季节，五月因此又雅称"榴月"。至于民间所绘的钟馗画像，耳边都插着一朵艳红的石榴花，更表示以火样性格的钟馗来做火样的石榴花神，它虽是古代民众的诗意想象，却也最恰当不过。在明人的插花"主客"理论中，榴花总是被列为花主之一，称为花的盟主，辅以栀子、蜀葵、孩儿菊、石竹、紫薇等，这些花则被称为花客卿或花使令，更有喻为妾、婢的，可见古人对石榴的推崇。

石榴与中国的服饰文化也有着密切的联系，这也许是因为有人说石榴花像舞女的裙裾，梁元帝的《乌栖曲》中有"芙蓉为带石榴裙"之填词，"石榴裙"的典故，缘此而来。古代妇女着裙，多喜欢石榴红色，而当时染红裙的颜料，也主要是从石榴花中提取而成，因此人们也将红裙称为"石榴裙"。久而久之，"石榴裙"就成了古代年轻女子的代称。人们形容男子被女人的美丽所征服，就称其"拜倒在石榴裙下"。

中国人视石榴为吉祥物，因为它是多子多福的象征，古人称石榴"千房同膜，千子如一"。民间婚嫁之时，常于新房案头或他处置放切开果皮、露出浆果的石榴，亦有以石榴相赠祝吉者。常见的吉利画有《榴开百子》《三多》《华封三祝》《多子多福》等。

爱人和石榴花的惊艳对视，何尝不是一幅吉祥的图画，我又何尝不是第一位有福气细品这幅画的有缘人呢？

三月节里忆奶奶

◎胡采云

三月五日"学雷锋纪念日",是春天里极有创意的节日。我的奶奶身上也有雷锋的一种可贵精神;三月八日是妇女节,我的奶奶也是一位值得称道的贤淑女性;三月十二日是全民植树节,我的奶奶也是一位植树能手,我的父母以及我们都是她种植出来的"树",不论大树小树,都会成为对社会有用的"材"。

今天,我在台历上的三个节日下都标注了"奶奶"两字,与其说标注的是称呼,倒不如说是深切的思念。

我的奶奶是裹过脚经历新旧两重天的典型农村老太太,她没有上过学,可是人生的经历使她懂得很多为人处世的道理。她身材瘦小,可她中年得子含辛茹苦养大了我父亲,并且省吃俭用供我父亲直到中师毕业。到我们兄妹五个这一代出生,她已经六十三岁了,正是大集体时期,我们五兄妹"梯子坎"式地相继出生。父母忙于生计,我们全都是奶奶一手带大。

奶奶一生平淡无奇,从不曾有什么过多的奢求,总是默默地辛勤劳作,默默地操持家务,默默地安守本分,相夫、教子、抚孙,默默无闻、与世无争地生活了一辈子,最后在亲人不舍的眼光中静静地离去。

奶奶为人低调,但性格开朗、心量大,她一向谈吐自如,慈眉善目的样子,即使遇到急事、难事或过不去的坎儿,她也会从容淡定。她一生乐于助人、与人为善,亲戚、邻里之间有事开了口,她一定是尽力相助。她从来不跟人争高低、叙无聊的家常,尤其在处理婆媳与邻里关系上恰到好处,备受尊敬。

儿时,我总能看见奶奶忙活的身影。清晨,家人都还在酣睡,她早已起床忙活了。将鸡鸭鹅放出笼,把猪栏打扫干净,然后又洒扫庭除,将家人换下的衣服泡洗。

骄阳当空,奶奶拖着瘦小的身躯在屋后菜地里锄草施肥;下雨天,她为上学的我们逐一备好雨具;灶台前,她煮米滤饭、执铲炒菜;昏暗的灯光下,她摇纺车匀净地纺着线。夏天,我们能及时喝到她自制的香甜米酒,吃到她揉出的薄片丝与晒制的豆瓣酱;秋冬季,她炒制的小米熟粉子是我们心心念念的最爱。还有她纳出来的棉靴、手缝的笼手袜等，也是我们眼中珍宝。

她似乎每件事都忙得很起劲儿，像个陀螺似的转个不停。她唯一给自己做的一样事情是自做大肩裾子、小脚鞋子。为我们缝补衣裳时，她眯起的眼睛是带着笑纹的，脸上的神情也似乎极其有成就感。她哄我们入睡，轻唱的歌谣特具催眠之功效。

奶奶一生极其爱整洁。家里的几间老式的鼓皮房子，几样老式的神柜、米柜、拖柜、立柜、香几、坐凳小椅子，都被她收拾得一尘不染、光滑明亮，摆放得井然有序。就连屋后那方菜地，也被她侍弄得平坦清新、杂草全无。地上的菜种得十分青翠，屋旁的桃树、枣树、梨树、桑树都能在她适时施肥下长得非常茂盛，结的果子格外沁甜。多余的菜蔬果子，她时不时会将那些菜呀、豆呀洗净晾干，装入坛中，以备不时之需，或让我母亲拿到集市上卖些钱，换点日用品。有时，她还会摘一些新鲜蔬菜和桃子分享给邻家。

奶奶一生很坚强、很有耐性，平日里遇上不开心的事或受到误解、冤屈，她老是笑笑说："冇得么事！要说拦不住，日久见人心。""人在做天在看！"之类的话。有次我爸确实误解她了，她也悄悄抹过眼泪，马上又劝解自己："这有得么辩解头，让又没让着别人！"即便是晚年偶尔生病了打吊瓶，她不是担心自己的身体和病情，而是念叨给家人造成了麻烦。平时的伤风咳嗽、三病两痛都是忍住扛过去。八十多岁高龄了，还帮忙带了几年重孙、重外孙，因为弯腰推童车不慎摔断了大腿骨，从此自理不便，爸妈和我们看着她艰难地坐卧起居，都心疼地掉眼泪，她居然照例笑笑说："这有个么事呢！这是老天爷给我放假，叫我休息。只是给你们添乱了。"

奶奶是世界上最伟大、最能干、最慈祥、最包容的女性。但凡儿女孙辈取得一点儿的成绩，她都会兴奋不已。虽然夸赞的话语包含不了多少大道理，但她总是会把伢们的进步与成绩看得比自己的生命还要重要。

我曾经问过奶奶："您往日幼小时是大户人家的独宝贝姑娘，您咋做啥会啥？似乎百能呢？"她的回答是："哪有能干之说啰！全都是生活逼出来非得会做不可！人立个心勤快，晓得边做边悟进去，随么事就得心应手啦！和尚不也是修成的嘛！"

大家听听，奶奶讲出来的这些话，不也有着人生哲理吗？后来我还把奶奶说的一些话，专门记在笔记本上，列了个题目叫"奶奶语录"。

奶奶已经离开我们近三十年了，她的音容笑貌还能如此清晰地呈现在我的心幕上，究其缘由，是因为她的德行——温、良、恭、俭、让，形成了一种不朽的、永不磨灭的精神！其实，正是千千万万和奶奶一样平凡而伟大的女性，造就了世间生生不息的希望与神奇！在中国，无数平凡而伟大的奶奶（母亲），她们不也是了不起的半边天吗？她们是每个家庭的植树造林者，落地生根在家园，成就栋梁于社会。她们在家庭小范围内的无私大爱、毫不利己、专门利人，不也是一种雷锋精神吗？因为只有千千万万和谐的小家，才能构成团结、祥瑞、发达、一团和气的社会大家庭！

在人世间行吟的自白

◎杨云

花季如雨

冬季，一缕一丝情结划入心海的萍踪。

花，明亮的香吻。

芬芳的醉，不是迷人的时节，花的容颜，许多的环节省略一些期待。

人海茫茫，步履的轻移，踩碎语言，有烟的缥缈，有茶的品位，有雨的滋润，有饭的欲望。

能够代表心的毕竟不多，最少的一句诗情画意是"眼神"的原汁原味。

蹉跎的年痕，磨合初心的誓言。

家乡的春天

远离城市，疏散背景。

怀念家的依靠，绿色的河流，生活的浓厚叠成丰润诗行。

还有光怪陆离的山坡，那上面书写儿时梦幻的原野，春天的明媚只能涂染美丽的乡愁。

宁静的乡村，低矮的农舍依偎参天梧桐、柏树的暧昧。

眼中依恋，纯粹为熟悉的身影、笑脸而快感。

阅读家的色彩，高歌的童谣，呓语的川音，一定亲近的磨合，没有勉强的附和。

江河之恋

一条纽带，它从川西至湖北边，似奔腾的骏马横穿三峡呼啸而去。

啊，神女峰，人们会记住雄伟江边上王昭君的倩影，曾陶醉过多少游客的神秘，当年你是否有难舍家园的牵挂和思归的绝恋？

一撮尘土，它抖动金黄色高原萧瑟的狂风席卷，咆哮江南的西湖美景，惹来日月星辰的轰隆吼声，仿佛落笔惊风雨的圣手，挥毫巨椽绘出生龙活虎的宏伟壮阔情境。

江河，你看伫立身旁女子的凝视神情，眼中隐隐约约地透着昨天古铜色的记忆。

金色乐章

秋天，在成熟日子唱欢歌，熟透的稻子压垮绵绵起伏的微风，吹过田边的那边，刮过田坝的这边，记住幸福时刻，对爱的泪荡漾。

盼望着春天的种子发芽，约定俗成秋天的果实的鸣蝉。

蝉鸟以高高的树梢为荣耀，崇尚美的思想又有谁提过，没有赞扬与是非曲直的黑与白。

农民意识到秋收季节，无须多言絮语。蝉蜕的出现，反反复复的声音比喻的节拍被喜悦藏在心底。

城市人的眼睛，告诉自己零落绸缎，告别夏装迎接秋韵，你、我、他不同的色调组合起亮点，不是自然，胜似自然的生命魅力。

小孩子望星空，数星河的传说，其实连衣裙的橘红色被阳光晒出滋味，闻香气味有人间梦幻精华。

心中爱神

好青翠的万年青，它清新中带有浓厚的静谧感，似飘飘然中想飞的念头。我喜欢你那份气宇非凡的风度，你的性格是那样刚强而多情。每当这个时候，我就会对你望着、看着、瞧着，不知不觉，脑海中油然而生，万年青的生命力之顽强，不由自主地多了一份牵挂和那片深深的思念之情。

哦，我记忆中的雪姐，那么神秘，你娇柔的面容如熟透的苹果，富有青春的魅力。我吻你，你的唇如蜜汁般香甜，我醉了，如痴如狂中拥抱着你，好幸福。热情的劲儿，别提有多棒、多舒服了。安逸中才知神仙、帝王老子也不过如此而已，那时的你我又是那么沉迷而似天幕中的那张柔纱围着，富有神奇地无穷无尽、无以言表。所以我怀念起你，想起欢乐的场地，睹物而思人。不完全是牵肠挂肚的愁思，而是名正言顺的那场儿女私情。

雪儿，我等你，给你足够的闲情逸致，还慢慢地想起昨天的故事，心的选择在明天？然而呢？我失望了，那是分离的割舍，面对不可改的事实，我又有什么办法，难道我未尽足够的力量来挽救那得不到的天伦之乐吗？没有，完全没有，只能是残酷的冷风吹袭孤独的我，我肝肠寸断、心碎如冰，无人安慰鼓励，而你却和别人去了，如春水东流去，一去不复返了。

拿着你的照片，我在今天还能说什么呢？你好吗？虽然今生今世不可能再见你一面，但我祈祷你有幸福的、甜蜜的家庭。只有一句话："但愿人长久，千里共婵娟。"

花无语，人亦有情，天荒地老，人未老啊！我还是对你有情的。只有"春蚕到死丝方尽，蜡炬成灰泪始干"。

春江花月夜

绿塘春水绘在憨厚的荷花上，几只鸭欢快地走到里面嬉戏。

三月春风、微笑的望神峰，一群群孩童在岸边追逐春的开放，凝视翩翩起舞的油菜花酿蜜浪漫的川东故事。

白如昼之月，唤醒沉睡梦中的情侣，忽远忽近的笛声响彻生机的趣味。

啊，春江花月夜又有多情的信息还会有几许乡愁别意。

风铃

那古铜色的圆钟。

摇摆的时候，吊着小铃声响了。

一串风铃，响彻天际，空旷的田野下的乡村，一马平川的中原风，有大江南北的风神在这幅画里。

美丽的风情，不顾寂寞的孤独，夜灯低垂，闪耀的光泽和酷暑，在一笔一画地刻写精神背后的乐园。

何必抒情

好的语言，就是资本。

好的句子，就是语言艺术。

想什么，就应该说什么。随心所欲吗？

对于无病呻吟，为赋新词强说愁，又有什么谈不完的感慨和情结呢？

不用发音尖鸣，对于真正的人生意义从实质上得到答案。

观察的结果，有眼到、心灵磨合的洞察力。何必以苦尽甘来的味道来抒情呢？

南华寺的钟声

◎黄承智

我是带着家人和无比的虔诚来到南华寺的。

依山而筑,临水而居。南华寺,像一只飞倦了的鸟,栖居在山脚下,以星月为伴,与时光为伍。

佛乐声声,飘带飞舞。一群群游人慕名而来,一个个香客叩拜而去,一把把纸钱灰飞烟灭,一声声祈祷余音绕梁。生与死、爱与恨、富贵与贫贱,全在这无名的钟声里。把尘世的繁华与衰败、恩怨和情仇,全部点化为历史云烟。过于沉重的愿望,过于忙碌的身影,成了日落之后南华寺最美的风景。

寺在山脚下,佛在我心中。佛以静坐的方式,与一批批香客对话,每天在钟声里唤醒沉睡的心灵,指引心灵之路。就这样把无聊的日子过得红红火火、赞歌不断。芸芸众生,顷刻间在这片神圣的地方找到一种心灵的皈依。潇洒如僧之衣袖,不沾俗世半点风尘功利,不怀世间半点非分之想,超然于物外,自由自在于欲望之上,做到物我两忘,这是人生的至高境界。

"一花一世界,一叶一菩提。"佛端坐莲台,笑迎各方来客。我学会在世俗的风中静坐,守候一生的夙愿。独坐成禅,不知道这样的夜晚,有多少失眠的灯火虔诚地守候心灵的神坛,有多少形单影只的人不知疲惫地跋涉在心灵追求的路上。在佛的面前,一切都显得那么渺小与不足为奇。由来到头成一梦,缘生缘灭终是空。在曲终人散后谁又能留住谁的脚步?谁又会成为谁心中的佛?

有时候,默念一遍经,就如同翻阅了一次生命的历程,叩拜一次佛,就如同对过去的生活做了一次深刻的检讨。我只是世俗中的一介凡夫俗子,读不出岁月留给我的太多感动。到达不了佛祖那物我两忘的至高境界,我只想在内心的祭坛燃一炷香,用心祈求上苍原谅我颗粒无收的前世和与世无争的今生。让爱的阳光照临我生命中的每一个黑暗的角落。保佑我的亲人朋友幸福安康。

双手合十,时光消逝在这无涯的钟声里,这古老的钟声,成为生命中的天籁。这钟声,在夜里像是谁的表白,遁入黑暗中没有了回音,在佛光的境界里,这钟声能涤荡心灵的疲惫,打湿了一个凡夫俗子全部的梦想。

精诚所至,金石为开。在袅袅的烟雾中,在善男信女的虔诚背影后,痴心如灰尘般被轻轻掸落。所有红尘往事都成了燃烧的纸钱灰飞烟灭,所有的过往得失已化成一缕缥缈的青烟。远方,有谁还会在风雨中竖起耳朵,聆听那些来自内心深处看不见的佛语。

青灯初上,点亮佛的眼睛,也点亮了我不断前行的脚步。今夜,我在南华寺的钟声里入睡,许下的愿望如春天的花朵次第开放。

说说吃白菜

◎朱祖领

在我十二岁时，有一天，和发小朱祖义走在上学路上，他说："昨天晚上外祖母家的人来我家了，他打野兔跑得远了，就来到了我家。昨晚上，我们吃的饭是白菜炖兔肉。"并且说白菜非常好吃，从没吃过那么好吃的菜。我没见过白菜，更没吃过。我推想，白菜可能就是小学语文课文里那一句"珍肴美味，还有炭火烤"中的珍肴吧。

村西边有个大集市，叫辛集。1963年那会儿，据大人说辛集有的生产队搞菜园，种有大白菜。辛集逢单的日子有集，方圆20多个村子的人有事了都去赶集。逢双日子的下午，他们就把窖里的白菜扒出来，除去外边腐烂的老叶子，扔在菜园里。

我的妹妹比我小两岁，那时她也就九岁、十岁的样子，跟着比她大的姑娘们，挎着篮子去拾那扔掉的白菜帮子。有的白菜帮子有点儿叶子，有的没叶子，但经过一段时间的窖藏，雪白雪白的，看着非常诱人。我的妹妹每次总能背回来二十来斤，累得她满头大汗，路上要歇好几阵子。水煮白菜帮子，再放一点儿盐，对于幼年的妹妹和我，确实是美味。

那时候，快过年时买两三棵白菜，用绳子绑了根子，挂在墙上的橛子上。白菜外面的叶子干了几层了，还舍不得吃。有客人了才能吃炒白菜。到过年的时候，给祖先上供，供桌中心必须有一颗大白菜，其余的供菜在它周围，众星拱月一样围着大白菜。大白菜洁白如玉，上面搭上焯过的菠菜，白绿映衬，犹如翡翠，很是好看。

过年待客，有一小盆汤，叫小炒汤。其中主要是白菜，掺兑藕块、海带丝、荸荠，甚至还有少许肉丁。这都是几十年前的事了，现在回想起来仍让人垂涎欲滴。

谁家红白喜事待客，有一道菜叫"合碗"。以白菜为主掺兑粉皮、豆腐放饭碗里，煮熟的血、豆腐皮切片，间或两三片瘦肉摆放在小黑碗壁上，合在大碗上兑水，上锅蒸熟后掀掉小黑碗，再加入油、醋，便是名副其实的"合碗"美味。那时这就是上档次的菜了。

记得小时候，父亲炒的醋熘白菜尤其好吃。父亲年轻时是一名军人，在部队里专给首长做饭。从部队复员回家，在村子里做厨师，同样的米、面、油、盐，他比别人做出来的，要好吃得多。那时候生活困难，有客人来了，父亲出去好大会儿，在邻居家借了半棵白菜。首先洗净了控控水，刷干净了炒菜锅，点火烧锅，锅烧热后，锅里放点儿油，油是不可能放多的（那时候年关炸丸子剩下点儿油，要用小罐儿封好，等到夏天茄子下来了，用来煎一两次茄子，再封好放到年关），锅里的油烧热了，把葱花、姜丝爆香，再把白菜放锅里快速翻动，然后趁火候倒入适量的醋，铲入盘子端上餐桌。客人吃了一口，会连说"好味道好味道"。其实，父亲还会把控好水的白菜，放在搅有红薯粉的汤水里拌一拌，再下锅炒熟，味道更绝，客人更欢迎。

20世纪60年代末，各生产队普遍搞有菜园，都种一些大白菜。

20世纪70年代，生产队里打红薯粉，到腊月里下细粉，分给社员过年。下粉那天，打芡的、下粉的、挑细粉杆的、烧锅的有十几人。下细粉到半夜才结束，队长让下细粉的人，去菜园白菜窖里扒几棵白菜，掺一些碎细粉。在谁家借一点油、盐、醋，做大锅白菜细粉汤。人们平时也吃不到这些啊，都可劲儿吃啊，一锅不够就再来一锅。谁料想，吃白菜细粉汤吃得太饱了，到第二天，看到路上、村头、胡同里，多处有白菜细粉的呕吐物。

20世纪80年代初，有一年下雪早，白菜大都冻坏了。那一年，白菜贵到一元一棵，人们都唏嘘不已。

经过几十年的发展，如今生活水平提高了，物资丰富了，家庭饭桌上的白菜，比比皆是，普通得不能再普通了。很多人认为白菜是下等菜，餐馆饭店也很少用了。秋冬时节，站在田野里望去几十亩、几百亩地的白菜连成一片。超市里卖白菜三元钱一大包，足有一二十斤。白菜种植户装车卖白菜时候，白菜帮子扔得到处都是。谁还会捡白菜帮子呢？

天空不空

◎刘运喜

朋友，不知您是否有这样的感觉，当你傍晚走在外面时，时不时感到有东西钻进衣服，附在身上，让你浑身不舒服？

近来，我在晚上散步时，走过车水马龙的街道，走过乐声悠扬的广场，走过枝叶茂密的林荫道，走着走着，就感觉身上有些不爽，不舒服了。手上、臂上、脖子上，好像被什么东西叮咬了，天空中飘落下什么东西，弄得身上这儿红肿，那儿起包，痒痒的，怪怪的。

于是，我恍然觉悟：原来天空不空。天空，顾名思义，天是空的，空者，空无一物也，但其实，天空一点儿也不空。不是吗？天空中有空气，有我们呼吸的氧气和二氧化碳，还有各种混合气体；有灯光或者月光曝光，有悬浮的尘埃、微生物、颗粒物，有嗡嗡嗡的蚊子、苍蝇、飞蛾；有偶尔飞过头顶耳际的飞鸟、苍鹰，还有遥控放飞的风筝、无人机，还有在空中划过一道银线的飞机等各种飞行器；还有树上掉落下来的枯枝败叶，还有远处缭绕的云雾、袅袅升起的烟尘；还有一路上传来的悦耳音乐、刺耳噪声……

唯物辩证法认为，世界是物质的，物质是运动的。物质的存在状态是多种多样的，运动的形式也是各不相同的。大到须仰望长天或利用望远镜才能看到的日月星辰、山川河流，小到须借助显微镜放大数百倍、数万倍才能看到的微尘、细胞、细菌。既有生命物质，也有无生命物质，既有高级生物，也有低等生物；既有陆生生物，也有水生生物，还有两栖生物，等等。所以，天空看似空无一物，实则充满了各种物质形态。

呼吸是生命运动的主要形式。尤其对人来说，如果停止了呼吸，没有了新陈代谢，生命就终止了。研究证实，人类的许多疾病是通过呼吸传染的。这就是说，在空气中，存在着许多可能危害人类身体健康的有毒气体、致病细菌，它们通过人的呼吸运动进入人体内兴风作浪。

天空不空。提醒我们，在许多情况下，人体不宜直接暴露于自然，以免受自然侵害。特别是夏天，天气燥热，人们衣着单薄，只穿着短衣、短袖、超短裙、超短裤等，甚至，男的袒胸露乳，赤膊出门，女的穿吊带短裙，头、手、脚大部分裸露于外。然而夏天又多蚊虫、飞蛾，皮肤脆弱，特别容易受到损伤。

　　天空不空。不独自然如此，人类思想的天空又何时空过？在我们的大脑中，装满了思想、知识、经验、智慧，装满了对自然界、对人类社会的观察、思考、研究。装满了对亲人、对朋友、对他人，或爱或恨，或亲或疏，或友或敌，或高尚或卑鄙，或简单或复杂的情感、情绪、情怀。

　　天空不空。宇宙不空。因为天空有物质，宇宙有日月星辰。世界是物质的，物质是存在，存在是充实，物质能被感知，存在能被感知。无论我们能否感知，物质始终是存在的，世界始终是存在的，不会听凭我们的意志摆布。生命虽然有生有死，但生死并非物质的存在与消亡，只是物质存在形式的转换，从一种形式转变成了另一种形式，如此而已。

　　天者，宇宙也；空者，空间也。天空，宇宙空间之谓也。天空不空，一个伟大的哲学原理，一条普遍的自然法则，一个尽人皆知的常识。不必怀疑，毋庸置疑。天空不空，脑袋不空。让我们用实践、用感悟、用勤奋，不断填充我们的大脑，不断装满战胜自然宇宙的智慧和经验吧。

盛开的小红花

◎徐林申

偶尔翻检中学时代的书籍，其中几册作文本与周记特别引人注目，老师认真批改的手迹跃然纸上。如果将方格纸比喻成田野，那些红色的字就像盛开在田野上的小红花，有的零星地散落着，有的成排整齐地绽放。

看到这些"小红花"，我再次想起了我的中学语文老师——庄华。

读初三那年，原来教我们语文的是一位女老师，因患贫血症请了长假，庄老师刚从杭师大学毕业分配到我们学校，便成了我们班新一任语文老师。他个儿高、消瘦、清俊英气，戴着一副黑框眼镜，讲话的声调很像鲁迅笔下的藤野先生——"缓慢而很有顿挫"。因为长得有点儿像我远房的一位表哥，第一次见到他，便有几分亲近感。

庄老师人如其名——庄重严肃，富有才华。他的作文课别开生面，据说他在大学里发表过许多诗文，令我刮目相看。第一次发回作文本，打开一看，我很吃一惊，习作从头到尾，都被红笔认真仔细地批改过，不仅"抓出"了许多错别字，连标点符号、语法不当也一一纠正，文末还写上工整娟秀的评语。评语里面有指导、有鞭策、有激励，让我心里泛起阵阵涟漪。

他改作文还有"大刀阔斧"的时候。一次我洋洋洒洒地写了篇上千字的习作，经他删改之后，所剩无几。我初次经此打击，很灰心，很觉得气短，挖空心思好不容易诌出来的句子，轻轻地被他几杠子就给抹了，但是他郑重其事地解释道："你拿去再细细体味，原文冗长、拖沓，删改之后，原意并没有失，但是语言更干净、更简洁、更流畅了。"我仔细揣摩，果然被他用红笔抹去的都是冗词赘句，剩下的全是筋骨。我之后写文章能不多说废话，能有一点点硬朗挺拔之气，还知道一点儿割爱的道理，不能不归功于庄老师。

而且，庄老师对字迹的工整要求极为严格，经常给我们讲解书法对一个人的重要性。如果哪位同学作业写得"笔走龙蛇"，潦草到像"鬼画符"，轻则让重新抄写，重则还会当着全班同学的面展示，让人无地自容。我们当时或许会觉得他太过"小题大做"，但如今已领悟他的良苦用心。字如人，意似魂，不走心文字是对学习的敷衍了事，唯有静心敛思，才能字人合一。

除了每周写一篇作文，他还要求我们坚持写周记，周五上交查阅。于是通过周记，我向他表露了许多心声。

一次看到《艾子后语》中有这样一个故事：

艾子带着执和通两个弟子一起郊游，途中口渴，派弟子讨水喝。正在门口读书的农家老人指着书中"真"字说："认得这个字，给你水喝。"先去的执回答念"真"，无功而返。再去的通读成"直八"二字，得水而归。艾子趁机教诲道："人要像通一样才能达，如果像执一样认真，那么连一口水也喝不上了。"

我感慨地写道：我就是"执"，这是我的骄傲，也是我的悲哀。我是决心做"执"的，而现实生活不允许我"执"下去……

他以遒劲的红字批道："执"与"通"不应视作对立。为了"执"，也应"通"（迂回术），否则，近乎固执了。但"通"绝不是圆滑，而是在"执"的基础上的善于应变。

写在周记中的读后感、观（影剧）后感等，他也认真批阅。有一时期我热衷于"研读"柏杨的《丑陋的中国人》，将其中句子、段落大量地抄在周记上并大加赞赏。他的红字又出现了："这本挺热门的书，我还没有钻研过。从你所述内容看，作者挺激进。不知他属于哪一种中国人？但不管怎样，数典忘祖，不是中华民族所褒扬的德行。看这类书，不可为一些未曾看到的语言所迷惑。"于是，我不再推崇柏杨。到后来流行李敖时，我甚至能加以批判和表示不屑了。

受庄老师的启蒙，我的人生观发生了很大变化，变得更加积极向上。作文水平也大幅提升，并且深深爱上了写作——时至今日，每当夜深人静时，我仍时常坐在电脑桌前，敲打着键盘，抒发自己的情感。

时光匆匆而过，木箱里的作文本已经泛黄，但中间的红字依然鲜艳，仿佛一朵朵小红花，盛开在方格纸上，盛开在我的心田。

故宫博物院前院长马衡的家风

◎林钊勤

在我交往的诸多朋友之中，有红二代、政要、艺术家，也有名门之后。他们中有人学富五车、才高八斗，却为人低调平实，虽造诣非凡，却安贫乐道。前故宫博物院院长马衡先生长孙马思猛就是一个具有这种风骨的人。

说到马思猛老师，那是2011年8月10日，在国家京剧院"纪念著名京剧表演艺术家云燕铭逝世周年追思座谈会"上，云阿姨是马老师继母，经伯翱兄当场介绍而有幸相识。

马老师话不多，但人非常和蔼可亲。他的爷爷马衡是著名金石考古学家、书法篆刻家，是西泠印社第二任社长，曾担任故宫博物院院长达19年，为国家博物馆的建设和保护贡献卓著，前故宫院长郑欣淼先生曾撰文《厥功甚伟其德永馨》赞誉其曰："古人云'太上有立德，其次有立功，其次有立言'此乃人生之'三不朽'，人生在求之其一已属不易，而马衡先生在德行、功业、著书立说三个方面都有所立，都令我们永远感念。"

他的父亲是中国戏剧著名导演、戏剧活动家、理论家，还是文化部戏曲改进局的领导。但是这位名门后代如今竟是家徒四壁，只有伯翱兄送他的一点儿字画而已。如果是别人所讲，我肯定不信，不管怎样，爷爷、爸爸都是了不起的学术大家，文物书画收藏家，怎么会没给他留下一丁点儿贵重之物呢！

最近，拜读了伯翱兄新作《我所认识的故宫掌门人马衡先生》，文章一开始就引用今年紫禁城600周年的热门话题，讲述了种种真实感人的故事，润笔生动有趣，文章清逸婉丽，情节描写颇具匠心，使读者仿佛穿越百年故宫院史。这篇文章已被各大媒体转载，还得到单霁翔、谭立夫等故宫博物院前领导人的赞同。虽说伯翱兄不是故宫人，却如此认真地宣传弘扬故宫人爱国主义精神，让读者更加详细地了解故宫，得到了文化界的赞誉。

伯翱大哥是我的笔墨引路人，希望我写一写他的发小儿马思猛老师，这位名门之后也有不少感人的事迹呢！为此，我专程赴其家中拜访。

马思猛老师1943年7月出生，祖籍浙江鄞县（今宁波鄞州区）。5岁时，母亲要将他带往美国，马衡先生不仅坚决表示反对，还派人将他从南京接送到北平，留在自己身边亲自照看。1955年初，马衡先生病重期间，马老师有幸陪伴着爷爷度过他人生最后的时光。

马思猛老师退休后开始写作，致力于马衡和马彦祥先生生平资料的整理与研究，著有《金石梦故宫情——我心中的爷爷马衡》《攒起历史的碎片》，整理辑注《马衡日记（1948－1955）》《王国维与马衡往来书信》，编著百万余字的《马衡先生年谱长编》等珍贵史料巨作。

同时，马老师还撰写了不少有关马衡、马彦祥先生与故宫人守护故宫国宝的学术论文、杂文，如《爷爷马衡与他的同道们》《另辟蹊径成奇人——怀念王世襄先生》《王世襄：京城奇人玩家》《守护故宫往事并不如烟》《父亲与梅兰芳的交往》《马衡晚年金石梦圆》《一画一世界——悲鸿与马衡父子的忘年交》等发表于报纸、杂志。马思猛老师的作品不仅仅是在回忆自己的先辈，而且通过马衡、马彦祥父子留下的丰富史料收集整理，向世人讲述了许许多多鲜为人知的名人逸事。

这次拜访马老师，去之前伯翱兄提醒我，马老师不喜欢接受采访，说是代伯翱兄去看望他的才好。这么多年虽然也算认识马老师了，但是见面只是打招呼而已，并没有详聊过。8月5日下午，骄阳似火，我怀着崇敬、激动的心情来到马老师家，马老师已经泡好茶在等我了。坐下以后他和我先从爷爷马衡其人说起，使我印象最深的是他与石鼓结缘的故事。马衡先生对石鼓文的研究，视石鼓为生命，亲自押运石鼓南迁，与那志良切磋石鼓文书赠临石鼓文长卷，创作石鼓文集联抒忧国忧民之情，在贵阳师范讲演《石鼓八迁》，新中国成立后力主石鼓回迁后落户故宫等。

由于我拜访马老师的初衷是寻求解答我"怎么会没给他留下一丁点儿贵重之物"的疑问，我便转话题和马老师拉家常说："马老师，伯母姓林吧，我也姓林。"马老师回答说："是的，老太太祖籍是广东潮州人。""真是巧，晚生也是潮州。"马老师马上追问："您不是香港人吗？""我也是后来才到香港定居的。"马老师又说，"我母亲是泰国出生的华侨，一位泰国人因喜欢中国戏剧而到中国学习演话剧真是不可思议，她的老师恰恰是在南京国立剧专教课的我父亲，后来他们的跨国婚姻造就了我的生命，真像是一段天方夜谭呀。"马老师就这样向我吐露了对生命奇缘的感叹，话越拉越近，我和马家真是有缘分呀！这时马老师才高兴地告诉我："您打完电话，我就给伯翱兄打电话，说您要来看我，伯翱兄告诉我，您收藏他的很多底稿和文章，还收藏很多万里老爷子不少的资料。您真是个有心人，非常难得，现在有些年轻人都是急功近利啊。"

接下来我还告诉马老师好消息，据台湾资讯网，最近大陆作家万伯翱、马思猛合著《孟小冬：氍毹上的尘梦》，文章中给当代读者一窥冬皇的传奇人生，尤其冬皇和上海青帮老大杜月笙的爱情故事。这本书销售量创台湾十年来的新高。我还截图给他看，他看后很开心，即邀我来到他的书房，打开他的电脑资料让我看，边看还边告诉我："这是溥仪借赏溥杰书画为名，流出故宫书画清单，后来马衡担任院长期间，收购大量流散民间的这些珍贵宋元明清字画，收购时就是以这份清单为依据，鉴定核实。"他又指着墙上的画说，"这些是复制品，这张《虎图》是徐悲鸿先生1918年去法国留学之前专门画了送给我爷爷的，现故宫收藏。"从画面题写的文字来看两人友谊始建于金石之交。而后又指着旁边一幅吴湖帆先生收藏马衡先生画的《葫芦图》，款题曰："湖帆先生强余作画，辞不获，已写此应之，幸有以教我也。二五年九月作于新都衡。"边上有著名书法家沈尹默题跋："从来未见叔平画，于湖帆尊兄斋中得观此帧，眼福之。尹默。"三位时代文人墨客合作的这幅字画，生动说明了马衡和挚友们的深厚交情。

马老师在编写爷爷马衡浩如烟海的年谱长编时，在收集其作品、往来书信、日记、民国相关档案及相关名人日记等资料时，得到了许多本素不相识的朋友帮助，甚至有朋友到台湾国史馆、胡适纪念馆看到关于马衡的资料，都用手机拍照相赠。这部马老师主编了数年的《马衡年谱长编》已经由故宫博物院出版了。在编写这些书籍时，马老师不分昼夜，废寝忘食地撰写以及查找关于爷爷马衡的资料，一个高中毕业生，还要刻苦学习钻研古文字和草书，而且是在左眼失明，右眼弱视的情况下完成几百万字写作，其刻苦和毅力可想而知。接下来马老师还准备撰写故宫的百年故事，他说它是中国现代百年史的缩影，期待马老师以惊人的毅力再创奇迹。

爷爷马衡逝世后，父亲马彦祥及家人遵其遗嘱将其一生所集文物全部捐献给故宫博物院，包括价值连城的青铜器、铭刻、碑帖拓片、甲骨刻辞、工艺品、书画和图书等，其中共捐藏古线装孤等珍藏书籍1600余部，经整理并详细著录者为1275部。在堆积如山的马衡院长捐赠品中，其毕生搜集的石刻拓本多达12439件，这是他一生研究石刻的重要历史根据，大多拓本上有他精细娟秀的小楷行草题跋，现为故宫院藏碑帖中极为重要的一部分。在其捐献的印章中，一部分是篆刻名家吴昌硕、唐源邺、钟以敬、吴隐、王禔为其篆刻的作品；另一部分则是先生为自己篆刻的各种字体的印章及个人珍藏品。同样，1986年父亲马彦祥也将全部藏书捐赠给国家。今天在马家第三代马思猛老师的通州住所里，悬挂家中三四张名人书赠马氏先辈字画，都是复制品，家里也没有一件古籍、古董之类的藏品，很多了解思猛老师身世的人说，"你爷爷捐的东西留给你一件，就够你吃一辈子的呀！"他总是一笑了之。这次马老师就我的疑问坦诚相告："我上初中时，父亲就告诫我，你不要依靠我，你要走自己的路。虽然当时听了心里很不舒服，但从此开始了我自己人生道路的攀登。现在想来获益匪浅。"直至父亲去世，他坚守了对父亲的承诺，不争遗产，并阻止了一场家庭财产纠纷。他曾针对有关人生议论道出自己的解读：生命父母造就，命运时代造就，为人好自为之。

从马思猛老师身上，我领略了名门三代家风，他们世代传承的不是物质财富，而是对学识及中华文化孜孜不倦的学习和追求，这种崇高的精神境界值得我们敬佩！

故乡是走不出的记忆

◎金路

记得小时候村里唯一的出路,是一条烂泥路。雨天一身泥,晴天一身灰。后来又垫成了一条砖渣路,就像老爷爷额头上的皱纹,坑洼不平。

破旧的茅草屋,露着天。室内漏水啪啪地响,像砸在母亲心上的一粒粒石子。潮湿的地面上,堆满一家人发霉的叹息。故乡啊,你在贫困中喘息。你是母亲眼角的忧伤,你是父亲紧锁的愁眉,你是孩子饥饿的哭声,连同生产队里的杆细头小的麦子,水沟里的鱼虾,宅前屋后的鸡鸭,如诗一般的小河……跟我一起,前程渺茫。

故乡啊,谁来拯救你?啊,是改革的春风!吹绿了华夏的土地,焕发了勃勃生机。村村通水泥路修好了。小姑娘在平整的路上追打着小哥哥,老年人笑成了一朵花,母亲道道皱纹里流淌着快乐,父亲喜悦的眉梢上跳跃着醉意。

一栋栋精致的小别墅里,洋溢着温馨和甜蜜。

乡村大舞台上,广场舞热闹非凡,歌声萦绕在家乡的每个村村落落。

村东头那片竹林不见了,被水泥搅拌厂征用了;村南边那一片荒地也不见了,建成了村里的自来水厂。

一条条沥青路伸向村外,伸向远方。

整个村庄幽静、安详、和谐、繁华。曾经的凄凉沐浴着明媚的阳光,像刚出浴的少女,楚楚动人。

故乡是水的源,水流再远也要回头张望;故乡是挂在嘴边的一首歌,无论走到哪里,都会时常哼起;故乡是人的魂,人在他乡再好也会想家;故乡是树的根,叶再高,总要叶落归根;故乡是流淌在身上的血液;故乡是诗,诗就是故乡;故乡就像红布条,永远系着游子的心,游子走得愈远,乡愁收得愈紧。当游子漂泊久了,累了,心上也就勒出了最深最深的痕!

故乡的路越走越宽,我却越走越远。故乡是走不出的记忆。

秋水文章不染尘

◎苗磊

春夏秋冬,四季更替。春之百花烂漫,夏之热烈多情,秋之绚丽多彩,冬之简明淡雅。四季相较,我更钟情于秋韵的绚丽,有一副对联颇能道出我对秋天的喜爱:

春风大雅能容物,秋水文章不染尘。

工整自然,淡雅明净,超然物外,意境深远,这是一副对仗工整又自然贴切的对联,出自清代著名书法家、金石篆刻家邓石如之手。邓石如(1743－1805),清代安徽怀宁人。此人出身寒微,性格却极为耿介,常以石自比,又以"山人"自居,曾浪迹天涯,云水浮鸥。其人书法作品,堪称上乘。与他同时代的书法家包世臣,赞誉其书法为"神品,四体书皆国朝第一。"宰相刘罗锅赞其:"千数百年,无此作矣!"近代保皇派代表人物康有为称其为"划时代"的人,他们都给予了邓石如充分的肯定和极高的评价。

"秋水"一词,最早出现在《庄子·秋水》篇中:"秋水时至,百川灌河……"《秋水》一篇不仅是描写秋天的美景,也不仅是抒发对秋天的抒情,它描写的更是秋天关于自然的哲理。春华秋实,叶落归根,春夏秋冬,四季更迭,百川归海,生生不息。这些既是大自然的奇妙景象,也是人类社会认知自然,从自然的演变中揭示的深刻哲理。"望洋兴叹"这一个成语的出处,"夏虫不可语于冰"的典故,赋予庄子秋水华章的大美。文字之美,可与秋水并论;秋水之美,堪与华章比肩。秋水与华章的壮美,在庄子生花妙笔之下完美结合,相得益彰。是秋水成就了庄子文章的华美,还是华章衬托了秋水的明净无尘?

描写秋水的美篇佳作中,除了庄子的《秋水》名篇外,初唐四杰之一的王勃所作的《滕王阁序》也是一篇震古烁今的力作,他那句"落霞与孤鹜齐飞,秋水共长天一色"成为脍炙人口的千年名句,历久不衰。不仅写出了江南四大名楼之一的滕王阁的气势磅礴,赣江的辽阔苍茫,也流露出一代奇才旷世傲物的孤独与迷茫。可惜的是，天妒英才，王勃英年早逝，天不假年。

在秋水的明净澄澈之中，定然少不了一位秋水伊人玉立其中，秋水与伊人共同构成了一组秋日里最壮美最抒情的绝美画景。《诗经·秦风·蒹葭》篇中，提到了秋水中美人的形象，"蒹葭苍苍，白露为霜。所谓伊人，在水一方"，美人与秋水构成了秋日即景中一幅赏心悦目的图画。

秋水文章美妙绝伦、赏心悦目，但不是人人皆可为之，不但要有天才的光芒照耀，还要有丰富的学养汲身。先秦时期的《诗经》《庄子》以及诸子百家名篇可以看作秋水文章的先驱，汉魏时期则以陶潜的诗作为代表，清明澄净，陶冶情怀。明清时代的散文以《闲情偶寄》《浮生六记》为典范，至当代，散文大家以朱自清等人的《背影》《荷塘月色》等为不染尘埃的秋水名篇，现代的余秋雨与林清玄都可以看作是秋水文章的典范……简单罗列并不能代表秋水文章名篇大家的全貌，但至少呈现了中国文学史上秋水华章的精粹。

人间最美是清秋。在这个美丽的秋季，拿起笔写一首秋天的小诗吧，或写一段秋雨淅沥的缠绵，或填一阕秋风、秋雨愁煞人的低吟，抑或赋一篇关于秋天的浪漫童话，为秋水文章的国度，献上一缕醉人的馨香之瓣。

面对青春谁能不醉

◎陈继军

2019年4月19日,一个对别人而言没有太大意义的一天,对我却很重要,因为这一天我和二十七年前教我的高中语文老师相遇。在装饰豪华的五星级酒店里,我们一帮年逾不惑的万老师的学生,依然一如当年的青涩少年一样忸怩不安。时光荏苒,我仿佛回到二十七年前的一天。

一位穿着橘黄色超短夹克衫,烫一头短发的女老师站在讲台前,用略带沙哑的嗓音说:"我的名字是万花丛中一点红,你们猜是什么?"这么简单的问题,我们当年愣是谁也没有猜出来,她的名字是万红梅。

是不是每个写作者在少年时,都曾经有过习作被当作范文朗读的高光时刻,是不是这些美好回忆,都是他们走上文学道路最强劲的动力。别人我不知道,但我确实是如此。那篇可以载入我个人史册的文章,应该是写得不错的,虽然现在除了那时的浑身燥热外再无特别记忆了。那次的作文评讲也对我的创作热情有很大的激发,还记得万老师当时也搞了一个小作本,我把那个本子当作自己创作的天地,写了好几篇小说。更有趣的事,万老师看完之后做了详细的批注,还对其中的一些不足之处提出了异议。万老师批了一句我至今铭记于心的话:"作为读者,我没能够看懂,那就说明你的表述是有问题的。"这也是我后来一再关注学生们的读者原则。万老师当年对我的肯定和关注,也是我后来对于写作无论在什么情况下都热情不减的原因,虽说也没有成为什么大作家,但是对于写作的爱好,也让自己的人生多了一些自信,多了一些成功,也多了一些希望。

然而这样一位优秀的语文老师竟然不是学中文的,用万老师的原话说是职业选择了她。我还记得下课后,在她的备课笔记的第一页上看到她写的一句"人不能改变职业,但可以改变自己"的座右铭。后来我们才知道,万老师是苏州大学俄语系毕业,学的是俄语,专业也不是师范,那为什么到我们这所农村高中做老师呢?老师没说,但是满腔的委屈我们完全可以感受到。教俄语的来教中文，所学非所用，本来可以留城的，现在只得在乡镇做一个普通的老师，换谁能不难过呢。但是万老师跟我们说起来也只是轻描淡写，有些无奈，但还是非常乐于接受。她说："我上学时语文最不好，大学里也没怎么学中文，所以我就是以高中的水平来教你们。"然而不知为什么，她却是教我的所有语文老师中我觉得最像语文老师的一位，也是最使我难忘的一位。至今仍记得她的衣着打扮，她个子并不高，衣着大方得体，人显得干净利落而且很有精神。声音在尖厉中略带沙哑，但仍不失柔婉，也有一种独特的感染力。还记得每个语文早读课，我们在读语文，她在读俄语的情景，我们也经常让她说俄语，她说了，我们笑了，因为听不懂，她也笑了，因为看到我们笑了。

快乐的日子总是很短暂，有些时候，我们在不经意间挥霍的有可能就是永远。高一很快过去了，我们升入高二的时候换了一个胖胖的语文老师，她似乎还教高一，有时候会在校园里看到她，其实真想凑上去说两句话，但是却也像今天我的很多学生一样，偷偷地瞟上一眼，然后头一低逃也似的走开了，等到走出很远时才敢再回头看她的背影。记得有一次，她到我们班找她的一位亲戚，大家都拥出来向她打招呼，她笑着回应着，还是那副可爱活泼的样子，还是那副大姐姐的模样。其实我们已经知道她快要调走了，听说是到一个外贸机构，具体也不是很清楚，应该是回到她俄语的老本行，我们听了真替她高兴。

我们一个个敬万老师酒，我由衷地向万老师表达我的感恩之心："万老师，你是我走上文学道路的精神导师……"2019年4月19日，一个对别人而言没有太大意义的一天，对我却很重要，因为那天我醉得不省人事。是啊，面对青春谁能不醉？第二天，微信里有万老师发给我们的一段话："相聚的时光总嫌短暂。和同学们的交流中，已经模糊的记忆变得明晰，同学们一直还惦记着我，我深感荣幸。真的非常感谢。我现在在苏州科技大学教学。从教你们语文改到大学日语，跨度有点大。为了生存，得给自己拼命充电。跟你们掏心掏肺的时光是我一生中最美好的时候，没有之一，感谢你们的陪伴。"

诗经之美

◎马建华

在平时阅读和写作中，总感到自己缺少一种深厚的文化底蕴，于是从2019年9月19日起，我捧起了《诗经》，利用每天午饭后，在单位午休的空闲时间，每天阅读一点儿，逐字、逐句、逐步推进。花费了大半年的时间，终于阅读完国风160篇。我沉醉其中，也乐在其中，越读越觉得《诗经》之美美入骨髓！那种无穷的魅力深深地吸引我不断去发现它更多的美！

《风》为《诗经》的精华部分，是春秋时期15个诸侯国带有地方特色的民间诗歌音乐。描写了那个时代人们劳作、打猎、出征、婚姻、恋爱的劳动和生活场景，或优美动人，或浪漫风趣，或悲愤忧伤，或辛辣讽刺，无不令人动容。

《关雎》《静女》《子衿》是关于爱情的诗作，也是历久弥新的爱情诗的代表作。"关关雎鸠，在河之洲。窈窕淑女，君子好逑"是《诗经》开篇之作《关雎》里的诗句。"关关和鸣，荇菜青青，善良美丽的少女，让人日思夜想，求之不得，辗转反侧。那长长的思念啊，如河水般漫溢，如荇菜般茂密。"诗三百，就在这样一首质朴、清丽的诗歌中缓缓拉开了帷幕，让世人去窥探它的曼妙绝伦。

"静女其姝，俟我于城隅。爱而不见，搔首踟蹰。"《静女》一诗，刻画了一对青年男女约会时甜蜜期盼而又急不可待的美好画面，别具率真淳朴之美！

"青青子衿，悠悠我心""一日不见，如三月兮"早已成为脍炙人口的吟诵爱情的名篇佳句。"我站在高高的城楼上不停地张望，来来往往的人群里就是不见你的影踪。一天不见你啊，就好像有三个月那样漫长。"情不知所起，一往而深。眼波流动处，都是女子无边思念的痴怨。

《硕人》是一幅徐徐展开的美人画卷。庄姜的美貌如诗如画："手如柔荑，肤如凝脂，领如蝤蛴，齿如瓠犀，螓首蛾眉。巧笑倩兮，美目盼兮。"而这些美妙的词语也成为千古颂美人的绝唱。清人姚际恒称言"千古颂美人者，无出其右"。既有庄姜的静态之美，更有传神的动态之美：一颦一笑恍如真人壁立眼前。孙联奎曰："巧笑倩兮，美目盼兮，直把个绝世美人，活活地请出来，在书本上滉漾。千载而下，犹亲见其笑貌。"后世《陌上桑》《孔雀东南飞》《洛神赋》大都有着《硕人》的影迹。杨玉环的"回眸一笑百媚生"更是从中典化而来。

据传由庄姜所作的《燕燕》，感情真挚动人，令人动容。"燕燕于飞，差池其羽。之子于归，远送于野。瞻望弗及，泣涕如雨。"这首诗成为万古送别诗之始祖，是送别诗的标杆之作。李叔同汲取其精华而成的《送别》"长城外，古道边，芳草碧连天。晚风拂柳笛声残，夕阳山外山"，亦是感人至深。当再次听到这首歌曲时，我对那份无限眷恋又无比感伤的别离之情多了一层更深的理解。

《七月》是《诗经》中最长的一首叙事诗。描绘了春秋时期农业生产和农民生活的场景，是一幅瑰丽壮观的农耕图画。从春日载阳，到四月秀葽，从八月其获，到一之日于貉，农民们一年四季播种耕耘、采桑纺织、狩猎祭祀，但却过着食不果腹、衣不遮体的悲惨生活。《七月》用极具画面感的笔法描写了人们辛苦劳作的生活场景，造就了一首史诗般的叙事诗。

而我最喜《女曰鸡鸣》中那个温馨和乐的生活画面："女曰鸡鸣，士曰昧旦。子兴视夜，明星有烂。"妻子说："你看天亮了，快起来去打猎吧。"丈夫说："天还没亮呢，不信你去看看，天上的星星还在闪闪发亮呢。"多么俏皮而温馨的对话。妻子让丈夫早起去劳动，而丈夫虽然不愿这么早起，却不是恶语相向，剑拔弩张。而后女子更加温言相劝："你快去打猎吧，不然鸟儿都飞走了，野雁也起飞了。你快去打些猎物回来，我做美味给你吃，我煮美酒给你喝，我们一起快乐相伴到白首。""宜言饮酒，与子偕老。琴瑟在御，莫不静好。"男子感动之余，以玉佩赠妻子的无比情深，"知子之好之，杂佩以报之"。这样和谐美满的幸福生活，真是羡煞了几千来的无数后人，让人对婚姻、爱情有了更多更美好的期许。无论是贫穷或是富有，无论是几千年前的古人还是所处当今的现代人，都多么渴望着能拥有这样一份岁月静好的美好生活！

《诗经》的魅力虽穿越千年依然经久不衰，《诗经》之美虽历尽沧桑依然璀璨夺目，穿越数千年的时空，我依然可以感受到它的温度。诗词里的喜怒哀乐、虫吟鸟鸣，或引吭高歌，或低吟浅唱，是一曲曲经久不衰的动人乐曲，时时在耳畔回响。我愿沉溺其中，长醉不醒！

回家过年的记忆

◎蒋建春

时光流水般地静静流淌,不知不觉又要过年了,年味儿也渐渐浓了起来,大街小巷张灯结彩,红红火火,洋溢着一派节日的喜庆气氛。每当看到那些拎着大包小包,怀揣喜悦的心情,赶着匆匆的步伐回家过年的人,不禁勾起了我曾经回家过年的记忆。

我的老家在连岛,这是一个被大海热情拥抱着的海岛渔村,民风淳朴,宁静安详。阳光、沙滩、海浪、渔船是她美丽的符号。过去每年过年,家就像一块巨大的磁铁,吸引着我们兄妹回家过年。

临近年根,一踏进家乡的渔村,一艘艘渔船泊在岸边,船尾插着青翠毛竹制成的"发财树";船身贴着"招财进宝,一帆风顺"的大红对联;而舵楼上鲜艳的国旗在寒风中猎猎飘扬。这是一片船的海湾,更是一片旗的海洋。海鸥在空中迎风亮翅,时而高旋,时而低转,悠闲地飞来飞去。大沙湾的沙滩,黄澄澄的一片,几汪海水点缀其上,晶莹闪亮。海边的空气鲜滋滋的,虽伴有丝丝的腥咸味,于我们而言,早已习惯而亲切,闻起来真带劲!走街串巷,渔民兄弟们脸上挂着喜悦的笑容,而家家户户正在忙煎鱼坨子,炸带鱼,焖大虾哩。出锅的美食焦黄、滑嫩,色味俱佳,那诱人的鲜香味儿,弥漫在小渔村的空气中,直钻进你的鼻孔,挑逗着你的味蕾……

家乡独有的年景年味,好美好浓呀!

父亲早早就冒着凛冽的寒风,带着大黄(家里养的一条狗)蹲在大堤头的露天车站等着我们。

"爷——爷——"四岁的儿子东阳一眼就看见了父亲,大声地喊着。父亲听见了孙子稚嫩的叫声,就像听到了渔船要出航起锚,赶紧跑上前去,俯下身子,张开了双臂,把小家伙儿紧紧搂在了怀中。"想不想爷爷呀?"父亲一边问一边用下巴的胡茬子蹭疼着他。满脸的皱纹如春云舒展,乐开了花。

"想!"小家伙儿怕痒,在爷爷的怀里躲来躲去,天真地咯咯笑着……

年三十的晚上,全家人围坐在那红红的火炉旁,烤着火,嗑着瓜子,外面响起的是噼里啪啦的鞭炮声，里面荡漾着的是家人团圆的浓浓亲情。孙辈们拿着爷爷奶奶给的压岁钱，在院子里高兴地追打嬉闹。我们陪着父母亲一边包着"弯弯顺"，一边唠着家常，一边看着春晚。

  大年初一的早上，父亲五点多就起床了。每年他总是家里起得最早的人。穿好了衣服，父亲先是抽根烟，然后开门放挂长鞭，在爆竹声中迎接新年的第一天，接着张罗着为我们煮起了早茶。早茶是用红枣加水煮的，再放点儿冰糖。喝时就着"板浦大糕"甜上加甜，寓意来年生活甜甜蜜蜜。

  父亲把早茶一碗一碗地端到我们的床头，我们在被窝中喝了早茶。父亲这时会说："天冷，早早起来也没有事，你们再睡会儿，等饺子下好后再喊你们起床。"然后又到厨房为我们煮饺子，忙得像一头不知疲倦的老黄牛。

  父亲私下对母亲说："大春、二子、小荣三家都回来过年，孩子们在城里上班忙，平时很少回来，我再忙再累也高兴哦！"

  我们就像一群离家飞走的小鸟，过年时又飞回了自己曾经的窝，尽情地享受父母给予的无限疼爱。

  吃完饺子后，带着孩子们去给山下的奶奶拜年。奶奶是个小脚老太，一辈子含辛茹苦，共生育了八个子女，传下了二十三个孙子、孙女。这天奶奶的小院子仿佛要被挤破，看着前来拜年、请安的子孙们，老人家满脸春风荡漾，笑得合不拢嘴……

  接下来从初二开始，大伯、叔叔、姑姑家，轮流宴请，堂兄姐妹们欢聚一堂，几乎天天在酒的香味中浸泡着，尽情享受着亲情的快乐……

  团圆快乐的日子总是短暂的，又要回城上班了。临走前，父亲总会对母亲说："老嫚子呀，你看看鱼和鱼坨子还剩多少呀，给孩子们分分带上！""你们自己留着吃吧！"虽然一味拒绝，但总也拧不过父亲的执拗："城里吃海鲜都得花钱买，贵还不新鲜，快带上吧！"

  于是，在我们归来背着的行囊中，又装着鱼，装着虾，装着马鲛鱼的鱼坨子，装着家乡的味道，装着天下父母对子女无私的爱和浓浓的情……

  后来父亲去世了，我把孤零零的母亲接来与我同住，就一直在城里过年了，一晃二十年了。不过每年年前，我们兄妹总会相约回到那个曾经温暖的家，尽管无人居住，但仍会打扫打扫院子的卫生，贴上一副红彤彤的春联。

  更重要的事是给父亲上坟。爬上老宅西南坡的小山顶上，跪在父亲的坟前，点几支他生前最爱抽的香烟，陪他静静地坐会儿，或聊会儿天。望着那冰冷的坟墓，父亲在里头，我们在外头，阴阳生死两茫茫，断肠无处话凄凉……

  父母在，家就在；父亲走了，便再无归处。留下的只是一份美好而伤感的怀念和记忆。

普陀灵光

◎张雅娜

　　普陀山的夏是色彩缤纷的。沿途的香樟树枝叶茂密，粗大的枝干记载着它的古老。普陀山树木丰茂，素有海岛植物园之称。那些植物的叶尤其油亮润泽，让人不禁地想到一个"灵"字。

　　普陀山每一处都是风景，每一地都写满源远流长的虔诚。我戴着白色凉帽，阳光穿过树枝的缝隙投射在身上，依然有着炎炎的意味，但终是清凉了许多。沿途行人稀疏，偶有车从身边呼啸而过，即便是转弯处也丝毫没有减速的意思，这让自由自在穿梭在丛林间的我们不得不小心翼翼地退到路边。

　　直至满目皆是人，我们知晓定是到了普陀山三大禅寺之一的普济禅寺。

　　普济寺的大门照例关闭着。恰逢一导游在门口给旅行团游客讲解着当年乾隆微服私访到普济寺，被恪守寺规的和尚拒之门外，乾隆无奈，一气之下下令大门一年只能开一次的典故。听完，我们随人流从侧门进入普济寺。

　　普济禅寺又叫前寺，坐落在白华山南、灵鹫峰下，是供奉观音的主刹。普济寺内有许多参天古树，古刹内弥漫着香火袅袅，到处人流如涌。我们手奉三支香，虔诚地上香跪拜许愿。自始至终，我与他都没有问彼此具体许了什么愿。

　　从普济寺出来，汗水顺着脸颊不停淌下来，他坐在树下的石栏上喝水抽烟。我不觉累亦没有随地坐的习惯，于是拿了相机四处拍。拍坐在树下悠然抽烟的他，拍普济寺门前的池塘古树石级，待他抽完烟便递了相机给他，要他拍风景里的我。一起走过这么多年，他深知除了旅游，拍照亦是我乐此不疲的爱好。

　　普济寺的御碑亭、观自在菩萨墙、长寿桥、钟鼓楼等景点一一留下了我们的脚印。为图吉利，我们脚踩桥上的石莲极其虔诚地从长寿桥的一端走到了另一端。在桥上，不相识的游客会很友好地帮彼此拍合影，那友善中透着一种默契。很是喜欢长寿桥上的那张合影，照片上，我与他轻轻地笑，浅浅地欢，那感觉刚刚好。

　　彼时已是午后，阳光散发着炙热的光，尽管抹了防晒霜，我裸露的颈背和手臂仍是有了烫热的感觉。我们渴得四处找小店买水，肚子开始有了饿的感觉，他买了普陀山特产观音饼，桂花味的。记得之后，我们又一次次买，甚至每种口味的观音饼都尝过，不知为什么，却再也找不回当日的好味道了。

游完普济寺门前的景点，我们向下一个目的地南海观音走去。

前往南海观音沿途的风景可谓秀丽如画。山、石、海，在我们眼前构筑着一幅天然的风景图。路边的亭榭里有如他般累了坐着休憩的人，更有如我般不觉疲累凭栏眺望大海的行者。大海，一望无际，伴着轻轻海风，让倚栏的人心里蘸满了难以言说的写意。

有那么一刻，我甚至想，倘若能与他就这么消融在这良辰美景里亦是今生无憾了。爱的人，美的景，难道还不够吗？书上说，爱一个人，就和他一起去旅行，想必说的就是那一路的相伴相依与共同度过吧。

到达南海观音的时候，我被眼前那种神圣的感觉震慑了。蓝天下，巨大的观音像高高耸立着，观音脚下是宽阔的广场，广场前是来来往往朝圣的信徒。香坛上供奉着许多经文和CD，信者可以随意取。沿着广场往里走，四周的浮雕栩栩如生，白鸽或停歇或飞过，彰显着一派祥和之气。我信步走着、看着、拍着，心里蕴藏着一份深切的宁静。

来南海观音，不可不去的是观音跳。观音跳景点由"观音跳海石"和西方净苑组成，与珞迦名山隔海相望。观音跳海石巨大扁平，危悬崖侧，临风而卧，俗坠且止。关于观音跳流传着各种传说，而彼时的我们最感惬意的便是光着脚坐在石上，静静地沐风、听海。

或许是太累了，从观音跳出来，我没有去看紫竹林，而直接踏上了返回的路。依然是那景那物，却仍是痴痴地看不厌。

回到渔村酒家，我的膝关节开始隐隐作痛。傍晚，我们下楼吃饭，看我下楼难受的样子，他小心翼翼背着我沿着长长的楼梯拾级而下，伏在他的背上，我心里漾着一股暖意，而鼻头却涌着酸酸的感觉，感受着他的爱，静静体会着这平凡的相伴衍生出的幸福感。

冬游夜郎谷

◎何进

农历初冬十月，难得有几天好天气。选择一个周末，去了位于花溪的艺术之谷——夜郎谷。

那里几乎所有的建筑和景观，都由石头组成：圆形的大门、亭台水榭、人物形象……还有沟渠、小道、某些小桥，都闪耀着溜滑的石的光晕。所有景观中，最突出的是人物塑像，高十余米，五官一律外凸，面部表情各异：慈祥、凶恶、惊愕、恐惧……惟妙惟肖，生动无比。共同的特点是：极尽变形夸张之能事。我不知原型从何而来。远古凶神恶煞？旧时土司寨主？还是夜郎国的干人奴隶？或者是想象中的外星来客……都散发着西部高原的一种古朴原始的气息，这种艺术气息弥漫了深深的夜郎谷，把人们带入了远古的部落时代。

进行艺术规划设计的是旅美艺术家宋培伦先生。先生早年旅居美国，本想在异国他乡度完余生，但越近晚年，思乡之情越切，夕阳垂暮之时，毅然回国，在贵阳花溪这个原叫斗篷山的峡谷，着力把脑海里的夜郎印象打造出来。

到达夜郎谷的时候，冬日的艳阳正和煦。圆形的三个石门贯通，组成一道走廊，喜迎四方宾客。门口高耸着好几尊大大小小的石人雕像，有的沉稳平静，有的喜笑颜开，有的漫不经心，有的狰狞凶恶……

有幸在一间原木搭成的宽敞大屋里欣赏了贵州非物质文化遗产传人陈忠华的翠叶奏鸣表演，他吹奏云过山岳、鸟鸣绿枝、蝴蝶展翅、风入深谷……把在场的两百多观众带入幽美的意境之中。最吸引人的是《苗岭春晓》，这支曲子我听过无数遍了，但从陈忠华先生的口中以吹叶的方式表达出来，却别有情趣。沉浸音乐的意境之中，我沿着山谷的小道缓缓而行，看到高树筑巢的鸟儿，涓涓流淌的小溪，牧童倒坐在牛背，侗族小伙在田间劳作，布依姑娘手提竹篮走向茶园，苗族老爹荷锄踏上山坡……陈忠华的苗岭芦笙队是西部民乐的代表之一，曾多次代表贵州参加过国际国内大赛，并荣获大奖。

这几天，全国实力派书法家王俊起先生正驻足贵阳，我们在表演场地也欣赏到他当场书写的作品"马到成功"。"马"字极有创意，是一个人骑于马背，猛拉缰绳，马儿引颈长鸣，奋蹄扬鬃，看似随时准备起步，冲向辽阔的原野，极具动态之美。有些人买下了王俊起先生的部分作品，作为收藏。

行走在木桥之上，山石之间，游兴正浓的时候，山下那一汪绿色潭池中间，忽然传来紧一阵松一阵的锣鼓声——原来是傩戏即将开演了。我三步并作两步地跃过那些土沟石坎，来到傩戏演出现场，观看贵州印江县傩堂戏第三十三代传人的表演。

傩戏是我国的一个古老戏种，历史悠久。起源于黄河流域，后遍布全国。古籍《殷上甲微作裼（傩）考》记载："傩肇于殷，本为殷礼。"告知我们殷商时期已有驱傩仪式，而且规格极高。天子欲驱邪纳吉，禳灾祈福，确保民富国强，长治久安。随着历史的脚步，傩戏也得到发展。《礼记·月令》中说："季春之月……国人傩，九门磔禳，以毕春气。仲秋之月……天子乃傩，御佐疾，以通秋气。季冬之月……命有司大傩，旁磔，出土牛，以送寒气。"上至天子，中至王公贵族，下至普通百姓奴仆，无不以虔诚之心相待。即便是我们的孔圣人，也是庄重恭敬地加入其中。《论语·乡党》中记录："乡人傩，（孔子）朝服而立于阶。"人类在婴儿时期，自然的重要性是不言而喻的。自然制约着人类的生存发展，而人类祈望消灾除祸，过上幸福平安的生活，"作傩"是最重要的形式之一。

从殷商到唐宋，"傩"也有多个级别与类别：国傩、军傩、乡人傩、寺院傩……国傩在殿堂举行，祈祷国富民安；军傩在帐前摆设，为振军纪军容；寺院傩则是在香烟缭绕中，为善男信女们祈福安康。我们地方的傩戏，大都来源于乡傩。

"傩"由驱灾避祸的仪式转变为戏曲，大约在唐朝。天宝年间的乔琳作《傩赋》，记述宫中驱傩："有伥童丹首，操缦杂弄。舞服惊春，歌声下凤。"是不是已经有了歌舞的成分？

岁月如河，奔流而逝。驱傩在中原发达地区逐渐淡出人们的视野，而在西南东南一带却根深蒂固地植入了人们的生活。现今傩戏保存得较为完整的省份是：贵州、四川、安徽、湖南、云南等地。只是傩戏在发展过程中，揉入了其他戏剧的成分，比如云贵两省揉入了花灯剧的成分，湖南则汲取了花鼓戏的养分。岁月的浪花对傩戏不断冲刷，砾金分离，傩戏在发展中更新、变形，不断地丰富完善。

那天有幸观看了两场傩戏：第一场是《琴童相亲》，说的是一个歪嘴、龇牙、驼背、跛足的琴童，没有女子喜欢。年迈的媒婆可怜他，预备给他介绍邻乡的一个丑女，但要收一笔不菲的"介绍费"，起先琴童不同意，嫌邻乡女太丑，歪瓜裂枣，而媒婆收费又太高。媒婆告诫琴童要量体裁衣，正视自己。她凭着如簧巧舌，游走于男女之间，极力劝说，终于让双方见面，并促成了这门婚事，得到了一笔数目不小的钱。整个剧情是简单的，但夸张的面具，机智的对话，滑稽的动作，加之旁白人的插科打诨，使观众席上发出一阵阵愉快的笑声。几个演员和主持人还与观众互动，赠送姻缘牌和福牌给观众中的少男少女，祝福他们未来喜结良缘，生活美满幸福。

第二场是《财神和福神的对白》。财神和福神，一个从满溢着清泉的山石小径走来，另一个从长满野菊和荒草的小路出来，两人携手在观众席前亮相、鞠躬，然后走向空地中的水榭舞台。

福神穿蓑衣，财神穿黄衣。他们面向观众对白，说出一些祝福的话。每一句话都带有浓重的黔东口音，又穿插一些俏皮的方言俚语，句子富有节奏和韵律。内容呢？或幽默风趣，或真挚虔诚。有观众说好像双人快板，也有人说像东北的二人转，还有人说像相声……我觉得都不像。傩戏就是傩戏，有其独特的艺术风格和魅力。

表演没多久就结束了，观众们带着财神福神满满的祝愿，依依不舍地离开了看台。走在石阶草径上，我的心还沉浸在刚才的两场傩戏之中。想到刚才财神和福神给观众们的祝福，我摇头笑笑：幸福和财富从来都不是尊神赐予的，都是来自勤劳和拼搏。当初宋培伦有意打造夜郎谷的时候，附近的农民就是凭着自己辛勤的双手，从贫困中摆脱出来；现在夜郎谷初具规模，附近的居民开店停车，摆摊设点，也让自己的生活逐步走向富裕，迈向小康。这都是辛勤劳动的结果。幸福的生活，靠劳动创造，这是亘古不变的真理！

我走出拱门，结束了我一天的游程。夜郎谷，颇具西部特色的艺术之谷，镌刻内心，令人回味。

音乐与你（外一篇）

◎谢尚江

人生，拿什么来洗净心灵的尘埃？我想，音乐可以洗净蒙尘的心。

有时，音乐的撞击就像檐上的水珠，攒足了力气，滴落你心，一点，两点……直抵心灵。

寂寥的夜，闲坐窗前，音乐如流水般轻轻流淌，流进那有温度的月光里，顿时心潮在往事里起伏，伸出小手，摘一朵温婉的花，轻贴在你的眉宇，告诉你：跟我走吧，我在春天的路口等你。

回眸间，多少烟雨锁重楼，往事如梦，红尘深处尽是尘缘。

人生，有多少往事值得回味，有多少朋友值得珍惜，有多少眼泪可以封存，有多少故事可以重来……

品味着熟悉的音乐，如读你流淌的心语，点点滴滴穿透心扉。

敲下那一段深深浅浅的只言片语，或许，唯有这份文字背后，隐着那份最美的牵念和眷恋。花儿的芬芳蝶知道！云儿的温柔风知道！

音乐是无言的心情，是空灵的心事。

茶与人生

佛说，一花一世界；我说，一茶一人生。

喜欢在清幽的夜里，静品一壶香茗，伴着氤氲的茶香，感悟人生的跌宕。

此刻，静静的窗，静静的心，静静的茶盏，伴随着那一枚静寂的时光。

取一撮青翠的茶叶，放至杯中，注入开水，茶叶便翻滚起来，沉浮在水中，忽上忽下，继而沉淀，就如那漂浮不定的命运。

这时，茶汤慢慢地变浓，杯盏在茶水浸润下，慢慢变温热。举杯品茗，谁知道当初它的芽儿，浸透了奋斗的泪泉，茶过肺腑，温暖从心田忽然涌出。

"茶里乾坤大，壶中日月长。"我想，一盏茶，不分高低贵贱，名流权贵，乡村野夫，均可享受。手捧一杯香茗，看庭前花开花落，赏天上云卷云舒，闲话家常，谈古论今。

然而，喜欢茶，理由却各不相同，或因茶的清淡，或因茶的甘甜，或因茶的苦涩，或因茶的柔和……总之，饮茶，让空灵的心抵达清净的彼岸，不让自己惊扰世界，也不让世界惊扰自己，将日子浸泡在茶中沉淀。

如茶的人生，浮浮又沉沉；如茶的生活，起起又落落。

我顿悟，愿做那茶，沉时坦然，浮时淡然，尽敛苦涩，散发清香。

清纯的初恋

◎雪玲

坐了两个小时的客车,终于到达了目的地——安泽。

推开车门下来,经微风一吹,浑身变得清爽起来。抬头看看那蓝得醉意的天,还有绿得失魂魄的水,突然觉得所有的颠簸都是值得的。

我相信,所有初来安泽的人,都会和我一样,对这里的山、水一见钟情。

四月的安泽太美了。山、水、蓝天,不是那种让人心生欲念的美,而是那种让人含在嘴里怕化了,捧在手里怕掉了的美。那种美,不染纤尘,如梦如幻,如痴如醉。那种美,形同初恋,有着最真最纯的底色,还有最轻最柔的质地。

安泽的黄花岭、青松岭、沁河和蓝天碧空,是可以互为譬喻的。看!那天空明净得像河,沁河的水蓝得像天空,你根本分辨不清是天空染了河,还是河水漂染了天空。这里的天空和河水是相看两不厌的眸子相望,是一唱一和的经典对白。

站在青松岭瞭望台上俯瞰,只见重峦叠翠,蓊蓊郁郁。山风吹过,就能听见阵阵由近及远,再由远及近的松涛声。那声音很动听,在大脑产生联想的同时,你还会看到一起一伏的松浪,还会看到在风中颤抖的松针。那悦耳的声音来自这些在风中颤动的松针,每根松针颤抖的声音极其细微,但无数的、成千上万的松针合在一起,就组成了这起起伏伏,悦耳动听的涛声。每一片叶子缝隙间朝你眨眼,在每道银帘后把你呼喊,不管你愿不愿意,它就躲在你的发梢,缠在你的脚跟,亲吻你的每一寸肌肤。不信,你可以闭上眼睛慢慢体味,你拒绝不了它的热情。

观光车由山底,一路蜿蜒崎岖地爬行。突然,我看到狭窄山路两边那金灿灿、绿汪汪、红彤彤,像无数颗不同颜色的宝石在山路边闪闪发光的奇花异草。我穷尽语词的储存,找不到合适的词汇去赞美。

转眼间,观光车到达了黄花岭山顶。一阵花香迎面而来,浪漫的气息在春季里荡漾开来。我爬上黄花岭的瞭望台,望那一山接一山,一坡连一坡的连翘黄花,宛如金色的海洋,轻风吹拂,花潮滚滚,动人心魄,豪放壮观。穿行在花海,我发现蝉翼、蝴蝶振翅欲飞，美轮美奂，宛如仙境，加之清香扑鼻，让人心旷神怡。身在其中，赏心悦目，我愧叹学识浅，难以描述黄花的美。流动的游客与漫山花海相交的辉映，勾勒出一幅天然的画卷，壮观震撼。那些连翘花，犹如我梦中情人一样，突然来到眼前，让人猝不及防，惊喜连连。我没有想过要执子之手，更没有想过要促膝谈心，我就想好好地看着它，呆呆地望着它，以偿前世今生。

当然，美好的感觉，不能只停留在眼睛上。3线车上讲解员小白、小红用悦耳动听的声音讲述着安泽人文风俗，而且安保方面二十年没有出过一起刑事案件，被评为"全国社会治安综合治理先进集体""依法治县先进典型"。

安泽有历史文化的深厚积淀。麻衣寺砖塔、郎寨塔、岳阳楼、安泰山、飞岭上的红色故事等。伴随着小红一路高歌，观光车又一次经过沁河，我听到沁河涓涓流水声，好似学生朗朗读书的声音。仿佛穿越到2600多年前，听到著名思想家、文学家、政治家荀子先生在这里手持书卷《劝学》，教书育人。随着水流声在你的耳畔缭绕，那是水在歌唱。"一折青山一扇屏，一湾清水一条琴。"

安泽有碧玉飞瀑的大美。安泽马壁河瀑布群长达15公里，有大小瀑布30余处。瀑布群四周群山滴翠，满山青葱，大小不同的瀑布随地势或轻盈缓慢，或急流直泻，千姿百态。瀑布两侧长满野芹菜、野薄荷，水中有河蟹、河虾、鱼类及各种叫不上名字的植被。而瀑布，却是天生的舞蹈家，是超级音乐师。它们时而潺潺湲湲，如鸣佩环；时而汩汩滔滔，管弦繁急；时而飞流直下，珍珠落玉盘。瀑布像一位老顽童给安泽马必河多了一层神秘。

在安泽逗留的时间有些太短。按照预定的导游路线，离开它的时候，总忍不住回头看看，感觉好像丢了什么似的，心里总是依依不舍。安泽的水，穿过安泽沟沟坎坎，像一支游走的神笔，写下了安泽的浪漫和清柔。捧一捧沁河的水喝一口，在指尖划过的是一首动听诗歌，在唇齿间留下的是一种爱恋，无论你变化不同的角度拍摄它的身影，还是面对它绿宝石的眼睛，我真不甘心自己只是一位过客，假如我是安泽的人，那又该多好啊！起码，我可以在这片山水、这片土地上，一生都在享受安泽至真至纯的美！

家乡的路

◎赖永洪

　　小时候总爱坐在门前的石板上，对着公路发呆，好像在等候什么似的。盯着蜿蜒曲折的路伸进远处的山林里，我不清楚它的尽头有怎样的世界，因为大山将我围起，就像水井的四壁，使我看不到外头的模样。这条只有四米左右宽的简易公路，每当下过大雨后，路面就成了烂泥塘，根本无法通车。路上除了偶尔能看到供销社那辆送货的破卡车外，基本上看不到有别的汽车经过。每当有汽车进村时，我都欢呼雀跃，比过年还要高兴，屁颠屁颠地跟在汽车后面跑。而家里的小黄狗也总能分享我的快乐，汪汪欢吠。

　　记得读初中前，我从未出过门。因为村里去外面必须步行，那时，姐姐们怕我走不了几十里的山路，每次去外头赶集从不带上我，任凭我两泪汪汪。父亲看到我很伤心，便安慰我说："等你再长大点，带你去逛县城。"

　　等到傍晚，姐姐们回到家，就会谈论集市的事情，我心里甚是羡慕。晚上躺在床上，根据她们谈话间透露的零星信息，我想象着集市的模样：用钢筋水泥建造的房子、摩肩接踵的人流、各式各样的商品、吆喝的叫卖声……

　　在村子里念完初中，要到县城读高中了。临行前的几个晚上，我都兴奋得睡不着觉，恨不得早点去见识心仪已久的县城。开学那天早早地起了床，吃过母亲做好的满是叮咛的早饭，我便和父亲挑着住校必须用的物品，急匆匆地赶路。走路到十公里外的大田村，坐开往县城的班车。因为每天只有一趟车，所以必须提前赶到候车点，当到达目的地时，人都累得像散了架似的。当时心里想，要是村里能通客车多好呀，想去哪儿就去哪儿！父亲好像看透了我的心事，笑着对我说："现在好多了，在以前还要再走二十里地，到留车圩才能坐上到县城的客车呢！"

　　好不容易到了学校，父亲帮我办好入学手续，整理好床铺已是下午三点多钟了。因为县城回大田的客车早已发车，父亲只能坐车到留车圩，再走路回家。想到父亲要摸黑步行二十多公里的山路，我的心里感到阵阵不安和难过！

　　上高二时，父亲去广东做买卖赚了点钱，他为了方便我节假日回家，便买了一辆永久牌载重自行车给我专用。那时我个子比较小，骑上车后两只脚挨不到地，学骑车时没少摔跤。当时我直埋怨父亲："为什么不买轻便单车！"四姐训斥我："村里这种山路，轻便单车骑不到半年就会震坏。"不过我心里还是挺高兴的，以后星期六上午上完课，下午便可以骑车回家，不用再像以前那样，孤零零地待在学校里。

但是高兴归高兴，村里到大田的公路并不好走，上坡时是几公里的连续上坡，必须推着单车上去，有几段路特别陡，得使足劲儿往前推，稍有懈力单车就倒溜，反推着人滚到山谷，这时如果扔了单车步行的话，反而轻轻松松。等上完坡，接着是几公里的连续下坡，因为没有硬化，雨水冲刷后，路面到处都是坑和凸出的石块。骑着车必须小心地避开这些路障，否则会连人带车一起飞翻。加上路又太陡，两只手还得死死抓紧刹车把手，稍不留神单车便不听使唤……还好那时年少，即使摔跤，也并不碍事。

高中毕业那年，因为在隔壁的龙潭村建水力发电站，村里的公路得到改造，舍弃西湖村那段的陡坡，改道至龙潭村到大田村。虽然没有硬化，但路面更宽，坡度更缓，骑单车出山时比以前轻松了许多。也就是那年，村里开始有人买回摩托车，用来跑买卖。村民如有急事要去县城的话，随时可以租坐他们的车，到留车圩搭班车，这让大家感到很高兴。但高考落榜的我，因不愿在山沟里务农，带着失落和无奈去了广东打工。

得天独厚的气候环境和富含稀土元素的土壤，让赣南脐橙拥有酸甜适口、皮薄化渣、营养丰富的优良品质，在省内外畅销，县里也赢得了"中国蜜橘之乡"和"中国脐橙之乡"的荣誉称号，果业成了县里经济的优势特色产业。而交通条件的改善，让好多农户扩大了蜜橘和脐橙的种植面积。慢慢地，他们的经济条件好转起来，这使越来越多的村民，把家里的土坯房换成了水泥房。尤其令人高兴的是，村里从此开通了到县城的客车，街上也经常能见到外地来收购农产品的商贩，村里的红薯、大豆、柿饼开始值钱了。幸福就这样被这辆中巴客车，一点一点地拉了回来。

2016年，得益于国家支持赣南等原中央苏区振兴发展的战略，村里与外部联系的公路，升级改造成二级油面道路。坐车北上一小时就能到县城，而南下三十公里便抵达广东平远县城，也就两小时的车程可到广东梅州市区。一个闭塞的小山村，就这样变成了连接赣粤两地的桥头堡。山里丰富的资源和优美的环境，也招来了"凤凰"：酒厂、竹器厂、石料厂、风力电厂等，如春风吹开的花朵，芳香四溢……

"乡愁是一朵云，乡愁是一生情……"牵肠挂肚的乡愁，最煎熬游子的心！2018年春节，出门打拼多年，并在他乡成家立业的我，带着妻儿回到了阔别多年的故里省亲。山还是原来的山，群山巍峨，环目苍翠；路还是那条路，贯穿山村，南北延伸。但令我惊喜的是：在村道路的两旁，都装了路灯，路面上也涂刷了标准的分道线，如城里的街道一样堂皇大气；左邻右舍的水泥房，也基本变成了洋别墅，停在他们院内的轿车，车胎上没有半点儿泥土；再看看叔伯们的脸上，都写满了幸福和知足。我知道，山里的路越走越宽，他们的日子也越来越甜。

美丽乡村大楼庄

◎潘世远

大楼庄，紧靠247省道（原称金江公路），宁天城际S8号线从此经过，让这座美丽的村庄，占尽了地理优势。离247省道不远处曾经有过一条东西走向的古道，从村庄穿越，大楼庄曾是这条古道上的驿站，虽然这条古道随着时代的发展而被废弃，但是也反映了它在历史上的重要性。

从六合区方舟广场（幸福城）沿247省道约8公里路程，在汪庄这个位置，有一条村道横穿247省道，转弯向北就是通往大楼庄宽敞的水泥路。走进大楼庄，首先映入眼帘的就是一座牌坊，古朴的牌坊上面写着"大楼庄"三个遒劲的大红字。这个标志性建筑，就是在告诉人们，你已进入大楼庄这个充满乡土气息的美丽乡村了。

这条古道从六合方向至沈桥分道经高山、小管、大楼庄、小楼庄、潘徐、李桥、赵秦交会于八百桥，向东通往岳阳集，向北通往四合，北通天长，东达扬州。

大楼庄的东头，就在这条古道边，这里有一口泉眼形成的天然池塘。古时候，在干旱之年，为了解决生活用水，有很多远地方的人都赶来这里挑水。

我在长山中学读书时，会从这条古道经过，有时走累了，看到路上有拖拉机，就会爬上拖拉机，顺带一节路程。路上的拖拉机有的开得比较快，有时爬不上去，或者下车时，被车辆前进的惯性带倒，手脚都被跌破。

记得我是1979年上中学的，1980年我们这里实现了农村土地承包责任制。在全国最早实施土地承包责任制（大包干），是1978年安徽的小岗村。小岗村农田承包责任制曾经轰动全国，被誉为"中国农村改革第一村"，随着时代的发展，以及它的不适应性，逐渐走出了历史舞台。

后来随着社会快速发展的进程，农业机械化、智能化，使农村剩余劳动力彻底解放了出来，广大的农民工走进城市，投入城市建设，成了一支建设城市的强有力的队伍。

农民工成了城市的建设者，改造了城市的生存环境，加快了城市的建设步伐。同时也让他们获得了丰厚的收入，他们把自己的收入用来建设家园，打造家乡。收入高的农民，也在城里买了房子，成了城市的一员，作为新型的市民，融入都市生活。随着农村的发展，农民生活环境得到了充分改善。南京的区县乡村农民居住点，已逐渐逐步打造成美丽的乡村，发达的物流快递行业，让农民足不出户，也能享受到城里人的待遇。

自政府提倡建设新农村开始，大楼庄依靠政策，克服困难，解决自身不足，在环境治理中，逐渐脱颖而出，引起了人们的关注和政府的重视。由此，在政府和社区的关心扶持下，进行重点打造，让这个美丽的乡村显得更加耀眼。

大楼庄，这个历史悠久而古老的村庄，在新时代的发展中，一改以前落后的面貌，成了真正的大楼庄。一栋栋有序排列的两层楼房或别墅，拔地而起，在蓝天之下，绿荫之中，露出了灿烂的笑容。

大楼庄，是南京现有众多的美丽乡村之一，与其他乡村有着共性，同时也有着自己的个性。大楼庄与金牛湖经济开发工业园区仅一条公路之隔，大楼庄在247省道之北，穿越公路之南就是金牛湖经济开发工业园区。

金牛湖经济开发工业园区有力地解决了大楼庄居民就业问题，就地就业，让他们的生活工作获得了很大的便利，父母和孩子快乐地生活在一起，能够在家里很好地照顾到子女上学读书，不会再像以前一样，丢下老人和孩子，到远离家乡的外地打工。

随着人口的增多，大楼庄分成了大东和大西两个组，现居人口约六十多户，庄上共住着陈、管、李、佘、黄、袁、林七姓，尽管是个杂姓群居的村庄，但他们相处得很融洽，非常有互助精神。大楼庄的大多数居民在金牛湖经济开发工业园区的标牌厂、捷达、蓝蓝、中铁工作，也有一部分人在长山光学厂工作。

这个村庄也有不少老板做工程业务，有在本地发展的，也有在外地发展的。大楼庄人才济济，以最大的能动性，发挥着自身才智，把这个美丽的村庄打造成新时代的后花园。

在历史上总能看得到，成功总是眷顾那些努力的人。个人的努力离不开团队的支持和配合，一个积极向上的村庄，必将成就未来的美景。

农民的子孙，从未改变他们勤劳的习惯，在这片土地上耕作，从向这片土地要粮食，到向这片土地要收入。土地成了农民的摇钱树，这是一个时代进步的表现。因大楼庄所处地理位置的优越性，在金牛湖经济开发工业园区土地征收中，大楼庄的大东组被征收土地约80亩，大东组土地被金牛湖经济开发工业园区征收一部分，还有一部分在建轻轨时被征收，征收土地让农民拿到租金，同时也解决了一部分人的社保问题。

去年，金牛湖街道长山社区对农村实施雨污分流，大楼庄又得到了进一步改造。美丽的乡村在打造旅游、休闲，以及吃住一体化的同时，逐步走向城市化管理，由此形成了一道独特的风景。

大楼庄，在道路高速发展的今天，贯穿了南京市六合区的旅游通道，连接了通往金牛湖风景区、冶山野生动物王国、桂子山石柱林，以及金牛湖周边的各景点和正在打造的风景区，譬如峨眉山、招贤寺、三友水库、弥陀寺，还有正在打造的马头山风景区。

曾经的往事，让我们回忆着，美好的未来，在等待着我们。不仅仅是因为现在所取得的成绩，更是为了创造更加辉煌的明天，实现伟大的中国梦，完成中华民族伟大的复兴。

仙客来

◎葛明芳

冷风飕飕,大寒已到。

一大早,手机微信里蹦出一条信息。点开,是深圳书画家罗志江老师的。他发的是一幅油画,画中粉红粉红的兔耳花簇拥在湛蓝湛蓝的碧水边,静静怒放。

好一丛烂漫的仙客来!朵朵盛放的花儿,好似一个个翩然而舞的仙女。舞动的裙摆,撩起醉人的波浪。看着看着,只觉心也似花般绽放开来!

认真端详,这画上的仙客来,犹如化泉而出的菡萏,红润的颜色却比菡萏更为厚重;又如粉面含娇的芙蓉,泪光比出水芙蓉更水灵。心形花瓣虔诚地托举着,既有兔子耳朵的羞涩,又有萝卜花浑厚的通透感,还有片片坦荡情怀。碧水和着蓝天,敞亮通透,情景交融,花影沉醉其中,确有萝卜花郎约会谁的遐思。看花、思花,灵感泉涌,铺纸提笔,题《仙客来》一首:

六妹临江镜映容,蜂腰窈窕艳妆浓。

花羞月闭人停步,靓影情痴复又逢。

诗毕,我立刻回复罗老师:"真是美丽唤醒美丽,灵性唤醒灵性!"整个早晨,我的心情难以平静。罗老师这幅活灵活现的画,让我想起了和仙客来的初见。那是在上海文化城的"岁岁长青馆",一盆盛开的粉色仙客来,被主人喷洒上水露,放在厅桌上,沐浴着从窗外照进来的阳光。路过的我偶然间瞥见了它,难以置信——这般娇柔多姿的花儿应该开在温柔的春风里,而不是萧瑟的深秋。同时,我又实在被这花儿的美丽打动,情不自禁地屏住呼吸,轻手轻脚地走过去,仔细打量它:花带雨,雨欲滴,星星点点地透着亮光。我突然来了灵感,猫着腰,靠着墙柱子,变换着不同的角度来抓拍,生怕把花瓣上的小水滴吓跑了。忘形的举止,疏忽了前来参加公益文化活动的贵客们。回神才知客人们都在跟着我的视角围观这位花中仙子呢!

之后,我特地了解了这种我特别青睐的花——仙客来。这是一种适合种植于室内的盆景,性喜温,怕热耐寒,品种繁多,且不同的品种,颜色香气不一。

查百度，始知仙客来有萝卜海棠、兔耳花、兔子花、一品冠、篝火花、翻瓣莲等别称，花名来自学名 Cyclamen 的音译。我私下认为，这个花名取得特别好。在每天都有贵客光临的地方，遇到这种花，不正是昭示仙客到来吗？

关于仙客来，还有两个美丽的传说。一个和嫦娥、后羿相关，在这个传说里，仙客来是随嫦娥下凡的玉兔赠给好朋友园丁的花种。另一个，则和七仙女的神话故事有关，原来七仙女爱人间，悄悄下凡，化为人身，与凡人董永喜结良缘，过上美满的夫妻生活，却惹怒了制定天规的玉帝、王母，落得个银河隔断情缘的下场。之后，六仙女渴慕人间，效仿七仙女下凡并爱上了花郎，与之结为夫妇，被王母发现警告后，还是情难自禁，偷下凡去找爱人，结果在花郎的花园被天兵斩首。后来，六仙女的血染过的土地上长出了一种美丽的花，人们把对六仙女的称谓送给了它，称之为仙客来……

"六仙女化为植物滋养人，变成生态康养、精神康养的仙客来，营造人间美丽共享的生态道场，时时让爱在无私的拥有中绽放光彩。"我思及此，不由得灵光一闪，写下如下文字，以和罗老师的画作：

娇嫩温润兔耳花，春来绽，秋灿烂。
红白紫橙色无瑕，清纯玉种。
片片心印呈月宫，人间仙境遥相应，多情天地懂。
内秀不争风，柔和平心静。
萝卜花郎约会中，道是六仙也动容。

教师梦

◎何利军

秋分已过，天气薄凉。

我端坐在小竹林斋书桌旁，手捧《青年文学家》2020年9月上旬刊，细细品读卷首语《天凉好个秋》。身心不自觉地融入了周贵玉社长喃喃如秋虫般悦耳的情景中："九月的秋啊，稳重而内敛，柔和而成熟，'明月松间照，清泉石上流'，这样的秋，恰符合文人那淡泊而宁静的气质。所以，九月的秋属于文人……九月是一个爱的季节，它属于默默无闻的教育工作者……九月的秋，又是一个容易怀思的季节……"

是的，像我这样一个攀爬在文学道路上的痴者，不知不觉，人到中年，逐渐进入人生佳境。在这样一个树叶渐黄的秋日早晨，不禁回望起我的教师梦来……

长大当一名教师的梦想，始于我读初中时。而在小学，我的理想也像其他年龄段的同学一样，想当一位文学家。这个伟大理想的萌芽，来自于家庭氛围的熏陶。记得从念小学开始，每天午饭时间，大姐就把收音机放在小饭桌上，我们姐弟几个安静地坐在饭桌周围的小板凳上，心思全被吸引到长篇小说的播放中：《万山红遍》《红岩》《红旗谱》……有时候，姐姐们从县城的新华书店买回《我的童年》《在人间》等书籍，我们便全体津津有味地阅读。

初中，随着年龄的增长，我的抱负现实了一些。在一位位老师的影响下，再加上我与几位老师的孩子是同班同学，有的还是同桌，我就越发想当一名小学教师了。中考，我发挥极好。之后的暑假，我的心情轻松愉快。早晨，我和徐东、红军沿着民有渠岸边的小土路钩树上的知了皮儿勤工俭学。中午，与小伙伴们到东关或东街跳水坑学习游泳。一天，班主任韩老师来到我的家中，我带着几分腼腆，请韩老师坐在院子石榴树旁小桌边，倒上茶水，退立一旁。韩老师告知我的中考成绩是360分，超过曲周师范录取分数线，完全可以去曲周读小中专。这时，我看到父亲的脸上露出了欣慰的笑容。

看到父亲高兴的样子，我乐得心脏都快要从嗓子眼儿蹦出来！我考上小师范了！能当老师了！"我就这一个儿子，我要培养他上大学。"父亲不紧不慢地回答了韩老师。这句话，像一盆凉水泼在了正在燃烧的柴火上。我哑然、失望。父亲重男轻女的思想，即使在我班主任面前也表露无遗。"上高中也不错，将来再考大学。"韩老师高兴地接过话，"利军目前的学习成绩，上肥乡高中，是全县第六名！"韩老师笑着说。看得出来，我的学习成绩名列前茅，作为班主任的他，心里自然乐开了花。

大学，我读了货币银行学专业。在校期间，受聘院报学生编辑、学生记者站站长。尤其钟情于我喜欢的通讯报道、摄影、文学创作的优雅事业。我就读的那所大学，优秀的学生会干部或优秀的学生院报编辑，有留校任教的先例。异地求学，心中时常挂念家乡，我最终没有争取留校任教的机会，但是，最初的教师梦想始终留在心头。

幸好，我所工作的单位与教体局签订了"金融知识进校园"协议，重新点燃了我做业余教师的梦想。每年春暖花开和果实累累的季节，我高兴地带领金融机构的青年志愿者们，身披绶带，走进校园，登上讲台，面对一张张纯真的求知脸庞，用通俗易懂的语言，分章节、有序地向同学们传授金融知识，心里甚是自豪。

庚子年，由于一些原因，阻挡了我们志愿者进校园的脚步。由于心理压力大，超负荷地加班，忘我地投入到扶贫工作，我累倒在工作岗位，住进了医院。然而，我盼望着早日康复，为扶贫工作画上一个圆满的句号，盼望着明年春暖花开的季节，能够重新登上讲台，继续圆我的业余教师梦……

止 杀

◎王萌

韩魁嗜酒如命，当上土匪头子后，谱儿越来越大，喝酒只喝金凤酒，这就难坏了手下的弟兄。他们挖空心思给韩魁弄酒，怎奈路途遥远十分不便，而韩魁的酒瘾又太大，所以有时会断顿，韩魁为此经常鞭打手下。

就在这当口儿，山寨新来一个叫乔五的土匪，很有谋略，深得韩魁喜欢。韩魁问乔五，有什么办法可以让他天天喝上金凤酒，乔五看着萎靡不振的韩魁，反问："大哥，酒对您真的那么重要吗？"

韩魁眼珠子一瞪，吼道："我可以没命，但不能没酒！"

乔五笑着说："大哥，其实这不难……"几天以后，乔五带回一个人来，笑嘻嘻地说："大哥，酒来了。"韩魁神色不悦，说："我要的是酒，你？""大哥有所不知，他可是咱们凤翔一带酿金凤最好的师傅，以后把他留在山寨专门给您酿酒！"韩魁听乔五这么说，先是一愣，接着哈哈大笑起来，一拳打在乔五的胸口："行！我果然没看错你！"

酿酒师傅老莫高高瘦瘦的，五十岁左右的样子。他很少说话，眼睛半睁半闭，总像没睡醒似的。只有站在酒窖前，他才完全变成了另外一个人，好像他不是在酿酒，而是在进行某种神圣的仪式。

韩魁对老莫的酿酒技术充满信心，特派几个手脚利落的土匪帮老莫。收工后，一般都叫上乔五陪老莫喝几杯。

老莫喝酒喜欢用大碗，这很对韩魁的脾气。每次吃饭，老莫总是一碗酒一口喝光，然后起身去干活儿。看着老莫的背影，韩魁自语："这瓜皮我喜欢！"

没事儿的时候，老莫喜欢一个人在山坡转悠，看到蜻蜓或者蝴蝶之类的昆虫粘到蜘蛛网上，他一定会上前解救，然后小心翼翼地把它们扔向空中。他躺在绿草如茵的树下闭上眼睛，任凭清风在脸上拂过……

就在第一窖酒要烧好的时候，乔五带人到山下劫掠商队，死了几个弟兄。韩魁看着抢回来的十几个箱笼包裹，仍然十分愤怒。

乔五指着绑在柱子上的保镖说："大哥，这货留给您了！"

韩魁嘿嘿笑了，忽然掏出手枪顶在保镖的脑袋上，刚要扣动扳机，老莫冲进屋里一把擎住韩魁的手枪。乔五大喊："老莫，你找死啊！"老莫看着满脸怒容的韩魁说："韩爷，我想给他求个情，您已经劫了他的财，就留他一条命吧。"

韩魁一脚踢在老莫的胯上，大喊："你个瓜皮，滚开！"

乔五赶紧上前拉开老莫，与此同时，韩魁一枪打在保镖的脑袋上。老莫只看见一个血葫芦在空中摇晃，然后歪向一边……

老莫一连两天没有吃饭，只对着酒窖发呆。

乔五走到老莫身后，老莫转身，神情黯然地低声说："明天出酒。"

乔五把这个消息告诉韩魁，韩魁一脸兴奋地说："我们马上就可以喝到自己酿的金凤酒了，回头等酒出来，你多给那瓜皮几块大洋。"

第二天早晨，山寨上所有的土匪都聚集在酒窖跟前，看着老莫出酒。老莫神态严肃，一脸虔诚地用木勺子接好酒双手举过头顶，然后递给韩魁。韩魁神情激动地接过木勺子，轻轻地喝了一口咂咂嘴，然后又喝一口再咂咂嘴，神色变了。

乔五赶紧凑到韩魁跟前说："大哥，有什么不对吗？"韩魁把勺子摔到地上，一巴掌掴在老莫脸上，吼道："这酒怎么是臊的！"

老莫低着头一言不发，韩魁一把掏出手枪，指着老莫吼叫着："你个瓜皮，既然你成心和我过不去，就别怪我不客气！"

老莫神色平静地说："韩爷您这地方杀气太重，是酿不出好酒的。"

这时乔五也跟着求情，韩魁终于收起手枪，阴着脸说："我今儿就给你换个地儿，要是你再酿不出来好酒，小心你的脑袋！"

这次酒坊地址按照老莫的要求，选在一个靠山的村中。老莫自己装窖，亲自到十里外的泉子用马车拉水，两个月后终于出酒了。

韩魁手里举着木勺子咂着嘴笑了："嗯，这味道比我以前喝的还正！"

老莫眯着眼睛说："韩爷，我说的没错儿吧？地方不一样酿出的酒肯定也不一样。"

韩魁看着老莫嘿嘿笑了："老莫，有杀气的地方真的酿不出好酒？"老莫低头不语。乔五眼睛一瞪说："今儿韩爷高兴，让你说你就说！"

老莫的眼睛忽然全部睁开，而且格外明亮，他说："我爹临死的时候告诉我，要想酿出上等金凤酒，心必须干净，手也要干净，绝不能沾染血腥！"

韩魁先是一怔，接着若有所思地点了点头。

几个月以后，韩魁遣散了山寨所有的土匪，与老莫在靠山村合伙开了一家酒坊。

第一窖酒出来的当天，两人都喝醉了，韩魁趴在桌子上喃喃着："山寨酿那窖酒怎么臊味儿呢，唉，可惜了……"

老莫看着打呼噜的韩魁笑了："哼，我往里撒了一泡尿，不臊就怪了……"

领 粮

◎任素洁

十七岁那年,我还在学校读书。那时我是一个十足的傻学生,傻得不知天高地厚。

身为长女,我经常替父母买些米面之类。穷人的孩子早当家,果真如此,别看我长得又矮又小,可是我很能干,也很能操心。我不是一个自卑的人,同学们说我有些自恋,自我感觉良好。老师说我长着一双偷牛的大眼睛,你说我的眼睛得多大,就这双大眼睛让我倍感自信。我长得多漂亮啊,典型的小美女的长法儿,樱桃小嘴儿,不仅眼睛大,肤色也白白的,脸上一点儿杂质都没有,不像别人长个痣呀什么的。就这硬件儿,上哪儿找去?别看家穷,我从小可是听着表扬声长大的。

那次的事儿,就和米面有关。

我揣上粮本儿,带上一个大布口袋和几个小袋子,骑上自行车,奔向七粮店。微风吹拂着我和我的自行车,春意盎然,天气真好。

我还穿上了平时舍不得穿的一套衣服,绿色单衣、灰色裤子,脚上一双干净的布鞋。我不是刻意要把自己打扮成城里人,况且我也知道就自己这身打扮也不像城里人。我在意的不是这个,我只想出门就要打扮得干净一些,整洁一些,甚至还要体现出点儿学生的特色来。

车把上挂着我拿的那些面袋子、绳子。

路两旁的姜丝辣、扫帚梅都开了,它们不管别人的眼光,就那样盛开在自己的春天里。柳丝轻扬,小鸟儿在柳丝中穿梭,鸟声啾啾,把春光衔在嘴里。

因为不是第一次领粮了,我已做好了挨训挨白眼的心理准备。就像一个生性懦弱的老师要进一个纪律极差的班级上课一样,心里先打怵着,怕收拾不了残局该如何是好。

把粮本儿攥在手里,进了粮店,我心里突突乱跳,生怕不小心站错了位置,于是缩手缩脚地到墙根儿站住。见领粮的人不多,三五个而已,我又夯着胆子往前凑了凑。四下一望,有两个付米面的女同志——请原谅我还在使用这两个过时的字。同志，这是那个年代最能代表尊敬的词。虽然那个年代并不久远，但是现在拿来未免有点儿出土文物的味道。时下的女士、小姐、太太甚至女孩儿、靓妹的称呼早已把它的原汁原味冲得无影无踪。

那时，我小心翼翼地叫了"同志"这两个字。在我面前站着几个衣着并不比我高档的大妈、大婶儿，她们体态臃肿，衣着随便而廉价，她们在或高或低、或尖或钝的训斥声里木然着，带着几丝勉强的笑脸迎去，又讪讪地被呵斥回来。于是，我倍加小心，谦恭地从小窗户里递上粮本儿，用学生在老师面前才有的温顺，并附带上微笑，说："同志，我领粮，麻烦您给开票。"还好，那位女同志看了看我，什么也没说，开完票连粮本儿一起从窗户里扔了出来。我心中窃喜，甚至有感恩戴德的心理了，想不到我的待遇会比那几位大妈、大婶儿好。哈哈，我的第一关竟然很轻松地闯过来了！

剩下的任务就是领粮了。

刚才我看到的那两位付米面的女同志正闲着，这机会太难得了，我飞快地走到她们跟前。只有我自己知道我简直是带着些小跑儿过去的，我把粮本儿和票子一起递上去，说："同志，麻烦您，我要领粮。"她们的样子很不耐烦，有一个梳着爆炸式头发的嘟囔了一句："一会儿也不叫人闲着，烦死了！"另一个长得挺漂亮，妆化得挺浓，眼圈儿发黑，简直就是个乌眼儿青，她接嘴说："走，咱们上趟厕所儿，回来再说吧，这里就没消停过！"

窗外，白云悠悠，阳光明媚。天气真好。

她们刚出去，可是马上又回来了，而且是欢快地笑着，她们的脸上绽开灿烂的笑容。进来时又多了一个人，也是个女同志，模样周正，四十多岁的样子。她们几个人坐在长凳上，后来的那个坐在中间，"爆炸式"拉着她的手，亲热地说："冯姐，你这几天不来我就想你，你这个人走哪儿都招人喜欢！"那个叫冯姐的说："我是来找他回家的，乡下又来了些穷亲戚，我不愿意在家，就到这儿来了，正好来喊他，也正好出来躲躲。你说撵又不能撵、骂又不能骂的，真跟狗皮膏药似的，今天这事儿、明天那事儿，也不管人家烦不烦！"冯姐哭丧着脸无可奈何地说。

"乌眼儿青"笑着说："我们主任哪，心眼儿好，别说是穷亲戚，就是要饭的来了，也得把人家打发得高高兴兴的。再说你又是个热心肠，长一脸抹不开的肉，要是我呀，早就给他撵出去了，我可没这好脾气侍候他们这驴马烂子。你也就是太实在了，要是我早让他们滚蛋了，还能让他们来一回又一回的！"冯姐愁眉苦脸地说："唉，不说了，我找他赶紧让他回家！"说着就要起来，却被"爆炸式"一把摁住，连声说："哎呀，冯姐你就不能再坐一会儿？待会儿我上楼给你喊主任去！"冯姐这才又坐下了。

我把粮本儿和票子夹到一起，试探地问道："同志，我要领粮，行吗？""爆炸式"白了我一眼，大声说："你等一会儿不行吗？催什么催？"我就像一个被老师训斥了的小学生一样红了脸，默默地往后退了退。我听到她们饶有兴味地谈家庭、谈丈夫、谈孩子、谈金钱、谈女人。在百无聊赖的等待中，我一眼瞥见对面墙上挂着一个意见簿，就想到底是大单位，还广泛征求顾客意见哩。

我看看墙上的表，她们已经谈了整整四十五分钟，快一节课的时间了。我又一次满脸堆笑地凑上去问："同志，我领粮行吗？"那位冯姐一看就站了起来，说她俩："你们快忙吧，人家都等了半天了，我也该上去了！"不由分说，挣开她们就上楼。"爆炸式"和"乌眼儿青"还沉浸在刚才的气氛中，脸上还挂着甜甜的笑容。可是一看到我，那笑容就冷却了，带着一种速冻的冷霜。我再一次递上粮本儿和票子，"爆炸式"犹自说着："你看人家冯姐保养得多好，全不像四十几岁的人，看人家那脸，一看擦的就是好化妆品，再看咱们……"话锋一转："人比人不能活哟！"

"乌眼儿青"在长凳上坐着，用卫生纸擦着皮鞋，擦了一遍又一遍，不忿地说："还提咱们，给人家扛活儿的！"

"爆炸式"接过我递过去的粮本儿，"啪"的一声把票子扯了出来穿在一根铁钉上，又"啪"的一声把粮本儿甩给了我，把我吓了一跳。一看人家真要忙业务了，我心里不由得千恩万谢起来。

总算要轮到我了，我的妈呀！

正在这紧要关头，又进来了一个人，是一个三十七八岁的男同志。"乌眼儿青"一见，立刻眼放光辉，高喊着："老同学来领粮了？"就直迎了过去。那男人也笑着连声说："是、是、是。"

"乌眼儿青"亲自从男人手中接过粮本儿去开票儿，又和"爆炸式"两个人忙不迭地付米付面，折腾了半天总算完事儿。"乌眼儿青"得意地瞅了瞅那男人说："怎么样老同学，这点儿光要不让你借着，岂不是枉费老同学一场？来，坐会儿再走，唠唠嗑儿！"说着就坐在长凳子上扯开了当年同学的事儿，谁高升了，谁还在农村爬地垄沟子，谁离婚又再婚了，等等。

我求助于"爆炸式"，让她给我付粮，可怜巴巴地撑开口袋，意思是可不可以行行好啊？唉，就我这副模样注定要挨训的。

果不其然，"爆炸式"狠狠地瞪了我一眼，也一抬腿坐在了长凳上，意思是等一会儿还能饿得你吃生米去？我的口袋顿时瘪瘪的，跟我一样泄了气。我和我的口袋们就那样等啊，等啊，等啊，听他们的同学之情以及无限师恨！

我又在炼狱般的等待中煎熬了半个小时，我是一分一秒地数过来的，时间过得太慢了。而他们谈兴正浓，像烧开的锅，捂都捂不住。我走过去对"爆炸式"说："我都等了半天了，麻烦你……"没等说完，那男人却板起脸说："你这小姑娘咋这么不懂事儿呢，俺们唠会儿嗑儿能耽误你多大事儿呢，真是的！"

"爆炸式"看了看我，还是站起来放粮了，匆匆忙忙、三下五除二就把我打发了。我掂了掂口袋，觉得大米的斤数不太对，明明是三十斤怎么像是二十斤，反正就是觉得少了很多，怎么掂量我都觉得不对，我忍不住问："同志，麻烦你再给我看一下票儿，我觉得好像不对劲。""爆炸式"火了，圆睁了双眼说："我放了那么多年粮还能有错？你领了也就得了。"摆了摆手皱着眉，极不耐烦地说，"快走吧，站在这儿一上午了！"听了这话，我也来了拗劲儿。我偏不走，这又不是你家,我拎起口袋,把口袋往秤上一放,果然少了十斤,真是二十斤,我指着秤说:"你少给了十斤,这是二十斤!"我非常自信地指着秤对她说。"爆炸式"极不情愿地从铁钉上拿起票子重新看了一眼,这才不吱声了,又给我称了十斤大米,哗的一声倒进了我的口袋里,就像一个翻沙子的人,把一锹沙子"哗"的一声倒进袋子里一样。

我终于找回了属于我的十斤大米。

我把几个大口袋绑在一起,又把几个小口袋也绑在一起,准备分两次扛出去。当我第二次像乡下人那样把口袋搭在肩上走出门去的时候,我清晰地听到"爆炸式"刺耳的声音:"山炮,就这样的人最烦人,一点儿眼力见儿都没有,往那儿一戳就是半天,真没治了!"

我放下袋子,扭身回到粮店,对她们说:"我是领粮的,你是卖粮的,这活儿就该你干!"说完,一向胆小的我,也不知道从哪儿来的勇气,快步走到意见簿前,翻开一页,飞快地写着:请粮店的工作人员遵守职业道德、做好自己的本职工作、热心服务。我领了一次粮,竟然用了两个多小时,这是什么工作效率?这又是什么工作态度?殊不知正是我们这些山炮养育了城市的潇洒和风度,请自重自爱!

写完,我把笔一掷,大踏步走出了粮店。

小细绳上拴着的那支笔,在我气愤的目光中晃了几下。

走出粮店,清新的风从身边滑过,空气里都似乎有一种轻松的味道,我长舒了一口气。

结局嘛,近乎是一个笑话了。

那是过了好长时间以后我意外地听来的。

讲故事的人并不知道我就是当事者。

说是有个小姑娘,气得满脸通红,在他们粮店的意见簿上写了意见,扬长而去之后,"爆炸式"和"乌眼儿青"愣了几秒钟,然后两个人就哈哈大笑起来,笑得喘不过气儿来。其中一个把写着字的那张纸唰的一下就撕了下来,两个人边说边笑边搓着它丢进了厕所,还说:"哎呀,真是个书呆子!"

失 联

◎杨中宇

早晨，拉开窗帘，外面天空阴沉沉的。

我穿好衣服刚要下楼，爱人推门进屋了，我问："你咋没上街啊？"她笑了笑说："没有通行证，不准出小区，不少人在物业门口排队呢。"我说："一会儿你买菜，我去妈家看看。"

爱人拉了拉我的手说："老公，你就别去了，外面太危险了。"我说："我必须去。"

见我又不听话，爱人生气地说："那我也去看我妈。"我说："你坐飞机去吧，青岛这么远。"爱人生硬地回敬一句："你去我就去。"我说："城门你都出不去。"

爱人身子紧靠过来，瞪圆眼睛嗔怪地说："你不怕感染，我还怕呢。"

庚子春节刚开始，市内各小区被封闭起来，我好几天没去母亲家了。

爱人再次下楼，我紧跟出来，到小区物业办理通行证。我满以为可顺利出去，却遇上大门口几位干部16小时严防死守。经历一番"过关"：戴口罩、测体温、出示通行证、询问出行理由，又要住宅楼号和联系电话，逐项登记。最后，我俩只许出一人，我愣是被关在家里了。

市里明确规定：四天内只许出小区一次。母亲家那个小区，外来人更甭想进。实在是没办法，我便回楼上和母亲视频问安，母亲说："老实待在家吧，少给政府添麻烦。"于是，我和母亲约定每日上午九点视频。

第二天，母亲的视频电话竟然没有打来。第三天，依然没有，母亲的电话也打不通。第四天，还是如此。我立即紧张起来，坐立不安。母亲平时有点儿不舒服，都及时跟我说，这次她怎么了？

我要下楼，被爱人拦住了，劝道："过年那天，妈在这儿挺好的。再说，妈当了一辈子护士，懂医又懂药，能有啥事儿？你净瞎操心。"我冷冷瞅了她一眼。可是，我还是按住忐忑的心，转身进南屋上了电脑，悠闲地斗起地主。爱人也喜欢这个，笑盈盈凑过来，搂住我的肩。

母亲不愿在我这儿，觉得自己住方便，也免得打扰我们，就是年三十接过来，初一晚上就回了。但疫情之下，我对母亲还是很牵挂的。

借爱人迷恋游戏之机，我悄悄推门下了楼，一路小跑着奔向母亲住的那个小区。穿过东西两趟街，就看见母亲家的高楼了，我实在担心爱人追上来。

看我脚步匆匆的样子，中途被巡回检查的警车拦住，检查体温和通行证，询问事由，我急得眼泪都快下来了。

我相信，那个小区一定能给我开绿灯，谁没有父母呢？

母亲家小区门口停了两辆小车，街道上巡逻警车呼啸而过。

天空中有零星雪花飘洒，如一只只洁白的蝴蝶。

我被一位年轻干部拦住了，他说："外来人不准进，你不知道吗？"

我按住怦怦狂跳的心，与他商量说："我与母亲连续几天失联了。她七十多岁了，身体有病，我得上楼看看。"年轻干部摆手说："不行。"我说："我带身份证了。"那人说："你把出生证拿来，也不让进。"

我感觉他们简直小题大做，恼怒地说："一旦有事儿，你们能承担得起吗？"年轻干部耐心地说："特殊时期，这是对大家负责，请你理解。"见我硬要往里闯，他跟另一个人员说："可以让物业想想办法。"

恰在此刻，纷纷扬扬的春雪中，只见母亲从院里搬着一大箱东西走过来了，我感到很奇怪。

母亲虽已满头白发，却扬起坚毅的面容，迈着从容的步子。她搬的是什么？感觉那么轻。

只见母亲走到距离大门四五米处，就站住了，怀里抱着宽大的纸箱。几位工作人员忙跑过去，都向母亲投去敬佩的目光，恭敬地鞠了一躬。

母亲欣喜地捋了一下额前发丝，说道："都消好毒了，放心用吧。"

年轻干部感慨地说："谢谢老人家，没想到您以这种方式贡献力量！"工作人员们都换上了母亲自制的洁白口罩，质量一点都不逊色于医用口罩。真没想到母亲宅在家中，仍然心里想着自己是党员，还想着别人，为国家分忧。

我隔着大门喊母亲，喊了好几声，母亲才听到，转过身看到我的一瞬间，拍了一下脑门，直奔我走来。走到我跟前，她用手擦着我脑门上的汗，说："忘记告诉你了，我把手机借给别人了。小区里的王大妈感染了，她的手机坏了，儿子在外地，为了方便她和儿子联系，手机给她拿去了。"又说，"你不用担心我，我身体好着呢。"

我在春雪中端详着老母亲，禁不住眼睛一阵酸涩，嘴里咕哝半天，终于喊出一声："妈妈……"

天空雪花飞舞，宛若万千梨花。

远方的母爱

◎申健

十一长假过后,父母结束了假期,准备回老家。父母担心我一个人住,不吃水果,缺少维生素,特地去水果店买了一筐新鲜的苹果放到储藏室内。

临走之前,母亲嘱咐又嘱咐:"要吃水果,一天一个苹果,对身体好,父母不在身边,要注意安全。"父母的眼里满满的都是不舍,而我只是敷衍地说:"我知道了。"

父母走后,家里空荡荡的,无尽的孤独吞噬了我,百无聊赖的感觉,让我很不自在,总感觉少了什么。但很快一个人的生活就被工作的忙碌和小伙伴们的派对填得满满的,开始还遵循母亲的嘱咐一天一个苹果,没几天就忘记了。

时间总是过得很快。一天,和母亲视频聊天时,母亲依然是各种嘱咐,我却心不在焉。突然,母亲提到了苹果,我一下子惊醒过来,但还是告诉母亲苹果安好。

和母亲通完话后,我赶紧跑到储藏室里,打开装苹果的筐子,果然筐子里的苹果都变得皱皱巴巴的,一股子怪味儿从苹果筐里散发出来。不出所料,有的苹果已经烂掉了,有的苹果一半风采依旧,另一半则像长了秃疮一样。

我蹲在筐子旁边,想起母亲那深沉的嘱咐,父亲搬运苹果的辛苦,也可能是苹果腐烂的怪味儿熏着了我,我的鼻子突然一酸,一种莫名其妙的烦躁涌上心头。我疾步走出储藏室,想发泄这股邪气,却又颓然地走到沙发前,站了好一会儿,慢慢地坐下。

就这样坐在那儿,呆呆的,不知道坐了多久。回想起父母往日的辛苦和操劳,回想起我每日下班回来时,父亲都会递过来一杯新榨的苹果汁,回想起父母对我的嘱咐和对我的爱,眼泪在眼眶里涌动,我终究辜负了父母对我的爱。我默默地把烂苹果挑出来扔掉,把好的苹果重新洗干净,放进冰箱。心神不宁的我在屋子里来回走着,看着阳台上晾着的母亲离开前洗干净的衣服和被罩,回想母亲一件件地搓洗衣服的袖口和领口,把我平时穿过的衣服、换季的衣服、床单、被罩都洗了一遍,晒干后大半都已叠好,分类放到了衣柜里,只有最后一些衣物还挂在这里，没有被我收起来。闻着洗衣粉的味道，仿佛闻到了母亲的味道，闻到了爱的味道。

母亲走时对我的叮嘱还在我的耳边回响：过几天冷了，穿这件羊绒衫，换上我去年给你新做的厚棉裤，进家门就把电炕插上，炕热了再睡觉……我当时还不屑一顾，心想我都这么大人了，还把我当成小孩儿，表面上我只是哼哼哈哈地应付，对妈妈说："你操这么多心，累不累啊。"

我在屋里踱着步，又想起父母平日里对我的爱，对我的期望。而我现在的生活没有规律，常常很晚才睡觉，每天都是疲倦的、劳累的。母亲的叮咛又在耳边响起：早睡早起身体好，要锻炼啊！我在心里暗下决心：我要转变，要改变。于是我的生活又回到了父母所期望的那样。

过了几天，再次和母亲通话时，说起了苹果的事情，向母亲赔礼道歉，母亲和蔼地对我说："一筐苹果不值几个钱，你身体健康、开心快乐，才是最重要的。烂苹果就扔掉吧，剩下的苹果能吃的吃，不能吃的也扔掉吧。也是父母考虑不周，你一个人短时间也吃不了这么一大筐苹果。水果以后就现吃现买吧，吃新鲜的。"母亲的话安慰着我，我却再一次流下了愧疚的泪水。

我的父母都是平凡的，但是他们对我的爱却是无私的、伟大的。他们无限地包容我、呵护我，给我一个温暖的家。

我爱我的父母！

一只狗的自白

◎叶永义

一

我是一只狗,更准确地说是一只宠物狗,我比家养犬可爱许多,也没有野狗那样的面目狰狞,我个子小巧、脾气温顺,从不咬人。在我进宠物店之前,我与别的狗没什么不同,除了姿色更好一些,这也是我唯一引以为傲的。虽然作为一只雄狗,这么形容自己多少有些不妥。

进入宠物店之前我四处流浪,浑身脏兮兮的,每天都要为吃饭那点儿事愁破了脑袋。外头的野狗很多,比个头、比狠辣,我都比不过,直到有一天,有个人把我抱了起来,带到了宠物店。他把我关进了笼子里,虽然比在大马路上失去了一些空间,但是笼子里放着好多吃的,我看着男人从一个罐子里倒出来的。我看了一圈儿,好多笼子,关着的不仅有狗,还有猫。但是我跟猫不熟,我可不会主动搭讪。我的姿色在这里一下子被比了下去,但是仍然称得上可爱。

我问了旁边的一只狗:"这是哪里啊?"那只狗回答:"这里是宠物店。"我又问:"宠物店是什么地方?"它答不上来,但是它低头把面前的那些东西吃了进去。我问:"这是什么?可以吃吗?我怎么从来没有见过?"它说:"你吃就是了,我也不知道是什么,这些人类会提供,反正不用自己觅食,管它是什么,吃就是了,又死不了。"我试探着尝了一口,味道确实还不错。这些日子以来风餐露宿,根本就没吃什么东西,这下子我可以放开肚子吃了。

就这样,我在宠物店里待了几天,这里管吃、管喝、管住,就是把我锁在笼子里这一点,让我不太舒服。我和朋友们聊天,它们来得早,对这里熟得很,但是它们就是不知道这里究竟是做什么的。这几天我看到有一些人类走进来,对着我们指指点点,有说有笑,我看到有几个朋友被抱出了笼子,被人带走了。我心想:它们不会是被抓去宰了吧?人类就是这么对待猪的,给它们好吃好喝的,然后等它们长满了一身膘就把它们宰了吃了。但是我们可不一样,我们这么瘦小,根本吃不了几口。

我正胡思乱想的时候,我看到一个女人在我面前说些什么,我自然是听不懂的。她笑了起来,边上的男人不停地点着头。很快,我也从笼子里出来,被带走了。我感觉不太妙,想挣扎逃脱,但是这些人类似乎早有防备,把我抱得很紧,我跟着他们回到了他们的家。

二

事实证明，是我多虑了。我在新主人家里有吃有喝，跟在宠物店的时候没什么两样。他们也给我拿了个笼子，也把我放在笼子里，但是笼子里实在太闷了。我在很长的一段时间里认为他们是我的主人，但后来我发现我错了。这是在我最后发现他们根本不会吃我的时候才知道的。

这是一个三口之家，男女主人还有一个小男孩儿。我刚一岁多，但是我的祖先对人类有足够的认知，这些认知毫无保留地遗传给了我，因而我猜测这男孩儿应该是主人的孩子。女主人来我身边频繁一点儿，她把一罐写着"狗粮"的东西倒在我的碗里。口感不错，比在宠物店的时候好多了。但是我大概是这两天吃得太多了，有些反胃，虽然凭良心讲这些食物确实不错，但我确实吃不下去了。女主人看着有些着急，她围着我说："怎么了？生病了吗？抱回来的时候我看你挺好的啊。"她打开了笼子的门把我抱了出来，我刚站到地板上就感觉浑身充满了力量，瞬间精神抖擞起来。女主人便高兴了，她说："看来是关笼子里太久了，你乖乖的，我就放你在地上走。"我哪里可能听得懂她说了什么话？可是她没有再把我关进笼子里。

我看她在厨房里忙活了半天，她端了好几盘菜放到桌上，香味是我的狗粮所没有的。我也想吃，那能怎么办？他们一家子坐在餐桌边上，根本没有打算分一点儿给我。但是小男孩儿似乎是挑食，女主人夹着菜哄着，他就是不吃。女主人应该是生气了，我听见桌子响了一声，差点儿把我的耳朵震坏了。然后女主人喊道："不吃不吃不吃！天天这不吃那不吃，干脆别吃算了！"我即便听不懂女主人说了什么，但是听这语调多半是生气了。可我管她生气不生气，我只想吃这桌上的菜。我不能坐以待毙，我围着女主人的脚转着，轻轻唤两声。女主人便在我碗里放了两块肉。我没想到这竟然如此容易！我可从来没有吃过这些东西，我只在路上捡过野狗吃剩的一些残渣。女主人给的这些东西可比那些生食好吃太多了。我一下子乐了起来，这哪里是我的主人，这分明是我的仆人嘛！给我吃喝，让我住着，还这么担心我。现在女主人已经离开了餐桌，她抱着我，比对她的儿子还亲，她还问我："吃饱了没有？不够我再给你夹一点儿。"

他们哪里是我的主人？分明就是我的仆人嘛！我这只狗可真是走了狗屎运了。

三

人类有吃完晚饭下楼散步的习惯。所谓入乡随俗，我很快就得心应手了。他们下楼散步的时候总会带上我，我明白这可能是他们出于对我这个主人的尊重。几天下来，我判断在这个家里我的地位应该至高无上，我看到女主人跟男主人时常吵架，但是对我都是温声细语。虽然我挺享受这个过程，可是难免受宠若惊。

现在，我和我的仆人们正在小区里走着。他们准备了一根绳子，一端绑在他们手里，另一端放在我的脖子上。我们狗跟人类的身体特征不太一样，我们是四腿着地，绳子只能绑在脖子上才能不碍事。否则，绑哪条腿都不方便，影响我们走路。我总是走在前头，与我在这个家中的地位相符。我用脖子带着绳子牵着我的仆人，迎面和其他一些狗打着招呼。在我们没来之前，人类散步是没有人管着的，但是现在我出现了，我是他们的主人，他们就必须在我的带领下才能散步了。但是有时我也不想出来，可是一旦看见我的仆人们做出一副可怜状的时候，我就起了怜悯之心。平常他们伺候我已经很辛苦了，我带他们出去散步作为嘉奖也是应该的。作为一个主人，我还是足够善良的。

现在我面前的这些狗其实都是陌生的，但是它们与我一样，都拿绳子带着仆人出来散步。离我最近的是一只雌狗，模样挺俊，我看到我的仆人对它的仆人说话了，我想我作为一个主人，应当有些胸怀。况且面前是一只雌狗，我作为雄狗应当主动一点儿。我因此开口说道："你也出来遛人啊？"它说道："是啊，挺烦的，每天都得带他们出来。咱们本身身体结构比他们不占优势，但是带他们出来不绑根绳子束缚他们又不行。万一他们借着出来散步的机会跑了就完蛋了。"对于它的这个观点我无法再赞成更多。

我正想再说些什么的时候，感觉腹腔隐隐作痛，我想上大号了。我左右找着树丛土堆，它一下子看了出来。它不急不忙地说道："你直接拉就行了，咱们有仆人伺候，你还管老祖宗立的那些规矩干吗？"我有些迟疑，我说："直接……直接拉路上没事吗？"它说："没事儿，我都是拉路上，我前脚拉完，我的仆人后脚就收拾干净了。"虽然它说得很认真，可是我还是不敢相信。

我的仆人这些天伺候我确实卖了些力气，但在家里我也是拉在笼子里。即便他们是仆人，我也不能做得这么过分。它见我犹豫了半天没有说话，它说："你可真孬，有仆人伺候都害怕。"我知道它这是激将法，但没法子，我就是受用。我憋了一口气便在地上拉了一坨粪便。这个时候我竭力观察仆人的表现。我听到一些声音，比之前好像多了一些不满。女仆人说："坏宝宝，怎么拉在地上了呢？"然后她松开了绳子，从包里掏出纸巾小心翼翼地把那一坨粪便包了起来，男仆人把它扔进了垃圾桶里。这事儿就算完了。仆人们没有说更多的话，他们又拿起绳子，让我继续带他们往前走。面前这只雌狗说得果然没错，我的仆人一点儿怨言也没有。

这种感觉简直太棒了！我在外面流浪了大半年，从来没有受到过这样的待遇。我一直以为人类很厉害，他们杀了我的很多同伴，也杀了很多别的动物。可是我没有想到，现在他们心甘情愿做我的仆人。

四

我的仆人们要出门一段时间。他们临走前把我带给了另外一个人，互相叮嘱了几句。对于此事我很是气愤，他们去哪儿也不提前和我请假，一点儿也不把我这个主人放在眼里。可是我细想一下，也明白了，仆人们不懂我的语言，他们想说也说不出来。我就原谅他们了。

新仆人没有我原来的仆人贴心，他是一个男仆人。但他也挺知道好歹的，他没有让我带他下去散步，这样我倒省了很多事。

我也不知道过了几天，但是我又见到我原来的仆人了，他们把我带回了家里。我看见家里多了个老人，躺在床上。老人床前有一个穿蓝色衣服的人来回忙碌，好像不是他的家人。这个蓝衣服的人只伺候老人一个人。

我的男仆人和女仆人还是专心伺候我，屋里边的老人由那个穿蓝衣服的人伺候着。那个人去卫生间的时候，老人喊着："我要大便！"我听见老人喊了很多遍，男女仆人赶到床前，看模样也是很焦急。他们一边对老人说："你再忍忍，再忍忍！"一边冲卫生间嚷："快点儿出来，老人要大便了！"卫生间的门很快打开了，穿蓝色衣服的人冲到床前，给老人身子底下递了个盆子，臭味儿一下子漫了出来。我这才明白他们是在做什么。我的两个仆人就站在我的身边，他们用手捂住了鼻子，脸上露着嫌恶的表情。我看到蓝色衣服的人拿了一卷抽纸擦干净了老人的屁股。老人气喘吁吁，嘴里嘟囔着些什么话，但是老人话说得不利索。

我觉得蓝衣服这个人做事就不够妥当。同样是伺候人排便这回事，我的仆人就做得比他好。至少我排便之后仆人鞍前马后，伺候得我妥妥当当，我更是如沐春风，心里欢喜。可是，也不是谁都有我这样的运气，遇到办事这么妥帖的仆人的。这应该是我上辈子修来的运气。

五

仆人家里请了保姆。打扫卫生、做饭这些事儿平常都是保姆在做。女主人很少下厨房，我上次见到女主人做菜是唯一的一次。我在客厅里懒洋洋地躺着，我听到女主人在喊："吴阿姨，一会儿你带宝宝去洗下澡。"然后我便看到这个被称为吴阿姨的人放下了手中的扫把，领着男孩儿上卫生间去了。我听见卫生间里有一些水声，还有一些清香，我看到男孩儿出来的时候换了一身衣服，比进去之前干净了许多。

我也想洗澡了。以前我就是拿舌头舔一圈就算完事儿，我们祖祖辈辈都是这么洗澡的，也挺干净、舒服。但是我看见卫生间里好像有什么更神奇的东西，洗完以后不仅干净而且还透着香气。这个味道我在宠物店闻过几回，我知道是用来干吗的。我在宠物店洗过澡，我喜欢这个方式。

我想现在我都拥有人类这样的仆人了，我更应该改进一下洗澡方式。老实说，总用舌头舔着身子，我很久之前就知道不太卫生了。但有什么办法呢？我那时没有仆人，我只能自食其力。可是现在不一样了。

仆人好像感觉到了我的需求。她从卧室出来，忽然把我抱进了卫生间。这样的仆人真的是太贴心了。我看见地上放着一个水盆子，盆里还放着水，水上漂着一圈泡沫。女仆人伸手在水里划了一下，说道："水温还可以。"她把我放进了水盆里。老实说，这样子浸泡在水里我还是不太适应，但是这水温又确实舒服，没有两下子我就有点儿飘飘欲仙了。女仆人小心翼翼地清洗着我的身体，洗完之后便用毛巾擦干，还用吹风机吹干了。我发誓，这一辈子，我都没洗过这么干净的澡。

自从那次以后,我对洗澡上了瘾。我只要看见男孩儿洗澡了,我就跑到卫生间门口蹲着,有时我直接跳进水盆里,我的仆人便知道我想做什么了。

六

我带仆人下去散步的时候还会碰到好多朋友,我们经常私下交流一些各自仆人的情况。但是我们交流的声音在仆人耳朵里就是一声一声毫无意义的叫。他们虽然不知道我们说什么,但是只要我们停下脚步互相叫喊的时候,仆人们就很自觉地停下来,他们不会强求我们继续带他们往前走,他们还是很有自知之明的。我们是主人,哪有仆人对主人提要求的道理?

那一天我跟一个姿色不错的雌狗聊了几句,是的,我出去只跟雌狗交谈,别的狗我一概看不上。我跟雌狗谈到仆人伺候我排便的事情,身前这条雌狗有些沮丧,它说:"我的仆人倒没有你的仆人做得细致,我拉路上了他们也不会清理。我觉得这样子挺没公德心的,有时候我都想跑到土堆上面拉了算了。可是我一想我作为一个主人,排便这种小事儿还得自己跑那么远,我就觉得不体面。我现在直接拉路上,反正有什么问题他们找我的仆人,不会找我。"我听着它的抱怨,更觉得自己运气好。不管怎么说,我的仆人做事还是很稳当的。

可是,我挺奇怪的,人类到底是怎么了?他们怎么甘心做我的仆人了呢?他们比我长得高、长得壮多了,他们随便一脚不说把我踩死,但是把我踢死总是可能的。可是现在他们对我千依百顺,不小心撞到我了都要拼命道歉。我问了好几个朋友,它们告诉我:"其实也不是,你看我们狗族还有那么多的种类,我们是少数几个优质种类,才能成为人类的主人。我前一阵听到有一只狗的亲戚,还被人类吃了呢。有一些野狗在外面惹了事,被人类拿大砖头砸死了。"

七

转眼入冬,我觉得我在人类居住的地方待久了,有些身娇肉贵了,抵御风寒的能力比以往差了不少。但我根本不用担心,仆人们早已经给我做好了保暖的外衣,现在我已经穿在身上了。我的天,我作为一只狗,什么时候穿过人类的衣服?而且,穿衣服这件事我根本不用自己动手,我只要把四肢打开,我的仆人们自然会帮我穿好衣服。

但是我现在觉得自己一无是处了。以前我在外面流浪,要自己觅食,我多少还有一技之长。可是我现在有了自己的仆人了,我吃喝拉撒全不用自己管,我根本就是废物一个。仆人们白天上班,我在家里有些难受。可是仆人们不上班哪里来的钱伺候我?他们上班回来很累的时候,还要抱着我、抚摸着我,给我做按摩,和我说一大堆我听不懂的话。我对仆人唯一的嘉奖就是天黑了带他们下去散步。有时候他们挺让我感动,他们为我做的这一切根本没图什么回报。

可是我只是一只狗,何德何能啊?

离 别

◎曹伟

平凡与辉煌之间其实仅有一小步，有时候只需要你迈出这一步，你就是最棒的士兵。

新年过后，中国人民武装警察部队，某机动师新兵训练教导大队，新兵下连队工作正开展得如火如荼。

新兵中有个人物，新训队中没人不知道他，据说他各项课目都徘徊在及格与不及格之间，不论是新训班长，还是连排长，只要提起此人的名字，都会将头摇得似鼓浪般，说出"烂泥扶不上墙"这几个字。他，就是马黎。一个刚入伍的小新兵。

其实，马黎原本也不是这样的烂泥，他的内心深处也是有梦想的。去年，一部电视剧《我是特种兵》让他浑身充满热血，那种对军营的向往使他毅然报名参军。如果照他那时的话说："当上特种兵，屌丝变猛男，那感觉真好！"可惜现实中，特种兵注定与他无缘，就算普通的基层连队，对他也是退避三舍。终于，他被教导队像扔皮球般，硬是砸给了一支队直属机动大队。

机动大队是一支最优秀的队伍，由两个连队组成，大概是领导对马黎寄予厚望，他有幸被分配到一中队一班，这是一支队的尖刀班，因此，军事训练也是全支队有名的残酷。所以，被誉为"吃啥啥不剩，干啥啥不行"的马黎，自然成为中队的拖油瓶，对这个烫手山芋，中队长灵机一动，安排他一个好去处。

粽子山，因为其形状长得像粽子而得名，以前支队的后勤基地便在山中，后来搬走了，只留下一些破旧的设备。据说这些设备都是当年越战留下的，师长舍不得丢了，便安排士兵在这里看管。对马黎而言，这里的确是个好地方，起码不必参加军事考核。

留在这里看管营地的只有一个老兵和一条老军犬。老兵叫李治国，是个三期老炮，对于马黎的到来，他只是拍着马黎肩头，微笑着说："欢迎来到这个鸟不拉屎的地方。既然来到这里，就注定了你的平凡。"然后又指着一旁的老军犬介绍说："它叫小虎，也是你的战友，希望你像对待家人一样对待它。"

小虎本能地在马黎腿前嗅嗅，这就是对新兵的欢迎仪式了。

以后每日清晨，李治国便会带着马黎和小虎去巡逻，熟悉下地形。其实所谓的巡逻，无非就是顺着山路绕后勤基地，看看那些破旧的设备。这日巡逻归途，天空湛蓝，春风荡漾，李治国就和马黎找块草地坐下歇脚，小虎乖巧地蹲坐在李治国身旁，马黎很喜欢小虎，问道："小虎是班长一手养大的吗？"

李治国抚摸着小虎的大脑袋，笑着说："这是支队见我一个人无聊，专门从军犬队给我挑选出来的，它已经陪我好几年了。""要是也给我配一条军犬，该有多好！"马黎的话语中带有一丝期待。

李治国哈哈大笑，说："不用羡慕，马上我就要转业了，到时候小虎就要拜托你照顾了。"马黎愣了一下，说："班长走了，这里就只有我一个人了？""不！还有小虎陪着你。"李治国苦笑着，没再说什么，服从命令是每个军人的天职。他知道，自己不能晋级到四期，也是部队发展的需要。当他接到转业命令时，这个朴实的老兵，没有丝毫怨言，他之所以还没有走，就是为了带马黎熟悉一下环境，再将这片山水托付给他。

时光荏苒，一个月的时间说长不长，说短不短。终于，离别的时间悄然而至。这个清晨，雾气很低，很大，就和马黎的心一样阴沉，支队派来的越野车早就停在基地门口。小虎像是察觉到了什么，蹲在李治国身前"呜呜"低吟。李治国收拾好私人物品，在老旧的容镜前，扣上了最后一粒领扣。马黎没有说话，只是默默地将李治国的军帽递给他。

李治国也没有说话，接过军帽，郑重地戴在头上，然后蹲下身去抚摸小虎柔顺的毛。门外的汽车发出一声鸣笛，在大山中来回传荡。

李治国轻轻拍拍小虎的大脑袋，猛地立起身，对马黎说："好好照顾它。"说完，伸手去提他唯一的行李。一个只装了两件军装和一床洗得发白的床单的制式包，这是他全部的家当。

小虎猛地跳上床，抢先一步，一口叼住制式包，张腿跃下，跟在李治国身后，一步步走出大门。马黎也跟在这一人一狗后面。司机打开后备厢，想帮李治国放置行李，小虎叼着制式包，静静地坐在车旁，李治国伸手想拿包，小虎紧紧地咬着包带，就是不松口。李治国蹲下身子，抚摸着小虎，说："小虎乖，我们都是当兵的，我也得服从命令不是？"但是任他怎么说，小虎就是不松口。李治国上了脾气，起身解下武装带，吓得小虎松了口，跑到一边呜呜低鸣。李治国再看它一眼，向马黎挥挥手，然后猛地钻进汽车后排，司机问道："李班长还要多看看这里不？"

李治国面无表情地说："不用了，我们走吧！"小虎见李治国坐上车，站起身，双爪搭在车窗上，不停地大吠，声音中带着悲鸣。司机回过头又问道："李班长，是不是再多待会儿？"李治国猛地闭上眼睛，大吼："走！"

司机被他狰狞的面容吓到了，他忙点点头，驾驶着越野车，缓缓驶出。小虎见状，猛地迈开四腿，跟在车后，拼命地追赶、吼叫，它仿佛知道，这个与它生活多年的老兵，这一去，就不再归来了。它要奔跑，用尽全力，去追回他，去追回它的战友。

营门前，马黎站得笔直，"啪！"他对着逐渐驶离的汽车，重重地敬了个标准的军礼。

司机从后视镜见到了追来的小虎，忙询问李治国是否停车。李治国只是摇摇头，仰头闭眼，随着小虎的吠声越来越远，他的眼泪也越来越多，直到听不到任何声音。他猛地转过头，从后窗看到远处芝麻大的黑点儿，李治国抱住前排座椅靠背，终于发泄出来。他放声大哭，泪流满面。铁打的营盘，流水的兵，李治国走了，只留下了一人一狗的思念。

小虎累了，它终于跑不动了，似乎也明白一切都是徒劳，最后，只有趴在山路上，遥望着远去的汽车，发出呜呜的悲鸣。

马黎坐在大门等候了很久，才看到小虎垂头丧气地回来。它似乎没有精神，靠在马黎身上，马黎轻轻搂住它的大脑袋，心里默默地说："李班长，你放心，我一定会照顾好它的。"

时间过得飞快，转眼间三个月就这么过去了，马黎已经适应了这种寂寞的生活。三个月里，除了补给车来了三次，他就再也没见过其他人。三个月的时间已经抚慰了小虎，虽然它还是会傻傻地蹲坐在大门，望着山路的尽头。只要马黎唤它，小虎就会跟着马黎，踏上巡逻的路，一人一狗，无论风吹雨打，总是形影不离。

这日，巡逻完了，马黎坐在草坪上，小虎靠在他的大腿上，悠闲地享受着温暖的阳光。马黎从兜里掏出一封信，信纸是粉红色的，还散发着一股幽香。马黎津津有味地看着上面的文字，这可是家乡那个让他日思夜想的女孩写来的信。小虎闻到香味，趴在马黎的背上，虽然不知道马黎为什么那么兴奋，但它对香味很感兴趣，只顾着拿舌头去舔。

"小虎，这不是吃的。乖乖坐着，我念给你听。"马黎哈哈大笑，一把将小虎拉下来。现在，他体会到李治国与小虎的感情，已经超越了物类的隔阂，这是一种信赖，也是战友之情。马黎愿意与小虎一同分享喜悦……

每到夜晚，马黎总会带着小虎在屋门仰望苍穹，繁星点点，任凭山风刮过脸庞，他喜欢这种凉爽。寂静的山中，除了夜虫的鸣叫、树叶被风刮起的沙沙声，再也没有别的声音。马黎想起了家乡的亲人。小虎扭着头，靠在马黎身上，它是否也在思念曾经的主人？

入夏，天就像漏了，一连几日大雨倾盆。马黎与小虎坐屋内，在没有任何现代化娱乐设备的营房内。

他俩只能静静地看着从天而降的雨水，马黎无聊地伸个懒腰，拍着小虎的头说："今天雨还是这么大，看来补给车又不能来了。"每个月，最让他期待的就是补给车来，最起码能与司机说几句话。

小虎抬起头，张嘴去含马黎的手，马黎缩回手，又搂着它的大脑袋，边翻看着毛发，边笑道："这几天没带你洗澡，都快长虱子了。"小虎低吼两声，算是抗议了。一人一狗，就这样度过了一个漫长的雨季。

转眼间，冬季来临，北风带来了冬之精灵，漫天大雪飞舞，山谷银装素裹。此时的马黎已换上绿色的军大衣，走在雪白的山道上。他常对小虎说："这个时间啊，过得飞快，不过不管它有多快，都被我俩踩在脚下了。"其实他也知道小虎肯定听不懂自己说的是什么，不过他就是想说给它听。而小虎，总是傻乎乎地望着马黎，永远充当着忠实的听众。

刚回到营房，补给车已经到了，这次多送了一件红烧肉罐头。车子要走时，马黎笑嘻嘻地对司机说："咋了？改善伙食了？"

司机从车里探出头，笑着说："老兵，明天过年了，所以支队安排多给你送了一件红烧肉罐头，我提前祝你新年快乐了！"

马黎笑嘻嘻地说："有狗粮吗？"说完，指了指蹲在一旁正伸着舌头，哈着热气的小虎。司机愣了愣，看着小虎憨态可掬的样子，也笑着说："我们倒是把它给忘了。连里没有狗粮，回去叫炊事班准备些骨头放冰箱，下次给你送来。"说完，就要发动汽车。

马黎一把拉开车门，满脸堆笑，说："这不是要过年嘛，反正开车下山也就半个多小时，麻烦班长帮个忙，保证就这一次。"他边说，边从怀里掏出一百块钱塞进车里。

司机诧异地看着马黎，接过钱，问："义务兵一个月也就几十块的津贴吧，你倒是舍得拿来买狗粮？"马黎点点头，说："为了我的战友也过个好年。开个荤。""战友？"司机显然有些疑惑。马黎指着小虎："它不就是我的战友吗？"

司机愣了愣，面上露出一丝敬意。他将钱还给马黎，二话不说，驾车到山下小镇买了两包狗粮送上山来，临走时执意不收钱。

目送着汽车离去，马黎抓抓自己的脑门儿，自言自语地说："这山上的日子，还真是不知不觉。"回到屋里，小虎围着狗粮转圈，不时抬头瞧着马黎叫唤几声。

马黎打开一包狗粮，小虎张嘴就衔到一旁。马黎又打开一罐红烧肉罐头，准备用筷子拨一些到狗碗里。小虎趁马黎将罐头放在凳子上，去找筷子的空当，含住罐头盒，一溜烟儿躲到墙角，混着狗粮吃得津津有味。马黎拿着筷子回来，见罐头被小虎含走了，哭笑不得，笑道："这死狗，都成精了！"

小虎边吃边斜眼去望马黎，像是生怕他来抢到口的美食。

第二天新年，仍然是大雪纷纷。马黎裹着大衣，坐在电话前，给家人打去祝福的电话后，就带着小虎在门外堆雪人，又将军帽戴在雪人头上。他一脸正色地对雪人敬了个礼，然后对小虎说："这是咱李大班长，你还不过来敬个礼？"

小虎哈着热气，围着雪人嗅来嗅去，似乎很感兴趣，马黎哈哈大笑，一屁股坐在雪地里，默念："班长，你是否会想起我们？"

夜晚是寂寞的，大山也是寂寞的，空荡荡的军营更是寂寞的。面对寂寞，马黎不由得想起家乡鞭炮齐鸣的年，慈祥的父母，还有心中那个美丽女孩儿。一切的思念，他只能向小虎倾诉，说过去、讲未来。

冬去春来，夏过秋至，马黎每日带着小虎巡逻，他们的足迹已经踏满了整条山路，每一棵花草都是他们的见证。没事时，马黎总喜欢搂着小虎，抚摸它柔顺的毛发，掏出珍藏在怀中的情书，一遍又一遍地大声念着，诉说着象牙塔里的一切。

后来，来信越来越少，终于有一天，马黎兴高采烈地拆开信。这次他却仅仅念了一半就停止了，他的表情也显得颓废，信被他揉成一团，丢在地上，小虎追上去，用嘴衔了回来，放在马黎脚下。

"别给我捡回来了。"马黎咆哮着，竭尽全力，又将纸团死力扔下山坡，小虎又追过去，衔回来，放在他脚下。

他突然愤怒地将信撕得粉碎，在扔出的那刻，小虎天真地看着破碎的纸片随着山风飘荡，就像蝴蝶，翩翩起舞。

后来，马黎再也没有给小虎念过信，也没有再提过那个女孩儿。但是那天他却在日记中写道："爱情对于士兵是一种奢望，但是士兵对于祖国却是责任。"

于是，生活还在继续，一人一狗，沿着山道，又走到落叶漫天的日子。金黄的树叶纷纷回到大地母亲的怀抱，铺满了整条山路。马黎像往常一样带着小虎巡逻，他们的脚踏在树叶上，发出唰唰的声响。回到营地，一辆军牌越野车停在门外，马黎认得这车，当时送他来的也是这车。

"辛苦了，马黎同志。"这时车中走下一名中尉，他笑吟吟地看着马黎，马黎认得他是一中队指导员刘泽明。"刘指导员好。"马黎忙立正敬礼，中尉还礼后，跟着马黎走进营房，问道："这两年在山上还习惯吧？"马黎给他倒上一杯热水，说："还行，每天巡视设备，也没有什么事儿。"刘指导员点点头，接过水，说："我这次来，一是看看你，二是带来一条命令。"

马黎疑惑地看着刘泽明，小虎老实地坐在他身旁。

"这是你的退伍通知，连队的其他同志昨天就下发了，只是你这儿远，所以，今天我特意过来一趟，如果你有什么意见，可以跟我提。"刘泽明从上衣兜里掏出一张红头文件，递给马黎。

马黎愣了愣，伸手接过文件，他看也没有看，就放在一旁，说："时间过得好快，转眼间，我也到退伍的时间了！"他回头看看身旁的小虎，又问："我可以转士官吗？我想继续留在这里。"

刘泽明摇摇头，遗憾地说："我们也知道，这两年你一个人守着这么大一个基地，辛苦了。但是部队要发展，士官的名额有限，机会都留给军事素质非常突出的战士，我希望你能理解。""理解……我能理解……"

马黎低着头，紧紧将小虎搂在怀中，小虎不知道他们在谈什么，只是抬起头去舔马黎。

刘泽明叹口气，拍拍他的肩膀，安慰道："你是个好兵，组织相信你重返家乡后，也能有番作为。好好收拾下，明天中队派车来接你。我就先回去了，部队事情还很多。"

马黎点了点头，起身将刘泽明送出营门，等车子走远了，马黎方才抱头蹲在门槛上，小虎似乎觉察到了什么，静静地靠在他身旁。

马黎一夜未眠，早早就开始收拾行李，将被子叠成豆腐块，方方正正，用背包绳绑了。其实除了两套军装，一套被子，他实在没有什么可以带走的，只是那块破旧的容镜，他擦了一遍又一遍，总觉得擦不干净。天，已亮了；人，该走了。他又给小虎开了一罐红烧肉。都说动物有很强的预感，小虎没有动口，只是夹着尾巴，趴在马黎脚边，一直傻傻地望着马黎。马黎蹲下身，亲昵地拍拍它的头，它也伸出舌头去舔他的手，一人一狗，就这样耗着时间。

门外传来汽车的声音，马黎猛地将小虎搂在怀中，头埋在它身上，放声大哭。小虎不知道他为什么这么伤心，只是伸出舌头去舔他脸上的泪水。一会儿，门外响起喇叭的声音，马黎松开小虎，从床上抓起背包，将军帽狠狠地盖在头顶，转身就走。当他打开大门时，刘指导员带着一名士官早已站在门外等候。刘泽明介绍说："这是暂时代替你的同志，收拾好了，我们就走吧。"

马黎压低了帽檐，将一双红肿的眼睛藏在了帽檐下，指着小虎，对这名士官说："它叫小虎，也是你的战友，希望你像对待家人一样对它。班长，麻烦你了……"

说完，头也不回地钻进汽车，他知道，自己不能回头。小虎追过来，它再次趴在车窗上，疯狂大吠，就像李班长离去时那样。此刻，马黎强压住心中的悲伤，这是一种别离的疼痛。

刘泽明叹口气，对司机说："走吧！晚了就赶不上火车了。"

司机点点头，发动汽车，朝山下驶去。行走两公里左右，司机突然指着后视镜，对刘泽明说："指导员，你看那条军犬，还在我们后面。"

马黎闻言，回头看到小虎在车后追赶，他猛地对司机大吼道："停车，快停车！"

司机瞧了一眼刘泽明，不知道停还是不停。此刻的刘泽明感到眼角有些湿润，他大声吼道："看我干吗？还不快把车停下。"

司机急忙一脚刹停车，马黎迫不及待地钻出车门，向小虎迎去。小虎猛地扑向马黎，一人一狗，紧紧抱作一团……

断了线的风筝

◎崔慧明

> 无论在何时、在何处，故乡，是即便永远回不去也依然是故乡的那个地方；而童年是故乡原野上吹的那股风，恐惧和疼痛便是风吹出的砂砾，在生命深处时隐时显。
>
> ——题记

鸽子灰的天空笼罩远处的山岚，黛青的山脉连绵起伏，池塘急躁的青蛙开始有一搭没一搭地叫。忙碌了一天的人们也陆续从田里往家里赶，沙溪村里的一户人家似乎比平常更显忙碌，原来他家三媳妇快要分娩了。这不，男人忙着去村东头叫接生婆，女人们烧水、拿衣服、剪刀等接生什物。

"是不是要送到镇里医院去？"看着自己的老婆疼得嗷嗷地叫，三儿子嘀咕了一句。"镇里有什么更好？"老父亲大吼一声。

"哪个女人生孩子不是这样哦，宝赖子不是县里生的吗？还不是瘦成那个样！"老母亲跟着附和道。

"接生婆来了！"人群中有人喊道。"快，快请进来！"三儿子忙作揖似的请接生婆。

男人们都在外候着，只听见房里窸窸窣窣的响动，约莫半晌工夫，听见"啊……啊……"的婴儿啼哭声。"生了，生了。"屋里的人叫道。

过了一会儿，接生婆以及帮忙的女人们鱼贯而出，三儿子及父母迎上去和接生婆搭话，可没聊三两句话都鸟兽般散开。

日子依旧不咸不淡地过着，人们早出晚归，落花生、番薯等作物还在地里等着人们收获。池塘里的水葫芦还有一朵两朵开着，清晨和傍晚时分水鸭子也来池塘光顾。次日晚饭，张家人三三两两回来，端着碗筷围着圆木桌吃饭。

"送给别人吧！"老父亲喝了一口酒说，屋里一阵沉默，没人敢吭声。"我不同意！"三儿子似乎是歇斯底里地说道。

"妮子留着干什么？"老母亲附和道，"过几天大队的人要是知道了，是要去结扎的。"

桌上的大嫂、二嫂都缄口不语。

"我还是不同意！"三儿子据理力争。

晚饭不欢而散，关于三儿子女儿的去留问题却迫在眉睫。沙溪是个大村落，六七十户人家一直在村口大樟树神的庇护下过着安详的日子，但哪户人家地里收成高，哪户娶了媳妇、生了娃，买了家具、进了城，还是有别的新鲜事发生，大家都知晓得很快。张家三媳妇几天未见，要是太久了，怕是瞒不住。果不其然，次日白天，见几个穿着讲究的人过来，大概是大队的人吧。

"七女子生了吗？"有人问道。"没那么快呢，这几天回娘家去了！"老母亲撒谎道。

"生了，要报告大队，生了第二胎按政策需要去结扎。你老三是国家干部，更要遵守！"这人吩咐道。"好的，好的。"老母亲连连答道。

几日来，张家人愁眉不展，想不出一个法子。最后还是老母亲发话了："先送到我娘家黄湾村，我有个表妹专门给人带娃。"三儿子夫妇纵然不愿，也想不出更好的法子，也只好依了。

三媳妇次日便叫了自家的姐妹来帮忙，用黑色棉布裙包裹几层后，两边用红色带子打结，再遮住头部，像极了拾掇的一捆衣物。在夜色笼罩，人们入睡的时候，姐妹俩抱着女孩悄悄地离开沙溪村，来到黄湾村。两村的距离，说远也不远，说近也不近，步行大概两个多小时的路程。

要是生命无足轻重，这个取名叫玉儿的女孩的故事就会像千万个被遗弃的女婴一样沉没，但鲜活的生命却在轻与重之间徘徊。玉儿被抱走后，母亲思念成疾。奈何传统观念作祟，想再生个儿子，所以只能隔三岔五委托自家姐妹去看望。

每次妹妹们回信，必要哭上一会儿。

"哎哟，带得面黄肌瘦，皱皮打结，皮包着骨头了。"小妹妹心疼地描述着。"娃还是要自己带，黄湾村人忙着干活儿，没心思带。"二妹妹补充道。

两个妹妹再去黄湾村时，已是次年四月，村口的榕树绿得葱茏，潺潺的江水涨满了石桥和戏台，黄湾村人呢，忙着去插秧了，真是农田四月无闲人呀。

当姐妹俩看到玉儿的时候，都傻了眼了。玉儿坐在一个笼筐里，旁边挂着个奶瓶，玉儿两只小手不停地划动，却够不着它。被蚊虫叮咬过的脸蛋，黄瘦黄瘦的，不过巴掌大。当把她抱起来时，发现笼筐底下垫的禾秆都已经被汗水、泪水和尿浸湿。而带娃的黄湾村人，却不知去哪里忙了？

"真的不忍心看了，我们就抱回来了。""去的时候，妈就嘱咐说，要是黄湾村人不好好带，娃就抱回来。"

就这样六个月大的玉儿，辗转到外婆家埠头村。日子过得飞快，转眼间玉儿就会说话，能走路了。玉儿的童年多是在外婆的纺织车旁度过的。每天看着外婆把一捆捆乱麻织成一卷白线就觉得神奇，每天纺织车咿咿呀呀的叫声是玉儿入睡最美妙的摇篮曲。

五六岁的孩子，把院子里那棵叫不出名儿的树，当成她童年的伙伴。有时，坐在凳子上望着它，透过稀疏的树杈直达湛蓝的苍穹；有时，打着赤脚在树底下绕圈。每当树上长出白色的花，花朵从树上飘落时，玉儿会伸出双手去迎接，还张开怀抱去拥抱。小小的白色花瓣像是故意逗她，有时在空中盘旋几次再落下，她便要打几个趔趄。接住的花瓣，她会放在鼻子下嗅上一会儿，还会用舌头舔一舔，沁鼻的香味弥散到咽喉；掉到地上的花瓣，她也会捡上几片，闻闻那一股泥土的芬芳。外婆也时常放下手中纺的线，过来叮嘱：花不能吃，吃了会中毒的。这个白色花瓣大约开上三两个月，便会谢了，长出一些圆圆的果子，先是纯青色的，逐渐青色中透着橙黄，再后来就变得黄澄澄，有些还会变红、变紫红，那便可以吃了。大人们说这是李子。

　　偶尔，玉儿也会缠着外公带她去林子里玩，林子就在他们住处的前方。要走出院子，跨过一座石板桥，石板桥下面是一条绕着院子的小水沟，再经过一个晒谷坪和一排土坯房及后面的一条马路便到了。

　　对于五六岁的孩童，这是一片多么广阔的天地呀。林子里的树木茂盛交织地生长在一起把阳光都遮住了，只见林子里斑驳的光影。它洒在池塘里倒映出浓密的绿，洒在菜园的田垄上，让茄子、豆角、辣椒、空心菜一一显露；有时洒在玉儿的头上，她就跟着光线走呀跑呀。玩累了，就乖乖地跟在外公身后，瞧着外公侍弄菜园子。"这是白菜，这是丝瓜，这是茄子……"有时外公会告诉她一些林子里的事，"这个桃树是我们家的，梨树是隔壁老张伯伯的，那棵枣树呢是村头老李的……"玉儿点点头。眼睛早被桃树底下的桃核吸引了，奔跑着走过去，捡了放在裤袋里。有时，还能发现一两个蝉壳，那在玉儿眼里是如获至宝。虽说赤褐色的蝉壳，只是个透明、单薄、易碎又不会动的壳，可玉儿仿佛听见一声声蝉鸣，看见蝉扑腾着翅膀。

　　被外公外婆呵护着的日子，虽然平淡却让人满足。然而，到了上学的年纪，玉儿必须去到镇里父母身边。离开埠头村的玉儿，像失了魂似的总是晕晕乎乎的。不爱说话，有点儿叛逆。齐耳短发、夹克上衣、藏青色长裤，假小子打扮的她整日屁颠屁颠地跟在哥哥身后"闯荡"世界。

　　"玉儿，接住！"哥哥站在敬老院的墙头往下扔。

　　"一个、两个、三个……"玉儿边捡边数这青涩的橘子。

　　"快跑，有人来！"另一个邻家哥哥在树上大声喊道。

　　嗖的一声，三个孩子一溜烟跑了。

　　"吓死我了，差一点儿被发现了。"玉儿边喘气边说。

　　"以后，机灵点！"哥哥拿木棍敲她头训斥道。

　　"嗯，嗯。"玉儿答应道。

　　而这样惊险的时刻，还真发生不少。记得有一次，在学校的附近偷摘葡萄，哥哥和几个小伙伴安排她望风，她有点儿犹豫，可想到葡萄架上那一串串晶莹的葡萄，放在嘴里酸酸甜甜的味道，就答应了。

　　"什么人这么大胆？竟敢偷我家的葡萄！"有人怒斥道。

一群孩子做鸟兽状四处散开。

"在那边，快追！"有人喊道。

玉儿慌了，拼命往前跑，已辨不清方向。追赶的人就在身后，无处可逃之际，她躲进了茅坑，屏住呼吸。只听见旁边窸窸窣窣的脚步声，有人说："去哪里了？抓住了，非把他们手脚打断。"

玉儿的心扑通扑通直跳。

这次历险后，玉儿本不想和哥哥们胡闹，但看着他们抱回的西瓜、香瓜、番薯、翠白萝卜时，又时不时跟着去了。

记得最后一次做哥哥帮凶，是去偷妈妈的钱。那些钱锁在一个雕刻着龙凤的小木橱里，孔雀牌筒锁锁着橱门。可哥哥不知道到哪里习得的法子，用铁丝伸进锁洞转来转去的，咯吱一声锁开了，偷拿了20元花花绿绿的钞票，玉儿分得5元。

弹弓、手枪、洋娃娃、酸梅粉、雪花糖，玩的、吃的，自己用的、朋友用的，应有尽有，奢侈得像王族。

这笔巨款不到一星期被两个孩子挥霍一空。被父母发现那天，哥哥赤着膀子跪在地下，父亲用荆条抽打，血迹斑斑。玉儿因为是女孩少了皮肉之苦，训斥却在所难免。

"女孩子家就敢偷，长大了就会偷人偷心，哪家人敢要你？"妈妈吼道。可妈妈不知道，"偷"是孩子向世界索取爱的一种方式；而被偷的恐惧，却是玉儿的噩梦。在烈日下，晾晒的被单被风掀动着一角，而被单后面的那对眼睛、那双大手、那个身影，让许多年后的玉儿依然有种头皮发麻的恐惧感。她不敢跟别人讲，父母忙于生计没空，哥哥只比她大一岁，保护不了她。玉儿在原野里被强劲的风吹着，还夹杂着风雨的折磨和摧残。究竟遭受了些什么，玉儿不记得了，是真的不记得了，那时候她还只是个孩子呀！玉儿只记得，成年后的很多年她都一直害怕谈恋爱，恐惧男生。

没有大人管教的孩子就像翱翔在空中的风筝，风筝线就在母亲的摇把里，被扯动风筝线的时候才让人想起，原来起点在那儿。一头扎进商海的母亲哪里顾得上两个正在成长的孩子，每晚收获数千元大钞的激动，会掩盖失职的愧疚。

玉儿记得母亲扯动风筝线的次数屈指可数。那天，玉儿正在上语文课，窗外有人传话："有人找你，张玉。"刚走出教室门，就听见母亲道："走，去埠头，你外婆生病了。"

玉儿一听，两眼发红，泪水在眼眶里打转。到埠头时，外婆躺在床上呻吟，姨妈们在旁伺候。

"走，用大板车拉到常胜镇医院去看。"母亲当机立断道。

玉儿帮忙拿枕头、被子，大人们扛大板车，抱外婆。准备就绪后，母亲在前头拉车，姨妈和玉儿跟在车后，深一脚浅一脚地往前走。路上，玉儿小心翼翼地用手摸了摸我外婆的手，冰冷冷的，外婆睁开昏睡的双眼看了一下，眼神混浊而无力，玉儿心里咯噔一下。到常胜镇医院后挂号、找床位、看病、打点滴，外婆暗黄的脸色逐渐好转。

过了几日,当玉儿再看到外婆时,她躺在祠堂大厅的板凳床上,用白布遮住了身子,玉儿知道外婆死了。爱是驱散恐惧的良药,玉儿第一次面对死亡,面对亲人离世。内心只有悲伤竟没有恐惧,跪在地上想起的,是外婆疼爱她的点点滴滴。

母亲再扯动风筝线是因为外公。"玉儿,你外公想到这里来住。可你也知道农村的规矩,女方父母亲不能跟女儿一起住。我想了个法子,让他到隔壁敬老院住,我们也能常去看看。你觉得如何?"母亲问道,但更像是自言自语。

"敬老院同意吗?"玉儿问道。"同意,你外公是双女户,院长又是埠头村人,答应给两间房。我们这就去看一下吧。"母亲说道。

绕过后院的菜园,从敬老院后门径直走,询问了原来住下的老人们,才在拐弯处找到了院长口中的两间房。推开房门时,一股恶臭扑鼻而来,透过窗口的亮光仔细辨认后,才发现这原来是两间闲置的猪栏。

"咳,本村人竟分给两间猪栏。"母亲愤愤道,捂着鼻子呜呜地哭了起来。

哭过后,母亲便召唤姐妹们,外甥们次日来拾掇这两件房。

大人四五人,小孩六七人。大家先把猪栏里原有的稀泥刨出来,然后填上新沙新土共五层,踩实。最后给门窗刷上漆,点上蚊香、檀香去异味。

隔了几日,铺上床放上桌厨,装上电灯,电视,再把外公接来。看到外公发自内心的愉悦,玉儿反倒鼻头一酸。玉儿每天都来给外公送饭,亲人们也隔三岔五地来看望。外公的日子过得平和舒坦。

可好景不长,约莫半年时间,也就是次年的春季,接到政府通知说,敬老院的土坯房要拆除、新建,两个月后便动工。所有老人先由亲人接回或转至邻镇敬老院暂住。听到这个消息,母亲两眼一红,什么也没有说,去镇里找院长,却没有结果。玉儿听后泪如雨下。

并不是所有的记忆都会随时间消失,有些东西已融入血液。从小到大,外公外婆已成了玉儿的精神寄托,在岁月的长河里,浮出暗香来。

在故乡的原野,吹着原始而粗粝的风,风中裹挟着恐惧和疼痛。痛苦和欢乐仿佛是生命的两极,纠缠不休。在痛中治愈,在痛中成长,经过痛苦的隧道迎接欢喜。扛过了所有的疼痛,玉儿长成了亭亭玉立的女孩。

"一个没有故乡的人/灵魂是卑微的/融入骨髓和血液/成为一生绕不开的痛/一个没有故乡的人/心在颠沛流离中颠簸/村口的古树、石桥、戏台和潺潺的河水/在儿时的记忆中流淌……"玉儿在纸上写道。

橘猫　小苍兰

◎陈丽

当我明确地意识到自己已经无法写出令人满意的爱情小说情节时，我已经在房间里幽闭了三个月零八天。

三个月里，我消耗了十桶泡面、三包王饱饱、一斤水果和九十四杯咖啡，观望了三场窗下情侣吵架、分手，腹诽了朋友圈里秀恩爱的视频四十七条，拒绝了庆祝结婚生子的邀约四场，而写出的爱情情节为零。

我是一个漂泊在二线沿海城市名不见经传的写手，靠码字为生。时断时续的捉笔，使我始终游离于编辑和杂志社青睐的视线范围外。我没有被编辑催稿的紧迫，更没有被才华追赶的困惑，一直平庸却无知无畏，仍然自信地在喧闹的人群寻找令自己舒适的位置。因为无法适应一线城市的嘈杂，便退居二线，远离故乡，暂时蜗居在了一个拥有美丽岛屿的南方沿海城市。

一切看起来都平静美好，连黏腻的海风闻起来都有 Ferragamo 伊人香水的甜味。唯一不肯饶过我的是世俗口中 32 岁的年纪。三长两短、三心二意、三差两错，看看，连老话都不肯给予这个数字一点点怜悯，硬是把如此种类繁多的贬义词，套在了本就被世俗说长道短的年龄节点上，仿佛这个年龄如果不想充满灾难和意外就得麻木敷衍地应对着、周全着。而在某些人眼中，对像我这般踩在这样的时间雷区，却没有房贷、没有男人、没有孩子，还辞去了朝九晚五工作的女人来说，比被地雷炸残更加令人可怜。

我的住处在岛上的一家小旧咖啡厅的阁楼上。面积局促，装修老旧，租金低廉，但视野很好，可以远远望见大海和沙滩。阁楼间里的家具简单，床、书桌、沙发、茶几、格架，甚至没有像样的衣柜。床和桌子都是结实的实木，线条硬挺，笔直方正，典型的 20 世纪 70 年代的产物。老旧沙发有海派气息，带着那种我喜欢的沧桑的结实感，仿佛充满故事的男子。

我喜欢在阳光灿烂的秋日下午，饱眠后靠在沙发上慢慢复苏，或是在冷漠的冬夜里一条薄毯、一杯热茶、一本读物，让自己深陷其中感受温暖，满足自己被人环抱的错觉。我很满意这样的居所，没有复杂多余的累赘，不必刻意维护关照。所以我会舍得给书桌铺上从英国跳蚤市场淘回的绣着暗花的白棉布桌垫，会勤快地把椅子和小格架擦拭得纤尘不染，会在向阳窗边的书桌上摆放肉肉的鹿角海棠，会在阳光慵懒的午后拍下光线破窗而入的影像。这样的住处不会因为小而拥挤、炙热，也不会因为陈旧而离群索居，有温度却始终保持着清冷的距离感。

　　能遇上这个住处，充满神奇的偶然。那天我拉着30寸的行李箱和宝贝的笔记本电脑，路过这家由老洋楼改成的小小的咖啡店，闻到了咖啡特有的香味，没忍住咖啡瘾，硬着头皮点了一大杯拿铁。就这样就着咸腥的海风休憩着，放松行走的疲惫，直到店里唯一一位服务生提醒我要打烊时，我才快速吞下最后一口。这杯咖啡实在合我的胃口，虽然喝到最后早已冷却，但醇香的口感依旧能抓住我的味蕾。而45元的价格对我也实属奢侈，因为此时的我身上的全部存款，去除机票钱外已不足800元。不出意外的话，我将在类似KFC这样24小时营业的地方度过我的黑夜。

　　"离这里最近的出岛船只到晚上7点，要离开就别错过这个时间。"俊朗的服务生提醒我。

　　"我需要一份工作，这里招人吗？"望着他线条分明的好看的侧脸，我吞了吞口水，直言不讳。

　　"我这里地方小、位置偏、客人少，一人足够，不需要额外请人。"男子边礼貌地拒绝边在我身旁的藤椅上坐了下来。修长的手指骨节分明、青筋暴起，与他俊朗的侧脸相得益彰。他缓缓脱下工作的围服，露出了亚麻混纺质地的衬衫，让人觉得闲适。看来，他就是这店的老板。

　　"可是这里的咖啡豆很好。我想你需要一个打下手的员工。"

　　男子愣了愣，没有说话，只是更仔细地看着我。

　　"我只需要一个住的地方，工资随便开，够吃饭就行。"我开的条件也着实不高。于是，我在辞职了两年零一个月后又再次有了员工的身份。不过这次不用戴工作牌，不用挤地铁打卡，不用划派、站队、八卦，不用起陌生、可笑的英文名字。只要在晚上店长关门后收拾好咖啡厅，清洗地板和机器杯盘即可。这个始终用俊朗的侧脸对着我的店长，一如我所愿地给了我一间狭小的阁楼住所和2000元刚够吃饭的月工资。

　　这样的际遇实在神奇，以至于在若干年后，我回想起那个突兀的下午，仍如梦如幻。也不懂自己是如何有勇气蹦出那些话的，而他又是如何用十分钟时间就暂时收起了他打算歇业的计划，去相信一个陌生人并托付他的宝贝店铺的。其实，那段时间他已经陆续遣散了两名服务生准备停业，另有他图。后来他给我的答案是，那天他闻到了我身上小苍兰的香味，是他记得的Byredo的味道。至于那低到离谱的工资则是他耍的一个心眼儿，要么逼我速离，要么圈我长留。理由实在烧脑，不是我这样24K纯文科生大脑能够想通的，只自恋地以为他从那时就对我心生涟漪吧。但还是要感谢那个阳光灿烂的午后，海风和潮汐让我春心大发，鬼使神差地喷上了Byredo。

　　他给我安排的工作集中在夜里。他每天关门都很准时，关了店就不知去向，从不打招呼。可能是因为要歇业的关系，店铺的经营显得有些随性，不打广告、不做宣传、不刻意讨好，没有过多故作姿态的装饰。但就是这份点到为止的冷淡让小店有了一份恰到好处、安然自若的气息，自带高级感。当然，那时的我并不知道即将歇业的内情，依旧屁颠屁颠地安守着这份工作。等他关了店，我开始整理并清洁好第二天要用的所有物品。等清理完就回到阁楼上开始坐到书桌前继续写作。第二天，他来开店，依旧一个人应对店里的一切状况。某段时间，我们之间的关系犹如彼岸花的叶与花，叶长花落，花开叶萎，几乎没有照面。

得益于这样的工作，我白天有大把的时间做我想做的事情：睡觉、闲逛、拍照、看书、码字、投稿、被拒稿、再投稿。每一件都与男人无关，但每一件都能让我乐在其中，妥善地充实着白日的时光，激发着我对这个世界的眷恋和爱慕。除去那个花叶不相见的男子，我身边唯一带有雄性荷尔蒙气息的恐怕只有那只行踪不定的公橘猫。

这个岛上有很多猫。家养的，野生的，隐秘偏僻的角落总能看到一两只高傲的身影。小岛居民对猫很是喜爱，甚至有家手工奶茶铺就以"家养的猫儿"命名，吸引了大量游客，成为远近闻名的网红店铺。所以，这里猫儿的生活比我要闲适，却没有我这般拮据。

这只橘猫不知何时来到这间阁楼的，自从我搬进的第二天夜里，它就蹦跶着从窗口进来，仿佛对此地极为熟悉的样子。逡巡一周后窝在了我的大拉杆箱上，对我没什么戒心和敌意。或许，这家伙早已看穿我软糯、随遇而安的性格，即使彼此陌生，我也做不出什么伤害它的事。它的高高在上是安全的。

可我却不能任由它肆意挠抓我的旅行箱。这个陪我走了千山万水的家什早已风尘仆仆。我还期望它以后能继续包裹我的几件衣服、Shelley骨瓷咖啡杯碟、一只荷兰风车银勺、一架富士微单、一本牛皮旅行笔记、一双回力鞋、一个保温杯、一张白棉桌布、一瓶Byredo、一支阿玛尼405、一支迪奥999、一支欧莱雅240和一些没来得及邮寄回家的零零星星的小物品。它得继续陪我奔波在心之所向的路上。于是，在多次驱赶无效后，我又奢侈地买下了一块285元亚麻质地的大地垫隔在箱上，算是仁至义尽的妥协。猫儿倒也领情，不再故意破坏我的老伙计，安然地享受着亚麻布的触感。只是它丝毫没有流露出感激、亲近之态，依旧是不拘时间淡漠地出现、神秘地消失，从不制造大的声响，从不留下不洁的气味，对我偶尔给予的猫粮也不感兴趣，对我亦无纠缠，仿佛彼此是无关痛痒的存在。

喜欢自由感的清醒生物间总能相安无事，保持神秘的平衡。

直到这种平衡被打破。

或许是因为我喷涂了太多的Byredo，那小苍兰的香气过于浓烈，而猫咪是嗅觉灵敏的动物。那天，在这旧阁楼里我毫不吝惜地喷完了剩下的半瓶香水。那小苍兰的香味以我为圆心四溢开来，笼盖了整栋老洋楼。邻居们纷纷开窗捕捉这好闻的香气，猜测着香味背后暗藏的玄机。

我赤裸双足，笑着旋转着，犹如野外盛放的鲜花，肆意舒展着四肢，搅动空气中浓烈的香气，想让它如同我此刻的欢喜一般荡漾开去。直到我头晕目眩扑倒在他赤裸的身上。这个不着寸缕的男子半侧躺在古旧的床上，看着我这个被欢喜浸润的女子。他知道我此刻的快乐，亦清楚他此刻的撩人。皮肤细滑，肌肉有型，发丝细软，鼻梁高挑，双目清澈明亮，似有千番旧情无处安放，漫溢而出。修长的手指骨节分明，有力的小臂青筋暴起，抖动的喉结让人想即刻扑上轻轻吻咬。他身上的任何一个细节都能引发一场意淫的灾难。

既见君子，云胡不喜？

他是如此好看，好看到足以令我耽于皮相，懒问世事。即使他的左侧耳下到脖颈凛冽着一道长长的疤，也觉得那样细腻别致，流畅的痕迹犹如鲜血滑落脖颈，充满诱惑。

我眩晕地回望着他迷离的双目。"你是如此危险。"我说。

"不，你才是真正的危险，你让我想放下所有的不甘，心生退意。"他轻吻着我的额头。我看不见他的表情，但他说话的声音很轻柔，轻柔到令人觉得遥远，像从心底的深渊中传出。我想抬起头看他，却被他固执地扳回贴在胸口，我只能看着他脖颈上绵长的细疤，听着他有力规律的心跳，放弃执拗，顺水而流。他慢慢地揉着我细软的头发，而我则细细地、安静地嗅着最接近他皮肉的气味。

为何你的身体干净得没有一丝气味？那我就把小苍兰的香味给你，很多很多，全都给你。让我记住你的身体，也记得你的味道。那是令我心生欢喜的味道。

我们相拥，再次沉沦。

他是会让人心生倾慕的男子。每一帧静态的画面都似一幅精修过的数码海报。独自端茶倒水的时刻，无人的午后在遮阳伞下独品咖啡的时刻，微笑拒绝客人大声喧哗的时刻，凝眉帮客人选择心仪咖啡的时刻……我可以用不下十种的溢美之词形容一个男子的容貌皎皎、气质安泰，可是对他，我却词穷。只觉得好看，想一直看着的那种好看，那眉眼间的缱绻让人从内心舒坦起来。

我不确定自己是何时开始刻意留心这个男子的。只是当我发现时，已经会在要进门前拨理额前被海风吹乱的刘海，细心擦去嘴角的冰淇淋，会在上下阁楼时偷偷搜索他清闲自在的身影，并且意外拍下了他的照片。

或许，那是老天爷对自己不小心让我窘态毕露的额外补偿。毕竟一开始我是简单规矩的，只是想趁着阳光正好，擦拭一下那只对我亦步亦趋的微单镜头。这个老伙计的光圈焦距旋钮因为之前的沙漠旅行不小心混入了细沙，扭动起来有微微的沙滞感，每每擦拭都忍不住调弄一番，懊恼的同时默默盘算着维修的问题。左右调弄机器的我，盯上了楼下明媚的光影中那只闲庭信步在围墙上的橘猫，托起相机刚想聚焦定格，却无意发现了乱入其中的柔和面庞。我知道偷拍不好，但还是舍不得让如此美好的光景溜走，忍不住按下了快门。

快门声是个讨嫌的大广播。它不仅成功地提醒了男子被觊觎的危险，让他第一时间占领了法理和人情的舆论制高点，还言之凿凿地现场抓包了我作为偷拍者的尴尬身份。男子循声抬头，我也心中一惊下意识拿开相机，我们短兵相接，成功对视。老天爷按下了时间暂停键，犹如猫儿蹦在了钢琴键上，叮的一声，我的世界一下子安静下来，所思所想停滞不前。在这场无声的对峙中，我败下阵来。我来不及表现得更好，没能整理好额前的碎发，收住自己惊讶、欣赏的表情，没能让半举着相机僵住的自己看起来不那么滑稽，使原本可以很美好的瞬间不可救药地滑向尴尬，更没能补上心脏跳漏的那一拍。

我不记得自己僵了多久才混沌地捧着相机坐回床上，只记得为了挽回颜面，或者说避免被当成偷窥狂，在思想斗争了半天之后硬着头皮下楼出现在他面前，想认真地解释，并澄清一切。

"你拍的不是我的裸照，不用纠结。不喜欢，删掉就好。"

我准备了一堆的腹稿，在刚开场的30秒就被这只有20个字的话轻松打断，并送入结尾，丝毫没有让我渲染发挥的余地。当然这也化解了我的尴尬。他轻描淡写，毫不为意，丝毫不掩饰自己对这种侵略性好感表达的习以为常。他明白自己的璀璨，好像哪怕我对他心生仰慕，他也能应对得游刃有余。

我当然没有删掉这张照片。他说不喜欢才删掉，可我没有不喜欢。相反，我对它来了兴趣，和闲逛、偷懒、阅读、写作、拍照那些令我愉悦的事情一样感兴趣。绿叶光影交织下的侧脸，线条柔美，在胶原蛋白的加持下微微泛着薄雾。清亮的眼睛自然地闪烁着黑曜石的光芒，不经意间流露出柔和坦荡的情意。焦糖色的头发在轻风的抚弄下微微蓬起，遮住了额头。平整的白衬衫像极了十八岁那年夏天偷偷暗恋的邻桌男孩。就这样，光斑交错的影像中总会出现他的身形。半夜打开笔记本，飞速敲击出的字里行间有他焦糖色的头发；午后照进窗子的光柱打在书桌的白棉布桌垫上，反射出他剪裁合体的白衬衫；甚至连我喜欢的赵海洋钢琴曲里都会飘出他清亮的双眸。偶尔闲逛到那家养了五只猫的网红奶茶店，看心不在焉的招牌猫儿敷衍应对着熙攘排队拍照的游客，想到的却是那只悠闲淡定的橘猫，还有意外出现在镜头中绿叶掩映下好看的侧脸。光临小岛边沿的海滩，赤脚走在沙滩上捡拾被游客过滤了无数次仍旧漏网的贝壳，捡到品相俱佳的次数越来越少，想到的却是咖啡厅里明月清风般的身影。

我越来越搞不懂自己。我一直以为自己是清冷无畏的。我的心之所向，我的随遇而安，我的积习难改，我都知道。它们是构成我身体的元素，我熟悉他们每一个套路。我带着它们一直向前走，却从未探究过自己内心隐秘的裂缝，从不知道那细密的纹路上镌刻的是黑暗的沉沦还是光明的极乐。

在我越来越搞不懂自己的时候，他说我外表淡然却心如明镜。那时的台风刚刚过境，咸腥的海水被暴虐的风绑架着洗劫了小岛的每一个角落，留下了氤氲潮湿的痕迹。小洋楼的前庭和我的思绪一样蓬乱无序，需要整理。我被这个好看的男子招呼下楼帮助清洁整理。打扫完洋楼小院里的落花折枝，把被迫逃遁的物件归回原位，直到两人疲惫地面对面坐在店里暖黄灯光中，奢靡地喝起了单价不菲的咖啡。可能是咖啡中包含了太多令人振奋的因子，让我第一次觉得他的话也和他的颜值一样令人回味悠长。我内心竟有些小欢喜，因为我喜欢心如明镜这个无论听起来还是看起来都闪闪亮亮的词。虽然我一直认为自己是个闲散怠惰的存在，从未好好想过自己是个怎样的人，也从未奢望能在景入桑榆之前，就从芸芸众生口中听到对我不掺杂世俗标准和性别偏颇的评价。但心中那面镜子竟在他的注视下缓缓升起，反射出清亮的光辉。那是我想发现的形容词，它一直隐匿，从未被发觉，却终于在他的点拨下久违重逢，仿佛颜容枯搞的画家终于迎来了等候已久的灵感。这种充满着点拨发现的对话直接而睿智，是我喜欢的谈话方式，虽然已经很久没有进行了。我来了兴致，心有明镜的人之间的对话是坦诚不设限的。所以我笑了，也直言他不知道我明镜心湖中为他泛起的层层波澜。他说，他如何不知，他亦何尝不是。我不再言语，望着他，认真地望着他，没有曲折迂回的技巧，没有不着边际的修饰，他的睿智是真诚的，真诚得让人不必大费周章就能契合。这种奇妙的感应让人心安，如同呼吸般自然而然顺遂通畅，就像此时他的脸庞被暖黄的灯光氤氲在咖啡的气味中，让他看起来香香的。

好吧，可能我所谓的搞不懂自己都是矫情的表象。冥冥之中，我们从未拒绝朝着自己的心之所向奔赴，欣赏一朵娇羞的水莲花，观看一场水中望月的邂逅，参读一段水墨光影的明灭。我们从未耽搁，如同暗夜森林里的小蛾，虽然失去方向，但仍本能地朝着微光的方向固执地振动着柔弱的翅膀。我们一直感怀于自己想要的东西，所以我们才会始终和谐。自然而然，没有误解、没有争吵、没有冷战，向来不善言辞的我们却止不住与对方倾诉的冲动。或许这是我们彼此给予对方尊重、欣赏的礼遇。尊重能让呼吸自由美好，而欣赏则会演变成迷恋，甚至会滑向无法自控的占有欲。所有关于他的美好景致和曼妙触感都让我一次次想靠近并且存储回放。

我承认，我有了不知如何留住却仍然想占有的东西。我害怕听见自己内心理性的声音，那声音警告我，他会成为我止步不前的羁绊甚至土崩瓦解的蚁穴。可我依旧无法违拗自己的心意，无能为力地看着自己欢喜灿烂，任由内心隐秘的角落泛起带着小苍兰香味的粉红色暮霭，走向自己也不能控制的未知区域。即使一向清寡独立，我也在有意无意中想竭尽所能地留驻，并屏蔽掉一切嘈杂喧嚣包括大脑理性的数据分析。我知道，我可以在欧洲古董市场一眼看中那盏Shelley Dainty骨瓷杯，即使薄透易碎也可以竭尽所能拍下带走。但我不能一直占有这个叫欲望的东西，我只能享受它，并且承担它的重量——在每一次完全袒露，倾其所有享受后，都害怕这种快乐变成一种不可逆的消耗——耗尽所有美好，提前进入结局。

32岁的我第一次清楚地看到了欲望的模样。而且不得不溃败承认，在这兵荒马乱、吃力不讨好的年纪，对这个俊朗男子的迷恋无法自控。

于是，我只自然而然地顺水而流，保持着彼此间舒适的契合，只享受当下最纯粹的感官刺激和最本真的精神愉悦。所以，我从来不问他的过去。我不知道他曾经的夜晚与白天如何分裂，如何共享。他亦从不言及那次深夜偶然路过自己的咖啡店，无意间抬头望见阁楼窗前的灯光，看见一个头发蓬乱的女子埋头码字时，又为何在树下的阴影里沉坐了许久。每个人都有沉重的过去要背负，既然已经一砖一瓦垒砌成了负累的城墙，又何苦刻意抽砖打洞让它坍塌。

猫儿如负气般没有再出现。于是那亚麻地垫得以挪到了沙发前的空地上，成为他喜好的座位。他喜欢赤足席地而坐，倚靠着沙发，伸长交叠着双腿。累了就微微侧身，屈臂抵在沙发坐上，露出迷离渺远的眼神，很像魏晋宽袍袒裼的风流名士，更像那只午后小憩在我书桌上伸展四肢，眼神迷离的橘猫。

他偶尔会提及想看看我的文字，想看看那些浣花飞沙的风景，那些虚构的爱慕和虚实相间的感触。我拒绝了他，真实美好的人不应该有虚构文字的负累。但我给他看那些照片，那些我真实走过的风景和亲手调动光影拍下的照片，崩密列的盘根废墟，英伦小镇热闹的跳蚤市场，培田古镇历经百年而不倒的客家建筑，甚至是我在拉脊山披着红披肩，身骑白牦牛忸怩的游客照。我告诉他那些看似细软炙热的沙漠，到晚上露营时会变得坚硬冰冷，硌得人皮肉生疼；告诉他那些百年的木质建筑，在夜晚会发出细微的蛀虫啃咬木质的声音；告诉他那些潮湿密林中的两面针，叶片两面真的都长着针刺；告诉他千万不要轻易尝试林堡芝士，那泛黄的小方块总有一股可笑的臭袜子味；告诉他那些充满宗教信仰的国度里，人们的谦卑和骨子里仍未退去的旧殖民印记；甚至告诉他如何在无人照拂的戈壁滩上，化解突如其来的生理期暴露的尴尬。他坐在地垫上细细地听，用舒适而诱人的姿势倚着沙发，看着眼前的女子舒展绽放，袒露自己，露出沉醉的微笑。听累了，就侧身屈臂，微眯双眼，依旧一脸享受的满足。

那些不足为外人道的风景经历，成为我们彼此酬唱的语料。在时光和空间交错碾压之间有如此多的美好值得我体验收藏，某个时刻甚至会有种足不出户，只想一直待在这个有温暖香气的小阁楼的错觉，仿佛光凭那些语料就足够消耗时光，直至地老天荒。那些曾经的天南海北，让我们过成了以家为天下的清朝人。在一隅空间里收纳曾经零散四溢的感官，精雕细琢，然后将纹样繁复的契合感无限放大，我的放肆、我的执拗、我的困顿、我的满足、我的焦虑、我的喜极而泣、我的莫可名状，他都懂。要不他怎会聊到兴起时为我裸足一舞，在只有星光的夜里吟诵黄沙百战穿金甲，不破楼兰终不还。古人击缶而歌，卧眠花下挥霍的快乐也不过如此吧。幸好没有曲水流觞，否则我们必将日日大醉三百回合。我想，那个时刻，在对方面前彼此是那样闪耀。

夜晚的窗外，偶尔会出现几声猫儿的叫声，或柔软顺遂，或尖厉绝世，似在对深邃浩瀚的黑夜宣告自己倔强独立的地位。我总是猜测着是不是那只闲适清醒的橘猫回来了，希望看到它熟练地从窗外一跃而进的身影，却每每只能站在空旷的窗边，依稀看到远处墙头上模糊的掠影。这柔软高傲的生物依旧不肯轻易在夜色中现身，却用那几声勾人的呜咽将我引至窗边，与它一同欣赏今夜高悬夜空中的明月。那被深蓝色丝绒包裹着的月儿依旧清洁柔和，洒下莹莹光辉，像极了那天夜里他问我那些话时脸上露出的微笑。甚至，我还能闻到小苍兰淡淡的香味。

"你去过上海吗？"那是他唯一跟我主动提及的地方。

"去过，但是待不久。虽然都靠海，厦门的海总是蔚蓝澄清，而上海，那是充满戾气嘈杂的地方，爱不起来。"

他笑了，笑得那样好看，让我忍不住亲吻的好看。

"戾气，多么贴切的形容。你总能贴切地形容出我莫可名状的所思所想。"他盘腿坐直，向我伸出手掌，牵引着身着白棉睡衣的我在他身边坐下。"曾经，我从那里被驱逐，带着不愈的伤疤和在夜场放浪形骸的羞辱。我要翻身，在那个刺痛我的地方翻身。所以我不能久留，我会回去。咖啡店里的咖啡豆是最好的，夜场里的鬼魅是最妖娆的，重新回去的人是最有杀伤力的。"

我睁大双眼，努力克制，泪水依旧夺眶而出。占有欲反噬的隐忧终于来临。我的心开始剧烈地抽搐疼痛，仿佛有什么正在细碎地撕扯，妄图剥离。即使我不问过去，不畏将来，那个干净到没有气味的男子，连带着 Byredo 小苍兰的气味依旧将一同离我而去。

他不再说话，如同被刺痛般把我拥在怀中，让我与他一同倚着沙发。他绷直的脊背和僵硬的肩臂失去了往常的随性柔软，想诉说却始终如鲠在喉。我真想告诉他，我读懂了他这硬挺中透露出对未知前程残酷决绝的挑战和其中混杂的千般克制，知道那坚硬和柔软的矛盾耽搁已久，知道横亘在心间的不甘如芒刺背，知道他必须收复那道冷冽在脖颈之上的疤痕。可我没有开口，只是由他任性地抱着我，回应以温度，直到彼此的呼吸逐渐趋于平静，泪水在脸庞逐渐干涸成两道令皮肤紧绷的痕迹。

他始终没有邀请，而我亦未开口挽留。

在幽闭了三个月零九天的凌晨，我一激灵滚下了床，打开 Mac 飞速地敲击着键盘。我确定那个干净到没有气味的男子和 Byredo 一同消失了，我知道，可是我依旧清晰地记得他的俊朗诱惑的样子，记得他说过的话，记得小苍兰的香气，记得他跟我举重若轻的告别。他真实地存在于我生命中，有我喜欢的样子，带着令我欢喜的味道，是我生命中特殊真切的部分。无法永恒的痴嗔和曾经拥有的完满都是真实的触感。那从心底涌出的最真的情感，如同深夜敲击键盘留下心底的文字，清晨喝下的咖啡，午后慵懒翻看的爱书，赤足撩过的溪水，吮舔吃下的冰淇淋，都是真实自我的享受。愉悦的情感缺席时我没有违拗将就，愉悦的情感来了我没有扭捏，享受其中，它走了，我便坦然顺应。在对未来的索取和自由的盘问中，我和他，我们在冥冥中给予了对方最大尊重的同时，都在坦然勇敢地做自己，成为自己想成为的那个自己，享受着这个最好的时代给予我们最伟大的自由。我没有浪费，没有折损，没有辜负，如同我到过的所有地方，走过的所有道路，无论是踏在青草茵茵的绿地，飞沙扬砾的戈壁，还是霓虹闪烁的阛阓，寸土寸金的商场，每一步都是真实随心的选择，都是带着不同触感的真实而自我的美好享受。那些与他沉溺的时光，犹如浩瀚的生命绿地中漫溢着的小苍兰，清香扑鼻，灼灼其华。

十一个月之后，我收到了包装精致的满满一瓶带有小苍兰香味的 Byredo。犹如稚童交换礼物般，我也终于下定决心将印有我署名的文集寄出。《橘猫 小苍兰》，文集的名字犹如白夜童话，内容却真实有效。那些真实美好不应只存在我的脑海中，我要把它们统统驱赶出来，凝固在纸端，给我们长期以来的美好灿烂一个最明媚的注解。真实美好的人就得配上真实曼妙的文字。或许，我不需要担忧太多，只要知道那个微笑着打开包裹并细心阅读它的男子，依旧会席地倚墙而坐。看累了，依旧会侧身屈臂眯起双眼，犹如那只晒太阳的橘猫，依旧带着小苍兰的香味，鲜活美好，真真切切地发着微光。

佛

◎章国庆

望着那又大又红的"囍"字,王芳却怎么也喜不起来。

今天是王芳与姜志伟的新婚之喜。这天,亲朋好友过来祝贺的有二十来桌。大家快乐、兴奋地闹腾了一天,渐渐地累了、散了。

此时,已接近深夜十二点,姜志伟早就醉酣而甜入梦乡。说实话,高大帅气的姜志伟连睡觉的姿势都让人心动、着迷。

王芳望一望"囍"字,再看一看身旁的姜志伟,再也控制不住思绪的野马,任凭它驰骋远方。

刘强是王芳的玩伴,他们自打孩童起就在一起玩耍、上学、做游戏,与伙伴们玩过家家时,一个是爸爸,一个是妈妈。

刘强身高一米七八,虽比不上什么宋仲基,但长得结实健美,让人觉得踏实、沉稳。

刘强的爸爸与王芳的爸爸是大学同学,他们一起毕业,又一起分配到同一家企业工作。刘强的爸爸是生产科科长,王芳的爸爸是副厂长。

两位爸爸很要好,他们经常聚在一起喝酒、聊天、谈工作。所以,刘强与王芳自小如同兄妹,他们无话不谈,形影相随。

直到他们上初中二年级那年,王芳时不时有一种说不出的朦胧感。

"强哥哥,你长大了还会和我一起玩耍吗?""那当然了。芳妹,我们会永远在一起的。你怎么会这么问?"刘强有些不解,他从来就没想过会有与王芳分开的一天。"没——没什么,我只是随便问问。强哥哥,你真好。"

高中毕业后,他们都顺利考上了理想的大学。即将分别,在傍晚时分,他们又聚在了一起。

"阿强,你说我们大学毕业后还会这样好吗?"王芳只觉两颊有些绯红,她习惯性地向刘强靠了靠。"芳妹,我会一直对你好的,真的,芳妹。"刘强浑身一阵燥热。"哦,我知道了,我相信你。"王芳不再多说。

八月的星空格外璀璨,两人紧紧相偎着,一起遥望星空,欣赏着夏夜的罗曼蒂克。

一星期后,刘强来到了首都北京,王芳来到了省城南京。刘强读的是物理专业,王芳读的是中文系。从此,他们只能用网络联系。

随着对大学生活的渐渐融入,他们的网络联系也越来越少。

在大学二年级的时候,王芳认识了同系的学长姜志伟。

姜志伟是大学校草,许多女生暗恋着他,也时不时地对他暗送秋波。

王芳是在中文系组织的一次舞会上认识姜志伟的。说实话,姜志伟那高大帅气的形象时时激荡着王芳的心。

然而,这感觉来得快去得也快,她心中依然抹不掉刘强的影子。

就这样,直到王芳上大三,也就是姜志伟上大四的时候。

一天周末,王芳逛完街回宿舍。还没进门,直觉告诉她,今天的宿舍有些特别。

"祝你生日快乐,祝你生日快乐,祝你……"王芳这时才想起今天是自己的生日。她一阵感动,还是同学好。

她正想感激,身后捧来一束玫瑰。她回头一望,是一脸灿烂的姜志伟。

"你,是你……"王芳差点儿没来个拥抱,但女生的矜持与多疑让她控制了自己。

"你,姜志伟,你怎么知道今天是我的生日?"

"啊哈,是要我告诉你吗?"

"废话,当然是了。你快说啊,真是急死我了。"

"可你有什么奖励啊?"姜志伟故意卖起了关子。

"你不说拉倒,我不理你了。"王芳假装拉长了脸。

"不要生气嘛。"姜志伟顿了顿,"我是从你的QQ里知道的,怎样,回答满意吗?"

王芳接过玫瑰花,用余光快速数了一下,整整11朵呢。

这姜志伟真的好帅,好有情商啊!

大学毕业后,王芳回到了家乡,成为县城高级中学的一名语文教师。

刘强放弃了北京的就业机会,也回到了家乡,成为县城一家科研企业的研发工程师。

这时,王芳的爸爸已是企业总经理,刘强的爸爸是企业副总。两位爸爸关系越来越亲密,随着两个孩子长大成人,他们都有结为亲家的意愿。

王芳由于教学越来越紧张,因而与刘强的联系也越来越少。

第二年,2月14日这天,王芳刚刚返校,教学还没进入紧张阶段,她约了刘强。

"阿强,你知道今天是什么日子吗?""今天,是——对了,是情人节。"

"那,阿强你有没有什么表示?"

"我想——我想请你看一场电影。"

"就看电影呀。"王芳有些失望,"那其他还有什么吗?"

"其他?"刘强真的不知道芳妹想要什么,"你说,其他还要什么?"

"你真是榆木疙瘩，电影有什么好看，在家里天天有电视看。"

"芳妹，你说，你想要什么，我给就是了。"

王芳心想，这木头四年的大学白上了，一点儿不懂浪漫。她越想越气，不再理睬刘强，稍后就自己回了家。

就这样过了三个月，县里调来了一位副县长，分管工业经济，挂钩联系王芳爸爸的企业。

副县长经常下企业视察，也经常来王芳家做客，所以王芳很快就认识了副县长。

有一天，副县长替人转告王芳，今天晚上有人邀请她到欢乐大酒店做客。

是谁呢？这么有面子，请副县长代为转告。

王芳带着一头的雾水来到欢乐大酒店。

她一进大酒店，店堂那醒目的几个字更让她好奇：祝王芳小姐生日快乐！

是呀，今天是自己的生日！可是……

这时，两位服务员热情地走过来，并把她迎到贵宾包厢。这包厢装饰得高贵、华丽、浪漫，她正不解，身后现出一束玫瑰。

"啊？是你，姜志伟！""怎么样？你就是走到天涯海角，我还是要给你祝贺生日。"

王芳喜滋滋地接过玫瑰，趁姜志伟不注意，快速地数了一下，有40朵呢！

哇！好浪漫，好幸福，这姜志伟真是不仅帅情商也高！

两人的生日晚宴是在祥和、喜庆、欢乐的气氛中进行的。

原来，姜志伟毕业后不久就考了公务员，副县长是他的爸爸，最近他想了点办法也调到这个县城。

刘强辛苦了一天，晚上回到家才想起今天是芳妹的生日，他赶紧联系王芳，结果王芳的手机忘在了家。

王芳的爸爸告诉他，芳芳去了欢乐大酒店。他赶紧备了一份生日礼物，急忙打的去欢乐大酒店。

一进欢乐大酒店，他也看到了那醒目的几个字：祝王芳小姐生日快乐！

是谁？他想不到芳妹有这样的至交。

刘强轻轻地来到包厢，只见王芳正乐着与一位陌生男子热聊，那男子还时不时地搂一搂芳妹的香肩。

刘强一下子蒙了，他愣了愣，悄悄退出来，把生日礼物放在服务台，与服务员说了一下就匆匆回了家。

今天的那个男子是谁？怎么没听芳妹说过？他们的关系怎么这样亲密？

带着一团的疑问，刘强渐渐进入了梦乡。在梦中，他与王芳越走越远，直到他们彼此看不见对方。

第二天上班，刘强继续全身心投入到科研工作中。他决定，这个周末，他就大胆向芳妹表白。

周末一到，他约了王芳，并第一次买了一朵鲜红的玫瑰。

"芳妹，我是强哥，我现在在小区花园，你在哪儿？"

"哦，阿强，我这就来。"

刘强见王芳走近，忽地单膝下跪，并虔诚地献上那朵鲜红的玫瑰。

"芳妹，我——我有句话一直想对你说。"

"阿强，你这是干吗？"王芳一脸不解，"有话就说嘛，我们可是铁哥们儿。"

"芳妹，嫁给我吧。"刘强认真地把玫瑰放到王芳手上。

"这——阿强，你别这样。"王芳看了看那单薄的鲜红玫瑰，"你让我再想想，过几天我就告诉你，好吗？"

刘强这几天真是度日如年。王芳也彻夜难眠。她一会儿想强哥的形影相随，一会儿想姜志伟的浪漫帅气。

不管怎样，彼此约定的时间还是到了。

"强哥，我认为我们不合适，我们还是做兄妹吧。"

"芳妹，这就是你给我的答案吗？"刘强忍住心中的悲痛，"芳妹，能不能再考虑考虑？"

"强哥，你还是忘了我吧，我们真的不合适。"王芳表情坚定。

"那好吧，祝你幸福。"刘强转过身，再也控制不住眼泪，他急忙逃离了王芳。

当晚，刘强喝得大醉。第二天，他得了感冒，打电话向公司请了五天假。

在第五天上午，他的女助手叶倩来看他。这时，他才知道，叶倩早就暗恋着他，只是知道他的心中只有他的芳妹。

从此，王芳正式与姜志伟双进双出。

一次，姜志伟在王芳家无意中发现了她与强哥高中时的合影，立刻就生气回了家，王芳愣了愣，幸福的笑脸僵住了。

几个月后，刘强渐渐恢复了平静，他终于想通：还是珍惜爱自己的人吧。

第二年春节，他和叶倩幸福地走在了一起。

王芳与姜志伟参加了他们的婚礼。王芳看着刘强一脸的幸福，再想想姜志伟下雨时只顾给自己打伞……一丝忧虑袭上了她的心头。

过了几天，王芳与姜志伟去南通狼山游玩，她虽然不信佛，不信教，还是为自己的姻缘向广教寺高僧求了一个字。

那一个字就是一个大大的"佛"字。

王芳一直不解，直到今天与姜志伟大婚，想想刘强与叶倩的美好姻缘，再想想她与刘强以前的青梅竹马，她终于有所悟……

超然？怅然！

◎白金杰

逼仄的桌上密密地摆着四盏台灯，周遭是《全球通史》《中国历代政治得失》等高中历史课本之类的历史书籍，垒起的书墙纸壁，只留下中间四四方方的一小片儿可容得下他肥大的身躯和秃得发光的癞斑头。

他？不知何许人也，照面几次，一套桌椅，伏案数月，倒也竟成了男生宿舍楼津津乐道的谈资。一双豆似的眼睛闪出贪婪的光芒，死死盯着书上的每一个字，仿佛就能把知识凿进脑子里一般。两只指甲里嵌着陈年黑泥的圆滚滚的双手，在已经看不出本来颜色的裤子上蹭了又蹭，随即扒拉着斑驳的书页。他就像被掀开的地板下的鞋板虫咬着陈年碎土，就这样在楼门口的偏隅扎下根来。

人声鼎沸，冷言热讽，他照单全收，并怡然自乐，人称其为"超然兄"。超脱于物外，活在自己的翰墨书香里，倒也乐得逍遥，活得洒脱。数月下来，也是相安无事，大家也不吝把目光投向他那里，然后笑道："看人家超然兄，何等努力，何等自在，奈何我等凡辈只有仰望的份儿，啧啧啧……"

超然兄肉与灵的崩塌发生在一个闷燥的夏夜。已是半夜，只听得门外传来一阵接一阵、一浪更比一浪高的嘶鸣之声。像对月而嗥的野狼，又像新生之初的元婴，有不甘，有愤懑，也有辛酸。一时间，我们集体进入戒备状态，在门口探出头来，小心翼翼地张望着。只见，在目之所及的十米处，衣衫不整的超然兄像弥勒睡佛般，与冰凉的地面亲密接触着，两只无处安放的手时轻时重地敲击着宿舍的木门，神色难辨，只觉得难受。"轰——"又是一声巨响，随着宿舍门的开闭，一堆衣物裹挟着漫天尘埃，不偏不倚地遮住了狼狈的超然兄。此刻，周围的宿舍也被惊醒了，或探头探脑，或低声咒骂，或憎眼欲求，却没有一个上前的人。

"看什么看啊，疯子发疯，散了散了……"
"睡觉睡觉，爱干嘛干嘛，别打扰别人休息……"
"神经病啊！"

喧嚣过后，大家渐次睡去，权当刚刚做了一个情景体验式的噩梦好了。赶早儿上课的，囫囵吞饭的，奔于训练的，一切如初。大千世界稀奇古怪的事情多了去了，看看就好，和我有什么关系？是啊，和自己一点儿关系都没有。可偏偏没有关系的事情多半在冥冥之中早已注定，藕断丝连，牵扯着你往旋涡的中心靠近。

"听说了吗？××学院的超然兄，就那个，在楼道每天学习的超然兄。他呀，有点儿不正常！"
"昨晚不就在楼道里撒泼打滚吗？"
"嗨！他能守其'臭'就很了不得了，每天在宿舍里一会儿哭一会儿笑，一会儿失恋一会儿撩人,凌晨三点必须开窗看星星……"

"您可真逗,哪来的星星?"

"别急,他在他们学院早已臭名昭著,大家见了他恨不得绕着道走呢。生活行为粗劣被室友嫌弃就算了,学习上也不灵光,连挂好几科呢,补考也不过,怕是得重修……"

"那还学个什么劲,真没劲!"

诸如此类的对话在不关心八卦的男生当中都风传雨洒,越传越玄乎。超然兄篮球课九步上篮,被女友甩了之后还死缠烂打,未果后掉头广撒各院女生,看心情上课,时不时回家……就这样,他从楼道里一名勤奋的常驻客成了一块人见人嫌的癞皮膏,他那一坨堆在楼道里的身躯不是可调笑的话柄,而是像瘟疫似的"神人"了。

超然兄依旧我行我素,那次深夜痛哭的经历似乎让他更加坚定了走自己的路的决心。传言讹传,不解真相,旁人云云,我自超然。除了伏案读书外,超然兄似乎又多出一个乐趣来。穿一身花花绿绿的棉袄,拖一个小巧的粉色拉杆箱,闲庭信步,随遇而安,豆大的眼睛被暖暖的微阳熏得像个虱子静伏。

"去哪玩儿呀?超然兄。"

"嘘,人家款款游园呢,别惊了独家美梦。"

"哈哈哈……"

这样的话,超然兄也当一阵风吹过,搔搔耳朵,穿发捋丝,痒痒的,也不太冷。终究是传闻,偶尔的惊鸿一瞥,也只是一个淳憨的剪影。超然兄之二三逸事,在最后一片黄叶飘落时渐渐尘封,他也有些心不在焉,伏案的身影也少了。只有他的粉色拉杆箱一直陪着他,一人一箱,一袭陆离,走走停停,不做留心。

我做梦都没想到,我居然能和超然兄这样的人说上话。夜来奔厕,而后洋洋洒洒,一泻千里,收势时,角落里冷不丁来了一句:"你也喜欢《网球王子》吗?"心中一紧,余光扫到拖鞋上的越前龙马,拼命地往里蜷缩脚趾,然后挤出两颗白牙,"嗯?是啊……""'你还差得远呢!'我很喜欢这句话。"

第一次的尴尬谈话并没有让我和超然兄熟稔起来,后来莫名其妙地我收到了他的QQ好友请求:你好,我是××学院的×××,我也喜欢《网球王子》。先是好奇,而后小心翼翼地点开这位仁兄的QQ空间,如遭轻击,顿地沉思,原来是他啊。超然兄的全名还挺好听的,高中时的他也没这么放飞自我,每天的动态都是一个励志向上的大好青年……反看当下,实在是有些潦草。

一段故事就此展开吗?不,此后再无交集。如两条直线短暂的相交,随即各奔天涯。超然兄依旧是那个超然兄,我却再也没有调侃过他了,超然犹怅然也,所谓的孤芳自赏只不过是顾影自怜、无人理睬罢了,谈什么神于物外、粲然可观,谬也!

楼道门口那张小桌的灯又亮了,映着《全球通史》的一句话:"我就像一只牛虻,整天到处叮住你们不放,唤醒你们、说服你们、指责你们。"桌前只有一把椅子孤零零地立着,人却不知道哪儿去了。

除却巫山不是云

◎许文华

作为一名独立撰稿人，我听过无数的故事，多是加工后呈现在你们面前，但这次，我想做个转述人，把这份心意直接传达。

见到沅落，这个三十岁、小有名气的设计师，眼中的成熟、清冷远远超过我的想象。

她随意披了个毯子，在炭火熊熊燃烧的火炉映出的暖色中，开始了我们今天的话题。

我说："沅小姐，您随时可以开始。"

沅落愣了愣，眼神散向窗外。

一

第一次见到他，是十五岁的夏天。

开学第一天，周围嘈杂的人声使我只想逃离。突然，有只手拍了下我的肩膀，令我始料未及。

"同学你好，请问你知道高一（13）班怎么走吗？"

清透的声音像7月份烈日下的限定雪碧。

我抬头，大抵是阳光太好，他站在榕树下，白色的校服衬衫被轻轻吹起。后来的很多个夜晚，当我再想起，好像都能令黑夜变得更加耀眼。

我出了神，他又问了一遍，我才回过神来，想着：哇，这就是我的同班同学啊。说不清，像是一种占了大便宜的感觉。

而当我知道他叫"齐起"的那一刻，我突然开始相信缘分。

于是，我们顺理成章地做了同桌，又顺其自然地变得很熟络。

二

在"高中无假期,处处都学习""多考一分、干掉千人"这类随处可见的标语的提醒下,在班主任安了监控随时可以从手机看到每个人一举一动的情况下,我们在确定分科志愿的那天,戳破了那层窗户纸。

忆起高中岁月总是明晃晃的,花也总是盛放的、生机勃勃的模样。在光影中摇曳着的,明明是殷红艳丽的一片,却无端地叫人心生怅然。

那时候的他,什么都会一点儿,是很多女孩子喜欢的模样。我像看一颗星星一样看他。

他的背影里有山水雾花,他的双眸里有星星烟火。他呀,是青云端的白月尖,是皓雪堆里的梅花屑,是缓慢画面的精致留白,是细雨敲碎在窗前,望尽风尘的那双眼。

就是那样美好的一个男孩子,成为只属于我的奇珍异兽,我们有幸一起成长,带着众人的祝福和期待那样奔跑着。

喜欢上他以后,看他的臭屁耍帅是可爱,听他的吐槽抱怨会心疼。他好像变得没有缺点,他的每一个不足都有可爱之处,我喜欢他,好喜欢,超级喜欢,无敌喜欢。我们一起做题读书,一起逃教导主任的巡查,我们趁午休两小时偷偷跑出去吃烤鱼,他陪我去想去的游乐场,我陪他玩他爱玩的 switch……

在一起的时候,我很喜欢看着他,尤其是他的眼睛,干净、清澈、透明,最重要的是,眼睛里全是我。

我喜欢他笑起来的样子,他的存在能让我感到安心。他在我身边的时候,就像一辆没有人流的绿皮火车,是最古老完美的样子。他开进我空旷的内心,鸣响温暖的汽笛,像是温柔的潮汐轻轻拍打身体,像无数明净日夜赶在身后埋下伏笔。

三

流光容易把人抛,红了樱桃,绿了芭蕉。

转眼高中生涯结束,我们没有如期待着的样子幸运地考到同一所大学。高考的分水岭让我们开始异地恋之旅。虽然不在一个城市,但相隔不远,高铁半小时的距离让我们最期待周末。

三年里的每一张高铁票我都用心保存着,生怕以后忆苦思甜时显得苍白无力,如今看来,只能当作用力爱过的证据了吧。

也曾以为,我们会一起走很长时间,也曾以为,我们会是异地情侣中最特殊的、最被眷顾的一对。

或许,人生是减法,见一面,少一面。

就是一个稀松平常的早上,我醒来,收到他36条微信提醒,最后一句是:"晚安，明天会更好。"

心里咯噔一下，虽然，从他一次又一次晚回信息，从他每一次的不小心和忘了之中，我已经能看到我们的结局，但当这一天真正到来时，还是忍不住难过了好久。

人到底要怎样才会愿意去相信另外一个人呢？相信到抛开了所有的考量和隐忍，相信到预先赦免了人与人终将互相失去的种种可能呢？

我愈合伤口的时间实在是太慢了，慢到都快觉得自己爱无能了。五年，住在我心里那么久的一个人突然要被连根拔起，快要了我半条命。

睇不清明天，揾不到未来。我觉得我要跌死在这儿。

朋友说："但凡他有一点点想回头，但凡他有一点点喜欢你，我都不会劝你放下。"

我们这一路走来，共同好友实在太多了。哪怕删除了所有的联系方式，却还是能有意无意地知道他的近况。

分开后半年多的一天，很多高中好友突然给我发消息问我：你俩怎么了。

那时我才知道，原来是他交了新的女朋友。也是从那天，我发觉自己好像的确不该这样继续消沉了。于是，斟酌了很久，发了个朋友圈，算是对我们见证者的一个交代，也拜托了大家不要再告诉我关于他的任何消息，这辈子，我都不想再听到他跟那个女人的纠缠。

那段时间，我删卸了很多东西，他送我的，零零散散的那些，不是送人就是扔掉了。觉得很彻底了，但还是有些自欺欺人。我告诉自己：之前的留言太多了，一条一条删太麻烦，又不会看，留着就留着了。还有那些照片，备份了一份到网盘里，也算是份念想。备忘录的、仅自己可见那些，算是个警醒吧，也不太值一提。

平日没事断然不会碰那些，偶然看到，哪怕时隔很久，还是很想流泪，直到今日还恍然如梦。我不吹嘘地说在此之前，用"单纯、美好"四个字来形容我最为合适，现在我却有些冷血麻木了。

最后想了想，还是为自己留着那些"纪念物"了，毕竟是五年的一腔热血。

很怀念过去的自己。

四

时间不是药，但药在时间里。

从决定对自己狠下心，开始新生活那刻算起，不知不觉，一年时间就这么仓促而过。我的城市又开始炎热了，日光晴好又明媚，似要一扫昨日阴霾。也想卸下重重心事，清茶薄暮，为欢几何。

情绪的火把一次次地点燃，再自我熄灭，推倒重来的戏码、自说自话也反复演了很多遍，那些时刻不会再有了。那些灰暗的时光不会再出现在我的人生里，我更不会打着爱的名义，做尽蠢事。

他曾经是我梦想的承载体,是我提起就无法止住的激动,是我喜怒哀乐的源头,是我对苦涩校园生活的唯一盼头。我曾爱过他,真心实意想跟他一起踏上未来的光明大道。

无数次冲动,与他风雨同舟不离不弃。害怕他失望的眼睛、难过的神情。只是碰巧,我竟慢慢长大,知道一个人的未来只能托付给自己。我离开他,因为我确实无能为力。

我常想,吸引我来的是皎皎一程光源,还是他眸中的摆渡让我痴迷呢?

在每一笔盛开的山河里,持久着疏风淡月的关照,我开始明白,闪着光的回忆,只能是回忆。

五

如今的不在意都是当初用眼泪换来的大彻大悟。

他已不再是下垂眼,我也不是那个站在他面前就会不知所措的我了。

不知不觉,最初的我们都消失了。

再见啊,我青春的第一主人公。

现在我已经能过自己想要的生活,风光相遇,以后也一直幸运下去吧。

希望和我有同样经历的你们也能释怀,最美好的人留在最美好的时光里,未尝不是一件乐事。

曾经沧海难为水,除却巫山不是云。

再次感谢,每个他。

终

沅落说完,我久久不能回神。

古今痴男女,谁能过情关。

我们都曾觉得在爱情消失后,天也塌了,地也陷了。但我们忘了,我们本就应该对自己友善,对生活负责。

凡是经历过的都不是可惜,错过的也都不是遗憾。

就想对你说,爱是很好的东西。

希望每个沅落都能放下那个齐起,希望每个人永远都有爱的勇气和被爱的自信。

娘 酒

◎冯燕花

夜，像藏在黄昏深处，趁人不注意的时候悄悄溜出来，占据了整个小区。天上的星子零零散散地挂了起来。假山旁传来流水声，阳台上的兰，又开了花。

家里只有落梅一个人，她坐在阳台上，抚摸着孕育着小生命的肚子，若有所思。

落梅抬起头，凝望着天空中的星月，抱着膝盖，然后将头埋进膝盖里，和眼泪一起埋了进去。

她成家了，公公婆婆疼爱自己，丈夫疼爱自己。她没有不满足，她只是想念自己的娘。虽然说婆婆待自己像亲闺女，总是变着法子做自己爱吃的饭菜，将家里收拾得妥妥当当，从不需要她操心。可是，娘就是娘，不能有了婆婆就忘了娘，对不对？

按照客家习俗，这个时候落梅的娘该开始准备酿"娘酒"了。客家女人坐月子都喝"客家娘酒"煲的鸡汤，可以帮助产妇补血益气、促进血脉流通、避风寒、温补脾胃、促进乳汁分泌。

酿酒的工序非常复杂，将糯米煮熟后，用冷水洗一遍，拌上酒饼，装进大缸里，盖住缸口，缸口放一些草药，发酵四五天就可以生酒。将生酒装入酒坛，用泥巴封紧坛口，在酒坛周围燃起炭火，文火焖三四个钟头，揭开酒坛盖，一坛黄灿灿、口感温顺、芳香甘甜的"娘酒"就做好了。

落梅非常渴望坐月子的时候能喝上娘亲手酿的"娘酒"。虽然现在市场上也有卖，甚至可以请老家的婶婶帮忙酿一瓮。可是她觉得"娘酒"必须是自己娘酿的才算数，不是娘酿的酒还是"娘酒"吗？

可是落梅没有娘。人就是这样，越不能得到的东西，就越执着。落梅觉得很悲伤。刚刚懂事的时候，村里的大人都说娘在生她的时候难产死掉了，变作了星星挂在了天上。不久就有了后妈，后妈对她很不好，有什么吃的喝的都留给弟弟妹妹，总是让她照看弟弟妹妹，只要弟弟妹妹哭闹就打她。

她总是小心翼翼，生怕做错事。每当她觉得很难过，总是要偷偷溜到河边呆坐，看着绿色的水泛起点点涟漪，一坐就坐到星星满天。

直到有一天，村里来了个疯子，穿得破破烂烂，唱着凄凉的客家山歌：

冇相干（无所谓）啊冇相干

再好的娘酒也会酸

再好的红花也会谢

再好的人情也会断……

围龙屋的小孩听见歌声都争相追赶疯子，给她扬泥沙、扔小石子……她狼狈地逃着，不时回过头来，又跑开。

几个大哥哥对落梅说："梅，她是你亲娘。"

落梅却杀猪一般号哭开了："她是你娘，你娘才是疯子。"

第二天傍晚，落梅在井边打水，疯子出现在落梅面前，依旧是衣着破烂，头发上还有些枯黄的稻秆。手里拿着很多地瓜，对着落梅怯怯地笑着，继而又将笑容收了回去，好像刚刚笑错了一般。她将手中的地瓜递给落梅，落梅一手拍落在地，拿起地上的石头就砸："我不要你的东西，我不要这样的娘……"疯子一跳一跳地躲着，脚下有滑足的青苔，她重重地滑落在地，爬起来后"呜呜"地哭着，落梅逃也似的跑开。

后来落梅才知道，娘是得了产后抑郁症，然后就疯了，离开了村庄，找了三五年没有找到，爹就娶了后妈。娘病好以后回来看见后妈，又疯了。翻来覆去地唱着：

冇相干啊冇相干

再好的娘酒也会酸

再好的红花也会谢

再好的人情也会断……

唱着唱着，就离开了。

落梅知道后心很酸，她将自己的亲娘推开了。她多么痛恨自己曾经的年少无知，开始到处找娘。她觉得即使是疯子娘也是娘啊，也好过天上最亮的星星。

每当下雨天，落梅就很焦虑，她感觉那年砸向娘的石头全部化成了雨滴，狠狠地又砸落在自己的身上。

每到冬天，落梅就想哭。她不知道这样的天气里，娘是在哪里过夜的，又是在哪个垃圾堆里翻找着食物？有没有人打她？她生病了怎么办？她是否还在唱"再好的人情也会断"？

婆婆回来，看见落梅一脸悲伤，很诧异，问她怎么了？落梅抽抽搭搭地给婆婆讲那过去了的事情，讲她的疯子娘，讲内心渴望的"娘酒"。

"你放心，她过得挺好的。"婆婆安慰。

"她无依无靠，怎么会好。"落梅依旧悲伤。

"我认识你娘,你第一次来我们家时碰见来串门的李婶就是她,她当时就认出了你。"

"真的吗?"落梅不信。

"16年前她流浪到我们村,经老人撮合和光棍儿狗仔一起过日子。狗仔是个知冷知热的人,不久你娘的病就好了,还生了个儿子。她每年都会去看你,怕你难为情没让你知道。"

落梅止不住眼泪地哭泣。

第二天,落梅就跟着婆婆回去了。落梅站在陌生的门口,看见娘正在酿酒,熟练地将生酒装入酒坛,用泥巴封紧坛口……

冇相干啊冇相干

娘酒酸了可再酿

红花谢了会再开

人情断了也可续……

娘欢快地哼起了客家山歌,那似曾相识的声音让落梅仿佛置身于梦中。

"娘——"落梅放声大哭,像个小孩一般幸福又委屈地哭着。

村主任的傻媳妇

◎王舒君

南旺村换届选举了，新上任的村主任是退伍返乡不久的军人。听说他原本可以通过门路留在县城工作，可不知为什么又回到这个山沟沟里。谁都知道一句老话：好男不当兵，好铁不打钉。真正怀有报效祖国之心走入军营的人，虽大有人在，但以此为契机寻一个出路的人也有很多。吴方朔到底是哪一种呢？

大家显然对新任村主任怀有猜度，所谓新官上任三把火，村民们都好奇着。也许是前任村主任太过让大家失望了，所以有一部分人消极旁观着。村主任上任的第三天就召开了村民大会，可谁也没想到一个人竟出现在大会上。

这个人就是吴方朔的媳妇——林小丫。提起这个小丫，可有一段鲜为人知的故事。五年前小丫与方朔在一次看电影时相识，当时方朔还没参军，准备到南方闯荡，与小丫的相识改变了他的想法。小丫说她喜欢军营中的男子汉，如果不是父母执意反对，她就会报名参军的。

两人相识相恋不久，被小丫父母知道了，父母勒令小丫与方朔分手，那时方朔已在军队新兵营里。

小丫爱情坚定，对父母晓之以理，不想遭到父母的软禁。一气之下，小丫萌生了死念。当天晚上，她割腕自杀，好在其妹妹发现及时，送进医院，才免去一场悲剧。

在医院里，母亲含泪对她说出极力反对的缘由。因为她的第一个恋人就是军人，可在一次军事演习中牺牲了，为此她痛苦了很久，直到小丫的父亲出现，才慢慢让她重燃心火。听完了母亲的讲述，小丫理解了母亲，但她仍双膝跪地请求母亲同意她的选择。

可怜天下父母心，小丫母亲不忍再伤女儿的心，应允了女儿。

但这一段波折并没有让外人知道。

小丫与方朔是三个月前在村里举行的婚礼（是方朔返乡的五个月后），婚礼既隆重庄严，又有条有理。也就是在那一刻，人们更熟悉了小丫这个外镇的姑娘。

而今在村民大会上的出现，更让大伙猜想不断。吴方朔先对大家做了未来五年南旺村的远景规划，而后又将村委会工作细则呈列给全村村民。方朔说："南旺村的父老乡亲们，感谢大家对我的信任与厚望，方朔一定竭尽所能做好村主任，请大伙用南旺村的变化检验我，一年内没有发展，下次的村民大会就是我向大伙儿辞职的时候！"

"孩子，别这么说，只要你尽力，啥样我们都支持你！你这孩子，是我们看着长大的……"说这话的是南旺村最德高望重的老人，张希朗。他虽已年逾古稀，但依然精神矍铄。老人年轻时叱咤风云，知识渊博，能在南旺村生活，算是退隐山林吧。老人说完，很多村民也齐声应和。

"喂，吴村主任，介绍介绍你那口子吧，她被你分配啥职务了，要不怎么在领导席上？"

"对了，朱大婶，我正准备和大伙说这事。"方朔接过村民朱巧珍的问话，刚要往下说，小丫主动站了起来。

"南旺村的父老乡亲们，俺今天坐在这儿可不是有啥职务在身，而是要跟大伙儿，特别是女同胞们说几句心里话，俗话说得好，一个篱笆三个桩，一个好汉三个帮。俺家方朔虽称不上好汉，可承蒙大伙儿抬爱，挑了这个担子，就一定要挑出个样来！俺今天想说的是，以后方朔要是安排谁干点啥，咱们这个"半边天"啊，可要全力支持呀！空嘴白话没啥用，俺先带个头儿，但不是要大伙儿随从。算是表一下决心吧！"

小丫说完，从身背的小包里拿出一个信封。"大伙儿看！这是三千元钱，不瞒大家，这是俺和方朔结婚收的礼钱。俺今天拿出来，上交村支部，充当致富启动金。这钱专门用作寻找致富门路的经费吧！"小丫说完把信封递给了会计乔华。

这一举动，让所有村民感到震惊，除方朔之外的村领导也都惊讶不已。乡亲们先是一片沉默，而后是一片喧闹。主席台下，人们开始七嘴八舌起来。

村支书沈宏用话筒对大家说："乡亲们安静，听我说几句。坦率地说，吴村主任爱人这么做，也让我有些震惊，这可是南旺村开先河的事，可我仔细一想，也就理解了。别人不知道，我明白方朔为什么放着城里人不当，工作不要，回到这穷山沟，他是一门儿心地想让咱们南旺村的父老乡亲过上好日子。一个人想干成点事不容易，真的需要别人的支持，吴村主任有眼光有计划，我们要全力配合！乡亲们，就不要议论了。好了，今天的村民大会就开到这儿，散会！"

沈宏说完，与方朔对了眼神，站起身准备离座。这时人群中冲出一个人，紧接着是她尖刻的话语："哎哟，这会就开成这样，什么启动资金，这是玩的什么猫儿腻？人不为己，天诛地灭，啥时候雷锋又活了？乡亲们，大家喝彩林小丫高尚吗？她这叫假公济私，假仁假义！"

"住口，陈嫂，你太过分了，俺已经说过没有让大家随从，一切都出自俺的本心，怎么就成了假仁假义，你家那位也做过领导，你说这话不怕伤了他的脸面！"

"呸，我怕啥，我家那口子已经到了南方，等发财了我也去！可是你小丫别这样玩弄我们村民！"

"你！"小丫气得嘴唇发紫。

这时沈宏走过来，厉声道："陈巧凤，快回去，别在这儿无理取闹！你注意点儿形象。"

"我凭啥回去，那几千谁没见过，真要学雷锋用不着这么大张旗鼓！"

"陈巧凤，你要怎么样才肯相信？"小丫愤怒地问。

"要我也要让大伙儿相信，只有一个办法，你现在当着大伙儿的面以血起誓，你若能用这把刀将自己捅破，我们所有的村民就信你，而且我陈巧凤也把这手镯献上。不能的话，那一切还用说吗？哈哈！"

陈巧凤说完，哈哈大笑起来，这时场下的村民又是一片哗然。

吴方朔没有想到原村主任的党羽还是如此之多，村民起哄的不少。

他后悔自己为什么不劝阻小丫，是自己太大意了，没有想到南旺村情况的复杂性。

"怎么办？"

正在方朔一筹莫展之时，小丫接过陈巧凤的匕首，说时迟那时快，小丫已经刺进了手臂，鲜血顿时涌了出来。

陈巧凤没想到朱小丫真的会如此行事，她"妈呀"一声坐到了地上。

"快叫大夫，快叫大夫！"场下又是一片哗然。方朔一个箭步来到小丫面前，准备抱起她。小丫捂着手腕，让他闪开。小丫跨前一步对大伙说："南旺村的父老乡亲们，俺朱小丫今天能这么做，只想让大伙明白，俺家方朔是真想让大家过上好日子，俺是她的媳妇，乐意支持他！"

小丫说完，再也支撑不了自己，倒在了地上……

两年之后，南旺村走上了致富之路。人们茶余饭后会谈起当年的事，都说村主任的傻媳妇真好！

晌 午

◎牛忠华

"哇——"随着一声啼哭,一个新生儿降临这个世界,来到这个家庭。这个孩子的父母看着新降临的孩子,开心地流下了眼泪,这是他们的第三个孩子了,而这个新生儿也是他们期待已久的男孩。而在父母的旁边站着一个两岁大,一个四岁大的女儿,一家人就这样看着新出来的宝宝。

时间过得很快,不知不觉已经过去了两年,这时候男孩也有了自己人生中的第一个记忆片段,也是人生中最重要的一个记忆片段。

那一天风和日丽,阳光照在人身上,让人感觉暖洋洋的。墙外的猪圈里不时地传来一阵阵猪叫,似乎在告诉他们的主人它们饿了。这时候这家的男主人便开始给他的这些财产准备早餐,看着这些财产,心里应该还是挺美的吧!家里的两个女儿也都已经吃了饭去上学了,只留下男主人、女主人以及他们的儿子。

女主人还在外面忙活,儿子随着父亲走进了屋子里。虽然外面暖洋洋的,可屋子里却有一丝丝凉意。不知是空气让人感到发抖,还是人心使这空气寒冷。

这时男主人独自一个人走到了仓库,也就是平时放粮食的杂货间,从里面拿出了一个棕色的玻璃瓶,看上去并没有那么引人注意。他慢慢地打开了瓶盖,一股刺鼻的气息扑面而来,而男主人像是没有闻到一般。

男孩儿就站在那儿呆呆地看着父亲的一举一动,看到他慢慢地将瓶口靠近自己的嘴巴,然后头慢慢地朝后仰去,而瓶子也随着头仰起的动作而慢慢上抬,他看到瓶子里的液体随着头的抬起而慢慢流入自己父亲的口中。很快,瓶子里的液体就全进入男主人的肚子了。

男孩很好奇,一脸懵懂地看着父亲,仿佛在问父亲在喝什么,而父亲只是看着他笑了笑,那笑容看起来让人觉得很舒服,一脸都是对孩子的爱。可是他并没有说一句话,只是默默走到床边,把瓶子放到旁边,然后慢慢地躺到了床上,侧身朝外,面朝着孩子,继续微笑着,眼神中带着爱,又带着不舍。孩子走到父亲面前看着父亲,看到父亲的眼睛慢慢地合上,而微笑却始终挂在脸上,那是一个慈父的爱呀!

孩子以为父亲累了,便很知趣地到外面寻找自己的母亲。而孩子的母亲这时候也忙完了正从外面往里走,便带着孩子往客厅走。她看到自己的丈夫躺在床上,似乎是睡着了,便没有喊他。而当她转头准备走开的那一刻,她瞥见了地上那个不起眼的棕色瓶子,便急忙走到丈夫身边去呼喊丈夫,可是任凭她怎么喊,他也没有应她一句。

女主人便哭着跑了出去,没一会儿就带着一群人来到了自己的屋中。每个人看到男主人后,脸上都带着震惊和不可思议,但是他们并没有忘记自己要做什么。几个人抬着男主人往外走,把他放在了刚拉来的板车上。这时候一群人便跟着板车走了,准确地说应该是跑。而男孩儿的眼里,仿佛就像是一群人在比赛,赢了仿佛有奖品似的。

在男孩没注意的时候,一只手朝着他伸了过来,并抱起了他,把他抱在了自己怀中。这时男孩才看清这个女人的样子,三十多岁,有着比小麦色略白的皮肤,圆圆的脸上很有肉感,一头乌黑的头发垂到了腰部。原来是自己的一个大娘,也就是自己伯伯的老婆。她抱着他朝自己家中走去,嘴里还说着一些他听不懂的话。

当男孩再次回到自己的家中时已是晌午,仍有一群人在自己家中,而这次每个人不再是面带震惊,而是面带悲伤,有那感性的,眼角还挂着眼泪在那儿哭。男孩并不知道发生了什么,这时候他看到了自己的父亲,还是跟早晨见到他时一样,躺在客厅的床上。只是这一次床不再是靠着墙,而是摆在了客厅的正中间,父亲也不再是侧躺,而是头正对着客厅的门平躺着。

据后来男孩从堂哥的口中得知,那天中午,男孩站在父亲的面前,对着父亲说"爸,你起来吃饭呀,你怎么不起来吃饭呢?"

再往后的记忆便是一位堂哥抱着身穿一身白色衣服的自己朝外走去,他并没有反对堂哥抱着他,因为他并不知道发生了什么事,只是充满好奇。他在堂哥的怀里拿着一个由柳树枝做成的灵幡。

后来,一切事情都结束了。天气依旧是风和日丽,阳光照耀在人身上依旧是让人感到暖洋洋的。两个女孩依旧是吃完了早饭去上学,只是墙外猪圈里再也没有了猪叫。而女主人坐在院子里,头微微抬起靠着墙,眼睛紧闭着,似乎眼角还有眼泪滑出。在她身边还有一个只有两岁大的儿子。

第几次被炒鱿鱼

◎文玉冰

  我不知道，在这多年打工的日子里，这是我的第几次低头了，但我没有后悔，哪怕又被炒鱿鱼。

  唉，我看了看天，突然暗下来的云如风一般地在向我头顶压过来，让我实在无力再去回忆这些年的伤心事……

  可手上沉重的行囊却在告诉我，没有办法回避……

  "罗蓝，你怎么不知道为自己去申冤，去经理、老板那里为自己澄清啊！"

  "罗蓝，你没有做错事啊，做错事的是杜主管的亲戚，引起退货的是她们，而不是你，怎么让你承担？记两个大过，又是开除！唉……"

  "蓝，你说话啊……这样不是办法，所谓哀其不幸，怒其不争，就是你这样子，你不能麻木啊……"

  耳边同事的声音如放电影般，在我脑子里挥之不去。可也真奇怪，为什么我总是碰上这样的事，我想不明白，难道自己这懦弱的性格真的不行吗？

  但杜主管那亲戚也不容易啊，才刚刚进厂——听说也是离过婚的女子，才三十三岁，做小老板的丈夫有外遇后，就把她无情抛弃了……

  并且这件事，杜主管也用乞求的眼光征询过我的同意。

  我也是品质部组长，虽然组装部品质不归我管，但让我顶她那个新来的亲戚（新来的品质组长），就刚好。

  我紧了紧手中的包，步子更坚定了！

  "你这个人怎么这么笨啊，做事太慢了！"张平主管大声地一边训着我，一边伸出了右手，啪的一个巴掌打在我的臀部上，我心里是五味杂陈的。说起来张主管是有修养的，即使她是一个年轻女子，当时记得还没到三十岁吧，不是生气打我的脸，而是打向我那个即使挨了打却不会太痛的身体部位……

  至于这一下重与不重，当时记得，还承受得住。因为对那时年轻的我来说，女生的手，哪怕再重也不会伤人。

这是一家香港老板开办的五金厂，主要做学生用具等。当时是1998年，工资只有400多元，500元的话就算有点儿高，哪怕我大部分时间都加班到晚上十点半，有时候甚至是晚上11点后。

"看看你，涂的什么啊，太笨了，像人做的事儿吗？成这个样子，这怎么出货？"这一位大声骂我的组长，同姓张，叫张玲，当时记得是湖南的，在这五金厂待了八年，仍只是个组长。

由于当时刚入职，并且这个涂水彩工序需要经验，所以总是手忙脚乱，心里越着急越做不好。当时我还纳闷过，以为自己真的很笨！直到后来，才逐渐了解到，包括她的那三个新进老乡，也一样做得不好。

五个月后，也就是在8月18日那天，我又被那家厂子炒了，这次一样的原因，听好心的同事告诉我，为了保护张组长那个特别老实，比我做事还差的老乡，就把我开除了……

这个理由，不知道为什么，总觉得心里更踏实了。

"这次进了厂，一定要好好干，不能再被炒掉！"我握紧拳头，对自己宣誓道！

这家若名电子厂，还真神奇，大雨快速来临时，我就走到这个厂的旁边避雨。上天待我不薄啊，我感叹道。

在这个厂还是做文员，很不错，不用加班，只是他们给我的工资，总觉得听错了，刚刚把我炒掉的厂给的工资才……

于是，我又问了下人事经理，他有些不耐烦地看着我，说道："是不是嫌工资太低了？记住，三个月后会再加，当然，如果表现够好，也可以提前加工资……"

他后面说什么，我实在不想听，我只想笑。哪里嫌低，比以前厂的工资还高了近两千，突然觉得，越被炒鱿鱼，怎么还越走运……

不过，从一个厂炒到另一个厂，什么时候成为招聘人员里面的人才了。是的，我脸不红，心不跳，口才变得滔滔不绝，难道是自己被过分压抑的结果……

真的是"困于心，衡于虑，而后作"？

为了多积蓄点儿钱，也为了不再被炒鱿鱼，我开始胡乱编造——我正在很努力地练习电脑。在那些陌生的面试官面前，我拼命表现自己，说自己曾做过文职工作，经验十分丰富。那逼真的演技，把我自己都给吓到了……

这一次也是，让我怀疑自己有做演员的天赋，我把自己平素从书上看到的知识，全部应用进去，有位面试官的一句话我记得："小妹妹，你这讲得很有条理与逻辑啊，上过企业管理大学吧？虽然你的简历上写的文凭是初中，但听你讲话就知道了！"

秘密村

◎郝慧娟

传说世界上有个最能保守个人秘密的村子，这个村的每一位居民都是品德高尚的君子，他们高洁的品格能让那些自私自利的人觉得惭愧，从而迫切地想净化自己无比龌龊的灵魂。

春光明媚，几个好友一起进山游玩，我想找一处最佳的角度拍照，不知不觉间走出太远，结果和大家走散了。

几分心慌意乱再加几分惊恐让我加快步子想尽快找到他们，山高林密让我完全迷失了方向，眼见太阳要落山却完全没有一点儿办法，正绝望间，看到不远处升腾起了袅袅炊烟，原来我意外闯进传说中最让人安心的地方——秘密村，村民都热情地邀请我去家里做客，最后一位胖大叔上来二话不说直接拉着我就走，看着其他人失望的眼神胖大叔很得意。

一路上，房屋建筑和现在的城郊也没有太大区别，只是各家房屋建得都保持一定的距离，胖大叔告诉我，那是为了大家都有一个舒适的个人空间，更好地保留个人隐私，还让我把大家都找过来干脆在这儿多待一段时间。

到家之后，他告诉我要把这儿当成自己家，千万不要拘束，停了一会儿又悄悄说，幸亏他机智地把我拉来了，刚才那个高个子一直在闹离婚，虽然老婆出门时脸上总带着笑容，但大家都知道其实两口子经常打得不可开交，他家吃饭每顿都有伴奏；那个黑脸的两个孩子都有自闭症，家里的气氛让人窒息得待不住；还有那个卷毛，老婆虽然还算漂亮，但极不检点，和村里一半的男人都睡过了，吓得卷毛每天不敢多出门，天天在家看老婆，对外还说是人要学会享受生活，不能做个只知道工作的机器。

第二天我起了个大早出去转，边欣赏美景边无比贪婪地呼吸着香甜的空气，毕竟不是谁都像我这样幸运能走进这一方纯洁的土地。意外地在门口碰到高个子和黑脸，得知我的想法，他俩主动要带我去景色最美的地方，免得我再迷路，路上他们说出一个让我十分不安的消息："你住的那家，二儿子是一个神经病，不能受一点点的刺激，经常半夜起来一个人在家里到处走动，建议你还是早点搬出那个地方吧，不然你会很危险的。"边说边用怜悯的眼光看着我，仿佛我已经被这个神经病攻击了，这就令我很惊恐不安啦。

　　回去后不顾胖大叔的再三挽留，我仓皇搬到离村子很远的一家。

　　房东是一个慈祥和蔼的老太太。我说出自己的疑惑："这里和传说中的不一样啊。"老太太看着我："我也是很久以前误入这里的，这儿的每个人都不想让别人知道自己的秘密，但同时又极力想知道别人的秘密，为了成功打探到别人的秘密，无所不用其极，有人甚至进化出了能感应别人秘密的功能，没进化出的人会想方设法偷偷在别人家装监控以便偷窥他人的一举一动，不幸的是，他们每个人都成功了，之后就急不可待地把知道的秘密悄悄告诉其他人，其他人再传给自己的知己好友，所以这里的每个人都以为自己的秘密没人知道，事实上大家都没有一丁点儿秘密。"

　　原来，这个村子是世界上最没有隐私的村子。

　　那为什么外面的传说和这里的实际情况截然不同？

　　"虚假"出门总喜欢披一件好看的外衣给自己壮胆。

买烟的男孩儿

◎武奔腾

那天上午,我要到花溪村找我的一位老同学办点儿事。来到村口,看有一家烟酒店,我就进去买两包烟。店里有一个五十岁左右的女人,短发,四方脸庞,单眼皮,但眼睛清澈、明亮。看我进店,她就满脸堆笑、极热情地和我打招呼,想必她就是"老板娘"了。买了两包烟,我随即抽一支烟含在嘴上,转身欲走,突然走进一个男孩儿,差点儿与我撞了个满怀。我看了看他,中分的头发乱得像一窝稻草,几乎耷拉到眼睛上了。脸略有些圆,小小的眼睛,个子不高,身材很瘦,看上去十四五岁的样子。这时,我看见老板娘手里拿着一张报纸,在柜台下盖着什么。

"婶子,给我拿一包烟——老牌子。"男孩儿走到柜台前对老板娘说。

老板娘手一摆,冷冷淡淡地说:"今天你来得不是时候,烟刚卖完。"

"不可能吧?你怕我不给钱?上次买烟我还欠你十块钱,我今天就给你。没有黄山烟,别的牌子的烟也行。"男孩儿说。

"什么烟都没有了,这几天烟草局缺烟。"老板娘说。

男孩儿半信半疑地说:"烟草局缺烟?这怎么可能呢。"

老板娘说:"我是开店的,有烟还能不卖吗?真的没有烟了。"

我看了看烟柜,老板娘已用一张报纸把烟柜遮挡了。我心里犯嘀咕:这老板娘柜台里有烟,为什么要唱这出儿戏呢?

男孩儿下意识地瞄了一眼货架,没有发现什么,就摇摇头,沮丧地说:"婶子,那明天有烟吗?我爸爸还等着抽烟呢——他烟瘾大。"

"烟草局有没有烟我也不知道。"老板娘有一搭没一搭的。

我知道爱抽烟的人没有烟抽的滋味儿,我就对男孩儿说:"我买了两包烟,十块钱一包的,给你一包吧,拿去给你爸爸抽。"

男孩一听,异常惊喜:"好,真是太好了!我给你钱。"说着,男孩就掏出十块钱给我。

"师傅,不要给他烟!你买烟肯定是有用处的。"老板娘从柜台里面出来阻止我。

"这……"我莫名其妙地望着老板娘。

"婶子,你这是干什么呢?你这样太霸道和自私了吧?"男孩儿怪声怪气地对老板娘吼叫。

老板娘望着我,便使个眼色,说:"师傅,你不是说买烟要招待客人吗?"

我不知道老板娘搞什么名堂,我愣了一下,就对男孩儿说:"要不你到别的店去买烟吧。"

男孩儿剜了老板娘一眼,叹了口气说:"我们村就这一个烟酒商店,我到哪里买。算了,不买了。"说着,男孩儿耷拉着脑袋走出了烟酒店。

老板娘看着男孩儿走远了,就回头对我说:"师傅,他是个没出息的男孩儿……"

我不解地说:"我知道你柜台里有烟,可我不明白你为什么就不卖给他烟呢?"

老板娘郑重其事地说:"他不是给他爸爸买烟,而是自己抽,他是个学生,我不能挣昧良心的钱啊……"

盯 梢

◎周盛楠

最近每天这个时间，杨真都会悄悄守在这个小区门口。下午四点的太阳依然毒辣，杨真不停地在流汗，她那件灰色 T 恤后面湿透了，粘贴在她身上，她擦了把额头，努力抑制着不断翻涌的烦躁。

那个女人走过来了，她穿着一件白色连衣裙，戴着顶浅米色的草帽，帽檐儿小得可怜，远远看着好像她头上顶了个盘子。"哼！"杨真冷笑了，"男人的眼光就是不行，就这样的——"

女人叫枫，体重起码有一百五十斤，连衣裙吃力地包裹着那肥硕的身体，根本毫无曲线可言！看着顶"盘子"的背影消失在小区里，杨真靠在了一棵树上，眼睛仍死死盯着小区大门，周围没什么人经过。四点半，女儿的信息过来了："妈，爸都到家了，你什么时候回来？"

唉，杨真心里说不出的滋味儿，上个月她听到老公和他大学同学枫的风言风语，暗地里她多方打听，终于找到了枫的地址，可在这儿蹲守了一个星期，也没有找到蛛丝马迹。如果真是误会他们了该多好，可想想老公在家那冷淡的态度，女人的直觉告诉她一切没那么简单。

杨真是全职主妇，这些年老公生意顺风顺水，家里的房子早换成四居室，女儿也上了中学。谁都知道四十岁成功男人面对的诱惑有多少，杨真虽然不上班，但职场、生意场的各种花花事儿，她也听了不少。全职太太只是听上去好听而已，这些年操持家务的辛苦只有杨真自己清楚。松弛的皮肤和腰间层层的游泳圈见证了杨真的不易，是啊，男人没钱你要陪着他苦，男人有钱了你还要防着他坏，女人才是真的苦啊。

赶回家做好了三菜一汤，吃完饭、洗刷收拾完已经快九点了。杨真看了眼懒洋洋歪在沙发上看电视的老公，不自觉皱了皱眉。关上门她悄悄给闺蜜阿彩打了电话，阿彩声音有气无力的，不用说肯定相亲又没成。

阿彩漂亮、有能力，是位会计师，可离了婚后几次相亲都备受打击。按理说这个时候不该再麻烦阿彩，可杨真这些年能信任的只有这个朋友。电话里阿彩还在诉苦："真真，我就不明白了，你说这男的比我大十岁，还嫌我年纪大，你是没见他脸上那褶子，哎哟喂，那张老脸！他还挑我，你说还有天理吗？难怪人们都说男人最'执着'，十八岁时喜欢十八岁的，三十岁时喜欢十八岁的，这五十岁也喜欢十八岁的，我真的不抱什么希望了，找个合适的怎么就这么难——"阿彩好像突然回过神了，问杨真找她什么事儿，"我就说，这男人还真没几个靠得住的，我那前夫就是被我抓了个现行才离的！不过，上回我打听的不是你老公的同学吗？你确定？你家那口子倒不像这种人啊！行，我再给留心着，你别着急，等我信儿吧。"

电话挂了，杨真望着化妆镜里的自己，细细抹上了眼霜。

"玉豪大酒店407号房，你可想好再做决定！"半个月后，正在擦地的杨真收到了阿彩的短信。她抓起小包，开车赶到了酒店。电梯到了四楼，杨真没出电梯，呆呆地站在里面，随即她飞快按下关门键，酒店一楼，杨真藏在楼梯间无声地哭着，她拼命用指甲掐着另一只手，一道道深红的印子仿佛掐在她心上。她不敢去面对真相，她已经是个没有任何资本的发福的黄脸婆，阿彩那样的美人儿想再婚都处处碰壁，何况她呢？真要是、真要是被她抓到了又能怎样？离了婚孩子怎么办？十几年没工作过的她又能干什么？她不敢想下去，肩膀轻轻地抖动着，眼泪止不住似的流。

此刻407房间里一片欢声笑语，其实只要杨真刚才多走几步，就会听到房间里那几人的热闹喧哗。楼梯间里痛哭的她当然也不知道，这段时间老公和枫为了筹划这次同学聚会费了多少精神！

悬

◎赵福海

一

今天是2016年雨水最多的一天，也是我最揪心的一天。我深深地后悔了，后悔不该这时候让儿子到三门峡办事儿。

昨天，闷热了一天。到了晚上吃饭，尽管客厅的空调开着，我也是赤着上身在餐桌上吃饭，身上仍有汗意。

吃完晚饭，我牵着病妻的手到外边想透口气，可空气里没有一丝风，黑郁郁的树叶纹丝不动，仍是闷热闷热的，令人很是躁郁。

兴华东路上的路灯，像害了红眼病似的，红彤彤的，还泛着一圈蓝莹莹梦幻般的黄光。路两边出来乘凉的人们，有的发出感叹："这是咋啦，夜里也不凉快。"

九点刚过的时候吧，空气里有了丝丝凉意，人们的心情也跟着愉快起来。可没多久，脸上手臂上就落有水珠来。

"快走，雨来了。"不知谁说了一声。

人们开始像赶潮一样往各自的家涌。我和妻子也急急忙忙往家赶。

雨，说下就下，哗哗啦啦，下得很响。邻居家的狗都被惊动了，叫得奇声怪调的，很是吓人。雨，这么大，三门峡那边不知下雨没有？儿子明天可要怎么回来？虽然他是在三年前就有了驾驶执照，可他开车的时间毕竟太少，单独出远门，这又是第一次。我担心着儿子，在床上翻来覆去。也许不是那么热了吧，妻子倒是一脸的轻松，已经酣然睡去，可能她就想着儿子就在隔壁的套房里睡着吧。

卧室内本来没有蚊子的，不知从哪儿钻进来几只蚊子，咬得我的手臂和大腿上都起了包。无奈，起床拿来敌杀死，喷了一点儿，这才再次躺下，在雨声和狗叫声中睡去。

二

早上七点多钟，我在雨声中醒来。拿起手机，发起愣来。儿子开了一天车，肯定很疲乏，又爱睡个懒觉，尽管心里很是担心，很想了解一下那边的情况，可我最终没有拨打手机。到了八点四十分，实在忍不住，就拨通了儿子的电话。

"老爸，正想给您打呢，您的电话就来了。这边事情办完了，开始回栾。"

"吃早饭没？""吃了。"

"那边下雨没？""下了。"

"大不大？""大。"

"那……那你慢点儿，别慌张，注意安全。""好。"

三

整个一上午，我都没心情干任何事儿。手里拿着手机，也不敢给儿子打电话。那是在高速路上啊，打电话会影响他开车的。

无聊至极，翻看手机微信。好家伙，几天来，全国好几个地方雨水都很大。有的地方大水冲走了房屋，有的地方泥石流堵塞了道路……越看心越烦，突然，我的手机响了。是儿子！我的心提到了嗓子眼儿上，赶快接通。

"老爸，我妈啥事？老跟我打电话。""没啊，你妈就在我身边。"

"现在我妈的手机还通着呢。路上雨很大，几十米都看不见东西。别让我妈老跟我打电话，影响开车。"

"那是你妈的手机放在口袋里碰到屏幕了。她的电话，你别管。注意开车，慢点儿开。天黑之前能回来就行。"

妻子身体不好，有时神志不清，是个半行为能力人。我关了手机，连忙从妻子的裤子口袋里取出手机，果然，已经一分多钟，仍然开着呼叫儿子。

妻子很不愿意，想从我手里夺走手机。我躲开妻子，一边关手机，一边气愤地说："不能这样，这会影响儿子开车！"

她还想给儿子打电话，我着急地说："不能打，不能打。儿子开着车，接电话不安全。"

为了分散妻子的注意力，也的确需要出去办点事儿。我就骑着电动车，带着妻子。妻子在电动车后座上坐着，举着伞，我们慢悠悠地出了门市部，先到伏牛南路电费收缴大厅交了6月份的电费210元，后又回来在兴华东路金源量贩购买了一些中午吃的面条、鸡蛋、西红柿等，送回家，再到门市部去。

四

中午吃饭的时候，我正犹豫着是否给儿子打个电话，告诉他，别慌张、别着急，累了就停下来休息一下，吃点儿午饭再走，天黑之前回来就行。儿子的电话就打过来了，说他到了一个服务区，正在吃午饭，吃过饭休息一会儿再上路。我连忙说："好，好。这就行，这就行。路上太滑，别太快。"

因为没有睡意，中午我就躺在客厅的沙发上看书，可脑子里像一盆浆糊，根本不知看了些什么。午睡醒来的妻子，果然跑到儿子的房间找儿子。"哎，儿子去哪儿啦？咋没在屋里睡？"我哭笑不得，三天来，天天都跟她说儿子的去向，可她就是记不住。

我只好再次给她解释，儿子去三门峡了，今晚才能回来。没想到，妻子竟然哭起来，说想儿子了。我只好心里酸酸地、耐心地、再次好言好语地劝说她、安慰她。

五

下午，我仍没有心思去局里上班，正好办公室主任来电话说，局里没啥事情，雨下得太大，让我就留在家照看妻子。我就又到儿子的门市部坚守。

店员的一句话，使我悬着的心再次提到了嗓子眼儿。她说，朋友给她发微信，洛阳下的雨很大，从照片上看，已经有齐腰深。妻子又开始闹着要给儿子打电话，我说什么也不让她打。她又哇哇地哭了起来，弄得我心里都酸酸的，眼泪也止不住地流。她烦躁，我更烦躁，但我不能烦躁，就想办法分散她和我的注意力。于是就离开儿子的电脑桌，领她到门口去站一站，领她冒着雨到别的门市部去转一转。

店员见我俩这样紧张，吓得也不敢再多说话。

五点半钟的时候，天开始泛黄，可雨仍在下着，儿子仍没有回来的消息，我也不敢打电话。这时，儿子的手机打了过来，说他已经到洛阳，在一个服务区停下来休息。洛阳的确雨下得很大，稍停停，雨小些就继续往回走。

知道了儿子的情况后，我心稍微安定了些。但儿子尚未回来，我心仍是放不下，就像悬在半空中的一片风雨中的树叶。洛阳下那么大的雨，洛栾高速路又是新开修的路，常常在雨季发生一些泥石流，我担心……唉，真的不敢往下想。

此刻，老家的老父亲打来电话，问他的孙子回到县城没有。我怕老父亲担心，说孙子走得很慢，还常常停下来休息休息再走，估计天黑才能回来。问他，老家下得大不大？他说，很大。又问他，家里的房前屋后，安全不安全。老父亲说，早都整治过了，很安全，让我放心吧。

今天一天，我给老父亲打了十多个电话问情况，老父亲都是这样说。这样的雨天，老父亲一个人在家，我也确实不放心。可这么大的雨，我一是担心局里会随时通知我有啥事，二是担心出门在外的儿子，三是担心有病的妻子得有人专门照顾，因此，就没能回成老家……

已经是六点三十分，按照以往的情况，我和妻子要回家做晚饭了。可儿子没回来，我和妻子谁也不愿回家，就静静地在门市部等待着……

六

临近七点，县城的雨开始停了。西边的天空露出阳光、白云、蓝天，但东边的天空仍是乌云密布。能明显地看出，西边的天空正竭力向东扩展。刚过七点，县城的天空几乎全成了白云和蓝天。

七点十分，我再次忍不住给儿子打电话，告诉他咱县城天已经放晴了，他妈妈正在家里做晚饭等他回来吃呢。儿子说，不用等他吃饭，他会回来很晚，因为那边的雨仍然下得很大，即使是高速路，车速最高时速也只有60公里。我说："你做得对，你做得对。安全第一，安全第一。"

按照这种时速，我预计最晚儿子也能在九点钟前赶回县城。期间我不再给儿子打电话。为了分散我和妻子的注意力，我给在我家楼上四楼租房居住的人打了个电话，告诉她今天我已经把我们两家的电费交了，总共 210 元。她说："那我们两家每家就是 105 元对吧。"我说："对。"她说："我就在家，马上我就下去，将钱给你。"过了一会儿，她的女婿来了，赤着上身。在客厅我给他看了收费票据，他就把 105 元拿了出来。

　　九点钟的时候，儿子并没有回来。我再次着急起来，立刻又给他打电话。儿子电话通着，可儿子把电话按了，没有接。这个信息说明，儿子仍在开车，不想让我打扰他。因此，我没再给他打电话。

七

　　整个客厅里好像只有大钟表存在，它不紧不慢的脚步声分外地响，塞满了客厅的整个空间。

　　坚持到十点钟，儿子仍没有回来，我又一次给儿子打电话，儿子又把电话给按了，没有接。我感觉到了儿子正在某路段紧张得聚精会神地开车，黑色的雨幕下，前后都有明晃晃车灯的车辆，时而有灯光从他身边一闪而过。我不明白儿子为什么推迟这么长时间回不到县城，但我再也不敢给他打电话。因为，我怕就是因为我的一个电话，干扰了他的开车，给他带来危险。

　　可妻子不愿意了，怀疑儿子早就回来了，就在儿子的房间，是我把他藏了起来，不让他跟她见面。她甚至再次跑到儿子的主卧室内去看，不见儿子，又说什么也要给儿子打电话。我几乎失去了耐心，跟她吵了起来，说，她敢打电话，我就没收她的电话。我劝她太晚了去休息，她也不去。

　　我再次拿起书来看，想保持一种镇静状态。给妻子一个样子，让她也随之镇静。可随着时间渐渐地接近十一点钟，我根本镇静不下来。我没敢再给儿子打电话，只是编写了一个简短的短信："到县城后，立即回电话！我和你妈非常挂念你的安全……"

　　谁知，短信刚发出去，客厅的门被打开了——儿子回来了！妻子看见儿子竟又大哭起来。我的眼睛也酸酸的。

　　我们相互拥抱之后，我问儿子怎么回事儿？他说，那边雨下得很大，根本看不清路，一直用的是导航仪，结果，一不注意，导航仪导错了，下了高速，走的是洛栾快速通道。路上车多，速度又在 30 码左右，所以回来晚了。又问他，为啥不接电话。他说，高速路上接个电话还可以，快速通道上，路窄、弯多、雨大、车距近，有的老司机还想超车，再加上快速通道并不封闭，随时有可能出现有人穿越道路，一不小心，就有可能出现这样那样的事故，根本就不敢接电话。我说："你做得对，做得对。回来就好，回来就好。"

　　接着，我将这一消息电话说给了老家仍未休息的老父亲。

亲爸爸

◎邹丽卿

新年过后，东桥头小学开学了。每学年开学报到只有一天时间，这是惯例。今年开学这天，到下午四点半了，一年级的班主任陈老师还是不见王汗同学来报到。

陈老师是一个有些书卷气的四十岁左右的男人，戴着眼镜，一脸和气，看样子有点儿像以前中央电视台少儿节目主持人董浩叔叔。现在偌大的办公室就剩他一个人，忍不住想给王汗的爸爸打电话，可是没有找到王汗爸爸的电话号码，最后打了王汗妈妈的电话。王汗的妈妈难为情地说："陈老师，到现在，我的工资……还没有发下来。真没有钱，实在不好意思来报到。"王汗的妈妈没有固定的工作，在广州给人家打工，时不时换工作，连维持生计都非常艰难。"没有钱也不要紧，先来报到吧。"陈老师心情黯然，轻声说道。

陈老师放下电话，心想：王汗的妈妈赚不到钱，他爸爸难道也一点儿钱都赚不到吗？现在的学费国家都已经免了，书费也免了，不过所有的学校都需要订购校服，各年级按单双轮流订购校服。今年恰巧一三五年级要订购，加上几项杂费，王汗读一年级，来报到一下子也就交一两百块钱。再说，再苦也不能苦孩子呀。

一会儿，王汗的妈妈带来嘟噜着嘴、一脸不悦的王汗急匆匆地闯进了大办公室。王汗妈妈一眼扫过这学期新置的有隔断的办公桌，发现只剩下陈老师一个人在办公室，她抱歉地说："陈老师，让您久等了。"接着推了推她儿子说："快跟老师问好。"王汗问了声新年好，陈老师摸了摸王汗的头，亲切地说："把寒假作业给我，让我检查一下。"陈老师认真地检查作业，一页一页地翻看，发现有错误的或没有做完的地方，都会停下来，一一指给王汗看，嘱咐他回家补做。

"王汗小朋友，其实你脑子很聪明。如果你能克服粗心和拖欠作业的习惯，你的学习成绩一定会有很大提高。"陈老师和颜悦色地对王汗说。王汗听话地点点头。陈老师扶了一下眼镜，又说："新学期开始了，你有什么打算？"王汗不说话。他妈妈提示他说："这个学期，你要认真读书啊！"王汗应了一声："嗯。"

他妈妈说："你倒是跟陈老师说一下，这学期的打算啊。"王汗机械地转过头，冲着陈老师背书似的说："我要认真读书，好好完成作业，不调皮捣蛋。""爸爸妈妈赚钱不容易，你要好好学习，及时完成作业，遵守纪律方面也要争取有进步哦。"陈老师语重心长地教导。陈老师把收据开好，然后和他们一起离开学校。

分别时，王汗的妈妈心情沉重，叹着气说："唉，我和他爸爸都在外地做事，可是因为没有什么文化，找不到好工作赚不到钱。这次回家过年花费也大，加上王汗前不久又大病住院，把家里的钱都花光了。"

陈老师安慰她："等您有钱了再给我吧，我先替您垫着。"王汗的妈妈点点头："谢谢老师，过几天我就去广州了，家里只有他奶奶照看，王汗的学习也辅导不了，麻烦老师了。"

陈老师突然记起一件事说："学校要给留守儿童办一个微信群，请您把您和王汗他爸爸的微信都加到学校办的群里吧。"王汗的妈妈勉强地说："那，好吧。"

陈老师负责的学校留守儿童群办得很好。每到星期五下午，陈老师组织全校留守儿童一起到电脑室上网，戴上耳机，在微信上与他们的爸爸妈妈视频聊天。

细心的陈老师发现，王汗看到同学们跟他们的爸爸视频的时候，就不理视频里的妈妈了，眼睛直盯着同学的爸爸看。陈老师来到他身边，低声说："王汗，你想爸爸了？""嗯。""叫你妈妈把你爸爸的微信也加进来吧。"

微信里王汗通过话筒跟妈妈说："妈妈，我要见爸爸！"他妈妈面露难色，敷衍地说："你爸爸没有微信呢。"

陈老师从王汗头上摘下耳机，自己戴上，想跟王汗妈妈交流一下。"王汗的妈妈，王汗很想爸爸了。"陈老师把看到的情景告诉他妈妈。他妈妈沉默了，视频也被关掉了。

陈老师的电话振动起来，一看是王汗妈妈的电话。王汗妈妈在电话那头泣不成声，欲言又止，说："以后再跟您详细讲一下吧。"接完王汗妈妈的电话，陈老师如坠迷雾，王汗妈妈为什么哭呢？难道……

又到了星期五下午，陈老师高兴地告诉留守儿童群的孩子们说："今天安排了一个游戏活动——找朋友。你们在纸上写出你最想找的朋友的名字。"

陈老师把纸条一一收上来。看着孩子们写的朋友，陈老师不住地点头。王汗的纸条上赫然写着"陈老师"。"王汗，你为什么把我当作朋友？"陈老师微笑着问道。"陈老师，我喜欢您。"同学们异口同声地说："我也喜欢陈老师。"

电脑室里响起来一串串银铃般的笑声。

从这天起，王汗特别喜欢和陈老师聊天了。

又是星期五，一上午没见到陈老师，王汗下课后立刻找陈老师聊天去了。"陈老师您在做什么？"陈老师放下手里的备课本，笑嘻嘻地望着他："你看呢。"陈老师看见他总是一脸的笑容，王汗觉得陈老师很喜欢他。"陈老师……"王汗犹豫了一下。陈老师马上说："有什么问题要问吗？"王汗难过地说："我从小到大还没有见过我爸爸呢……"见他低着头，扁着嘴，陈老师收敛了笑容说："是吗？怎么可能呢？""是真的，骗你是小狗！"王汗把两只手当小狗的耳朵耷拉在头上做小狗状。

陈老师一边摘掉眼镜，一边说："真有这事？我可是我爸爸看着长大的。""我真羡慕你呀！陈老师。"王汗天真地说。那双眼睛亮起来又暗下去：我多想陈老师就是我爸爸呀，可是……他不是的。想到这里王汗有些懊恼。忽然，他的眼睛又亮了起来，"陈老师，您愿不愿意做一次我的爸爸呢？"王汗终于大胆地说出了藏在自己心里的话，感到很开心，歪着头、堆着笑，满眼渴望地看着陈老师。

王汗是真的没见过他爸爸吗？一团疑云浮起，莫名的心酸涌上心头，善解人意的陈老师意味深长地说："如果你愿意的话……"王汗迫不及待地甜甜地叫："爸爸，爸爸！我爱您！""孩子，我也爱你！"陈老师微笑着，摸着他的头说。他怜惜地看着这个高兴得又蹦又跳的孩子。

就这样，王汗就有了陈老师这位慈祥的爸爸。陈老师在节假日一有时间就会带王汗一起去小镇的街上玩，还给他买圆珠笔、水彩笔和作业本等学习用品。

现在，王汗有什么心里话不是跟妈妈说，而是跟陈老师说。

王汗的妈妈从广州回来，到学校了，一进办公室就对陈老师说："陈老师，谢谢您！王汗从小就没有爸爸，是您帮助王汗享受了父爱。"

"不用谢。"陈老师想起住在这个村里的同事说过，王汗其实是一个私生子，她妈妈一直隐瞒孩子的身世。陈老师本想问些什么，王汗从办公室的另一张桌子的隔板后面走出来，原来，他正在这里做作业，接受陈老师辅导。

"妈妈，我从小就没有爸爸吗？"王汗明亮的眼睛直视着妈妈，摇着头，往陈老师身上靠过去说："不，我有爸爸！陈老师就是我的亲爸爸！"

一朵紫云英

◎方雷

　　鄂南农村有个喝汤的习俗。喝汤一般在午饭之前，只有尊贵客人才有这个礼遇。

　　那日，十三岁的弟弟下山去姐姐的家。小舅子年龄不大，却十分看重亲情。英的婆婆一阵忙活，和粉、醒面、开擀、切条、洗肉、剁鱼，颤得砧板咚咚响，灶膛内火苗舔着锅底，噼里啪啦，锅内热气腾腾。

　　刚嫁的英跟着婆婆转来转去，无从插手，退回来，装着看手机，眼角的余光时不时瞅着婆婆的脸色，不用说，是一双笑眯眯的眼神，目光跟灶膛里的火苗一样炽热。这时，谁也没有闲心去搭理灶台上的那只老猫，老猫却好奇地瞅着眼前的一切，还有这个陌生的小客人。

　　就一会儿工夫，一大青花瓷碗手擀腊面汤端上了桌，香喷喷的。"小舅子慢吃，腊面汤不冒气，不要烫着嘴哩。"婆婆留下姐弟俩说悄悄话，自己拿着半个冬瓜瓢到屋外，玉米粒撒满一地，禾场就有了鸡群欢快的咯咯声。

　　屋内，做客的弟弟这会儿才发现灶台上还有双眼睛，正不怀好意地瞅着自己，他嘻嘻地夹起一块腊鱼和老猫开玩笑："喵——"英见状起身忽然想起什么，一会儿，卧室传来动画片《黑猫警长》的声音。

　　娘家没有人来时，英喜欢把自己一个人关在卧室。

　　客厅挨着卧室，弟弟一听，丢下碗筷，跑到卧室看热闹，就在门口，差一点儿来个姐弟亲情拥抱。

　　突然，听到啪的一下撕心裂肺声，一刹那，英和弟弟惊奇的目光同时投向桌下的地板砖，那只大青花瓷碗已被老猫扑翻，掉到地上碎了。弟弟人小机灵，像大人似的扑上去一顿挥手跺脚。"喵——"老猫一个跃步，蜷缩在灶台，摆动着尾巴，惊恐地逼视着眼前的小客人。

　　脆裂的响声像条草绳，也把婆婆从屋外拽进了客厅，她手里还是那个冬瓜瓢。面条、腊肉、鱼块、炸豆腐散碎一地，还冒着热气。

做客的弟弟刚要急着说些什么,就被姐姐的眼神狠狠地打发了回去。

"我弟弟玩手机,不小心把碗汤打翻了。"英正在忙着打扫。

"没事儿,小舅子还小,正是赶戏的年龄。"婆婆接过英的笤帚继续打扫。

"我弟弟说不饿,刚才吃了不少零食。"英又蹲着捡拾这只倒霉的大青花瓷碗碎片。

"再煮一碗汤,几根面,擀起来很快,干鱼、腊肉见火就熟。"婆婆再次表示了热情。

待在一边的弟弟满脸的懵懂,满脖子通红,懊恼的眼神射向灶台的老猫,马上又转向了自己的姐姐。

出了湾子,刚到村口,姐弟就起了争执。

"姐才嫁过来几天,就变了一个样,你不是从小教我做人要诚实吗?"

"我咋就变了?咋就不诚实了?"

"你明明也看到是老猫打翻了那碗汤,为啥要冤枉我?"做弟弟的小脸又涨又红,气得仰着头。

英把手轻轻搭在弟弟的肩上,说:"我也晓得不是你打翻的,可是姐的婆婆没有看见呀。"

"姐可以做证,再说,不就是一碗汤吗?"弟弟吭哧吭哧地小手一挥,生气地丢开了姐的手袖。

英继续把手轻轻搭在弟弟的小肩上,笑了笑:"是叫'黑猫警长'做证吗?就是姐照实解释,看起来蛮顺理,婆婆日后跟邻居拉家常,也说是老猫打翻了那汤?有时候,人世间有些事情解释起来越真,别人听起来感觉越假。"

弟弟噘着嘴。

英说:"腊面汤不比热干面,看似不冒气,一不小心就会烫喉咙。姐是刚嫁过来的媳妇,你是我的亲弟弟,你不懂的。"

弟弟还是噘着嘴。

英说:"说是你打翻的,这事就过去了,说是老猫打翻的,就成了日后的郁结。"

英和弟弟都陷入了一阵沉默。

这时,英放开了搭在弟弟小肩上的手,眺望远处起伏的山峦,像是在说给英自己听:"做人要诚实,过日子,过的是智慧。"

"我不管,回去我要跟咱爸妈讲。"弟弟噘着嘴偏着头,一个小跃闪进了车门。

旋即,农用小客车绝尘而去,转个山道就不见了车影。英摇着头,一声叹息,连同路边扬起的尘土,飘散在这乍暖还寒的早春。

过了立春,农事就忙了。

那日,婆婆站在田塍边说:"英呀,村里的大学生说这是紫云英,咱们庄稼人叫红花草,犁田过后,这些好看的花草浸泡到田底,腐化为农家肥,滋养着庄稼,秋天一片金黄,稻子才香着呢。"

英的娘家没有水田，大山头没有紫云英。

英"哦哦"地笑答着。

英和婆婆的脚下，是一片紫色的云海，紫云英结伴开遍整个田野，无数的蝴蝶小蜜蜂把这个春天喧闹得多彩多姿。婆婆迟疑了一下，摘了嫩茎上的一枝花朵，插在英妩媚的发际。蝴蝶结扎上就有了一朵小火把，一闪一闪地撩逗着英，好像在烘热英的那颗潮湿的心。

婆婆捋去英脸上的发丝，一脸慈祥地说："英啊，好看呢，咱们阳阳的姑姑小时候放牛时，人们都说她笑嘻嘻的像春天的紫云英，依为娘看，你才是一朵紫云英呢。"

英没有接话，转过身子，感到脸上热得泛起了红晕。

"谷雨"之后犁田栽秧，待到下次紫云英的绽放，又是一个春天的轮回。

贤内助

◎姚广西

仲秋时节的一个下午,太阳快要落山了。西北风不大,但已经感觉到了冷意。遍地的玉米已所剩无几。不少农民已经开始浇地、播种。在离大道不远的地方,一辆东方红牌拖拉机陷进了泥里,泥土已经埋起了车轮的小半边儿,车底盘已经接近地皮。看样子靠车子本身的努力是出不来了。

车的主人名叫马二宝。因为邻家昨夜浇地跑了水,并且跑得不少,近处的土壤全被浸透。天明以后,地面上的水已经完全渗入土壤里,表面上没有水了。所以,马二宝开着拖拉机耕地时一头扎了进去。要想把这个几吨重的铁家伙拖出来,只有去求本村的牛大成,因为牛大成也有一台同样的拖拉机。拴上钢丝绳一拖就能出来。可是马二宝得罪了对方,没脸去找。

几年前,本村的牛大成买了台东方红牌拖拉机,耕地播种,一年两季,挣了些钱。由于本村村大地多,一辆车根本忙不过来。马二宝看着眼红,也动起了买车的心思。他和牛大成同岁,而且自小是很要好的朋友。牛大成也认为再加上一辆车,过秋的时候村民们就不用到处出去找车了。自从马二宝也买上了拖拉机,两人的好朋友关系就出现了裂痕。

裂痕首先出现在犁地上。马二宝嫌牛大成犁得太深。他认为把旋耕机高抬二寸,拖拉机就能加快一个档位,一个小时就能多犁二亩地,既快又省油,地照样种,岂不妙哉。牛大成则认为乡亲们种地不容易,只有深耕,才能高产,不能赚昧心钱。两人谈了几次,都试图说服对方,结果都是不欢而散。以后就各行其是,互不干涉了。

这样一来,问题就来了。牛大成这边的地耕得又深又细又平,马二宝那边的地耕得又浅又粗又滥。结果是:牛大成的生意越做越红,马二宝这边越来越冷清。又加上马二宝嫉妒心太强,他不认为是自己造成的,反而埋怨牛大成在和自己作对。有一天,牛大成的旋耕机坏了几个刀片,马二宝有存货,想借来先用着,日后买了再还。一见牛大成来借刀片,马二宝的气就不打一处来,连讽刺带挖苦的几句话,就把牛大成赶出了门。两个人的梁子就这样结下了。他哪里有脸去求牛大成呢。

正在马二宝山穷水尽的时候,刚巧牛大成的媳妇骑着电动车从此路过,看到了马二宝一筹莫展的窘相。她冲着马二宝呵呵一笑:"二宝兄弟,不要紧,我这就回去叫你哥带着钢丝绳来,给你拖出去。"说罢,转身离去。马二宝看着大成媳妇风风火火的后影呆呆地发愣。

媳妇找到牛大成,向他说了马二宝的情况。牛大成的脑袋摇得像拨浪鼓一样:"不行不行,那天我刚被他赶出来,去给他拖车?门儿都没有。"

"呸,我始终以为你是一个拾得起,放得下的男子汉,想不到你和他一样小肚鸡肠。"大成媳妇恨恨地说。

"我和他一样?他耕的那地,做的那些事儿,是人活儿,是人事儿吗?他的车陷进去了,活该。"

"从小的好兄弟,就着这个台阶合起来不好吗?"

"不好,不伺候他。"

"那行,今天你连家门也别进了,爱上哪儿上哪儿。"

大成媳妇抬腿就走。不知是大成回心转意得快呢,还是被媳妇的这句话吓住了。连忙喊道:"你别走,我去不就完了嘛。"大成媳妇扑哧一笑:"这还差不多。"大成媳妇也知道,少她不行,他们两人,谁都不理谁,咋交流?

来到二宝的车跟前,大成媳妇招呼二宝用钢丝绳把车拴好,两人都把车发动起来,大成媳妇猛一挥手,喊了声"开"两人猛蹬油门,烟囱里都冒出了一阵黑烟,忽地一下子,后车就从泥浆里被拖了出来。大成虎着脸,二宝的脸羞得像块红布。钢丝绳解下来,大成和媳妇走了。天也黑了,二宝开着拖拉机也回了家。二宝回到家,向媳妇叙述了整个过程。气得媳妇照着二宝的脖颈就是一巴掌。"你真是个白眼狼,这些年你们兄弟俩好得就像一个人。就因为人家大成哥地耕得好,你就嫉妒人家。要是换成我,磕头下跪也不给你拖车。"二宝在媳妇面前,大气没敢喘,也可能觉得亏心的缘故。停了一停,媳妇接着说:"二宝,你提两瓶好酒,我提一箱扒鸡,咱给大成哥他们赔礼道歉去。"

在大成家,一个晚上灯火通明,两对儿夫妻都喝得头昏脑胀、满脸通红。消除了隔阂,增进了友谊。贤内助,功不可没。

背 影

◎周丹

秋老虎的天气，虽然日傍西山，但还是很闷热。

堤埡拉湾的石凳上，坐着一个三十来岁的少妇。少妇容貌大众化，穿着却很时髦。超短裙，露肩衫。裙和衫做工考究，质地高档。金耳环、金项链、金戒指、金手镯在夕阳下闪闪发光。可以看出，这个少妇是个有钱人。

少妇在打电话，她一手拿手机，一手拿瓶矿泉水，身边放着一只真皮小拎包，小拎包装得满满的。少妇打电话的姿势很美，她的头微微倾斜，一头直发瀑布般地泻下。她说几句话，就灌几口水。她灌水时，头仰起，矿泉水瓶底朝天，粉玉色的脖子和微微袒露的鼓鼓的酥胸很招人，玉臂和雪白的大腿也很显眼。

少妇的电话很精彩，她时而开怀大笑，时而媚语连连，时而装装鬼脸。

这时堤埡拉湾里的人很少，人们还在家吃晚饭，少有人出来，只有零星的几个人在散步。所以这时她的观众和听众只有一个人，这个人是个捡破烂儿的老头儿。他黝黑的脸瘦削无肉，还沟沟洼洼得没有一点儿光泽。头发蓬乱，好像长期没有梳洗。他站在离她十来步远的地方，穿件被垃圾染黑的白短褂，裤子脏得很难看清是布做的还是其他材料做的。用根绳子随便把裤子缚住，以便不使裤子掉下。如柴的双手布满青筋，他一只手无力地垂着，一只手抓着一只特大号的蛇皮袋，袋里全是矿泉水瓶、可乐瓶、雪碧瓶等，浑浊而无光的眼睛注视着打电话的少妇。

少妇起先没有发现捡破烂儿的老人，自顾自兴致勃勃地打电话。后来少妇看到一个捡破烂儿的老头儿在注视着她，当然少妇不怕男人看，但绝不是捡破烂儿的老头儿这种男人。所以她厌恶地瞪了他一眼，脸也扭曲了，脸色也变了。电话也没兴趣打了，叫了声拜拜就挂了电话。她放下没有喝完的矿泉水瓶，起身就走。而且走得很快，像躲瘟神似的。

其实，捡破烂儿的老头儿没有注意那少妇的人，那少妇对他瞪眼睛，他也是视作不见，他所关切的是那少妇的矿泉水瓶。他只要少妇的矿泉水瓶，其他的一概不要。他看见那少妇走了，就飞快地跑过去，把瓶里的矿泉水喝个精光。他正渴得嘴唇开裂，肚里起火，半瓶矿泉水正好解救了他的旱情。捡破烂儿的老头儿喝完矿泉水，把空瓶扔进蛇皮袋里。

突然，捡破烂儿的老头儿向那少妇追去，一双旧拖鞋发出吧嗒吧嗒的声响，极像有节奏的打击乐声。拖鞋的节奏声越来越紧凑，少妇听到背后的脚步声了，而且这脚步声清晰而急促，而且越来越响。少妇有点儿害怕了，"这脚步声与自己有没有关系呢？"少妇满腹疑虑地回转头去看一下，不看不知道，一看吓一跳。少妇看见那个使她见了起一身鸡皮疙瘩的捡破烂儿的老头儿正朝她追来，而且她看得清清楚楚，那捡破烂儿的老头儿是冲着自己来的。她的心一紧，身子不由自主地颤抖起来，而且产生出一种绝望的恐惧。她四顾看看，近处没有人，就是有人，肯不肯拔刀相助也未可知。她只有快跑的意念了，谁跑得快谁就是赢家。于是，少妇拼命朝堤垭拉湾门口跑去。

少妇在前面跑，捡破烂儿的老头儿在后面追。少妇凭着年轻，捡破烂儿的老头儿凭着是个男的。然而，少妇毕竟是个女的，捡破烂儿的老头儿毕竟年老了。两人一前一后，总保持着这点儿距离，少妇跑不脱，捡破烂儿的老头儿追不上。两人就这样一个跑着，一个追着。

快到堤垭拉湾门口时，少妇已经筋疲力尽，上气不接下气，再也跑不动了。她一屁股坐在地上，哆嗦地盯着追来的捡破烂儿的老头儿。等到捡破烂儿的老头儿追到时，已有三五个人从堤垭拉湾门口进来散步了，少妇登时胆壮起来，朝捡破烂儿的老头呵斥说："你追我想干什么？"捡破烂儿的老头儿也气喘吁吁了，他上气不接下气地说："你……你……你的包，你的包。"

少妇这时才发现自己的小拎包在捡破烂儿的老头儿的手上，她的心立刻提到了喉咙口。这小拎包六百美元买的，包内有二万五千元人民币，还有好几本证件。少妇慌忙夺过包，打开一看，里面一动没动，钱啊、证件啊全在。少妇的心于是放了下来，她检查好小拎包反身欲走，但她的心颤动了一下，觉得这样走了不妥，于是她抖抖地抽出四张百元钞票，递给捡破烂儿的老头儿说："谢谢你，这四百元人民币给你做报酬。"说完转身快步离开，快得像阵风似的，倏忽而去了。

捡破烂儿的老头儿接过四张百元大钞，把钱藏好，也不说什么，只是一脸的高兴。

旁边有个人问他："包里有几万元钱你不贪，这四百元钱你倒收下。"捡破烂儿的老头儿说："包是她的，我是捡的，不还给她不合道理。这四百元是她送给我的，我收下是符合道理的。"捡破烂儿的老头儿说完，背起蛇皮袋走了。

夕阳下，捡破烂儿的老头儿的背影被映得很长很大……

祖　宅

◎张水明

　　张木根局长有件心事，就是农村里的祖宅破旧不堪快要坍塌了，是修还是重建？

　　修？那种七八十年的木头房，墙砖很薄的，几乎要全换，还有几处都裂开了，这样同砌新墙差不多。旁边都造了高楼，地势很低，一到下雨天，水要漫进屋里去，要改造得挖个排水沟，可沟又没出口可去。唉，两种方法都很麻烦。

　　照堂伯的说法是，干脆换个宅基地，还是造个新房来得省事。堂伯家由于没有条件造新房，儿子快三十了还讨不到老婆，弄得堂伯经常唉声叹气。这次清明去上坟，张木根碰到堂伯，堂伯揶揄道："局长阿侄，你的老屋再勿来修，破破烂烂，你爹娘如果地下晓得，要急煞呢！"张木根只好尴尬地笑笑。

　　堂伯又接着说："你当官了，如果要换个地方，批得大一点儿的地基，只要你去村里呛一声，村主任连忙就给你去批好。"

　　张木根故意回答："我城里有套房子了，够住了。"

　　"房子还怕多？这是祖上传下来的，弄好后礼拜天带着老婆女儿来度假多好。"

　　张木根心里想，被你猜中了，老婆曼娜时常唠叨到乡下去建房去玩，他总是说慢慢来慢慢来。这样，祖宅的事拖一天算一天。

　　一次开会的时候，张木根碰到了同村的小学同学沈利明，他办了厂当了老板，资产上千万了。沈利明很羡慕张木根当局长。觉得这样才算有出息，才是村里的骄傲，自己这个小土豪上不了台面。因而他培养儿子读书花重金去留学，希望以后到张木根这样的部门工作。面对发小儿，两人聊了很多，自然扯到了张木根的老屋上。

　　沈利明说："老班长，老屋不能拆的，你看你家多少发啊，你读书时一直是班长，跳出'农门'当了官，还是修修好。"

　　张木根回答："要修修也不容易，挺烦的。"

　　沈利明笑笑："如果老班长信得过的话，我全权负责帮你修好。"

　　张木根笑笑不语。

　　本以为沈利明说说算了，过了一个月他打电话来说要动手了。张木根要去外地脱产学习半年，就叫曼娜去监工。

很快半年过去了，张木根学习回来，尽管他平时也与曼娜通话时问几句老屋修缮情况，曼娜总叫他不用操心，操心也帮不上忙，现在，他休息要去看看。曼娜一听，知道瞒不住了，只好笑眯眯地说："领导老公，我们老屋勿修，新造了两间二层小别墅。"

张木根一愣："啊？"

"都是你的发小儿利明跑上跑下弄的，我只是去村里审批表上签签字。"

"那造屋多少钱呢？"

"我也不清楚，反正利明填出的，四五十万总要的吧。"

"不行，利明为什么要同我们这么好？他肯定是有目的的！"

"有啥目的？听他聊天说起，无非是他的宝贝儿子想到你的系统工作。"

"这又不是我说了算的，要公开招聘的。"张木根有点儿气急起来。

曼娜倒沉得住气："到时你同招聘的人暗示一下不就成了。"

"哼，你说得简单。我学习了半年，难道是玩儿的。"张木根瞪大了眼。

"新屋很好的，有多少村里人在赞你能干呢，说你为张家争了脸面。你堂伯嫉妒得整天阴沉着脸骂他儿子无能。"

张木根沉思一会儿，嘀咕了一句："利明以后肯定还有其他事要我去'帮忙'的，不成！"

张木根问曼娜家里有多少钱，同利明去算算清。曼娜白了一眼，不情愿地回答说只有十多万，是要为女儿出嫁用的。气氛冷了下来。

过几天，张木根来到老家，在祖宅转了一圈，碰到堂伯从地里回来。堂伯自言自语道："嗯，当官真好，屋人家会替你造好；造好了也是空着的，这世道。"

张木根听了很不是滋味，接口道："当初你不是叫我造新屋吗！"

"我是看不惯那些拍马屁的人。我家这么困难，村里怎么不来关心一下呢。局长阿侄，你说电视上宣传的共同富裕、全面小康是咋回事？"

张木根刚想解释咋回事，村主任听到消息赶了过来。村主任一脸讨好的神情，习惯地摸出了软中华让张木根抽。张木根摆摆手表示自己不抽。他很快记起半年前这个村主任来找他关于一个亲戚打官司的事，问他法院有没有人认识，当时敷衍了句以后看情况再说，现在想必要提出"帮忙"了。

张木根问："按规定，有了新屋，老房要拆掉。主任，你看我家的祖宅要不要拆呢？"

村主任嘿嘿一笑："局长大人，要拆慢慢来啊。走，我们去看看你家的新屋。"边说，边带头领路。

十分钟后，村主任把张木根带到了山边的新屋前。说实在的，张木根一看蛮喜欢的，这里交通便利，环境也好，是他小时候经常来割草、放鸭的地方，他对这里是有好感的。可是，一想到要面对眼前殷勤的村主任，还有精明的利明发小儿，特别是贫穷的堂伯，张木根的心情沉重起来，他没进新屋就回城了。

一个月后，张木根决定新屋易主给堂伯。

雕 塑

◎赵宏建

镇上有位上懂天文下晓地理的开周易命馆的王大师。

王大师对镇党委张书记说："您这刚竣工的大楼前广场上空荡荡的，感觉缺少点儿什么东西。"

张书记欠身说："请大师明示，愿闻其详。"

王大师推了推鼻梁上的眼镜，说："现在流行打造文化地标，而雕塑是一个地方的文化积淀，高品位的雕塑就成为地方的形象和精神的象征。您虽然身为一镇的党委书记，但也要站得高，看得远，要有大格局啊！"张书记信服地点点头。

张书记叫来杨镇长，二人商议，一致同意：广场上建一座雕塑。

王大师向张书记推荐了做雕塑工程的大舅子。

王大师向杨镇长推荐了做雕塑工程的二连襟。

王大师的大舅子报价 5 万，作品名称《希望》。

王大师的二连襟报价 5 万，作品名称《未来》。

张书记看中了《希望》。

杨镇长看中了《未来》。

二人僵持不下。王大师来了，他劝解道："我看过两家施工单位的设计效果图，大同小异，都是两只手臂状的不锈钢巨臂分别伸向两侧的天空，中间托着一个圆球，寓意满怀着希望，奔向美好的未来。我看这样，一家单位做一半，费用各家得两万五，总费用还是五万。另外嘛，作品名称改一改，我看叫《初心》。"

张书记说："我同意《初心》。"

杨镇长说："我也同意《初心》。"

一月后，一座名叫《初心》的雕塑矗立在镇政府广场的中央。

一年后，张书记因为酒驾出了车祸成了植物人，杨镇长升任书记。

王大师对杨书记说："镇政府风水出问题，祸根为广场雕塑。"

杨书记不解："这不是你推荐的吗？"

"您看，雕塑上部两个手臂伸向两边，一个向左，一个向右，分明是书记、镇长不和，走的不是一条道。下部扭捆着，就是书记、镇长相互较劲。另外，那个圆球也不行。您晓得老百姓背后议论你们什么吗？"

"说什么？"

"书记、镇长天天踢皮球。"

"可有什么破解方法？"

"有的，有的。我马上通知两家施工方一起商量解决。"

半月后，有人发现，广场雕塑中间的圆球不见了，替代它的是奥运五环一样连接的不锈钢圆环，钢环将两只不锈钢臂连在一起。

过了大半年，杨书记和另外两名副镇长因为贪污、受贿等问题进了监狱。领导班子大换血，派来了一个姓孙的接任镇党委书记，孙书记据说是派出所所长出身。

王大师不请自来，说："孙书记，广场上的雕塑有问题，钢环像三把手铐。"

孙书记沉着脸说："我是党员，不信风水，不信鬼神。你请回吧！"

王大师吃了个闭门羹，怏怏而去。

过了两天，王大师听说镇政府广场的雕塑被拆掉了。王大师笑了，你嘴上说一套，但是做的是另一套呀。你姓孙归姓孙，没有孙悟空的七十二变，看你能玩出什么花样儿来。

国庆节那天，王大师起了个大早，特意转到镇政府前，正好看到孙书记带领着一帮镇干部举行升旗仪式，只见孙书记面对着国旗，举起右手庄严地宣誓。

旗台的后面，原先安放雕塑的地方竖立着一块石头，上面镌刻着五个红色的大字：为人民服务。

两瓶茅台酒

◎任贵英

二虎大学毕业被分配到一家国企,专门负责钢材销售。

这家企业信誉好,货源充足,经常有全国各地的采购人员来采购钢材。

这天中午,二虎骑着自行车往家里赶。到一个拐弯处时,二虎放慢了速度。这时,迎面走过来一个男子,男子手里拎着一个手提袋。快要擦肩而过时,男子把手中的手提袋往二虎自行车前面的筐子里一放,扭头跑了。

二虎先是一愣,旋即明白了,他认识那个人,是一个客户,经常来处里买钢材。

昨天那人到二虎办公室里,送了一对健身球,二虎没要。没想到今天却在这儿等着二虎,肯定打听好了,知道二虎下班后要经过这里。这次,那人送的啥,二虎不知道。二虎想追那人,那人拐过一个弯,便不见了踪影。二虎打开车筐里的手提袋,顿时吓了一大跳:"天哪,这是两瓶茅台酒。一瓶一千多块啊!"

呆呆地站了一会儿,二虎想回去把这两瓶茅台酒上交给单位纪委,可转念一想:"反正也无人看到,再说了,爹那么喜欢喝酒,却从来没喝过茅台酒,我一直想给爹买瓶茅台酒,可工资太低一直没能买。这两瓶好酒,权当我孝敬爹了。"

二虎推着自行车走了几步,又停住了:"不行,爹知道我工资低,如果直接把这两瓶酒拿给爹喝,他一定会怀疑的。我得把这两瓶酒用塑料壶装着,这样爹才不会怀疑。"

二虎的父亲是一名老党员,一生谨慎行事,年年被评为先进工作者。

回到家,二虎拿出一个塑料壶,笑着对父亲说:"爹,这是我给您买的散酒,别看是散酒,比平常您喝的那些酒要好喝多了。"

父亲沉着脸说:"你小子是不是又把别人喝剩的酒带回来了,不是告诉你不要这么做吗,你怎么不听话?以后再这样,小心我揍你!"

二虎脸一红:"爹,您猜对了。今天单位来了客人,喝剩的酒,科长让我带回来孝敬您,您放心吧,就这一次,我以后再也不这样了。"

父亲爱喝酒，每次吃饭都要喝一杯，二虎从小就用空酒瓶给父亲到商店去买散白酒。那时工资几十元，大家生活都很紧张。参加工作后，二虎见经销商们每次完成采购任务后，都高高兴兴地在职工食堂与科室的人小聚，喝的是竹叶青或西凤酒。因为下午要上班，大家也就应付一下，意思意思。每次吃完饭，科长总是说："剩下的酒别浪费了，二虎收拾一下，带回家给老爷子喝吧。"

下班后，二虎便把竹叶青酒和西凤酒带回家给父亲，他再三声明："爹，这是我们吃饭剩下的，不是别人送给我的。"

每每此时，父亲便很不高兴地说："以后剩酒也不许往家里带，你好好工作就行了，将来条件好了，用你的工资给我买茅台喝。"

一天，科长找到二虎："调你去外地蹲点，多了解下级单位的情况，在那儿好好干！"二虎有点儿不情愿，却没有办法。

二虎心里不舒服，他垂头丧气地回到家里。父亲听说后鼓励二虎："年纪轻轻的就得出去好好闯闯，只在家门口转不会有出息的。"

五年后，二虎被调回来当了科长。他一直没有忘记那个客户送给他两瓶茅台酒的事儿，唯恐东窗事发。万一这事儿被单位知道了，自己要受处分的。

十年后，二虎当上了副厂长，工资也长上去了。他决定给身弱多病的父亲买两瓶茅台酒，不再用塑料壶盛装了，他要光明正大地拎着给父亲，让父亲开开心心地喝茅台酒。

这天，二虎买了两瓶茅台酒，兴冲冲地拿着往父母家走去。

半路上正碰到大哥。大哥着急地说："咱爸得了急性心肌梗死，已被120拉进了医院。"二虎惊得手中的两瓶茅台酒差点儿掉到地上。

兄弟俩赶到医院，听说父亲正在抢救室抢救。二虎小声抽泣起来："爹，您一定要好好的。我用自己的工资给您买了两瓶茅台酒，等着您出院后，我一定陪您一起喝茅台酒！"

最终，抢救无效父亲还是走了。二虎的两瓶茅台酒随父亲一同下葬。

埋葬父亲后，哥哥对二虎说："你收客户那两瓶茅台酒的事儿，爹很快就知道了，爹怕你在机关禁不住诱惑，便向处长建议把你调到基层去锻炼。后来，爹借了两千多块钱，买了两瓶茅台酒还给了那个客户。为了偿还那两瓶茅台酒的钱，爹那五年中吃了不少苦、受了不少罪。爹经常对我说，只要你平平安安，他就放心了。"

二虎听完哥哥的话，失声痛哭起来……

邻 居

◎杨玉凤

"哎，老高头儿你还往我家这面挖，你看看这障沟子都斜到哪儿啦？"快嘴婶儿喊的老高头儿可是个不敢小视的人物，这绝不是因为他的儿子曾是镇子里一个什么不小的官儿。这老高头儿天生就是个天不怕地不怕的主儿，还偏爱管个闲事儿，尤其爱打个官司告个状，他自己还常说："打官司不赖不如在家挠锅盖。"总之在三乡八村中是个让人打怵的主儿。快嘴婶儿呢大家一听就知道。她那张嘴每天跟在村里开直播似的：张家长李家短，三只蛤蟆六只眼，谁家婆媳不和啦，谁家儿子不孝啦，谁又和谁相好啦，村上哪件事儿又不公平啦……

前年这两家成了邻居，老高头儿买下了快嘴婶儿家旁边的一座多年没人住的老房子。他把老房子扒倒扶起，盖上了一栋漂漂亮亮的三间大瓦房，屋子装得那叫一个好，尤其是前面的阳光房铮明瓦亮，在摆上新淘来的各色鲜花儿。看得快嘴婶儿直吧嗒嘴，逢人就说："那老高头儿还不是因为儿子是个官儿，要不能盖上那么气派的房子？指不定拿了国家多少补贴呢！"听的人大都会笑一笑转身就走，因为谁也不想得罪那个"惹不起"但毕竟话不长腿跑得快，没多长时间这话就被一心想看热闹的好事儿者传给了老高头儿，还添油加醋了一番，这下可热闹了，两家打得人仰马翻，谁来调和都没用，仇疙瘩算是结下了。

得，这下准又是一场恶斗。

老早两家就因为边界闹得鸡飞狗跳，老高头儿非要将原主让出去的一垄半地收回来，他说他可不能像原房主那么熊，自家房产证上清清楚楚写着的面积平白让给人家了。快嘴婶儿呢就是死活不给，说这是她家滴水檐的地，再说了原房主已经默认了，老高头儿凭啥要回去。

若不是今年情势不好，这场争夺地盘的"战斗"早该打响了。现在，春暖花开，情势也控制住了，是整地撒种的时候了，老高头儿开始动手修两家之间的腰隔障子。这不，还没挖几米远快嘴婶儿就喊上了。况且老高头儿这回挖得真没向快嘴婶家歪一丁点儿。可这快嘴婶儿似乎要将满腔怒火都发泄出来，什么不中听说什么。但令人奇怪的是今天老高头儿不但没火冒三丈地蹿上去，还扔下了手里的活儿闷声回屋啦。快嘴婶儿蒙了，琢磨不出这老高头儿葫芦里卖的会是啥药。在原地愣了一会儿也回屋了。

一连几天过去了，仍没见老高头儿使什么坏。快嘴婶儿坐不住了，出去找她的神搭人送外号"串百家"的张快腿，一见面儿就唾沫横飞地讲起大骂老高头儿的事儿，一阵快意的叙述后才说出自己的疑惑。"串百家"说："许是你家那妮子前些日子细心护理老高头儿儿子，也算救了他儿子一命呢，他吧嗒出个滋味儿了呗。"什么？快嘴婶儿一听都要气炸肺啦，张口骂道："这个死丫头，就是不听话，老高头儿儿子得病那是报应，不让她管就是不听。"话还没完全落地，便转身往家走，她要找老高头儿算账，她一边走一边叨咕："要是我闺女被染上病，我非掀翻你的家。"

快到家时，她发现老高头儿正在她家院子里弯着腰干着什么。快嘴婶儿更火了，好你个老高头儿趁我不在家使坏来了，看我不挠你个满脸花。几步蹿进院来，手还没伸出去就像个棍子一样杵在那里。原来老高头儿正在给她修关不住的破院门。老高头儿看了一眼愣在那儿的快嘴婶儿说："眼见就种园子了，你这个院子跟个敞巴道儿似的，什么牲口都能进来，能种上菜吗？今天我把门给你修好，明天一块儿把你家园子的垄打好。丫头得过些日子才能回家，我听说丫头还主动申请去支援什么医院，你一个人在家有什么事只管跟我家那口子知会一声儿。"说完又闷头干起了活儿。

快嘴婶儿此时已是眼里含着泪，一句话也说不出来。

接 力

◎刘春燕

一位六十岁左右的大爷领着自己的小孙子上了公交车。车子启动了，大爷一个趔趄，差点儿摔倒。

"大爷，看看后面有座吗？您这样站着不安全！"司机师傅好心地提醒道。

大爷站稳后，往车厢里扫了一圈，坐得满满的，哪儿有空座啊？而且，一眼望去，白头发的居多，黑头发的就那么一两个。"这个点儿，年轻人都上班喽，出门坐车的多数是老头儿、老太太，我还是站一会儿吧！"大爷无奈地嘟囔着，领着孙子往后走了两步，一只手死死地抓住一张座椅后面的扶手，一只手抓着小孙子的胳膊。

"爷爷，我的胳膊疼。"小孙子带着哭腔喊道。

"哎哟，爷爷抓疼你了，我轻点儿，轻点儿。"大爷赶紧松了松自己的手，许是过于紧张，他的额头上已经冒出了汗珠。

"大爷，您坐我这儿吧！"坐在前排的一位抱孩子的少妇站起来。

"你坐，你坐，抱着孩子太累！"

"老哥，坐我这里，我还年轻点儿。"第二排的五十多岁的大叔搀扶着大爷坐在了他的座位上。

"叔叔，您坐我这儿，我年轻，站着没事儿。"第四排坐在里面的一位穿着军装的年轻人站起来，身体笔直地慢慢地移到外面，把大叔让进去，看着大叔坐下，脸上露出了欣慰的笑容。坐在他外面的孕妇一脸的心疼，刚站起来又被年轻军人按了下去。

车子又到了一站，准备下车的人们收拾着自己的东西，不到站的依然闭目养神。突然，车厢里响起了哭泣声。人们顺声望去，原来是刚才坐在年轻军人旁边的孕妇。她满脸泪水地用双手搀着年轻军人，一步一步艰难地移动着。人们不约而同地围了上去，关心地询问起来。

原来，年轻军人在一次军事救援中失去了双腿，刚刚装上假肢还不太习惯，长时间的站立让他残存的双腿疼痛难忍,现在已经寸步难行了。

人们的眼眶湿润了。领着孙子的大爷不停地自责,被让座的大叔也连连捶打自己的脑袋。

"我背你下车!"一个洪亮的声音响起。没等大家反应过来,司机师傅已经弯腰蹲在了年轻军人的面前。

"大家能搭把手的就搭把手吧!"

"对、对、对……"

"谢谢,谢谢……"

人们自觉地分列到两旁。司机师傅背起年轻军人、后面的大爷和大叔一左一右托起军人的双腿,向车后门走去。孕妇一手抹着眼泪,一手领着大爷的小孙子,紧紧地跟在后面。车厢里突然静了下来。那一刻,竟是如此的庄严!

老人与童心

◎陈传平

村头赵爷爷家有棵老桃树,长得十分高大,差不多有二三十年光景了,树干老得都有些秃了。但老桃树每年还是开花结上几颗细小的桃子,最大的也只有鸡窝头的鸡蛋那般大。那棵老桃树长在赵爷爷家院坝的中间。每年,桃子成熟的时候,赵爷爷就端把椅子坐在院坝子守着那些啄桃子的麻雀。赵爷爷他哪里守得住呢,他一挪步,那些成群的麻雀就扑过去啄,几天就给那几颗桃子啄食光了。赵爷爷很心疼,他年年都没守住。

这年,老桃树结的那几颗桃子又成熟了。赵爷爷依旧端把椅子坐在院坝子里,手里拿根竹响竿,见麻雀子一来,他就摇得竹响竿哗哗响,"嚯哧"着吆喝起来,麻雀就不敢来了。可赵爷爷毕竟上了岁数,都是八十多岁的高龄了,坐在椅子上不一会儿就打起瞌睡来。待他一醒神,仰头一望,成群的麻雀早已在桃树上"海餐"了。不几天,桃树尖上的那几颗桃子又被这些麻雀偷啄得精光了。赵爷爷还是落了空,他心里非常生气。骂那些麻雀真讨嫌。那天,他在桃树下瞅,却意外发现还剩下了一颗桃子,红彤彤的在叶片下面隐藏着呢。大概还没被那群麻雀子见着吧。赵爷爷心里喜着。然后他每天就去桃树下时不时地瞅瞅——他生怕再被那群麻雀啄了去。

村子里有个小男孩儿叫毛毛,他每天读书要经过赵爷爷家门前那棵老桃树,对赵爷爷的一举一动他都看在眼里。那天,他过路时再没看见赵爷爷在桃树下的身影了。后来才知赵爷爷病了,去医院了。

一周后,赵爷爷出院了。赵爷爷回来依旧又去老桃树下瞅那颗桃子。可他怎么寻望,那颗桃子都寻不见了。赵爷爷随后就在桃树下寻觅起来,想必怕是桃子熟透被夜风吹落地上了。他寻过一阵儿地上没有。最后,赵爷爷认定,那颗桃子准是被麻雀趁他不在家时啄去吃了。

"死麻雀,才没走两天呢,还是找到了。"赵爷爷自言自语地叹着气。

可接连几天,赵爷爷还是心存侥幸,时不时地老在桃树下转悠……

毛毛这天又经过这里,他看着赵爷爷很气愤的样子,就走过去问赵爷爷,说:

"赵爷爷，你寻什么呢？还生着气？"

赵爷爷怔怔地看着他，略停了一会儿，摇摇头说："不寻啥，不寻啥，转转，转转。"

"赵爷爷，你是不是在找桃树上那颗桃子？"

赵爷爷一愣："娃娃，你咋知道的？"

"我天天上学时，都看见树上还有颗桃子呢！那几天你天天都在守着轰麻雀呢！"

赵爷爷心中的秘密被戳穿了，瞅着他微微地笑了起来。毛毛也望着赵爷爷微微地笑。

"麻雀啄去吃了呗。"赵爷爷这时悻悻地说。

"没有，昨天我还看见的呢。"

"真的？娃娃，在哪里，指我看看。"

毛毛就去桃树下帮赵爷爷寻望。毛毛望了一阵没看见，也自言自语起来："真还怪了呢，我昨天下午放学时过路还看见好好挂在那儿呢，咋不见了呢！"

"娃娃，你眼尖，再给爷爷好好瞅瞅。"

"嗯。"毛毛应着，然后又聚精会神地往那棵桃树上寻望。寻过一会儿，毛毛还是没看见，就说："赵爷爷，树上真没有了，是不是昨夜刮风掉下来了呢？"

"地上没有啊，我找过了。"赵爷爷说。

"我给你再找找。"

"好哇，娃娃，你眼尖，在草丛里好好瞅瞅，爷爷我人老眼疏了。"

"嗯。"

毛毛就在草丛里认真地寻找起来。不一会儿，毛毛忽然叫喊起来："赵爷爷，找着了，找着了，在这里呢。"

毛毛把那颗红得熟透的桃子从草丛里拾起来，双手递给赵爷爷。赵爷爷接过，笑得合不拢嘴来。笑过，立马说："娃娃，咱爷孙俩一人吃一半儿……爷爷我这就去洗洗。"

"谢谢赵爷爷！我不吃啦，我家有。"

毛毛飞快地跑开了。

赵爷爷望着毛毛飞奔的身影，心里漾起幸福而愉悦的欣慰感，默念道："这孩子真乖！眼真尖！"

毛毛刚跑到家门口，就听得他妈妈在屋里问："毛毛，早上给你那个桃子吃了吗？"

毛毛说："吃了，路上刚吃完呢。"

公交记

◎田文达

　　火热的太阳，高高地挂在天上，照得大地仿佛翻起了阵阵白气，没有一丝的风，整个世界都干巴巴的。

　　12路公交车，在驾驶员左扭右拐的疾驰下，颠簸地驶入了这一站，车门打开，一个脖子上挂着老年证、头发花白、佝偻着背、右手拎个小布袋的小个子老太太，正扶着车门慢慢往上挪动着。

　　"你能不能快点儿？"司机不耐烦地说道。

　　老太太歉意地点了点头，使了使劲儿爬了上来，扶着栏杆向里走去。

　　司机从后视镜中看了一眼，嘴里不知嘟囔了一句什么，一脚油门，车嗖一下开了出去。

　　老太太在惯性的作用下，身子一栽险些倒地，回头看了一眼司机，没有说什么，颤颤巍巍地抱紧栏杆，好像是怕被甩飞出去。抬起头向那一个个座位上望去，昏花的眼中带有一丝渴望，还带有一丝落寞。

　　车上的人并不多，几个打扮光鲜的女孩霸占了后排，相互嬉笑着，时而抬起头看向老太太，眼中带着藐视。

　　双排座位上，一个八九岁的小女孩看着老太太，伸出手刚要站起来，一把被她妈妈狠狠按下，年轻的女人严厉地批评着她，小女孩红着眼睛委屈地低下了头。

　　那一个个橙色的爱心座位上坐着几个年轻人，正低着头看着手机，或是靠在背椅上假寐。

　　老太太低下了头，猫着腰，紧紧地抱住栏杆，身体随着车子的节奏摇摆着，恰似风中的残荷。

　　"老奶奶，您过来坐吧。"一个清亮的声音传来，那是一个穿着淡蓝色连衣裙的女孩，清澈的双眼，甜美的微笑，带着一副耳机。

　　老太太微笑地看着女孩，大声地说谢谢，缓步走来。车厢中其余的人看向女孩，眼神中带有一丝不屑。

　　女孩摇了摇头，站起身来，从座位边上拿出一把拐杖拄在了右侧的腋窝下，左手紧紧地抓住上方的横杆。

　　窗外仿佛有一丝风吹来，她漂亮的裙摆随风飞舞着，是那样轻盈，远远看去，那仅有的一条左腿是那样有力，恰似一个钉子，稳稳地钉在那里。

现代诗

掌上流水能走多远的路程（组诗）

◎白发科

走在堆满雪的小路上

一夜铺叙
纸页洁白分得一抹白雪的
是白头的一个"嘎吱　嘎吱"
每踩一脚　大地便呻吟一次

好多年了
总是习惯在雪地上
寻找快乐
这一串又一串脚印
留下的轻狂舞步
不会过太久
就会让一个影子跌倒在
茫茫的白色中

桂花雨

带着桂花香走向月光深处
月光流翠
马蹄上也有春天雨
淅淅沥沥地下着
一片　一片
桂花落下　山不空
人行道的青石板上
堆满了秋天的模样

缓缓行走在湿湿的街道
任小雨洗涤内心的落寞
一堆堆　一团团残落的花瓣

像这个秋天　被风吹走的思念
纵然成泥　泥　也带香

宅 家

宅在家　中秋第二日
拾起生锈的手艺
与锅碗瓢盆来一次深情的交流
剥葱　洗菜　切肉
开火　加油　煎炒
把浓浓的爱意摆成了一盘盘佳肴

音乐的美妙　菜的香
穿成一首首诗的铃铛
端起一杯酒　细细品尝
在橙色的夕阳中　我不知道
掌上流水还能走多远的路程

桑 树

每株桑树心里都住着一窝蚕
它们啊　在春晨仰望
将来的日子
棉被一样温软

桑树长叶的时候
我和叶子一样
拥有一个美丽的梦
每当想起这些
我就年轻了一些

茶余饭后　想到了
树　叶　蚕　丝
想到了曲曲折折的一生

冬天从树下走过
我看到每个枝丫里的火
听到了　每个枝丫里
一棵树喊我的名字

永远的冲锋号（外一首）

◎皮皮鲁

许多年后
当冲锋号再次响起
我依然热血沸腾
甚至　我能感觉到
褪色的军装
已经被注入了我的灵魂
缝进了我的骨骼
绿色的筋脉
烙印每一寸肌肤

我不喜欢战争
但这并不妨碍我
沉溺于硝烟的味道
迷恋冲锋号的声音
只有冲锋的激情
会把我血液里的
每一个细胞
风化　潮解　晾晒　锤打
浇铸成浓烈的红色

所以　当您需要战士的时候
请召唤我吧
我会义无反顾地冲上战场
享受并珍惜冲锋时的勇敢
也许　罪恶的子弹
会无可避免地撕裂我的胸膛

我能清楚地看见
胸膛里那个欢快的音符
正踩着冲锋号的韵律而跃动

军旗上的五角星啊
是我耕种在脊梁上的拳头
将静脉和动脉的电流连接
喷薄出了三股炽烈的血幕
一股洗刷耻辱
一股修筑工事
一股凝聚成冲锋的利剑
穿透战场上空的阴霾
直插进敌人血淋淋的心脏

雪 枫

她是一滴血
用微弱的暖光
抵御千里冰霜

她是一枚丹枫
在苍白的监狱
掀起红色风暴

她在风雪中
从不畏惧漂泊
就算变成枯萎的尸体
也要将祖辈的故事
传唱四方

她是松花江水
在红色的筋脉里奔腾
即使冻碎我的骨头
抗联的精神
也会从截断的血管里
喷薄而出

如今　她是一只浴火的天鹅腾飞
迎着漫天的飞絮
迎着共和国的朝阳
把身体种在长白山的原始森林中
驰骋继承了荡气回肠的
黑土英雄的赞歌

四月的草木人间（组诗）

◎钟想想

风说　要有雨
雨就来了　它们一个劲儿地
催生万物
绿色　开始流淌
这四月的草木人间
落红成冢

当我的篮子里装满
地灯笼　清明菜　狗地芽
田野吹来的风　比三月更暖
这惬意的体验让我不安

不得不承认
生长是一件多么匆忙的事情
和老去
有着同样的速度

缓慢的事物很难留在春天

于是　我只好待在春风里
细细地记录
打开一朵小桃花的心事
大约要花多长时间

我成天醉酒那样微醺着
数枝头的云　也数天空的云
必须承认
我跟不上它们的变化

包括追蝴蝶的那个孩子
在油菜花田里奔跑
跑着跑着也不见了

我坐在小河边
读古诗　柳丝长啊长
春天摇啊摇
尽是些离别的句子

你看　我喜欢的一切缓和慢
很难留在春天

雨　落在春天去不了的地方

每一个山头都湿漉漉的了
唯独没有风
没有风的时刻
多么安全
不会打探悲伤的理由
适合铺陈往事
适合长歌当哭
你哭不出来的那一部分
雨替你哭了

雨　多么慈悲
它不会在那些高高在上的事物上
滞留太久
它偏爱低处
偏爱春天去不了的地方
比如　一条小路的凹陷处
缝隙里　以及青草下面
万千的冢里
人世恍惚
满地的落花
仿佛又回到了春天的枝头

在古寨的布衣霓裳里游走（组诗）

◎梁学伟

黄昏半盏　尽看村寨风流事

太阳　提着我的影子回家了
这个从不沾染风尘的过客　一直佑护着
我的庄园　每一天都不曾离开
在我看得见的地方　用一束光向我召唤

芦苇滩的蛙声　用自己特有的方言
向春天打开一处洞穴　远来的信风
占卜着万物的生辰八字
沿街而立　总对绿色的麦田念念不忘
一切　都在我的歌声里成长

我希望时光不要太静　要有波澜
任大地翻动着绿色的身体
像一根藤燃起蓬勃的焰火
我走过的村寨　还有曾经牧马的山坡
风流故事　和稗官野史的传说
在纸片翻转的风声里　生生不息
黄昏半盏　常记得送我回家的人
还是那个俊俏书生
和提灯夜行的鬼魅女妖

归园田居

古老的村落一直在成长
在愈发古老的大地　我们日渐老去
村子如草返青　厚重的壳还在

不妨叫它文明的锴衣　经幡飘动
茶馆的氤氲热气和一枚棋子
落地的声音　千年不绝　百里不散
红炉锻打的炭火也在　一千度经文
从未冷却　热爱大山的先人
把青色的山岩烧成石灰　熬出一世清白

每一茎野草都是过路秀才娟秀的字迹
远道而来的信风临摹千遍
借道姑的泉水一瓢　借童子的茅屋一歇
牛背上的松针　溪涧的茶花
绕过几遭尘世　才能归园田而居
度过几道轮回　才能牧马而歌
古村的布衣霓裳　而今依然绽放光芒

偶遇牧马人

赶马者　把自己也赶成了一匹马
后世敬佩你的豪言　日行千里
先贤亦留有遗训　耕读继世
爷爷一贯的家风　忠厚传家
那么多人　工匠　教书先生　草编艺人
每个人的名字都光芒四射
村子不倒　他们不会离去
有良师削木为琴　声声鸟鸣
从木头的胸腔发出
这样的人　这样的村落　适于怀旧
沿着时光往回走　我也是牧马人
袒胸解怀　披露挂霜　马蹄印即是我的足迹
牧鞭的声响和清早的鸡鸣一样
让村子向着有阳光的地方　慢慢移动

一个村子应该有三生三世　有足够的光阴
流传它的故事　佑护它的子孙
沿街而行　青石板在脚下漂流
想象自己也是先贤手中惊鸿一笔
在说书匠声情并茂的传唱中　源远流长

炊烟洗净的天空

炊烟洗净的天空　是一条河流的倒影
磷火燃成星群　是夜幕在大地的投影
天和地没有天壤之别　只若闪光
哪里都有芸芸众生　都是人间和天堂
春节一样薪火相传的幸福
在酿蜜者的蜂箱里
也在石刻家闪光的刀刃上

我体内的冰凌　随三月飘零
直至融化　就像记忆中听《杨家将》的老人
心中有天地　也放得下天地
身上有故事　也会讲故事
在故乡犁田造林和在异乡开疆拓土的人
皆有口碑　缝补大地的手也把日子缝补完整
我情愿是远来的过客　而不是根基
以陌生的面孔直面流水青藤缠绕的村子
不断转弯摇头的小山　以饱满的果实
和璀璨的篝火为我留宿
村寨即是祠堂　历史即是牌坊

镜 子

◎青竹无语

多么清晰的大地晴空
多么光滑澄明的春色人间
从一张张靓照来看　从你走近
杏花　桃花　樱花　海棠花　油菜花

走进这些花的总和　花民中间
手牵手　面贴面　心连心
与之为伍　扮靓春光　瞬间
你的颜值平地春雷　直入九重
有的笑得比花朵灿烂
辽阔如白云蓝天

走着走着　雨骤风狂
时光和流水矢志不渝
结伴而行　无论有意或无情
落泊三千里江山　凋零一世容颜
古铜色　青花瓷　落花碎片
都能回光返照　找到答案

思想与灵魂美或丑　行动
结出的果实　评判以及历史公论
还有雪亮的眼睛　都能
毕露所有的原形

盛世中国

◎马亭华

在中国革命的深处浮游
以最初的泳姿　引领镰刀和锤子的光芒
以不屈的傲骨　信仰和力量
以黎明的不熄的火焰
看那沉甸甸的谷穗　熟稔的果实
让我们深感欣喜
扬帆济沧海　时代唤英雄
让每一株挺拔的玉米高粱
都化作那蓝天下骁勇善战的旗手
让我心中的爱和五千年的颂词
汇入这伟大复兴的歌谣中
今夜　我将再一次把祖国搬到纸上
并萃取一小撮最干净的月光
在灯下镌刻中国的名字
一笔一画的正楷　透着汉字里芬芳的意境

这是一个伟大的时代　也是一个崭新的时代
满是杏花春雨的江南　邀请您裁一枝湘潭的翠竹
做成笔杆　泼墨挥毫　一撇是雄浑的黄河　长江
一捺是巍峨的黄山　长城
那是立地擎天的汉字　那是砚墨洗亮的日月
那是一脉昆仑苍茫　在中国的版图之上
那是一张张浩荡的宣纸　散发着艾草和麦秸的余香
升华的是五岳山河的幻象　我头顶的星辰啊
那是五千年的灯火　那是未来人们凝视的眼睛
那是中国在为世界导航

从竹简到石刻　从锦书到纸箔
肃穆宁静的天安门前　那迎风舒展的五星红旗

每一面红都是血染的风采
有时候　我的爱其实很小很小　落在纸上
也只有一滴小小的墨迹　像一个飘荡的音符
像打拼的游子　苦苦地坚持和追寻
我亲爱的祖国啊　假如此刻
您是一卷星辰　那每一个大写的汉字
仿佛在搬动一种古老文明的光芒
让我们拥有了心灵的航向

金秋十月　我看到一支支威武之师　雄壮之师
劲如风　声若雷
我看到举国欢庆的人群　如沸腾的热血
那铮铮铁骨　都是共和国挺立的脊梁
看吧　那大河奔涌的狂草　那山峰巍峨的篆隶
在每一个汉字里都有了祖先的呼吸
让我们紧握山河的酒盅
让中国紧握如椽的大笔
在宣纸上一字排开
让道路自信　理论自信一字排开
让制度自信　文化自信一字排开
让中国人铿锵豪迈的步伐一字排开

当我弯下腰身
再一次深情地抚摸版图上的中国
那深埋的宝藏　隆起的高原
银色的帐篷　高高的钻塔　云水茫茫
中航　东航　南航如展翅的雄鹰
在祖国上空自由地翱翔
一列列复兴号动车　正刷新历史崭新的篇章
让我们一起昂首阔步　走进改革开放的春风里
让自由和民主的法则引领潮流
为一个新的时代　制造财富和心灵的相遇
成就一个顶天立地的盛世中国

秋天的一些事物

◎王亚迪

月光沿山脉的起伏
奔向秋天的一些事物
山路上的归客
上山和下山
都是一条回家的路

草上的日子　无关露水
霜降的夜晚无关
谁的前世　沿着叶子的脉络
几经轮回
每一个季节的路口　都有人怅然若失

叫花鸡

◎康镇

世上定有这一种人
有如包裹叫花鸡的荷叶
本可与莲花相衬为君子
却甘于陪伴在俗世的肉身外
世上也定有这一种人
有如荷叶包裹的叫花鸡
为回报青荷刻骨的厮守
宁愿被炭火烤得肉酥心烂

我
却愿做这对爱侣间
凝结涂抹的泥土
沉默不言　而使
荷的清气和肉的嫩香
交互缠绵
爱得愈加深沉

阿尔没有雪

◎王超

亲爱的伙伴　你想陪我去流浪
你说　想重走一遍青春　可是阿尔没有雪
我们这里也没有　除了求索或迷惘
没有更好的方向　包括一场迷茫的雪啊

阿尔的小镇只有忧怅　火热的庄稼
葵园　乌鸦　金色的麦田　安谧的小镇
那是瘦哥哥曾经待过的地方　那里没有风
也没有肆意的蜂蝶　除了一条清浅的河流
那里甚至没有多余的星星

那里有四季不愁的粮食　沃野像哥哥的笔触
松针像划出的伤痕　桃花开了　像火
你的目光举向星空　我望向湛蓝的河
这里根本没有你想要的雪啊　除了向日葵
种土豆的人　除了艺术家和人民

枳实花盛开的乡村

◎柯芬莹

溪中浣衣　屋顶的青瓦层层交叠
晾晒一夜的薄雾
星星点点的枳实花　此起彼伏
无言作别清灵的枝丫
追逐流水的去向
打开一圈又一圈的水波

这迟到的乡村的春日
重又唤醒花的白　树的绿
还有心中的红
积瘴多日　且让我神清目明
从清晨痴坐到黄昏
不被夜晚的月色惊动

走过万水千山
这乡土里的中国
处处都是故乡
总有一条山路
让人摸黑找到祖屋

去北山

◎马健

离开　去往黄昏的山岗
模仿这世间环形的纹路
即使不懂　也应记取山的风骨
你要知道　北山之北
还有无数座向外扩张的高山
踩着时间在生长
立于山顶时
放下语言溢出的修辞
没有话语可以包裹下
北山的威严
哪怕是一株野草
日落后　走下山岗
收起目光
而后　所有路过的碎石
一个接一个
不断死去　又不断复生

想起故乡下起了雨

◎穆萨

下雨了　秋天亲吻我的脸颊
一个女人收走了她的竹篾和苹果
一把雨伞斜搭在屋檐下
一只手在空中推开那扇窗户
吱呀　像天地之间的疼痛

雨　是下给我的
这一刻只落在我的身上

种一株月季花

◎王磊

我想在你的花园里　种上一株月季花
把你的心事收藏在每一朵花骨朵里
我仰卧在树下　梦貘仰卧在叶丛中
每一朵花骨朵属于我　我在每一朵花骨朵中

假若　把你的心事收藏在每一朵花骨朵里
枝丫上托着的　就显得更耀眼了
它们四季存在　青鸟便不会迷途
花蕾的每一次绽放　都是我们的一次久别重逢

麦子熟了

◎姚宗亮

五月的田野
一袭青衣换上橙黄
沉甸甸的穗儿
披上了金色的戎装
南风中飘溢着醉人的芳香
挂满丰盈的果实
把大地的恩情珍藏

布谷鸟声声鸣叫
唤来一片繁忙
隆隆的收割机
冲破一层层波浪
谱写了二十四节气
最为恢宏的乐章
丰收的喜悦
在乡亲们脸上荡漾

镰刀与汗水的交响
淹没了尘封的时光
我眺望儿时的故乡
想起老宅昔日的模样
挂念着年迈的爹娘

谷 雨

◎周黄

机器的轰鸣声里
漠漠水田在铺开
灼人的阳光下
燕子盘旋嬉戏
那满山的绿啊
应是挽起泥腿的父母
踩出来的
谷雨　是另一种乡愁

朋友的樱桃树

◎侯超

新的一天从雨水中诞生
鸟的歌喉也是刚洗过的
洒在樱桃树上格外清脆明亮
仿佛那就是樱桃们自身发出的声音
可它们还那么小　还不知道表达
樱桃树有八株　刚栽下不到半年
我已看过它们白色的花
不久　又看到小果布满青嫩的光泽
预计到下个月　小樱桃们
会慢慢学习涂脂抹粉
胆子更大些　才敢张嘴
应和脆生生的鸟鸣
我把这些都拍了下来
发给赠树与我的远方的朋友
我们都为这短暂的展开
和缓慢的呈现而欣喜

记住乡愁

◎张颜

长梦的韵里
唱起家乡的温柔
村东边的老榆树
新叶绽满枝头
夕照中小河的温馨
老父亲喝醉了酒
老房子的点点灯火
映着遥远的星斗
是母亲永远的守候
田野里的柳笛
呼唤着儿时的伙伴
手拉着手
奔向远处的慈祥
他们却乘着云做的锦舟
模糊在泪湿的双眸

最亮的星

◎马丙丽

离开饭桌　走出店门
天已经黑了　天黑了真好
在夜色中　一路扔掉瓷娃娃们的笑
扔掉爬满身上的眼珠
风吹来　有点冷　但很舒服
它干干净净地拂过我的脸颊
把那些残余在脸上的目光
和耳边的话吹掉　一个人
朝着西边天空升起的那颗星走
整个天空中　它最亮
我也见过它许多次　却不知它的名字
只是觉得　不停地朝着它走
我就越来越像个初生的婴儿

作别故乡

◎任节

西天的云彩苦涩着远山的剪影
也苦涩着我的双眼
在逐渐远离故乡的方向
我轻轻挥动着手中的白巾帕
那缕缕淡淡的炊烟
似母亲飘扬的鬓发
鬓发如银　牵动我心中情丝万千

野渡的孤舟和长篙
影子在柔波里轻轻荡漾
粒粒金黄的稻谷有灿烂如火样的光芒
与遍生的水雾漫延四野
仿佛我芊芊莽莽的心事
站在故乡的土地上

向晚的风
摇曳如一钩新月
惊起一滩鸥鹭
不知归处

不知归处
我含泪远去

背着箩筐的姑娘

◎曲木合合

八月　大地又重新敞开胸怀
远方的兄弟们从四方聚集在这里
这里只有低头相拥的荞麦架

周围的苞谷地里
站着许多背着儿子的男人
我就藏在他们中间背着粮食

那是个背着竹箩筐的姑娘
悠悠地从花穗丛里走近
这早晨　无人与她说话

阳光野蛮地打在她身上
她的眼神飘忽不定
爱慕的火焰熄灭又燃起
燃起又熄灭
只有我知道自己要一见难忘

她悠悠走近我
又悠悠走过我的身旁
我高喊
爱人　背走我

她回过头　摘下我的嫁妆
背走了我的姓氏

梳篦记

◎张诗青

从北大街的半山书局出来
往南走
过了那个叫延陵的路口
风已吹在南大街
每一棵香樟树都在挥别
每一张新鲜的面孔都饱满质感

我们必须走快一点
亲爱的
你听到什么了吗
阳光在空气中碎裂的声响
是这样让人振聋发聩
耗尽了年迈的落日和硬朗的筋骨

你看　西瀛里没法去了
大运河没法去了
你看墙壁上
那些锯子　刨子　锉刀
斑驳的锈迹
把半生的时光描述成了梳篦的模样

我多想取下一把
放在你每天梳妆的地方
放在拉开窗帘
阳光就能沐浴到的地方
这样会使它同样饱满质感
而那些虚空的时光缝隙
会自然愈合

十一月帖

◎肖东

十一月末尾的一个夜晚
开始下雪了
土地冰冷　荒芜　苍茫
被冬天压低的呼喊
在我眼角的两棵香樟树中
燃烧

我伫立着
心灵之湖镶嵌在城市上空
一只流浪的乌鸦掠过
饮着我的泪水
发出撕裂的声音

我留下的根系
缠绕前世和今生
爬过我有知觉的头脑
魂牵梦萦的是村庄
难以释怀的　是乡愁

门前有棵香樟树

◎雷海红

开门见山
更近的　是一棵香樟树
它的主干需要几个人手拉手
才能合围
它是一个绿巨人
但它有更多的手臂
有的平举　有的上伸
托举一片蓝天

至于它的年龄
这从来不是我关心的事
我只知道我出生的时候
它就那么大
现在已经过去几十年
有时也听母亲讲
我的爷爷活着的时候
它就那么大

门前的香樟树是村里的一张名片
以前从城里打车回家
人家问我去哪里
我只要回答　樟树下
不用说出村子的名字
具体又诗意

我的童年和香樟树一起成长
我在香樟树下
乘凉　游戏　荡秋千
奶奶摇着蒲扇

有人叫卖清凉的仙草蜜

香樟树所在的地方是一块风水宝地
有人把房子建在它的臂膀之下
为此　香樟树失去了两条手臂
幸运的是　香樟树依然苍翠挺拔

后来我离开了故乡
离开了香樟树
清明回家
它像一个老友等在门前
风一吹
就掉下许多半红半绿的树叶
那是因思念而掉落的头发

父亲节

◎赵会凯

六月的温度
正如您曾经炽热的眼神
清明时节的细雨
一直下到了六月
而我正是那个断魂的行人
那一声轻轻的叹息
至今回响
那一段被采撷的时光
该去何处找寻
我丢失了昨天
又迷失在今天
而我曾经杜撰过的
那一滴眼泪
沾湿了谁的衣襟

母亲　我是你的故乡

◎辛红艳

是遥远的呼唤
有多少葵花在岸上等我
被香粉漂黄的桅杆高高
二月的船桨藏在这个春天里
我和你被隔开
只有站在水湄遥望的影子
树叶当然是绿的
穿成红翡翠
我想起婴儿的小手
摇响床头的铃铛
亚麻花紧挨着云朵
微蓝的写意
随风潜入望乡人的情怀

我觉得自己的发丝
已经被岁月染黄
时光的鸟
落在院内的白梨花树下
轻轻　虽然远在千里之外
可我却听见了母亲的脚步声
成片的　圆圆的花影儿远远地悬着
你在转　对着白色冒火的日光
我记住一个温暖的方向　葵花
在你母爱的世界里从来没有孤儿

把唐代的宣纸铺好
想起王维　把写给你的诗藏在画里

在一个远离城市的屋子里
关闭朋友圈　我不想你担心
站在葵花地里　低矮的身影被金黄笼罩着
每一摞硕大的叶子都是一群孩子
都是赖在你怀里撒娇的影子
你也在望乡
我们每一个人都是你的牵魂的故乡

倔强的树

◎贾延泽

月泻满一地银光
星罗棋布
总有些新绿披满昏黄
不合群的颜色
流浪着的倔强
还记得彼时夕阳
触碰过枝头的羞涩
不觉便一同红了脸庞
那是白昼里最后的热闹
霎时　便失了味道
于是　刹那间相映的光芒
初夜　只有昏黄
你说就想这么站着　不卑不亢
迎着灯光的方向
厌倦飞扬　不甘安详
静默地触碰着记忆里的昏黄

追 求

◎刘艳军

把故乡放在肩头
步入画的江山
弹古筝　赏夜曲
看风雨江南如烟
读北国万山红遍
层林尽染

空下一腔的留白
装唐诗宋词
容寒来暑往
耕耘昨天
播种今朝
收获明天

再与时间做一次
推心置腹的畅谈
该来的来　该去的去
让超越了时间的波涛
漫过白色的汗珠
厚重凝望和犹豫徘徊
只借几点霞光
重塑青春的激情与容颜

走吧
循着心的方向
头顶上
阳光是唯一的佛
而生活
是放大的神龛

桃花开时

◎巨荣涛

比春天更像春天的
还是春天
比桃花更像桃花的
是你的笑脸
越来越苍老的枝干
举不动风言风语
爱碎了
黑色憔悴击中粉红的忧伤

绿草如茵
遮不住坚硬的黝黑头骨
因果循环
只有一地刻满皱纹的桃核
这些心　都还活着
冷漠的脸谱下
有渴望发芽的种子
它需要一堆泥土

还需要一缕思念
桃花就会流泪
甜蜜就会从青涩子宫中长大
走进每个失眠的梦里
走进水泊的眼睛里
走进微微捧起的手心里

在昌江　饮马草木民间

◎洪建科

在海南　昌江水暖
鸭子浮于水色
三月喊我　追我
早有黎寨苗乡弯弯的烟火
染我一路风尘
那椰风　蕉雨　芒果味
缠绕于诗意的旅行
丝丝入扣
早有森森霸王岭
峰谷披翠　草木皆兵
谁能拨开热带雨林漫漫阴翳
遥望一弯弯　层层叠叠的梯田
水袖似地舞动　直至
把我的目光缠于云端
那些滋润的庄稼
过着乡居的日子
我唏嘘　那种原生的美
甘于缥缈　包括
乡土　乡民　浮游生物
白花花的水田　漫过踝骨
山坳里　野性的歌谣
喊一声　瘦一次
惊起一行行鸥鹭

山水吐色　风无骨
这人间的宣纸　在昌江
早有一树树木棉　闪烁着言辞
这春天的火烧云
一堆堆　一卷卷　一层层
铺天盖地
这大地的火烈鸟
啄开我内心的废墟
从此　一个心怀苍茫的人
饮马草木民间

唐诗里藏不住一个女人

◎于爱兰

一瓦一砖
华清池的水汽
凝结成历史的苔藓
一草一木
长生殿的芙蓉
摇曳成旷世的枷锁

盛唐的恢宏荡气回肠
霓裳羽衣的惊鸿一瞥
在扶风摆柳中袅娜
像长安彻夜的万千灯火
人潮攒动也要仰睹芳容

楼宇琼阁安放不下你
诗仙诗魔也妄想
几行文墨框不住
你和你背后的盛世枭雄

芳华如电
闪耀了几个世纪
红颜已逝
二十一个轮回

最真的爱
是执念后的
完全释然
最深的背叛
是嘴角上扬的
一抹凄然

覆灭与重生
积压于你肩上
化身为白绫紧缠
斑驳的祭坛放不下
草芥的薄凉

直直的曲线（组诗）

◎胡德

光　直直走着
光阴　跑出一条曲线
但它很执着
用糖和盐　当作催化剂
把你精炼成熟　变老
好像星星眨动眼　就变小
厚厚黄土　挡住退路

巢穴

荆棘也有巢穴
筑在指缝里
摊开掌心的流沙
轻轻用点力
就会垮塌

迷路

漆黑上身的时候
事物也会迷路
耐心等它们沉睡
其实　你就是光源
一直向前

远古遗落的一粒陶

◎蔡立敏

把最原始的期盼　揉进松散的土
在烈焰的狂欢中涅槃
你修成一方精灵　渐渐地
以文化的身姿　抖落历史的烟尘
涉水走来

手握建盏　茶香袅袅
抿一口现代艺术的精致
我触摸不着
远古人粗糙的手和淳朴的智慧
只有这盏壁华丽的热度
仿佛还飘散着千年前的火舌
破碎的余温

从罐到盏　陶艺千姿百态
而建盏啊　我祈愿你是远古的陶
遗落的一粒碎片　色泽不改
任凭现在匠心如何粉饰

正如　汲水少女眼中的清泉
马三宝胸中的猎猎风帆
一个永恒的梦想　指向远方
而陶　已穿越千年
纵横万里

在路上

◎海霞

路有千山万水
途有锦绣繁华
难一程　景一程
风月一程　心酸一程

躲不过层层阻碍
绕不出路路相逢
谁是谁的注定
谁是谁的擦肩而过
谁是谁的今生遇见
谁是谁的此生错过
宿命种下一个个因
生活里你收获着
必将收获的果
前因后果　是是非非
生命　不过一场
没有归期的旅程
你在路上
我在路上
他在路上
大家都在路上

收集雨滴落的声音

◎李喻

不是我要拒绝春雨
而是春雨
迟迟而来
我只能把忧伤囚禁于
内心深处

不是我要躲避阳光
而是因为时光的差距
造成一段盲区
我只能躲在某一个角落
收集雨点滴落的声音

为了那一场雨
你历经沧桑
为了寻找
那一缕阳光
你竭尽全力

某些人　或某些事
如被困在了心底
那不仅是一种习惯
也是一种鞭策
总使人心存希望
那些滑落的雨珠
湿了你
也湿了我

命 运

◎王兵

当黎明的第一束光
驱走满屋的黑暗
我期盼　这一日天晴

当怒吼的波涛
渐渐退去　近乎无声
我享受　这暂时的安宁

当血红的烈焰里
奔出一个个黝黑的身影
我惊叹　这向上的生命

命运本如此
春恨生　秋恨成
谁不是在坎坷的路上
倔强地　向死而生

想去你的城　听雪

◎舒发坤

听说　你的城下雪了
我只是裹着棉衣
向你在的地方望了望

望了望白色的花瓣
望了望你在城市中记住了飘飞

雪花是如期而至
你是否欣然接受

我在南方只能为你祝福
雪是那么轻柔

我会在你的城编织一道彩虹
我会在你念叨的季节
说出怀里的故事

走进历史
——赏魏万清老师的画有感
◎曾令阳

进入　心无法出来
想象站在深山小桥上
牵手云雾　拥抱花香
心事如天上倾泻的水
在山涧流淌

那条茶马古道在山里延展
马蹄声声　敲醒黎明
枫叶年复一年羞红脸倾诉相思
红河谷里有我深藏的秘密

漂泊的人啊
你出塞入藏的驼铃声
时时在我耳边响起
故乡石阶永远期待你的足音

今夜　有一位不眠的女子
在江南紫气满堂的屏风后
等你的马蹄声敲响心门

乘着蜻蜓的翅膀

◎黄克先

田野上翻飞的蜻蜓
追着我的目光快意地跑
我赶过去靠近它
它翘翘尾巴不见了

它生气了吧
我也该回家了

蜻蜓从脑后边钻出来
伸伸舌头做鬼脸
一个筋斗云
在我的眼前盘旋

它鼓起大眼睛看我
累了立在我肩膀上
趴在我耳边悄悄说
我陪你玩

奶奶喊　快回来
我不应
婆婆叫　吃饭了
我没理
我要乘着蜻蜓的翅膀
看看雪山的模样
舔舐大海的波浪
摸摸圆圆的月亮

向日葵

◎陈孝春

1

没有什么事物比你更趋于纯粹
关于光明与温暖
以你的孜孜以求
更能描摹它们的本质
你捕捉每一缕光和热
努力向上
努力接近太阳的高度
因为热爱
你居然长成太阳的样子

当万物沉睡
臣服于那些生命中周
而复始的黑色遭遇
你依旧倔强地站成一棵树
夜色中的大地
潮湿的神秘黏住每一种想象
你的头颅低垂
你思索每一种值得感恩的事物
告诉它们　光明或者黎明
什么时候出现在遥远的天际

2

原谅农耕时代的祖辈们的粗暴吧
他们将你绞索缠身
背负巨石　沉于水塘
冰冷与潮湿交替攻击

黑暗与淤泥
试图征服你这太阳之子
他们牺牲你的皮肉
以及你柔软的心肠
在冬天来临之前
他们反复清洗你的躯体
直到你的骨头　在众人的手中
散发着白光

从此　你的身躯不属于你
从此　你的身躯破损易折
你等待一双手的紧握
等待　一粒火星的靠近
在太阳里淬炼的精魂
容易被一个眼神
被一口农耕时代的呼吸轻易点燃
然后成为火把　　被高高举起
刺入黑夜的胸膛
照亮熟悉　　或者陌生的
不得不穿越的每一步夜路

叶之情怀

◎王杨

萌生
拳拳托举诗海情缘

疯长
尽情舒展梦想的大旗

秋收
依然弹奏生命进行曲

冬藏
眷眷恪守自然法则

轮回的沉醉入泥
根的尊严被高高擎起

风滚动在草上（外四首）

◎杨家利

气流像水一样　透明无味
流淌的时候　才有了名字　叫风
草　破土露芽尖　第一次感触的是风
那时　太阳还很远　很远
风里到处是雪的痕迹　和冬季残留的冷漠
在那个复苏的季节　吹奏着花开的旋律
催动了草的芳心　黑色土壤里
焕出了碧色皮肤　棉绸一样的草革上
风在上面打滚　春光在上面撒娇

海的声音

向着海的山岩
挺起高高的胸脯　像海的主宰
海　摊开透明洁白的泡花
给山岩　披挂上一件透明的袈裟
从头虔诚到脚下
乞讨一点点　对海的爱惠

海面漂移黑色的"皮癣"
污涩碧玉一样的皮肤
从管道排泄的污垢"毒药"
毁灭海的美丽和安宁
鲸鱼窒息　冲上海滩搁浅　寻求解脱
海鸟背负病痛　漂浮在水面呻吟
冰川悄悄萎缩消失
海平面偷偷爬升海岸
海在哭泣　呐喊

伸开你的善良
拥抱海的世界
拯救自己吧

心里的薰衣草

你穿一件紫色丝裙　　和我话别
好多好多蝴蝶飞进心里　　还有蜜蜂用针刺我
我不想用一种男人的懦弱　　为你饯行
毕竟　阳光和月光的日子　　还是有许多朦胧
值得我去斟酌和想念

丝裙飘起来的时候　　我看见裙纱那边
一场雨　　把花容潮湿了
你极力掩盖　　心潮起伏下的回眸
来的路上　　已经山穷水尽了
那一村　　只能是来生的守候
那年　　小村笼罩在暴风雨中
我和你在一枚挡风的叶子下面
享受仅仅只属于两个人的甘苦
青春旺盛的激动
总是诱导我们向那个"方向"而去
一层纱布的距离
轻而易举就可以生米煮成熟饭
在高潮来临前夜　　我们守住了阵地
分手的时候　　为什么想的尽是过去的甜蜜和浪漫
啊　　一段故事的结束　　总会有铭心的情节

转身之际　　你送给我一束紫色薰衣草
你说你最喜欢紫色　　因为紫色是酸甜的感觉
就像我们一起走过的每一天　　回忆起来酸楚
很长一段时间　　心很痛　　痛得长夜难眠
幸好　　那束紫色　　一直伴在我身边
难受的时候　　看一看　　嗅一嗅
情不自禁　　就进入了回忆的梦境
心里长了一片薰衣草
后来　　成为我精神的止痛片

天　是云的家乡

天　搁在山峰
云　挂在松枝上
风吹来　云有些动心
风一牵　云就跟着去旅行
不要责怪云　轻率　随便
因为云的脚是风
去　留不由自己

不管是北疆雪风
还是南国花香
诱惑不了云的堕落
尽管在空虚中漂泊
受尽闪电穿刺
惊雷恐吓
挚诚依恋在天上
眷守那无边无际的天堂

过去的　我们记住的

雪　已经被春天的脚步声
骇得萎缩了
霜　也被出头的青草
覆灭在土壤里
冻僵的小河水
又在石头上唱起了歌
冬季过去了
冰　开始一点一点
融化成一滴一滴春雨
地里的麦子
终于熬过了
被冰雪封压的日子
焕然一身绿色春装
阳光告诉我们
别忘了那个窒息的长夜
珍惜春天的自由

落水镇初级中学樱花颂

◎赵光明

每年二月
落水初级中学的樱花
总是不露声色地
融化冬愁　分娩春天
因为你对春天　早已有了承诺
在特定的日子里　总会邂逅

春寒料峭时　你顶着冷风的袭扰
把第一束阳光让给学生
万物复苏时　你又把自己藏起来
把第一缕春风　送给脚下的小草
你在春雨的滋润中　悄悄绽放
你在阳光的沐浴下　登台走秀
你用含蓄的目光送走伙伴
用温馨的情调　把春挽留

你那粉嫩的花裙子　纤巧的花蕊
像一条条缎带　相互簇拥着
爬满了树丫　压弯了枝头
如霞　却比霞更美
如雪　却比雪更纯

放眼望　满树的花瓣
仿佛调皮的云朵　守护花蕊
细端详　鲜红的花球
就像婴儿的脸蛋　粉嫩而娇柔

徜徉樱花树下　如在白云中行走
微风中　溢出淡淡的清香

樱开最美日　便近凋零时
尽管有诸多不舍　也有足够的理由
想与你相拥　愿与你守候
几场春雨过　几次春风柔
闲花落处　你留下一片灿烂
却甩了甩衣袖　执意要走
再见了　婀娜多姿的樱花
再见了　绚丽的花中名流
我们　相约在昨天　绽放在今日
你我明年落水镇初级中学再相守

打沙包的父亲

◎朱晓晖

阳光下
父亲和我一起
打着沙包
你抛过来　我扔过去

不一会儿
父亲开始把沙包抛得很远
我跑着捡回来
扔到坐在轮椅里的父亲的腿上

我跑累了
父亲笑得更开心了
还是不停地抛着
从我的头上　身边

楼里的邻居们
开始站在阳台讨论
这次比上次抛得远
你看那老头儿乐得

父亲累了
太阳也累了
各自回到家里休息了
等待明天的太阳

你好 2021

◎黄国智

岁末在寂静的深夜里游走
十二根向上的枝丫含蓄着旭日的祝福
朝霞满天　书写阳光的声音
舞动着花开叶落的浪漫音符
让昨天激情的岁月洒满诗行

十四五规划的蓝图描绘
北斗网络的星罗棋布
我们踏上了
社会主义现代化国家建设的新征程

是谁的 5G 闹铃推开窗扉
开启了新年第一缕晨光
嘹亮了黄鹂婉转的歌喉
歌唱黄河长江　奔流不息
歌唱长城万里　蜿蜒巍峨
歌唱星移斗转　山河变迁
歌唱乡村振兴　阔步小康
敞开襟怀　我们拥抱绿水青山

你好　2021
当晨钟敲响历史　翻开崭新的画卷
心绪与晨风一起翱翔天宇放飞哨音
拥抱冬日的暖阳　趁春风尚未抵达
大地还未染绿　我们豪情万丈扬帆远航
迎接海平线新生的朝阳

端 午（外二首）

◎吴海龙

沧桑之词　时令守着
艾叶依着门楣也就到了
若抵达来时路　划着龙舟吆五喝六
喊得抱团的水裂开来也难觅归途

找寻　要有怀揣石头　水底行走的心
还要路过一些朝代　和趴着苔衣的都城
看得见　或看不见　不重要
重要的是得把自己摁进石心
和石头一起白成栀子花
要比雪白　更好

如有几两散金碎银　就可以不腰缠细软
但要浴兰汤兮沐芳
长髯　长发　长衫　佩一柄长剑
剑锵琅琅带风　莫要惊动声响
得赋诗　吟离骚　天问　九歌
或五色丝线缠绕裂帛的怀沙　更绝

要驾驶穿越几场合纵连横的古战场
要懂香草　美人　比剥粽叶
喝雄黄讲究拿捏分寸
要徒步　登舟　餐风　过瘴
带菖蒲　带露珠　带几点萤火
和几声蝉鸣
以及　通关密钥
七窍玲珑心

去看杏花

稻子弯腰时就备好理由
谷粒饱满正好新酿

为防喜鹊说漏了嘴
我绕过牧童的笛子
一想起这事
眼角就溢出胭脂

来了　斜斜的
雨描嫩嫩的粉
细细的风扶薰薰的伞
村口　站着的井　奔走的巷
勾兑来来回回的月光

我乘着春风追赶春风
想撵上看你的心思
马蹄溅飞春雨
蝴蝶翩翩　你踮脚轻捻
抹了粉底的　春腮

一块石头的遐想

你踏月色来
不忍揽你入怀
梦那么凉
夜黑得这么重
我的暖透不过指腹
冷　碰碎清泪
拉直柔肠

让我蹲成一块石头吧
握住夏日的汗珠
深耕蚯蚓的弧度
流水蘸着秋阳磨亮镰的嘴角
圆一个邀约　为春天的心
风来迎风　雨来
抱起千万颗太阳
把你安放

相同的天空（外一首）

◎郭爱会

在一首诗里相遇
春风吹拂花语
芳草铺进梦里

在一个梦里相遇
感受彼此温暖
书写爱的传奇

就这样　静静地思念
在心湖　缓缓地
划出涟漪

风过留痕

窗外细雨
一滴一滴
渗入早春的回忆

我静静地坐进雨声
悄悄打开日记
打开　封存的秘密
寻找花香　寻找你

孤独深重
思念香浓

就这样　默默地想你
风过留痕
我心皈依

我喜欢共青城（外一首）

◎李咏东

原来　喜欢就那么简单
洁白的窗帘　蔚蓝的天
知了吟浅浅
淡淡的抹云　橙红的檐
鸟儿在盘旋
艳阳下的农贸市场　杂乱又清闲
斜坡的三轮小货车　静静地靠着马路台阶
小同学拉着妈妈　一起到了菜市前
冰棍　炸煎　也有着妈妈的麻花辫

福州的雨

福州的雨　黏黏的
沾着红色的街砖
在榕树下滴着
树荫下的小街
远离了远处的光影交错
听着雨粒拍打雨伞的声音
窃喜地穿过灰色　无人注目
又好奇地观望着周围
雨　湿润了红墙
雨　沾湿了学生的裤脚
他们仍然从容地行走着
红墙上攀着一枝花
它仍然从容地开着
楼上阳台的裤角飘扬着
明天会从容地摘下
楼上的灯火次第花开
众人在从容地生活
鼓山的迷雾　散了又聚
要等云开　听着雨
打着外面的玻璃
真安静啊

雪

◎大卫

带着圣洁的使命
坚定着我的方向
飘飘洒洒从天而降
沿着江山起起伏伏的曲线
只为装扮大地
冬的模样

伴着冰天的旋律
逸动曼妙的舞姿
我一路欢唱
只为蜡染寂静的村庄
喧闹的城池　水镜湖畔
亦是我心中已久的向往

飞越巍巍昆仑
掠过那崇岭山岗
笑迎严寒斗着冰霜
只为寻觅寒梅的芬芳
亲吻她透红的脸庞
为她披上冬日的盛装

北风凛冽　玉龙翩跹
绒花飘飘　望崇山峻岭
帷幔茫茫　河流山川
林海涛涛　村庄蜡染
原野胜景　吾欲驻步细推敲
谁工笔看山峦如画
分外妖娆

江山如此多娇
惹无数墨客尽风骚
叹素裹千里　银树霜挂
孤村残霞　寒梅独俏
崖冰百丈　迎春报晓
凌风斗寒首昂高
铮傲骨　吟夕阳无限
激情燃烧

那一缕春天的暖阳
驱散严冬融化了冰霜
我愿化作无声的甘霖
融入万里阡陌
滋润大地山河
将红梅的冷傲枝高
再度酝酿　再度　酝酿

忽然之间

◎张林春

小饭馆　将高楼大厦
装饰成窑洞的模样
城市　有了家乡的味道

夜　天空压矮了灯红酒绿
难以读到一颗亲切的星星
眼前一碗38元的羊肉面
陪伴我听着陕北民歌
面对面　两碗免费小米粥
泡大1块钱的白馒头
桌上滑落的馍渣
筋脉凸显粗糙的手
一点一点捡起　放回
旧款式警服老汉的口中

多么熟悉的姿态
对我显得有些生疏
很快　他吃得干干净净
摸摸嘴巴　仔细地看了看碗和桌
起身离开时　冲我微微一笑
忽然之间　心在颤
他　不就是我远方的父亲
面对空空的椅子　长久发呆

行走在有痛感的问候里（组诗）

◎李斌

在情感高处

面对任性的夜色
无法把持
渐行渐远的灯火

站在绵密歌声里
清醒或者醉着
放任一堆暖意的词语
东倒西歪

素净的相拥
带来惊艳而饱满的心跳
记住湿润情愫

行走在有痛感的问候里
在情感高处
生长着
米黄色的诗句

习惯在稀稀落落的影像里
对话安静草丛
平整的时光
牵住路过的阳春白雪
继续最初的淡定

与记忆告别

迈着碎步的清晨
无意被无眠而早起的人
提到了视线以外

我只能保持
一种潜伏的姿势
在与心情有关的文字里
继续着寂寞的奔跑

当阳光慢慢抵达
一杯茶开始了
空空荡荡的旅行

在无数次的思念
与仰望中
我的眸光居然端坐在
有你的格局里

与所有的记忆告别
不再需要
爱与不爱的依据

行走在柚香的时间里

白鹭湾是块立体的镜子
寂静的河岸
绿油油的蔬菜进行着生动表演
高低起伏的呼吸声
扰乱了你一尘不染的听觉

微笑的月季花
让你忘记了来日大雪的纠结
行走在柚香的时间里
安然的发丝
随着远处的落叶飘逸

在你金黄色的思绪里
我寻觅着柚林善意的语言
却无意发现
走丢了脚下的路

菜农在扯着厚实的日子
醒目的手势

赶跑生硬而零星的
流水声

年轻和年老的木楼
心事重重地站着
端起红酒
竟然让我看到了
你春天的面容

错过最美的相遇

对不起红家田的茶花
我整整迟到了一个季节
错过了最美的相遇

风开始凌乱起来
我在冬季里
来收拾你冰丝的心情

顺着残缺的光线
幽深的花蕊里
盛满了困惑的鸡鸣声

站在清淡而细密的时间边缘
看小路纷纷跑上山顶
搅动树荫里坠落的记忆
眸子深处
偶尔有尘埃经过
清清瘦瘦的乡村故事
总在喜欢过的场景中走动

远眺的姿势
在枝叶间忽隐忽现
端起迷离的酒杯
轻轻与笃定的兄弟触碰

朴素的庭院内
有种期待
从彼此的额际拂过

雪花这样打湿着故乡的角落

◎李景中

万里而来的雪花
没有忘记它的抵达
岩草和空地
收获了一年的美丽
田埂是它眷顾的长袖
石头也是它停留的小亭
连田中凸出的浮块
也是它摇橹的画舫
还有故乡的祖坟
也在一簇簇花团中洁白而静穆
雪花　就这样不停忙碌
不说翠竹　瓦楞
以及碧绿的菜地
小溪凸起的卵石
也戴上了白帽子
天地间尽显其净
雪花就这样打湿着故乡的角落
仿佛一生的游子
又回到了久别的故乡

元旦又至

◎王新火

在 12 月　孤寂的北方
就决然陷落冰原的荒凉

南国　依旧
水波明艳　微风　牵动
阳光的裙裾　垂柳
伸出无数
闪着星光的芳唇
热吻五彩斑斓的花香

敏感的心灵　舍不得
岁月流逝的深情
把红烛的泪痕悄悄镌刻
一首首灰暗的诗
呈现一圈圈年轮的模样

角落里　幽幽叹息的黄叶
催眠了一帘悠悠岁月

在太行山
我从一粒麦子里看到了祖国

◎西玛

秋天　蛰伏在一滴海水里
开始倾听　听一粒粮食
讲锄禾日当午　看阳光穿透黄河
看古城墙爬满　晨光与暮色

在夕阳和村落之间
我看见了温暖的祖国
那些闪光的麦田　笑声高过波浪
而十四亿的麦穗　像海水奔腾
他们年轻　英俊　充满活力

此时　稻谷飘香　在一粒麦子里
我抚摸到了舌尖上的祖国
动车呼啸而过　大地温暖　花果飘香

这丰硕的果实　鲜艳如少女
我在枝头上　看见青春的祖国
这些崛起的新城　在苍穹和大地之间

在地平线与海岸线之间
正见证这历史的魂魄
此刻　我看到了明天的祖国
潮起潮落　沧海桑田
这些成长的万物正向深红　靠拢
正向镰刀和齿轮靠拢
正向金黄的麦穗靠拢
正向一个崭新的黎明靠拢

此时　我看到了未来的祖国
是一声汽笛撞开内外贯通的大门
是一粒火种展开春天的画卷
在黄河和长城之间
我看到了正在崛起的祖国

古诗词

七绝·霜花（外一首）

◎邵文斌

沟渠蒲草银花树，沐浴晨光玉色生。
一遇微风飘满地，回归沃土总关情。

五律·咏笔

神龙游砚水，方寸写章华。
纸上挥兵将，图腾点墨花。
泰山书极字，东海绘琼霞。
功过凭人手，千秋史册加。

如梦令三首·张垣纪行

◎周其林

其 一

塞外百年离乱，常把关河梦断。
揽盛世山城，唯感慨乾坤变。
思恋，思恋，坝上风光无限！

其 二

塞外风云何处？无限江山永固。
更气定神闲，浑忘我和云蠹。
张库，张库，情注百年商路。

其 三

祈盼张垣春到，巩固脱贫摘帽。
借势好行船，决战小康冬奥。
只要，只要，一个都不能少！

岁寒三友与幽兰金菊

◎刘建华

松

狂风骤雨不弯腰，四季苍峦霜雪傲。
烈日雷霆翠柏森，郁葱千载常青报。

竹

月光寒影彩云边，绿翠虚心气宇轩。
高节亮怀青洁素，首昂雅致圣贤喧。

梅

疏枝如玉寒香暗，小萼彩珠妆瓣妍。
冷艳雪披花骨傲，笑颜春色近新年。

兰

山中走俏散幽香，廉洁品蓝孤自芳。
朝夕乡隅人做伴，不充杂草上庭堂。

菊

年年九月野花黄，阵阵秋风送暗香。
妩媚妖娆迷醉眼，芬芳艳色惹诗狂。

西江月·富春听琴（新韵）（外一首）

◎刘志军

满腹经纶雨水，才华横溢云天。
此生无解负琴弦，煮酒兰堂深院。

屋后虚竹新笋，庭前乌雀迷烟。
千帆阅尽老容颜，误却韶华美眷！

采桑子·黄昏

人生难觅知音侣，爱晚亭中。
滴翠飞红，越是黄昏秋越浓。

夕霞群雁齐飙举，心字长鸿。
声远迷踪，望断天涯明月空。

西江月·红梅赞（柳永体）（外一首）

◎李明富

一树红梅吐艳，三江白雪凝冰。
寒冬玉面似娉婷。枝上飞花美景。

落雪妆成碧树，开梅展示芳龄。
暗香涌动醉神灵。含蓄娇羞疏影。

浣溪沙·咏梅（韩偓体）

腊月枝头着彩妆。换来梅灿暗盈香。
犹如华贵一娇娘。观白雪皑皑赞叹，
赏红梅艳艳吟章。世间岂有此芬芳？

桃花盛开（外四首）

◎金林松

不写藤萝不画瓢，祥云朵朵绕山腰。
春风漫舞多奇妙，流水桃花自是娇。

登括苍山南岗

登上南岗欲乘风，春山层出现朦胧。
远观云海开花淡，便驾长龙通紫宫。

春风骀荡近清明

春风骀荡近清明，夜半雷声泥笋惊。
满树梨花羞带雨，一川桃媚付飞英。

春风吹来万物新

柳梢吐黛溢欢欣，喃燕归来一路春。
陌野飘缭青草味，田园骀荡玉兰津。
天开锦绣千山俊，党泽光辉万物新。
美好繁荣花灿烂，清风正气皓如霖。

临江仙·涧水流溪欢畅动

涧水流溪欢畅动，梅开腊月春风。
晚风轻拂野朦胧。
望春花笑了，恬柳绿桃红。

弄影云窗轻搅梦，人生多少迷蒙。
光波漾动步匆匆。
醉醒分解了，便一切从容。

沁园春·岘山（外三首）

◎靖春霖

莽莽荆襄，人杰地灵，儒法道藏。
昔隆中诸葛，虚心好学，礼仪贤士，问策询方。
傲睨官场，独思高节，冷眼豪绅军阀狂。
观时局，好吟梁父曲，耕伏南阳。

风流非必侯王。爱世界、山高水更长。
但先生志向，匡并天下，黎民所望，祛剔灾荒。
三顾茅庐，咨当时事，指点江山情激昂。
群英会，别岘山葱翠，击水中央。

满庭芳·中秋

九曲襄江，长堤瘦柳，岸林片片橙红。
岘山葱翠，楚岭峻峰重。
点点淡烟袅雾，水天接、白鹭云中。
夕阳下，鸟儿归隐，平野远苍穹。

美人楼阁唱，星辉月朗，金菊正浓。
畅酣饮，梦游繁华天宫。
欢乐神仙会聚，瑶池宴、笑语声隆。
中秋夜，问归何处？一曲醉花丛。

五律·早春

波光新柳翠，绿水岸风平。
长空飞春燕，堤园藏丽莺。
亭亭佳女媚，楚楚帅男英。
墨翰情丝醉，心中万里晴。

春游荟园

（一）
春风拂面百花开，我将唐诗任意裁。
满目菁英成墨画，含芳词赋踏歌来。

（二）
万里江山春色丽，风吹水面碧波澜。
红花绿草多情意，一对佳人笑语欢。

七律·春雨（外一首）

◎付辉

烟雨绵绵雾失峰，舟行江畔影朦胧。
吟观丝柳飞如瀑，隐现芸薹艳满冲。
小草带珠侵野陌，嫩枝绿叶衬芳丛。
庭园燕舞添诗意，相伴乡村水墨中。

临江仙·浅夏

树簇春妆尽褪，荷新夏意初临。
山幽湖碧柳阴阴。
笠翁垂钓雨，蝉叫出高林。
黄鸟枝头百啭，青蛙野陌呱音。
声声随韵入诗心。
禾青田叟乐，谁与共长吟。